'Witty and acerbic' – Blackwell's Bookshop

'A new Scottish masterpiece' – Kira Scott

'At once hilarious and heart-breaking' – *The Hungry Book Reader*

'A twist so good I gasped out loud…' – Rhiannon A Grist

'Intimate, nuanced and hilarious' – *Redhanded Magazine*

'Has to be up there with the best' – South Queensferry Library

'The language, the humour, the insight are all exceptional… but the last part of this book is just on another level, it's awesome stuff' – Waterstones Livingston

'An emotional, intense and downright hilarious look back at one of the hardest times in a person's life; being a teenager' – The Wee Scottish Book Club

'…sharp, witty dialogue which perfectly captures the breathlessness of being a teenager' – *The Skinny*

'Percy's voice is charming, clever and cheeky…a force to be reckoned with: radical, real, rebellious' – Lucy Rose

'Absolutely fantastic. Just as good as everyone says it is!! I miss Kirsty Campbell already. Wonderfully written, so easy to read. Loved it' – Ross Sayers, author of *Sonny and Me*

DUCK FEET

Published in the UK in 2023 by
Leith Books, an imprint of
Monstrous Regiment Publishing Ltd.
Edinburgh, Scotland.
www.monstrous-regiment.com

Distributed in the UK by
Monstrous Regiment Publishing Ltd.

Text copyright © Ely Percy Calderwood 2020
ISBN: 978-1-9161179-2-1

Project editor: Ellen Desmond
Typesetting and production by Monstrous Regiment Publishing Ltd.
Editor: Lauren Nickodemus
Proofreader: Becca Blythe
Cover design: Hannah Killoh

This book was made possible through the support of Scottish Book Trust's
Scots Language Publication Grant, which was awarded to the project in August
2020.

Printed and bound in the UK by Clays Ltd, Elcograf S.p.A.

DUCK FEET

Ely Percy

For Nikki

Part Wan

FIRST YEAR

Chapter Wan

DUCK FEET

Ma da's got bad feet. He says it's cause when he wis wee his mother made him wear shoes that didnae fit him. She made him squash his feet intae shoes that used tae be his brother's cause she couldnae afford tae buy new wans fur the baith ae them. He's got curly toes noo because ae it: thir aw twistet aroon on top ae each other lik the plaits ma ma pits in ma hair. Yi can see aw the big blue veins in his feet lik sumdy's drew them on wi a felt tip pen. He cannae bend his toes right an he has tae wear steel toe caps tae work, in case anywan stauns on them.

Oor school's gaunnae be startin swimmin lessons soon an ah cannae wait. Ah cannae swim yet so ah asked ma da if he'd take me tae the baths tae let me practice. He said naw. Ah said, How no. He said, Because ah cannae bliddy swim that's how no. Ah said, Aye but yi don't need tae be able tae swim tae go in the pool. He didnae say much afterwards, he jist pointet at his toes an said, If you wur me wid you want tae show aff feet lik that?

•

The swimmin baths wis pish. They pit me doon at the shalla end wi this pure midden ae a boy cawd Colin fae wan E that looks lik he's never had a bath in his life, an this lassie cawd Harpreet that wears a mad swimmin cap cause it's against her religion tae get her hair wet. Ah got made tae wear these big stupit yella airm bands an aw the boys in the class laughed at me. Aw ma pals wur up at the seven foot mark daein lengths an divin fur rubber hoola hoops.

•

Ah said tae ma da, How dae yi no go tae see a shiropidist. A shiropidist, he said, Whit wid ah want wi a shiropidist. Ah says, Mibby he could help fix yir feet an then yi'd be able tae take me swimmin. Ma da jist laughed at me though, an then he said, A shiropidist wid take wan look at these feet an chop the bliddy things aff.

Ah only says it tae him cause see ma wee sister, she had bad feet when she was a wean an she managed tae get her feet fixed. This guy in the Start Rite shoe shop, he fittet her wi the wrang size ae shoe an she endet up wi her toes aw up an doon lik Gourock. It wis aw cause she had wee skinny ankles an big broad feet an he packed her toes intae wee narra shoes.

Ma ma knew somethin wisnae right aboot they shoes, cause fur a whole week after she bought them, ma sister wouldnae stop girnin an she kept pullin the shoes aff an flingin them ootae the pram. We wur comin back fae the Sunday school wan mornin an this guy chased after us cause he'd fun wan shoe at the top ae Ard Road an the other wan half way doon Vennacher. When ma ma took the shoes aff ma sister that night, her feet wur red raw an covert in blisters, an her wee toes wur aw twistin thegether lik a corkscrew. Ma da took the shoes back tae the shop the next day an ah've never seen him that angry, ah thought he wis gaunnae punch the guy's lights oot.

Ma sister wis lucky that her bones hadnae set properly an the shiropidist managed tae gie her these wee things fur in between her toes: they wur lik braces made ae plasticine stuff an they looked a wee bit lik the jelly false teeth yi used tae get aff the ice cream van. The shiropidist wis dead nice an he made me a bouncy ball ootae plasticine stuff fur me tae play wi when ah wis sittin in the waitin room.

•

Thir wis deep sea divers in the baths the day. Ah swam half a breadth an then ah stopped at the edge ae the pool tae watch them. They had snorkles an oxygen tanks an everythin. Wan ae them had a pair ae green flippers an she wis pittin them on when sumdy fae up the deep end shoutet, Heh duck feet, an then evrubdy else startet laughin. Then Chris Rice fae ma Regi class shoutet at me, Heh how'd yi no get a perra duck feet tae go wi yir wings.

That wis whit gave me the idea.

•

Aye but how no, ah said. Ma da said, Naw. Ah said, But how no. Ma da said, Naw an that's it finished. Ah said, But ah asked aboot it an everythin an the guy said it wis awright. Ma da said, The answer's naw ah'm tellin yi an that's it endy story.

Ma da's never paddult in the sea or walked alang the beach an felt the sand atween his toes; he's never took his shoes aff on a hot day an run bare foot across a scorchin hot pavement; he disnae know how it feels tae huv athlete's foot or a verucca, an he disnae understaun the pleasure ae watchin dead skin peel away fae the backs ae yir heels.

Ah jist thought if he wore a pair ae flippers in the baths then he widnae huv tae worry aboot folk seein his bad feet an then he'd be able tae come in an watch me swim. It wisnae lik ah wis bein funny, ah wis bein totally serious aboot it although ah did huv some job convincin the lifeguard at first.

Ah tried tae get ma ma on side but she jist laughed at me. Away yi go, she said, An don't talk stupit. Ah said, But whit if aw ae us wore them on wur feet then da widnae feel sa stupit. An who's AW AE US, she said. Me, you, ma sister… Aye that will be shinin, she said, Yir no gettin me in a bliddy swimmin cozzie. Ah said, But how no. She said, Because if ah jump in, aw the water'll jump oot that's how no.

•

The teacher wantet me tae try daein it withoot the airm bands. Ah said, Ah cannae. She said, Yi can. Ah said, Ah cannae dae it an that's it. She said if ah managed a breadth wi oot the airm bands then ah'd be allowed up the deep end the next time. Aff went the stupit rubber airm bands.

•

They gied oot aw the medals fur swimmin the day. Aw ma pals got wans fur twenty, thirty, fifty an a hunner lengths. After we come oot the water, the teacher lined us aw up beside the pool an she shoutet the names oot wan by wan. Ah jist stood there lookin at the spectator's bit where ma best pal Charlene's ma wis sittin up beside the mirrors an the hair drier. Charlene wis the best swimmer in oor class, a right water baby, she'd been takin lessons since she wis three yir auld an her ma dis aw that underwater callanetics or whatever yi caw it.

It wis bliddy freezin an ah couldnae wait tae get dried an ah didnae see the point in me staunin there anyway when ah wisnae even gettin a medal. Ah wis aboot tae walk away when ah heard the teacher shoutin oot Colin's name. How did he get wan, ah thought, he couldnae even kick his legs in a straight line never mind swim a length. Then they shoutet Harpreet. Ah've got quite pally wi her an ah've fun out quite a bit aboot Sikhism which is oor next topic in R.E. Wan ae the things ah now know is that Harpreet IS allowed to get her hair wet – it's jist against her religion tae cut it – an she wears the mad swimmin cap tae save a lot a faffin cause her hair's aw the way doon tae her bum!

Anyway, ah thought it wis good Harpreet got a medal, cause when she first startet she wis feart tae pit her face in the water an noo she can float wi oot the rubber airm bands wi me haudin ontae her hauns an pullin her alang.

Ah wis that busy sayin well done tae her that ah didnae hear ma ain name gettin shoutet. Then Harpreet said, It's your turn

Kirsty, an ah walked doon tae the front ae the line no really knowin whit tae expect cause aw ah'd done wis swim a breadth, an there wis ma best pal Charlene had done a hunner bliddy lengths. Up in the spectator bit sumdy wis cheerin an wolf-whistlin so ah missed whit the teacher actually said. She held oot this big bronze medal wi a yella ribbon that said on it,

FOR OUTSTANDING PERSONAL ENDEAVOUR

Ah didnae really know whit that meant but ah shook her haun an smiled an then she pit the ribbon ower ma neck.

•

Ma da wis staunin talkin tae the teacher when ah come oot the changin rooms. Ah said, Whit you daein here, an he said, Well done, an he pointet at the medal. Ah said, Da whit yi daein here. He looked at the teacher an she looked at me an then she said, Yir dad's thinkin about takin swimmin lessons. Ah couldnae believe it so ah said, Yir bliddy kiddin.

•

Ma da starts his swimmin lessons soon. He cannae wait. But he's a bit feart. He came an sat in the spectator's bit at the weekend an watched me an Harpreet.

While we wur daein wur hair ah said tae him, If yi come in wi us next time ah can teach yi the breast stroke cause that's the easiest wan. He said, Aye mibby. Ah said, Harpreet's dead good at it noo an she disnae even need the water wings. Ma da said, Listen tae you two ya pair a show affs, an me an Harpreet startet tae giggle.

Aye well wan things fur sure, ma da said an he pointet doon at the wans wi the flippers an the snorkles that wur in daein thir deep sea divin, Yi'll no catch me in a pair ae they duck feet.

Chapter Two

MUMBO JUMBO

Ah hate French. Oor teacher's a pure bitch. Her name's Madame Bonnet except yi pronounce it Bonnie an that's somethin she certainly isnae. Madame Bonnie's built lik a clothes pole an she's always got on this massive orange skirt doon tae her ankles that makes her look lik she's wearin a three-man tent. An another thing, ah cannae understaun a word she says cause she's got a pure funny accent an she talks dead fast; she gied me a puni in the second week ae term cause she thought ah wis bein wide wi her, jist cause a pit ma haun up three times in a row tae ask her tae repeat the question.

The day she went an gied me another puni fur nothin: aw ah did wis ask ma pal Harpreet whit page we wur meant tae be daein in the text book. She pure hates me an Harpreet though; she's went an split us up cause she said wur always talkin, an noo ah huvnae a Scooby whit's gaun on cause she's pit me right up the back ae the class wi Simple Sammy Semple, an aw he dis is sits an draws wee air-a-planes on the back ae his jotter.

Ah'd never had a puni before ah got her as a teacher, no even when ah wis in primary school. An ah knew ma ma wid pure go mental if ah come in wi another wan so ah waitet till she signt ma homework log book an then jist traced ower her signature. Ma pal, Charlene, she's had loads a punnies since we startet high school an she forges her ma's signature aw the time.

•

Ah wis crappin masel when ah went intae Madame Bonnie's Regi class tae haun in the puni this mornin. Ah wis sure she'd pure twig right away but she jist ripped it up an pit it in the bin withoot even lookin at it.

•

Ah don't know whit it is aboot French. Ah can dae the readin part nae bother, an learnin aw the vicablary, but see when it comes tae the listenin, forget it. The day Madame Bonnie went an gied us these tapes wi French folk talkin on them an we had tae sit at a machine an wear these mad ear phones that go right roon the top ae wur heid. Ah kept huvin tae pause the tape aw the time cause the words aw jist soundet lik mumbo jumbo tae me an ah wis gettin totally lost. Simple Semple wis ma partner on the tapes an he's as thick as me when it comes tae French so he wisnae any help. In the end, ah jist gied up an ah let the tape play right the way through till it tolt us the answers in English.

Ah always thought learnin another language wid be dead good. Yi could huv private conversations on the bus an naebdy wid know whit yi wur sayin. When we wur in primary school, me an Charlene made up this secret language cawd Uglian. Whit we did wis we pit Ug after aw the words that startet wi a constonant, an before aw the words that startet wi a vowel. So fur instance, Shut yir ugly mug, wid become, Sughut yugir ugugly mugug!

•

Ah got four oot a twenty fur ma French listenin test an Madame Bonnie wrote SEE ME in red pen at the bottom ae ma jotter. Ah wis pure crappin masel in case ah got another puni cause if yi get three in the wan term the teacher usually phones up yir parents.

Ah couldnae concentrate on the work fur thinkin aboot it so ah went oot tae the Madame Bonnie's desk halfway through the lesson an said ah wis feelin sick an then she let me oot tae the toilets. Ah went intae wan ae the cubicals an closed the door an then ah sat wi ma legs up tae ma chest on top ae the toilet seat; ah stayed there fur half an oor until it wis bell-time, an when ah opent the door Harpreet wis staunin there wi ma bag an aw ma stuff.

Are yi ok, she said. Ah don't feel well, ah said, Ah'm gaunnae go home. Ah turnt back intae the toilet an flushed the plug behind me lik ah'd jist been sick fur real. Want me tae go tae the nurse with yi, said Harpreet. Naw, ah said, It's fine.

Usually when yir sick yi huv tae go tae the nurse an they'll gie yi milk ae magnesium or an aspirin or whitever an then they'll either send yi back tae yir class or phone yir parents dependin on how bad yi look. Ma da's at his work an ma ma's away up the toon the day, an ah don't fancy spendin three oors in the nurse's office. In they three oors Madame Bonnie might jist come doon an haun me in a puni tae pass the time.

Oh guess whit happened when you left, said Harpreet. Whit, ah said. Madame Bonnie gave out punnies to half the class. Aye, ah says, how.

The last time Madame Bonnie gave oot millions ae punnies it wis tae nearly aw the boys apart fae Simple Semple cause they aw came intae school wearin whit they cawd Buddha spots on thir noggins; they wur walkin aboot wi these wee red circles stuck tae thir heids an singin, Bwat bwat ding ding everybody sing sing do-eeng the paki rap. The maist stupitest thing aboot it wis, it's Hindus no Buddhas that pit dots on thir heids an they widda known that if they paid any attention in R.E.

Anyway, it wis me an Harpreet that grassed them in so yi'd think Madam Bonnie wid like us fur that, but naw, no her.

Well, says Harpreet, After you left, Christopher Rice got hold of Sammy Semple's jotter an he was passin it about the class an everyone was laughin at Sammy an callin him a spaz cause he only got five out of twenty for the test.

•

Ah stayed aff school fur the rest ae the week cause ah couldnae face gaun in. Sammy wid probly huv tolt evrubdy aboot ma test paper cause he copied aff me (don't know how he managed tae get a higher mark right enough). Ah felt lik a pure dunce, specially when ma wee sister, Karen, come in an said they wur daein a projeck on France in her school an she wis tae learn French fur it.

Gaunnae you help me wi ma words Kirsty, she said. Naw, ah said, Ah'm no well. Aw but gaunnae jist fur a wee while. Ah said naw. Aw gaunnae, she said, Ah'll be yir best pal. NAW. Ah'll no tell ma yir no really sick cause ah saw yi eatin a Mars Bar this mornin. FUCK OFF. Ah'm tellin, Karen said, MAAA. Shut up ah never did anythin. Aye yi did ah heard yi, she said, Yi said EFF OFF. Ah never ah said FLICK OFF an it's no the same. Ah'm still tellin, she said, MAAA. Gaunnae shut it, ah said, Aright ah'll help yi.

Karen sat doon an opent her book an it wis aw jist pictures ae castles an hooses an stuff that said LE CHAT-E-A-U an LA MAISON underneath; it wis aw words oor class learnt ages ago except ah couldnae remember how tae pronounce any it.

Oor teacher tolt us it wis sha-toe, said Karen, No cha-too. Aye that's whit ah meant. You're crap at this, she said. SHUT IT. She mumbult somethin under her breath an ah said, Whit did yi say there. An she said, You heard. An ah said, Naw ah never. She said, Well ah'm no a parrot.

•

Themorra's parents' night an ah'm totally crappin masel. Ah tried tae hide the letter ah got fae ma Regi teacher but ma ma wis talkin tae Harpreet's ma doon at the post office an she went an mentioned it.

How did yi no tell me, she said. Ah said, Ah forgot. She said, Yir backside. Ah said, Ah did ah forgot. She said, See if ah get a bad report fae they teachers up at that high school you're for it lady.

•

Madame Bonnie smiled at me an then at ma ma when she seen us an ah thought her face wis gaunnae crack. Ma ma went intae her room an ah stood ootside talkin tae Charlene who wis staunin ootside the classroom opposite, waitin on her ma comin oot fae seein the German teacher.

She's been in there hauf an oor, said Charlene. You're in fur it, ah said tae her. Charlene said she didnae care aboot stupit German. Yi don't need German tae become a lifeguard, she said, an that's aw she wants tae be when she leaves school.

•

Finally, ma ma come ootae Madame Bonnie's room. She'd been in there fur ages an ah wis gettin pure panicky cause ah didnae know whit wis gettin said. Charlene moothed goodluck tae me an ah did the same back tae her as ah saw her ma reappear fae the German class lik a bat ootae hell. She wis in fur it awright.

Kirsty, ma ma said, Yir teacher wid lik a word wi yi. She didnae say it wi an angry face lik ah wis expectin. It wis mair lik a worried face. Ma heart wis pure pumpin, blood boomin in ma ears, an ah follied her back intae the room an sat doon on wan ae the two empty chairs beside Madame Bonnie's desk.

Madame Bonnie looked at me an smiled an then she rattult aff this big spiel that ah couldnae make heid nor tail ae. Ah sat there fur aboot ten minutes after she'd finished no knowin whit tae say. Then finally ma ma said, Kirsty how dae you feel aboot aw this. Ah said, Aboot whit. She said, Aboot whit yir teacher jist said. Emm dunno. Yi must know how yi feel aboot it, she said. Ah jist shrugged. Well, she said, Yir teacher seems tae think yi might huv some kind ae a problem wi yir hearin.

Ah said, A WHIT.

•

Ah had tae go tae the RAH an see an audiologist aboot ma hearin. They endet up keepin me in fur three days an they did an operation where they pit these things cawd gromits in ma ears. When ah came oot the hospital everythin seemed dead loud, the motors an the buses an aw that. Fur a minute ah even wished they'd take the bliddy gromits back so's ah could get some peace an quiet.

•

Ah went back tae school this mornin an ah had Madame Bonnie fur French first thing. She said, Bonjoor Keerstee I ope you arrr feeleeng much better now. Aye, ah said, Ah mean… wee sa va bee-en mer-see.

Chapter Three

SOCIAL DANCIN

Social Dancin's dead romantic. Ah love aw that Gay Gordons an Dashin White Sergeants an huvin tae curtsy tae yir partner; ma favourite dances are the tango an the Lindy Hop an ah love watchin Fred Astair an Ginger Rogers daein it in aw the auld movies.

Mister Anderson's oor teacher fur Social Dancin an he's pure gorgeous: he's only aboot twenty-odd an he's got spikey blond hair an blue eyes, an he's got a pure sexy bum. The only thing ah don't like aboot Social Dancin at school is that ah never get a decent partner, ah always get aw the mingers an aw the wans that step on yir toes.

•

It wis ma ma that got me intae it. When she wis a wee lassie she went every week tae dance classes in the Paisley toon hall an she won loadsa medals fur it. Last night, she wis showin me how tae dae the Charleston while she wis waitin on the dinner cookin when ma pal Charlene came tae the door. Charlene hen, ma ma said, Come on in an huv a boogie wi us. Charlene jist looked at me an rolt her eyes an said, Kirsty you're sooo never comin tae a Kirky disco wi us, she said, Yi'd get us pure laughed aff the dance flair.

•

This mornin we had Social Dancin first thing but ah couldnae dae it cause ah twistet ma ankle last night when ah wis daein the Charleston; ah had tae sit oot on the bench next tae Harpreet, an Charlene an Charlene's pal Kelly Marie. Harpreet's parents had writ a letter tae the school sayin she's no allowed tae dae it cause they don't want her tae dance wi boys. Ah don't exactly understaun the reason she's no allowed – ah thought it had somethin tae dae wi her religion at first, but then ah fun oot thir's a lassie in wan G who's also a Sikh an apparently she takes part. Thir's nothin up wi Charlene an Kelly Marie though, they jist pure cannae be bothert daein it.

Kelly Marie is wan ae these folk that talk an talk an talk. An aw she ever talks aboot is hersel an whitever guy she fancies. The day she wis talkin aboot whit she's wearin tae the Kirky disco this Friday. Charlene's gaun wi her an she's no even asked me, an Charlene's meant tae be ma best pal.

Ah've nothin decent ae wear, said Kelly Marie, even though she's the type ae lassie that wid look good in a black bin bag. Whit aboot yir white jeans wi the new pink halter neck tap yi goat oota Zig Zag last Saturday, said Charlene. Naw, she said, Ah've stoapped wearin they white jeans cause they mek ma arse look big. Ah thought tae masel, See you Kelly Marie yir full ae it, yir jist pure fishin fur compliments. Well whit aboot yir light blue jeans then, said Charlene, Ah hink yi should wear yir light blue jeans wi the pink halter neck tap. D'yi think so, said Kelly Marie. Aye yi'll look smashin, said Charlene, Won't she Kirsty. Emm aye, ah said, even though ah didnae no whit a halter neck top wis. Are you gaun, Kelly Marie said tae me. Ah hadnae really thought aboot it cause *The Full Monty* wis comin on the telly an wantet tae watch it, but ah jist said, Emm ah dunno ah might. Then Charlene buttet in an said, Ah don't hink it's really your scene, Kirsty.

•

We had Social Dancin again the day an ma ankle wis still sair so ah had tae sit oot on the bench wi Harpreet an Charlene an Kelly Marie again. Harpreet wis daein her French homework an ah wis watchin Mister Anderson showin the class how tae dae a foxtrot, an Kelly Marie wis talkin an talkin an talkin aboot her hair an her makeup an how she thought Chris Rice fae ma Regi class wis pure sexy.

Aw dae yi no hink he's jist a pure darlin, she said. He's lik the pure nicest lookin guy in oor hail year. Aye he's awright, said Charlene. Awright, said Kelly Marie, You've nae taste. Ah heard he's a pure brilliant dancer but, said Charlene. He is, said Kelly Marie, He can pure brek dance an dae the splits an aw that. That's pure brilliant, said Charlene, Ah wish ah could dae the splits. Dae yi hink he'll want tae nip me themorra night at the Kirky disco, said Kelly Marie. Ah'll ask him, said Charlene, Me an Chris are lik that. She crossed two fingers an ah wantet tae burst oot laughin when ah seen her daein it cause she disnae even know Chris Rice. The only time she's ever been near him wis that time when he come up tae me in the dinner hall an asked if he could copy ma Geography homework.

Kelly Marie had managed tae stop talkin fur aboot two seconds an she wis sittin paintin her nails wi Tipex when Mister Anderson come up an asked her whit she wis daein. Ah'm paintin ma nails, she said. She didnae even look up when she said it, she jist kept pittin the Tipex on her nails till they wur completely white an then she blawed on them tae help dry it in. An what should you be doin, Mister Anderson said. Kelly Marie opent her bag up an took oot a green projector screen pen that she'd obviously knocked aff wan ae the teachers, an then she drew a wee love heart on her nail an wiggult it aboot. Miss Walker, said Mister Anderson. Aye, said Kelly Marie, That's ma name don't wear it oot. Charlene startet tae giggle an ah nearly did as well but ah jist managed tae stop masel. See me at the end of the period, he said.

Then Mister Anderson looked at me an he said, How's the foot Kirsty, an ah said, Still sore but hopefully it'll be awright fur next week, sir. That's whit ah like tae hear, he said, an then he smiled at me an ah pure felt ma heart bumpin up intae ma throat. He wis aboot tae walk away again when Charlene said, Ha ha Kirsty's got a pure riddy ah ha Kirsty fancies Mister Anderson. Ah thought the ground wis gaunnae open up an swally me. Ah wis pure mortified. Ah coulda kilt Charlene.

An what's your excuse for not takin part today Miss Clark. It isnae an excuse, said Charlene, Ah've got a sair stomach. Have you brought a note, he said. How could ah bring a note, sir, she said, Ah cannae predict if ah'm gaunnae be no well. Well, it seems to me, said Mister Anderson, That this is a re-occurrin illness and if it persists ah'll have to ask you to bring a letter from your doctor. OK. Naw, said Charlene. I beg your pardon, said Mister Anderson. It's ma time ae the month, she said, O.kaay. Mister Anderson walked away shakin his heid. Dick, said Charlene, under her breath, then she looked at me fur confirmation that he wis Aye well that's him shattered, Charlene said tae Kelly Marie, How did you no say yi had yir period. Kelly Marie shrugged an then showed aff wan haun wi Tipex coatet fingernails an wee green pictures; then she turnt roon tae Harpreet an said, Heh hingmy – whit's that religious lassie's name again – Harpreach or whatever yir name is, how come he didnae pull you up. Sorry, said Harpreet, she looked up fae the textbook she wis readin. How you no daein it, said Kelly Marie. Oh, said Harpreet, It's –

Harpreet didnae get the chance tae answer though cause Charlene jamp in an spoke ower the top ae her. Sa against your religion tae dae social dancin int it, she said, lookin pure pleased wi hersel. Actually no, said Harpreet, It's because – Aye it is, said Charlene, Don't gies it – We went a trip tae the mosque when we wur in primary so ah know thir's loadsa shit your wans arenae allowed tae dae. Harpreet giggult. Ah'm not a Muslim, she said, But it's OK ah'm not offended – lotsa folk get us muddled up. Charlene pult a face. Ma parents jist don't want me doin social dancin, she said, Because in Punjabi culture it's seen as taboo fur boys an girls tae dance together – although obviously not everyone upholds that tradition which is why –

Och who gives a shit, said Charlene, Everythin else is against your bliddy religion!

Ah wis proper gobsmacked by that. So wis Harpreet ah think. Ah thought whit Harpreet wis sayin wis dead interestin, but of course ah never got tae hear the rest ae the conversation. Harpreet's dead nice anaw, an she's been a much better pal tae me than Charlene has lately. Ah don't know whit Charlene's problem is but nearly everythin that comes oot her mooth these days is dead sarky.

There wis a pure awkward silence after that. Then Kelly Marie, who had jist finished Tipexin her other haun hit oot wi, Heh whit religion are you anyway. Harpreet said, Ah'm a Sikh. Seek, said Kelly Marie, Yi don't look no well tae me, an then her an Charlene startet sniggern. Charlene said, Next time we get tolt tae dae Social Dancin ah'm gaunnae say ah cannae cause it's against ma religion.

•

This mornin, Mister Anderson picked me tae go up an demonstrate the military two step wi him in front ae the whole class. Ah wis dead nervous in case ah mucked it up even though ah'd been practicin non-stop the whole weekend. When ah pit ma airm on his shoulder ah jist aboot faintet cause ah could feel how muscly he wis underneath his shirt. Then he said in front ae the whole class that ah wis a brilliant dancer.

Mister Anderson made aw the lassies line up against the waw so's the boys could pick a partner. Kelly Marie wis made tae dae it fur a change but that wis because she'd been warnt if she got one mair puni then she wis on a behaviour timetable. She wis pure bealin: partly because she wis made dae it when Charlene wis aff sick, an partly cause evrubdy in school had been talkin aboot the Kirky disco an how Chris Rice had gave her a knock back.

Kelly Marie wis staunin right next tae me when Chris walked ower taewards us, an he went an pure blanked her. He wis lookin straight at me when he held oot his haun an ah nearly fell ower wi the shock (an so did Kelly Marie) an then he smiled at me an said, Kirsty wid yi like tae dance.

Chapter Four

THE RULES

Charlene Clark thinks she's a pure hard nut but she's no. She used tae be ma best pal but ever since we come up tae the high school an she started hangin aboot wi Kelly Marie Walker an aw the mad squad fae Moorpark, she's been pure actin smart.

Charlene tries tae dae everythin Kelly Marie does: Kelly Marie startet wearin black troosers tae school so Charlene startet wearin black troosers; Kelly Marie got a fringe so Charlene got a fringe. Charlene used tae come fur packed lunches wi me everyday when we wur in primary school, but noo she thinks packed lunches are gay because Kelly Marie said they wur; noo the two ae them go tae the chippy fur lunch or buy rolls an cauld meat fae Tesco.

●

This afternoon ah wis sittin in the canteen wi Harpreet an Harpreet's big sister, Navdeep, who's in fourth year, when Charlene come marchin up. She'd a big grin on her face an she wisnae wearin her school tie, an she wis haudin whit looked lik an official puni.

Huv you seen Kelly Marie, she said. Ah said, Naw how wid ah see her when she's in your class. Ah wis only askin, she said, Whit's up wi you the day yir bein a pure nippy sweetie. Ah tolt her ah wis fine, she's never interestet in whit happens tae me anyway; she widnae be bothern that ah got intae trouble in French fur huvin

CHAZZA C WOZ ERE

writ on the back cover ae ma jotter even though it wis her that did it.

Yi'll never guess whit jist happen tae me, said Charlene. Yi got an official puni, ah said. Aye, she said, grinnin away, Yi'll never guess whit fur but. Gaun tell us then, ah said, because she wis obviously dyin tae.

Charlene an Kelly Marie are in wan R thegether an ah'm in wan N. Ah know Charlene's timetable aff by heart as well as ma ain so ah guessed she probly got her puni fae Miss Price in Office Information Studies. Charlene's class are in the Apple Mac room at the same time as ah'm in French. When we first startet high school we used tae arrange tae ask oot tae the toilet at the same time so we could meet doonstairs fur a blether. That wis before she startet pallin aboot wi Kelly Marie though.

Know they swivel chairs yi get in the Apple Mac room, said Charlene. Aye, ah said. Well know how thir aw pure shite an fuckin fawn apart an the fuckin foam's aw pure comin ootae the cushions an hauf the chairs've got nae wheels. Aye. Well ah wis first in the class the day an ah pit ma bag doon on the desk next tae wan ae the good swivel chairs an nen ah went tae get a len ae pencil an fuckin Mickey fuckin O'Rourke went an fuckin naptured the fuckin chair. Charlene, ah said, Dae yi think yi could fuckin possibly fit anymair fuckins in that fuckin sentence.

Charlene looked away. At first ah thought she'd took the huff but then ah seen Kelly Marie walkin taewards oor table wi a grin the size ae a melon plastert tae her coupon; Kelly Marie blew a big pink Hubba Bubba bubble an then cracked it really loud an then she gied Charlene a two-fingered Cub Scout salute.

CHAZZA, she shoutet, That wis fuckin class man that wis brilliant by the way that wis so fuckin funny in O.I.S. Aye, said

Charlene, Ah wis jist tellin Kirsty whit happent. Kelly Marie jist growled at me. She disnae like me cause she said ah knocked her boyfriend but ah never; aw ah did wis dance that wan time at Social Dancin wi the guy she fancied.

Ah looked doon at the table an opent up mah packed lunch box an Harpreet an Navdeep opent up theirs. Ah'd a roll an cheese wi tomata, an Harpreet an Navdeep had these triangle pastry things. Whit's that yiv got, ah said. Harpreet said, D'yi want tae try one – ma mum made them – thir called samosas. She cut wan in half fur me an ah took a bite, they wur a bit spicy but nice, an they wurnae greasy or anythin lik the stuff ah got wan time before oot that Indian place doon by the toon hall. Kirsty, Charlene said, Ah don't know how you can eat aw that foreign stuff the smell wid pit me aff. Aye well, ah said, Yi didnae seem tae mind aw the times ma ma made yi chicken curry fur yir dinner.

Charlene drew me a dirty look an then she said, Anyway changin the subject ah wis tellin yi aboot O.I.S. Aye, said Kelly Marie lookin at me then at Harpreet an Navdeep tae make sure she had an audience, Wee Mickey O'Rourke knocked Chazza's chair an she grabbed it an took him fur a hurl right roon the class an then she nearly decked Miss Price when she run intae her by accident. Aw whit wis she like, said Charlene, That Miss Price. CHARLENE CLARK WHAT DO YOU THINK YOU ARE DO-ING, said Kelly Marie. The two ae them sniggert. Aye, said Kelly Marie, Then you wur lik that ah'm tryin ae get ma seat back miss he stole ma seat. Aye an whit else wis it she said again, said Charlene. STOP THOSE FOOLISH ANTICS said Kelly Marie. Charlene an Kelly Marie burst oot laughin again.

Ah've got Miss Price for Standard Grade O.I.S, said Navdeep, An ah think she's alright. Nae danger, said Charlene, She's a pure mong. Aye, said Kelly Marie, Magine pickin O.I.S.

Anyway as ah wis sayin, said Kelly Marie, Chazza pure tried tae judo wee Mickey. Aye nen the chair broke, said Charlene. An yees baith endet up on the flair. Aye nen wee Mickey called me a fat bitch, said Charlene, An Price papt him oot the class. Aye that's right, said Kelly Marie. Aye she still tried tae blame me fur it but, said Charlene, She wis pure sayin ah'd need tae pay fur a new chair. Aye that wis crap. Nen she hauns me a puni an ah wis lik whit dae yi want me tae write on this AH WILL NOT FUCKIN SWIVEL. She wis pure bealin when you said that, said Kelly Marie. Aye ah know, said Charlene, She wis lik IF YOU DON'T OBEY THE RULES OF MY CLASS YOU WILL NOT BE HERE. An then Charlene gied her the finger an tolt her tae spin on it an walked oot, said Kelly Marie. Ah wish ah hadnae said SPIN ON IT, said Charlene. Ah thought it wis dead funny, said Kelly Marie. Naw dae yi know whit ah shoulda said, said Charlene, Ah shoulda tolt her tae SWIVEL.

•

Charlene phoned me the night. She asked me if ah wid dae her a favour an write her puni fur her, so she could go tae the Robbie Park wi Kelly Marie tae meet these two guys they fancied fae Trinity High. Ah tolt her tae bolt. Aw come oan, she said. Naw, ah said, Why should ah. Some pal you are, she said, Ah'll remember that the next time Kelly Marie wants tae batter yi an ah'll no bother staunin up fur yi.

•

Charlene chapped the door at half past six. Hanks, she said, Ah owe yi wan. Jist hurry up an gimme the thing, ah said, Before ma ma sees it.

Ah closed the door at her back an watched her shimmy doon oor front path. Ah could jist see her an nae mair, fae ma bedroom windae, as she stopped at the lamp post at the end ae oor street an rolt the waistband ae her skirt up; then she disappeart intae Leven Square.

Ah had hunners a homework – History, Modern Studies, an even oor Drama teacher Mizz Spence had gied us two scenes ae *Bugsy Malone* tae read an questions tae answer – an ah didnae know how ah wis gaunnae get it aw done in time tae watch Bad Girls at nine a'clock.

Ah sat doon on ma bed, took a HB pencil oot ma pencil case, an then began writin oot the school rules.

Chapter Five

AW GROWN UP

The first an second year school dance is this Wednesday an ah'm pure buzzin. It's half Social Dancin an half Disco an wuv aw been tolt tae dress up smart an ditch wur trainers. The tickets went on sale this mornin: two pound fifty each; that includes a hot dog, a packet ae crisps an unlimited refills ae dilutin orange.

Ah bought ma ticket aff Missus Auldhill that runs the tucky. Missus Auldhill, true tae her name, is as auld as the hills an she's worked at Renfra Grammar fur nearly thirty years. She knows nearly every single pupil an quite a lot ae thir parents because maist ae them wur taught here anaw. Missus Auldhill's no jist the tuck shop wummin though: she also doubles as the cleaner, the auxiliary nurse, an the superviser ae the school dinners; an when she's no knockin her pan oot wi aw that, she's bakin cakes fur fetes an makin the cozzies fur the school play.

Accordin tae Missus Auldhill, oor school used tae be where the Trinity High is noo. Apparently they built this new buildin in 1977 an Prince Charles came tae visit. Ah remember it lik it wis yesterday, she said, We'd a discotheque an the Prince an me were the first yins up on the dance flair giein it lahldie tae the Bee Gees How Deep Is Your Love. Crikey, ah thought, an ah wondert whit age she wis an whether Mister Auldhill an Princess Di were on the scene an whit they thought aboot aw ae this but ah didnae like tae ask.

•

Charlene said Missus Auldhill wis an auld cow cause she made her clean aw the mentions aff the Lassies' Toilet doors (even the wans she didnae write), but ah like Missus Auldhill because she gies me an Harpreet a free packet ae Monster Munch every day fur helpin her in the tucky at lunchtimes.

Because it's comin up fur Christmas an hardly any ae the teachers are giein us work, me an Harpreet got tae go wi Missus Auldhill tae the Cash 'N Carry fur supplies fur the school dance an she gied us a whole box ae marshmallas tae wursels. When we got back intae school, Charlene wantet tae know how come we missed Social Dancin an when ah tolt where we wur she said, Yi shoulda bought some straws while yi wur there. Whit fur, ah said. Tae help yi sook up the auld cow's arse.

•

This afternoon when me an Harpreet went up tae the tucky, Missus Auldhill wis makin Christmas decorations fur the dance hall an she asked me if ah wid go next door an get Sellatape aff Mister Miller the Maths teacher. Ah'd forgot Charlene wis on a lunchtime detention wi him an when ah went through tae his room, there she wis, sittin writin

I MUST ACT MY AGE AND NOT MY SHOE SIZE

a hunner times.

Mister Miller's awright. A bit weird though. He wears a Donald Duck tie an supports Saint Mirren. Ah support Rangers so ah'm always windin him up aboot his team gettin beat. He's no that auld either, aboot twenty-five or twenty-six, an if it wisnae fur his ginger hair an orange freckles an his bad taste in ties an fitba, ah'd mibby even fancy him a wee bit.

Aye aye Kirsty, he said when ah walked in, Did yi see the game last night. Aye, ah said, Ah seen it up tae half time an a noticed yees wur gettin gubbed. Nah nah, said Mister Miller, Wan all wis the final scores on the doors. Christ, ah said, Wis the goalie blin. Ha ha, he said.

When he wis in the cupboard lookin fur the Sellatape, Charlene flung a bit ae paper at me that said,

GAUNNAE GET US A TICKET FUR THE DANCE.

Ah'd only fifty pee left so ah had tae get a len ae two pound aff Harpreet. Ah sneaked the ticket in tae Charlene when ah went back through wi the Sellatape jist as the bell wis ringin. Ta, she said, stuffin it in her back trooser pocket, Ah'll come up fur yi the night at hauf six.

•

Ah'd been totally psychin masel up fur the dance fur weeks. Ah wis pure excitet an ah kept gettin shivers doon ma back. Ah ran home fae school an got stripped an had a shower, an then ah sat wi ma hoose coat on an a big white towel wrapped roon ma heid lik a turban, munchin macaroni cheese while ah waitet fur ma hair tae dry.

After that, ah pit on the new pink blouse an the black troosers wi the turn-ups an the sparkly belt ma ma bought me fae Next, an then she straightened aw ma hair fur me an sprayed me wi some ae her Paloma Picasso perfume. Margaret fae up the stair come doon tae dae her nosey an she said tae me, Awww yir lookin lovely hen yi look aw grown up.

•

Charlene phoned at the last minute an said she wis gaun up tae Kelly Marie's tae get ready. Ah'll jist get yi at quarter tae seven ootside the school gate, she said.

•

Ah walked past the Robbie Park an doon Oxford Road an got Harpreet jist ootside her hoose; it startet rainin jist as we reached the school gate. We wur bang on time an we stood an we waitet on Charlene an Kelly Marie.

•

An we waitet.

•

Chris Rice fae ma Regi class went past an said hullo an asked if we wur gaun in. Wur jist waitin on sumdy, ah said. Then Chris Ross an Chris Russell came at his back an said did we lik staunin in the rain or somethin. Wur jist waitin on sumdy, ah said.

Harpreet said, Maybe we should jist go in. Naw, ah said, Ah tolt Charlene ah'd meet her. Fine, said Harpreet. Her face wis pure trippin her an she wis really gettin on ma nerves cause she kept sayin, Ah'm cold, an ah'm this an ah'm that. Ah said, If you're that desperate you go ahead an ah'll get yi in there.

Two lassies fae Harpreet's primary school that ah didnae know went past an they said, Who yi waitin oan, an Harpreet said, Kirsty's friend. An then she said tae me, Are yi sure she's comin.

•

When Charlene an Kelly Marie finally arrived three quarters ae an oor later than they wur meant tae, the school dance had awready startet an the pair ae them could hardly walk in a straight line. Whit happent tae you, ah said, We've been staunin here freezin fur nearly an oor. Awww diddums, said Kelly Marie an she began makin wibble-wibble-wibble noises by movin her finger up an doon against her bottom lip. Charlene went intae a pure fit ae the giggles an her laugh wis that fake she soundet lik a hairdrier.

Huv you been drinkin, ah asked. Wahey get the lassie a cigar, said Kelly Marie. She smirked at me an opent up her handbag an took oot a blue and gold fag packet, then she sparked wan up an took a draw then passed it tae Charlene. Whit yi daein, ah said tae

Charlene, Since when did you smoke. Charlene jist shrugged at me an laughed an she'd this big dopey look on her face that said ah'm pure pissed. She held the fag oot tae me an ah tried to ignore her as she lent forward, gien me a full force whiff ae cider an CK Wan perfume. Cigarettes are disgustin, ah tolt her. Aw Kirsty you are sooo immature, she said as she took another draw an blew the smoke right in ma eyes.

Ah noticed Charlene wisnae wearin her hair in its usual high pony tail: normally she's got it sat on top ae her heid lik a jet black pine-apple, but the night she wis wearin it doon an it wis poker straight bar some random curls. Baith her an Kelly Marie wur wearin mini-skirts an had thir faces caked in make up an they looked aboot fourteen.

Right are we gaun in then, ah said as Charlene flicked away her fag. Aye in a minute, said Charlene, Ah need tae talk tae yi aboot somehin. She grabbed ma airm an stoatet ower taewards the Smoker's Corner ootside D stairs an the Science Department. Whit is it, ah said. See you, she said. Whit. Whit did yi bring fuckin Harpreach fur. She said it lookin back ower at the gate makin it really obvious who we wur talkin aboot. Her name's Harpreet, ah said, An she wantet tae come. She looks lik fuckin Morticia fae the Addams family wi that black dress on. How dis she, ah said. Kirsty, said Charlene, Sometimes ah worry aboot you.

Kelly Marie walked ower taewards us an said, Harpreach says she's gaun hame. How, ah said, Whit've you said tae her. Nothin. Why's she suddenly gaun home then. Dunno.

Ah ran doon Hainin Road tae catch up wi Harpreet. Whit yi daein, ah said. Ah don't feel well, said Harpreet. Don't be daft, ah said, Wur here noo. Ah wis tryin tae convince her tae come back up tae the school but really ah couldnae care less if she wantet tae jump aff the Erskine Bridge – cause aw ah wantet was tae go in and dance an huv a good time an here she wis bein a pure wet blanket.

Behind me, Charlene an Kelly Marie wur mumblin, probly

talkin aboot me. Gaunnae hurry up, shoutet Charlene, Ah'm burstin fur the toilet. Are yi comin, ah asked Harpreet. She didnae reply. Fine then, ah said.

•

The school dance wis pants. It wis aw full ae kids kiddin on they wur adults: turnin up drunk an nippin each other in corners ae the room. Twice, Missus Auldhill got me up tae dance the Virginia Reel but ah wisnae really intae it, then Charlene spewed her load in the Lassies' Toilets an wan ae the teachers phoned her ma tae come an take her home.

Ah'd naebdy tae sit wi at lunch the day cause Harpreet isnae talkin tae me an Charlene got suspendet fur the last two days before the Christmas holidays. Charlene's suspension wisnae much ae a punishment if yi ask me because most folk wur doggin it anyway, but there yi go, that's oor school's logic.

Ma ma an Margaret willnae shut up askin whit like the dance wis an whether or no a got a LUMBER. An Charlene still hasnae gied me the money back fur the bliddy ticket.

Chapter Six

SCROOGE

It's the night before Christmas an ah'm stuck in the hoose wi nothin tae dae cause the swimmin baths are shut, an Charlene's groundet an Harpreet's fell oot wi me. Ma da's at his work an ma ma's helpin Margaret upstairs fix her tree, an ma sister Karen's in the livin room watchin Santa Claus the shitey movie.

•

This year ah gied oot nearly fifty Christmas cards tae folk at school, an only fifteen folk gied me wan back. Charlene said, That's cause Christmas cards are gay. Ah bought Charlene a ring fur her Christmas: it wis a silver wishbone ring an it cost nine ninety-nine oot the Argos Extras catalogue. An aw she gave me wis a cheap crappy crossword book that yi can buy fae the Pound Shop. When ah showed it tae ma da he jist said, Kirsty stop bein such a Scrooge, then he said, It's the thought that counts.

It wisnae the money, or even the fact that ah hate crosswords, that wisnae why ah wis angry, it wis the fact that sumdy in her Regi class had gied it tae her as a present, an she hadnae even the brains tae take aff the tag wi her ain name on it before gien it tae me.

•

Harpreet gied me a beautiful card. Her religion disnae even celebrate Christmas either. It wis a card wi two wee penguins sittin thegether on an iceberg an it was aw glittery an stuff. Ah wish Harpreet wid phone me cause ah pure miss her. She gied me a present anaw but ah still don't know whit it is. Charlene tried tae get me tae open it on the fly but ah felt dead guilty cause Harpreet wantet me tae wait tae Christmas mornin.

Ah wis dead embarrast when Harpreet gied me the present cause ah hadnae thought tae buy fur her. Ma ma went doon the chemist an she got this box ae smelly stuff fur me tae gie tae her. Ah said, Whit made yi choose that. She said, Well ah didnae want tae offend the lassie, she said, Ah mean whit dae yi buy fur cultured folk.

•

C is for the candy trimmed around the Christmas tree…

Karen wis playin that stupit Christmas Alphabet song aw afternoon. She played it aboot ten times in a row an she wis daein ma heid in wi it.

I is for the icin on the cake as sweet as sugar –

Gaunnae gie it a by, ah tolt her. She made a face at me. S is fur the Scrooge, she said, an then she pit the song back tae the beginnin.

Karen wants a new bike fur her Christmas. She's went on an on aboot it fur months. Ma ma took her tae Halfords an she picked oot this mountain bike that wis silver an cerise an had six different gears. Ma ma wisnae keen on her gettin it though. It wis quite an expensive bike an Karen's dead careless wi her stuff: the last bike she had sumdy knocked it two weeks after she got it.

Karen wis sittin at the coffee table writin doon things on a bit ae lined paper.

Whit yi daein noo, ah said. A new letter tae Santa, she said, Ah forgot tae ask fur some Spokey Dokes. Karen, ah said, Ah think you need a reality check hen cause Santa's that guy wi the fake beard an the cushion stuck up his jooks that works part time in the Braeheid shoppin centre – anyway yir a bit late wi yir order. Kirsty see you, she said, Yiv nae Christmas spirit.

Whit-ever, ah said tae her, But ah'll no be the wan wastin ma time pittin oot glasses a milk an cookies when it's jist ma da that's gaunnae eat it.

Did sumdy shout me, said ma da. He wis in fae his work early. Whit huv yees been daein aw day, he said, Did yees pit a carrot oot yet fur the reindeer?

•

That film wi Bill Murray wis on the telly. The wan where he plays the TV executive that gets hauntet on Christmas Eve. That's you, Karen said, Auld Ebenezer. Haha, ah said, You're a comedy genius sumdy should employ yi tae write the jokes fur the Christmas crackers.

•

Ah had the weirdest dream last night. First ah dreamt that ma grampa (fae ma ma's side), who's been deid fur years, woke me up oot ma bed tae tell me no tae argue wi ma sister. Noo ma ma's da wis a stingy auld pig: he wuid take the eyes oot yir heid an come back fur the holes. He could start an argument in an empty hoose an the whole family avoidet him when he wis alive. The second thing ah dreamt wis that Harpreet's sister, Navdeep, came tae see me. She carried me oot ma bedroom windae an we flew through the air, aw the way tae Harpreet's hoose. Harpreet wis sittin in her bedroom greetin an when ah tried tae talk tae her tae ask her whit wis wrang she jist ignored me. Navdeep said, She cannae see us Kirsty. The last thing ah dreamt wis that ah wis staunin ootside the Toon Hall: it wis Christmas night an there wur loadsa folk there aw singin an dancin an huvin a laugh. Charlene wis there an so wis Kelly Marie an they wur pure pissed. The last thing ah remember aboot ma dream wis Charlene spewin her load aw ower Kelly Marie's shoes.

•

Karen wis up at half six in the mornin openin up aw her presents. She got her bike an a luminous pink helmet, an a padlock, an loadsa other wee footery things lik spanners an a pump an her pink an purple Spokey Doke things she wanted tae pit roon the wheels.

Ah wis takin ma time openin mine up. Ah like tae sit an pick at aw the Sellatape so that it comes aff aw neat an tidy withoot rippin the wrapper. Hurry up, said Karen, Ah'm beatin you. Aye, said ma da, There's nae need tae be delicate wi it wur no gaunnae use that paper again. Leave her alone, said ma ma, Kirsty's quite happy daein it her way.

Ah got new goggles aff Karen, an a ten-week block a lessons fur the Junior Discover Scuba Divin course that's jist startet up at oor baths. Noo before yi start whingein about no huvin aw the right gear, ma da said, The hire ae yer wet suit an yer mask an aw yer other equipment is includet. Thank you so much, ah said, This is amazin. Ma ma said, It wis yer sister's idea. Karen never said anythin, she jist looked doon at her feet. Ah felt dead bad aboot bein such a moody auld humbug so when ah gied ma sister her present fae me, ah gied her a big hug anaw.

Ah wis aboot tae open the present that Harpreet gied me when the phone rang. Ah wis hopin it would be her but it wisnae, it wis Charlene.

MERRY CRIMBO, she shoutet doon the phone. Hiya Merry Crimbo tae you too. So widyi get then, she said. Ah startet tae tell her. Heh yi should see the ring ah goat aff ma maw's boyfriend, she said, Sa big gold fucker aboot two inches thick an it says RFC on it. Great, ah said. An ma maw goat me wan as well that's a big gold sovvy ring it's lik a pure knuckle duster.

She went on an on aboot how she got this an she got that an she got another new Tregijo jumper an three hunner an fifty pound awthegether tae spend in the sales. How much money did you get, she said. Emmm well ah got a fiver fae ma granny an another fiver aff ma Auntie Jackie –

Is that it, she said, That's pure miserable. Ah tolt her ah wis thinkin aboot buyin ma ain pair a flippers wi the money but Charlene jist snortet. Aye well, she said, Yi'll be lucky if yi get wan toe aff a decent pair a flippers fur that. Ah wantet tae correct her an say that flippers didnae actually huv toes but then ma ma shoutet me tae come an get ma photie took, an ah wis glad cause ah wis sick ae listenin tae her showin aff. Smell yi later then cheap-o, she said, Ah might catch yi the night at the party at the Toon Hall.

•

The present Harpreet gied me wis in a box the size ae a cornflakes packet. It wis wrapped up dead neat an careful wi silver shiny paper, that slidey paper that's dead footery that yi always end up cuttin pure skelly. It took ages tae open it cause she'd tripple wrapped it an ah broke two ae ma nails tryin tae get the Sellatape undone.

Ah hadnae ah clue whit it wis because it didnae rattle when ah shook it an it didnae smell ae anythin.

Rip it rip it, shoutet Karen. Eventually ah gied in an tore the paper tae bits. Inside wis a giant cornflakes box. Cornflakes, said Karen, Why's she gied yi a box ae cornflakes. Ah tolt yi, said ma ma, Her culture don't understaun Christmas.

Ah jist laughed an then ah tipped the box upside doon an two blue rubber flippers in a polythene bag fell oot. Aw yi need noo is a snorkle, said ma da. At the bottom ae the box wis a wee sparkly card that said: Merry Christmas, Duck Feet.

•

Ah phoned Harpreet the day. Ah tolt her ah'd missed her. She said, Ah missed you too. Ah said, Ah'm sorry fur whit happent. She said, Apology accepted ya big dork. Ah said, Who you callin a big dork. Anen the two ae us startet laughin. Wur pals again noo – it didnae take much – an wuv arranged tae go tae the swimmin baths as soon as it reopens – although that isnae till Thursday the third ae January because ae aw the council cutbacks.

Ah called Charlene tae find oot how the party went but her ma said she's barred fae usin the phone. Charlene an Kelly Marie got liftet by the polis last night fur underage drinkin, so her ma said that's her groundet till she's at least twenty-wan.

Chapter Seven

A BAD
INFLUENCE

Charlene an Kelly Marie huv fell oot. It aw startet because Charlene's ma said that Kelly Marie wis a bad influence an that Charlene wisnae tae pal aboot wi her anymair. Kelly Marie tolt her ma whit wis said an her ma went up tae Charlene's door an then the next thing thir wis a big palaver an Charlene's neighbour phoned the polis.

Charlene's asked tae be moved intae ma Regi class cause she says Kelly Marie's bullyin her. Ah'm pure crappin masel though in case she sits next tae me an pits me aff ma work: cause she's Clark an ah'm Campbell it means her name'll be near tae mine in the register.

•

Charlene used tae sit next tae me in primary. Wuv been pals ever since we wur four-yir-auld when we went tae the Community Centre play group thegether. Ma ma likes Charlene because she always blethers away tae her when she comes up fur me, but she's always said that she wis a bit ae a user cause she'd only ever come up on a Wednesday night when ma ma wis makin tablet or when she'd naebdy else tae play wi.

On the first day at high school, me an Charlene an aw wur other pals fae primary, we aw met up at the corner ae Leven Square an ma ma took pictures ae us wi wur new school uniforms an we aw walked up tae the school thegether. Then a week later, Charlene'd moved on tae other pals an she kept 'forgettin' tae wait fur us.

•

Charlene's name wis addet tae the bottom ae the register after Zoe Welsh's. Because the teacher makes us sit boy-girl-boy-girl, Charlene endet up sittin in the empty chair next tae Bunsen. Bunsen's real name's Winston Turner but it rhymes wi Bunsen Burner an that's whit evrubdy calls him. Bunsen's wan ae the popular crowd that aw the lassies fancy an aw the boys want tae be pals wi. He drinks at the weekends an goes tae aw the Kirky discos; an even though ma an da say ah shouldnae get involved wi folk lik that, ah still talk tae him cause he's always been dead nice tae me. Another thing aboot Bunsen: he pure hates smokers. Ah could tell by the look on his face that he wisnae happy that Charlene wis papt next tae him cause she's always reekin ae fags these days.

Ah know oor whole register aff by heart noo, it's lik learnin a song. Whenever the teacher starts shoutin oot the names ah sit an say them intae ma heid:

Bryan Allan. Here. Allan Bryan. Here. (Sometimes Bryan Allan an Allan Bryan answer fur each other jist tae confuse the teacher). Nicola Buchanan. Here. Yvonne Byres. Here. Kirsty Campbell. KIRSTY CAMPBELL. This mornin ah wis that busy daydreamin that ah forgot tae answer tae ma ain name. Thomas Campbell. Thomas CAMPBELL. He's doon at the heidies sir, shoutet Bryan Allan. Tommy Campbell's always doon at the heidies, they should jist pit a wee bad boys' desk ootside the class fur him lik they used tae dae wi aw the idiots in primary school. David Donald. Here. Eunice Garvie. Here. Nicola Gibson. Here. Harpreet Kaur. Here. HARPREET KAUR. Here. Can you please answer to your name if you are here, said the teacher. Harpreet's that quiet spoken, it's a sin, aw the boys in oor class are always takin the piss oot her fur it. Alasdair Kelman. Here. Laura Kyle. Laura Kyle comes runnin in jist as Mister Morris is markin her aff. Punishment exercise, Miss Kyle, Wait behind at the end. Och but, said Laura. Och but nothin, he said, This is the third time this week yiv been late. Laura Kyle wis in ma primary class an she wis always runnin at the coo's tail then too. Owen Lennon. Here. Liz Leonard. Here. Tom Lochhead. Here. William McCoy. He's aff, says Bryan Allan. Laura McNish. Here. Laura McPhee. Sir, McPhee is at the dentist, shoutet Laura McNish. The two Lauras are best pals an Wully McCoy in oor class named them McPish an McPee. Christopher Rice. Here. Christopher Ross. Here. Christopher Russell. Here. Samuel Semple. Here. Louise Strachan. Here. Winston Turner. Here. Zoe Welsh. Here. AND CHARLENE CLARK. Present, sir. A few folk giggult.

•

Kirsty, said Charlene as we wur walkin alang tae English, Want tae go tae Tesco fur lunch. Charlene had never asked me tae go tae Tesco before. Ah'd never been tae Tesco wi anybody before except ma ma tae get the shoppin. Wan time aboot two or three weeks jist after we'd startet first year, the Lauras had asked me if ah wantet tae go wi them but ah said naw cause ah don't really like Laura McNish: she's fat an she smells an she kept stealin evrubdy's chips that time she came tae the canteen wi me, an ah've jist always felt that thir's somethin dead fly aboot her.

Ah said aye right away tae gaun tae Tesco wi Charlene though, an ah couldnae stop thinkin aboot it aw through second period: when we wur in primary yi always had tae tell the teacher whether yi wur a school dinner or a packed lunch or a home lunch, an yi wurnae allowed tae change yir mind wance yi'd said it. Ah felt dead grown up knowin that ah could jist walk oot the school at lunchtime an no huv tae explain tae anybody where ah wis gaun.

•

At interval, Charlene made me go roon the smokers' corner wi her an it felt pure weird an ah wis crappin masel in case a teacher came roon an ah got pult up even though ah wisnae smokin. Kelly Marie wis there at the same time as us but she wis jist leavin. On the way past she pointet at Charlene an drew her finger across her throat an then she walked away laughin.

Cow, said Charlene. Yi better watch she disnae hear yi say that, ah tolt her. Or whit, said Charlene. She might batter yi. Kelly Marie couldnae batter a fish. Haha, ah said.

Sumdy asked me fur a light. Ah turnt roon an ah wis aboot tae say ah didnae huv wan when ah realised it wis Harpreet's sister's pal, an Harpreet's sister wis wi her.

Kirsty, said Navdeep, Ah didn't know you smoked. Ah didnae know you did, ah said, Anyway ah don't. Navdeep said, Yeah well don't go tellin ma sister because she'll clype yi know whit she's like. Aye, ah said, Ah know whit she's like. That's when ah remembert that ah wis meant tae be gaun tae packed lunches wi Harpreet.

•

How no, ah said. Because ah don't want tae. Aw but how no. Ah jist don't want tae, said Harpreet. Aye but yi can eat yir packed lunch on the way ower the road. Ah want tae eat ma packed lunch in the canteen, she said, If you want tae go tae Tesco then you go tae Tesco an ah'll see yi when yi get back.

•

Ah couldnae concentrate aw through Maths. Part ae me couldnae wait fur the bell tae ring so ah could go tae Tesco but part ae me felt dead guilty aboot the whole Harpreet situation.

Kirsty, said Mister Miller when the class wis finished, Can ah huv a word wi you. Ah thought ah wis gaunnae get a bollockin cause aw ah'd did wis draw two isoceles triangles, but he jist asked me if ah wis awright an wis ah findin the work hard or anythin. Ah said ah wis fine. He said, Well yiv been starin intae space fur the past half an hour an that's not like you. Sorry sir, ah said, Ah feel a bit dizzy ah think ah jist need some fresh air. Ah wis aboot tae walk oot the class when he shoutet me back an said, Kirsty don't forget yir bag an yir jacket.

•

Harpreet wis staunin ootside the class waitin on me. So yi changed yir mind then, ah said, Yir gaunnae go tae Tesco wi us. No, said Harpreet, But you can still come tae packed lunches wi me if yi want cause Charlene said tae tell yi she couldn't wait so she's away wi Laura McNish.

•

Ah wis in the canteen wi Harpreet an Navdeep when Chris Rice come in an said, Yi'll never guess whit. Ah said, Whit. He said, McNish an that new lassie jist got caught shopliftin. Ah said, Yir kiddin. He said, Naw ah jist seen them gettin frogmarched ootae Tesco.

Chapter Eight

FASHION SENSE

Charlene wants tae buy a new Tregijo jumper. She wants me tae go intae Glasgow wi her so she can go intae this shop called Trendy Tribe. Ma ma isnae happy aboot us gaun intae Glasgow by wursels. Ah tried tae say tae Charlene how dis she no jist go tae the Braeheid Centre or somethin, but she jist looked at me lik ah wis somethin that slipped aff her shoe. Kirsty, she said, It's aw the wee gay folk an the primary punters that go intae Braeheid, anen she went roon tellin evrubdy in school that ah wisnae allowed intae Glasgow an they wur aw pure laughin at me.

Charlene's awready got three Tregijo jumpers: she's got wan that looks lik an England fitba top, wan that's got the French flag on it, an wan that she got fur Christmas that's made fae pure lambs' wool an has a picture ae sumdy ridin a horse. Ma ma wis actually gaunnae buy me the wan that's got the wee person ridin the horse; it wis me that tolt Charlene aboot it an then suddenly she appeart wearin it, so ah had tae say that ah'd gone aff the jumper cause ah knew if ah got it then Charlene'd say ah wis jist copyin her.

Charlene's still gaun on aboot gaun intae Glasgow. Ah tolt her ah don't have any money. Sawright, she said, Ah'll pay yir bus fare. Ah said, Aye but ah'll need money tae get somethin tae eat.

Sawright, she said, Ah'll buy yi a McDonalds meal. But ah don't like burgers, ah said. Sawright, she said, Yi can jist eat the chips.

Ah asked ma da if ah could go intae Glasgow wi Charlene. He said, Ask yir mother. So ah asked ma ma if ah could go an she said, Ask yir father. Ah said tae ma da, Mum says ah can go if it's awright wi you. Ma da said, That's fine then. Then ah asked him if ah could get thirty pound tae buy a Tregijo jumper an he jist looked at me an said, Dae yi think ah'm bliddy made a money?

•

Nearly evrubdy in school wears stuff that says Tregijo. Yi can even get school shirts that've got it writ on them. This boy in ma class cawd David Donald, his family are pure poor cause thiv got aboot ten million weans, he come in wan day wi a Tregijo shirt an he got the slaggin ae his life. Ah didnae even notice anythin cause ah thought it looked identical tae evrubdy else's but Charlene said, Naw yi can well tell that's a fake, she said, Cause the stitchin on the cuffs is different.

Charlene wants tae get a pair ae Tregijo jeans as well as a top noo. Ah said, Ah didnae even know yi could get Tregijo jeans. Charlene said, Where've you been planet Uranus, an then she sniggert. Ah tolt her ah didnae get it an she jist said, Never mind, then she said, Ah take it ah'll need tae gie you lessons oan how tae huv a sense ae humour as well as fashion.

•

Ma ma went an knittet me an Aran jumper tae wear ower ma school shirt. Ah said, Ah cannae wear that. How no, ma ma said, Yiv wore Aran jumpers tae school before. Ah says, Aye when ah wis aboot eight-yir-auld or somethin. Ma ma's face wis pure trippin her. Actually the last Aran jumper yi had ah knittet a year past in October, she said, If yi remember right aw the wans in yir class wur jealous an ah endet up daein aboot six ae the bliddy things fur other folk.

Ah wantet tae say tae her that that wis primary school; that naebdy in high school wore an Aran jumper, no even David Donald an he wis the pure reject ae the class. Ma ma said when she wis at high school she'd tae wear hand me doons fae her big sister an she didnae go cribbin aboot it. She said, Ah remember bein no much aulder than you Kirsty, she said, An The Who had jist split up an fur months afterwards ah wis made tae wear yir Auntie Jackie's auld denim jacket wi their logo on it.

Your ma musta been a pure reject anaw, said Charlene. This wis cause ah tolt her aboot The Who jacket. Ah wish ah hadnae tolt her noo but she kept askin me when ah wis gaun intae Glasgow an whit jumper did ah think ah wis gaunnae get. She kept on an on an on at me an ah had tae tell her somethin; ah never thought she'd hit me wi a comment lik that though.

•

Ma ma used tae be a sewin machinist. She used tae work in a factory that made aw the clothes fur Marks an Sparks. See aw yir Tregijo jumpers an yir shirts, she said, Thir no worth a chew. Widyi mean, ah said. She said, Thir no worth the money hen. She said, Ah've looked at some ae the stuff an the hems are aw squint an everythin an thiv jist been papt oot intae the shops an naebdy's botherin as long's it's got a designer label on it thir's folk that'll buy it. Dae yi never think aboot gaun back tae it, ah asked her. Back tae whit, she said. Sewin machinin. Ma ma jist sighed. Wid yi no go back tae it then. Ah gave it up tae huv you an Karen, she said. Aye ah know. Don't get me wrang it wis a great environment ah loved ma job, she said, But that wis thirteen year ago an it's aw changed. Aye but yi could still go back. Aye Kirsty, she said, Ah can jist see it noo… ma designer Aran cardigans wid be aw the rage.

•

Ma ma gave me the thirty pound fur gaun intae Glasgow wi Charlene. Ah felt dead excitet cause ah'd only ever walked past Trendy Tribe, but then ah also felt bad cause ma ma an da had a big argument cause ma da jist got made redundant fae his work, an he says we cannae afford tae be spendin money willy nilly.

Charlene's ma's boyfriend disnae work either but he's never oot the pub an he's always wearin the best ae gear. Charlene's ma works IN the pub an she's whit ma da calls aw fur coat an nae knickers, an she gies Charlene thirty pound a week jist tae gie her peace. An they wonder how that wee lassie's the way she is, said ma ma. Aye, ma da said, Ah'd rather dress lik a tramp than live the way that they live.

•

Ah wisnae that keen on Trendy Tribe. Ah thought thir sizes wur dead weird, an the folk that wur servin kept comin up an sayin, Can ah help yi dae yi need a hand can ah get yi anythin else there. Ah couldnae even get peace tae look but they wur up ma back every two minutes.

Charlene must've tried on every jumper in the shop in every different colour. She took that long in the changin rooms that ah actually shoutet through tae her, You better no be knockin anythin, an that soon made her move. She spent seventy two pound aw in: she bought a jumper that said

TREGIJO + PARTNER

that had a picture ae a cowboy haudin a smokin gun. She also got her jeans that she wis wantin, an a belt tae haud them up cause the smallest size wis too big fur her.

Ah endet up jist gettin a plain white T-shirt that had a T on the sleeve; it only cost fifteen pound an the lassie in the shop wis gaunnae gie me a twenty percent reduction because it had a black mark on it. Ah said tae her ah'd jist leave it though cause ah wisnae sure if it'd come aff, so she had tae go an get me another new t-shirt the same. Charlene wis pure hummin an hawin cause she said it wis takin ages an she wantet tae go fur somethin tae eat.

Then she said, Is that it is that aw yir buyin, an when ah said Aye she said, Kirsty that's pure miserable.

•

Charlene's in a bad mood. She managed tae lose her purse wi twenty eight pound in it in the toilets in McDonalds, an by the time we realised an went back sumdy wis away wi it. Her return ticket wis in it anaw so ah had tae pay her bus fare back up the road.

When ah got in the hoose ah opent the carrier bag tae show ma ma whit ah'd bought an ah noticed the lassie had gied me a black Tregijo T-shirt by accident; then ah noticed that the white wan ah'd picked wis in there anaw. Sake, ah said, Ah'll need tae go aw the way back intae Glasgow tae take it back noo. Don't be daft, said ma ma, Sumdy'd need tae go wi yi an wur no wastin aw that money on bus fares. But it's stealin is it no. Naw, said ma da. It's whit yi caw an *error in your favour* – Anyway, it's bad luck tae look a gift horse in the mooth. This is true, said ma ma. Ah wisnae convinced, but ah let it go cause ma ma did huv a point aboot the bus fares cause it wida cost another seven pound fifty an that's only if we got a child an an adult day ticket.

Ma da had his ain good fortune the day. He'd applied fur a job packin balls a wool in a warehouse ower in Hillington an he got asked tae go fur an interview. Ah've got a right good feelin aboot this, he said. Me tae, said ma ma, An if yi get it they might gie yi some freebies.

Chapter Nine

NUCLEAR

Ma family've got serious issues. As if it isnae bad enough that ma da has tae dae his swimmin lessons at the Renfra Victory baths on a Friday night (the night that me an aw ma pals go swimmin) but noo ma ma an ma sister are taggin along anaw. Ma ma disnae even go near the water, she jist sits up in the spectator bit wi her nose in wan ae her Danielle Steel novels; ma sister, Karen, on the other haun, she's right in there wi her rubber ring an her red an white striped bathin cozzie attractin aw the attention lik she's a bliddy lighthoose.

Ah endet up stuck doon the shalla end aw night babysittin Karen. Ah wis pure ragin aboot it because ah don't think it's fair that jist because she cannae swim ah've got tae be the wan that suffers. Aw ma pals apart fae Harpreet (who can only dae a breadth) disappeart up tae the seven foot mark tae practise divin an play at *Jaws*.

Ah'm dreadin gaun tae school on Monday cause ah know ah'm gaunnae get the slaggin ae ma life fur turnin up at the baths wi ma parents an ma saddo sister, an cause ah got made go up the road at eight a'clock. Ah said as much tae ma ma but she didnae gie a toss aboot ma point ae view. Aw she did wis laugh an say, Yi can pick yir pals but yi cannae choose yir relatives.

•

We did this thing in Modern Studies. It wis aw aboot nuclear families an extendet families an conjugal somethin. The teacher gied oot these work sheets the day that had wee boxes on them that wis meant tae be yir family tree, an yi had tae fill in aw the names ae folk yi wur relatet tae. Ah hatet daein it cause the only folk ah could think tae put doon apart fae ma ma, ma da, ma gran an Karen wis ma Auntie Jackie an ma cousin Emma, an ah feel lik ah hardly even know them cause they live away oot in Linwood an ah only ever see them aboot wansce a year. This guy in ma class – Wully McCoy – he went an used up three work sheets an that made me feel even worse, an ah endet up jist sittin there fur ages kiddin on ah wis writin cause ah wis pure paranoid tae look up in case the teacher asked me tae read oot mine. Endet up the bell went, an ah still had only six names written doon, so the teacher made me dae it as homework.

•

Ah asked ma ma the day why we never see any ae wur other family. Whit other family, she said. Ah said, Ma cousins an ma aunts an uncles an aw that. Widyi want tae see them fur, she said, Yi hardly know them. Aye, ah said, That wis kinda ma point.

Ah always fancied huvin a big cousin or a young Auntie roon aboot ma age that ah wis dead close tae. Kinda lik huvin a big sister but no, cause if ah'd a big sister she'd probly hate me an ah'd dae her heid in jist lik Karen dis ma heid in maist ae the time. Ah'm no wan fur fightin either, but jist fur wance ah'd like tae get intae an argument wi sumdy jist so's ah could turn aroon an say, Shut it or ah'll get ma big cousin tae batter yi.

That's how ah liked it whenever ah saw Emma whenever her an ma Auntie Jackie made an appearance up at ma gran's: whilst the adults wur huvin their conversations in the livin room she'd sit in the bedroom wi me an talk aboot boy bands an who she fancied, an we'd go doon tae the wee newsagents an she'd buy me sweets an a magazine. See cause she wis hingin aboot wi me an she wis four years aulder, it made me feel dead grown up.

Ma pals are always talkin aboot thir cousins: Laura Kyle's relatet tae half ae first an second year; Charlene claims tae be but ah know fur a fact that half the wans she says are her cousins are really jist folk whose mas went tae the Mother an Toddlers' at the same time as Charlene's ma. Harpreet's got the biggest family ootae anybody ah know though. She talks aboot aw the weddins an the mad family gatherins that she's been tae; an she's got that many cousins that she confuses me wi aw thir names. You're lucky yi don't huv a lot of relations, she said, It took me three hours tae fit everyone intae that family tree.

Ma ma's da died when ah wis two an Karen wisnae even born yet; ma gran didnae huv any other family except a sister that emigratet tae Australia thirty odd year ago. Ma ma disnae see her sister much cause she says Jackie's a user who disnae gie a shit aboot anybody bar hersel an she only gets in touch when she's lookin fur money or a favour. Ma da's the same: he's got hunners ae brothers an sisters but he disnae talk tae them either. Ah asked aboot them wan time but aw he did wis bite ma heid aff an tell me tae mind ma ain business.

Harpreet thinks ah should jist make up a kid on family fur the work sheets. Ah don't know whit tae write but. Well jist make it up, she said. Aye but ah still don't know whit tae write. Jist use your imagination, she said. Aye but knowin ma luck ah'll get asked questions aboot it an ah'll forget who ah've said is married tae who.

•

The teacher marked ma family tree worksheet. She gave me it back wi a big tick on it an well done written at the bottom. Ah wis pure pleased at masel an dead relieved thinkin ah'd got away wi it, but then she stopped me jist as ah wis gaun oot the class an said, Kirsty are you not Jamie Campbell's daughter. Aye ah'm are, ah said. She smiled at me. Ah used tae teach yir dad, she said, An it's funny cause ah don't remember him havin a brother called Ebenezer.

•

Ma cousin Emma drapt a bombshell. She's pregnant. An she's no even got a boyfriend. Ma Auntie Jackie phoned tae tell us she wis due in August an could ma ma knit her some wee cardigans. Ma ma said, Aye. The two ae them wur aw nicey nice tae wan another on the phone but as soon as ma ma came aff she said, Well there wisnae much point sendin that wee lassie tae the Catholic school. Naw, said ma da, Like mother like daughter, an the two ae them shook their heids.

Ah bumped intae Emma an her pal this afternoon in Paisley when me an Harpreet an Charlene wur on wur way tae watch Paisley Youth Theatre daein thir matinee performance ae Bugsy Malone. She wis wi a lassie that wis pushin two wee twin boys in a double buggy an the two ae them wur comin ootae Mother Care in Causeyside Street. That's me done wi the school, she said, Hallelujah fur that. Huv yi got a joab tae go tae, said Charlene. Nah, said Emma, Nae point, an she pattet hersel on the belly. Wibbit the da, said Charlene. Has he got a joab. Charlene, ah said, Don't be sa nosey. Ah wis only askin, she said, Cause she's gaunnae need money fae somewhere. Emma jist shrugged. Huvnae seen him since we did the deed, she said. That's awful, said Harpreet. Aye, ah said. Whit a knob, said Charlene. Want me tae organize a team tae go roon an batter him. Nah it's fine, said Emma. He's done yi a favour really, said her pal wi the twins. Aye, said Emma, Ah cannae wait tae huv the wean so's ah can get a cooncil hoose away fae ma maw.

Ah didnae know whit tae say after that, so ah jist stood there noddin as she startet on aboot how she wis gaunnae apply fur Single Parent benefits, an whit baby grows she wis gaunnae buy wance her giro come through. Yi'll need tae come ower an see us wanst ah'm oot the hospital, she said. Aye, ah said, That sounds magic. Ah suddenly didnae feel sa keen tae visit, although ah wisnae sure why.

Emma said if she has a wee boy she's gaunnae caw him Tiger Hart after Tiger Jackson an Murray Hart fae the pop group Stramash. That's brilliant, ah tolt her. But if it's a wee lassie, she said, an she winked at me, Ah'll caw her Kirsty.

Chapter Ten

THE
REAL MCCOYS

Charlene's got a new boyfriend. His name's Wully McCoy an he's a right nutcase an he's in oor Registration class. Charlene thinks he's pure brilliant cause he's meant tae be the best fighter in oor year, an naebdy messes wi him, an he jist tells the teachers tae eff off if he disnae want tae dae somethin.

Ma da grew up wi the McCoys. He says thir aw nutcases. The only decent wan oot the whole lot wis Alastair, he said, An he shot the craw an went tae live in England.

Wully McCoy's got an empty the night. Him an his big cousin are huvin a party in his hoose an Charlene wants me tae go wi her. Ah said naw. Charlene said, How no. Ah said, Cause ah jist don't fancy it. Some pal you are, she said, How no but. Ah said, Cause ah'm no intae aw that drinkin palaver an that's whit yees'll aw be daein. Ah'll tell yi whit, said Charlene, You can come an yi can sit there an be a pure square if yi want anen if anybody says anythin aboot how come yir no drinkin nen ah'll jist get Wully tae batter them aright?

•

The McCoys used tae live in the big five apartment in the same street as ma da when he wis younger. Thir wis fourteen ae them in the wan hoose an they wur always causin a riot. There wis Auld Billy an his wife Moira. He wis an alky an she wis an idiot, said ma da. They had young Billy – that's Wully McCoy's da – an they cawd him Billy Boy McCoy. He coulda been a right good boxer by the way, said ma da, But he wis a show aff, always bammin folk up, an wan night these three guys leathert him an noo he's no allowed near a ring cause they left him wi a bad heid injury. Then there wis the twins Rona an Nora, said ma da. They'd four sets ae twins in the wan family. Rona wis the aulder wan by aboot two minutes an she's got a boy that's ages wi oor Karen, he said. She cawd him Billy McCoy an aw. After that thir wis Colin an Roland, he said. They wur in ma class at school an yi couldnae tell them apart. Then there wis Alastair. Then there wis John Boy an Jim Bob. Then there wis Young Moira. Then there wis Ricky an Trudy. Then they had Linda McCoy an she's only aboot eighteen or nineteen but she's got a face lik a pit bull an she's been in an oot the Cornton Vale jail lik she's daein the hokey cokey.

•

Half ae first year are gaun tae Wully McCoy's party. Ah tolt ma ma that ah wis stayin at Harpreet's hoose an Charlene said she wis stayin at mine. Ah know fur a fact that ma ma willnae phone Harpreet's hoose cause she cannae understaun Harpreet's da's accent. Ah said tae Charlene, Whit happens if your ma phones ma hoose. That'll no happen, said Charlene, She'll be too pished tae be bothern aboot me.

•

Me an Chris Rice are the only wans at the party that urnae drinkin an that's cause he's an epileptic. He did his English talk on it the other week an he got an A plus fur it cause he stood up in front ae the whole class an tolt us aboot aw the different seizures yi can take.

He wis sittin tellin me aboot how he's got tae take tablets an how he's no allowed tae eat an drink certain things when Charlene come up behind us an went WOOTWOOO right in wur ears. Ah said, Charlene whit yi daein. She wis staggern aboot an her eyes wur pure rid raw an she kept gaun WOOTWOOO WOOTWOOO lik she wis kiddin on she wis a bliddy owl or somethin. Charlene, ah said, Sit doon before yi faw doon. WOOTWOOO, she said, an then she startet singin,

KIRSTY AN CHRISSIE UP A TREE...

•

Charlene wantet tae play spin the bottle. She kept tryin tae make it stop at me an Chris so we'd huv tae get off wi each other, but it never worked cause it kept landin at me an Wully. She let me spin it wans an it landet at her an Bunsen an that wis when she decidet tae abandon the game.

•

Charlene said she wantet tae show us somethin in the hall cupboard. She wouldnae say whit it wis, only that it wis dead cool. She took evrubdy oot the room wan by wan an showed them whit it wis an when it wis me an Chris Rice's turn she said we could go thegether an look.

Ah stuck ma heid in the cupboard an ah said, Ah cannae see anythin. She said, Naw yi need tae go further in tae see it. Ah went right inside, right up tae the back ae the cupboard an there wis nothin there except auld pillas an blankets an bedsheets. Ah said, It might help if yi tell me whit it is ah'm suppost tae be seein. Charlene said, Chris you'll need tae go in an show her, she said, Cause you're no a blind bat lik her.

Charlene shut the door the behind us an then she startet laughin. HOI, ah shoutet,

YIR NO FUNNY IT'S PITCH BLACK IN HERE.

Ah could hear other folk outside, Wully McCoy an the two Lauras an they wur aw gaun,

KIRSTY AN CHRISSIE UP-A TREE-EE

Ah says, Yees are no funny gaunnae sumdy open the door.

K-I-S-S-I-N-G-EE…

•

Ah wis bangin on the door fur aboot five minutes but naebdy wid open it. It wisnae until ah stopped bangin that ah noticed Chris wisnae sayin anythin. Ah said, Gaunnae you try an get them tae open it. He didnae answer me. Ah said, Haha zis your idea ae a joke anaw well it's no funny. He still never answert me. Ah said, Gaunnae say somethin cause yir freakin me oot big time here. That wis when he fell tae the flair an startet bangin his heid aff the wall.

Ah wis tryin tae remember whit Chris had said in his talk aboot how tae help sumdy that wis takin a fit but ma mind wis a pure blank. A grabbed wan ae the auld pillas an a put it behind his heid an then ah shoutet at Charlene again tae open the door. She widnae. Ah said, Charlene open the eff-in door noo Chris's huvin an eppy. Charlene jist laughed. D'yi think ah'm stupit or somethin, she said.

CHARLENE OPEN THE FUCKIN
DOOR THIS ISNAE A JOKE.

The door wis hurlt open an ah cannae remember whit happent next cause it aw happent dead fast: Wully McCoy wis kneelin doon on the flair an he wis firin questions at me an tellin me tae help get Chris intae the recovery position an ah jist did whit he said. He tolt Charlene tae phone an ambulance but she wis that pished that she couldnae stop laughin an ah think it wis wan ae the Lauras that did it in the end up.

•

Chris wis rushed tae the hospital an the polis took evrubdy else home. Charlene's ma wisnae in so she had tae stay at ma hoose. Ma ma wis gaun mental wi me an she said ah wis nothin bit a wee liar fur sayin ah wis gaun tae Harpreet's. That's you finished lady, she said after the polis had left, Yir groundet FUR LIFE. Ah thought that's jist typical, Charlene gets aff scot free again.

•

Chris Rice is gaunnae be awright. He got let oot the hospital two days later an his ma came roon tae oor hoose wi a big box ae chocolates an a thank you letter. Y'know, she said tae ma ma, The doctor said if it hadnae been fur your Kirsty then ma Christopher coulda done himself a serious injury.

Ah'm only groundet fur a week noo. Charlene's ma never did find oot whit happent, but Wully McCoy's da did; he wis pure ragin an he tolt Wully tae dump Charlene. She never even tolt me either – Wully did – right after he come up tae me in Regi an haundet me a pile a leaflets on First Aid.

Chapter Eleven

SUPPORT

Go the Gers! Yas ya beauty! Rangers wur beatin Hearts there two wan an Niko Novak jist went an scored again. Go Novak! That wis a cracker, he jist pure lobbed it right ower the goalie's heid. Niko Novak is thee man. That's him scored eleven goals already this season an two ae them wur penalties. He's wan ae Rangers' best players as well as bein lik the maist gorgeousist guy on the pitch. Ah'm no the only person that thinks he's sexy: maist ae the lassies in ma class fancy him (even Nicola Gibson an she supports crappy Renfra Juniors).

Next time we play it's an Auld Firm match an ah'm gaunnae sit in the livin room an watch it wi ma da: ah'm gaunnae wear ma scarf an ma new Rangers Home top that he got me an wur gaunnae eat scotch pies at half time an kid on wur at Ibrox. This is oor wee ritual: we dae it every time Rangers an Celtic play; aboot the only thing me an ma da ever agree on is aboot how good oor team is an how crap are Celtic.

Ma ma's no really intae fitba. Anytime yi ask her whit team she supports she'll say, Ah support ma legs an they support me. It's no as if she pure hates it or anythin but she'll no sit an watch a game, an she usually goes away through the kitchen when it's on an bakes or dis other stuff wi Karen. Ah cannae imagine how anywan can not like fitba; ah think yi must be quite sad if yi don't.

•

Me an Laura Kyle went in fur the trials fur the Under Fourteen's fitba team after school the day. We only did it so's we'd get tae see sexy Mister Anderson in his shorts cause it's him that's the coach.

Wance ah got there though, ah wished ah hadnae bothert cause he made us dae penalties an stuff an mine wur aw pure skelly pure hittin them a million miles away fae the net. Ah wis even mair embarrast cause Bunsen an Chris Rice an half the boys fae wur Regi class wur there, an we wur the only lassies.

•

Ma da likes tae tell me aw the fitba trivia; he likes tae tell me stories aboot players lik Super Ally McCoist, an Davy Cooper, an aboot Mo Johnson the first Catholic tae ever sign fur Rangers.

Ah keep forgettin ma ma's a Catholic.

She pure went aff her nut at me earlier on cause ah went an said somethin aboot the Pope; it wis ma da that said it first anaw. It's no as if he's a member ae yir family, he said tae her, So ah don't know why yir gettin aw pure offendet. That's no the point, she said, Ah didnae bring her an her sister up tae make sectarian remarks. Fur Christ sake Claire it wis jist a joke, he said, Ah mean c'mon it's no even as if yi go tae mass anymair. See you, she said, Why don't yi jist piss off back tae yir auld maw where yi belong. Widyi mean. Away back tae yir Orange Lodge loonies, she said, Ya bigotet big bastart.

Ah've only ever met ma granny Campbell wance. Well no exactly met: she flew past us wan time when ah wis in Tesco wi ma ma an nearly took wur legs aff wi the trolley. Watch where yir gaun ya aul witch, ma ma said. Shut it ya dirty Fenian cow yi. Who wis that, ah said after she'd gone, Is that sumdy you know. Unfortunately, said ma ma, That's yir father's auld dear.

•

Miraculously, me an Laura managed tae make it intae the fitba team as the reserves. Ah nearly faintet wi the shock when Bunsen come up an tolt us he'd read oor names on the list ootside the games hall.

Wur suppost tae go every Wednesday an Friday after school tae Fitba Practice but it clashes wi the auditions fur the school show. Aw ah wis so totally lookin forward tae that as well, said Laura. Aye ah know, ah said, Ah'm well guttet. Ah wisnae really though cause ah cannae shoot an ah cannae pass an ah can jist imagine aw the boys laughin at me cause ah've tripped ower the baw or somethin. But it'll be worth it man, said Laura, Jist think ae aw the up close an personal support yi'll be gettin fae Mister Anderson. Heh widyi mean—

Laura wisnae listenin tae me though, she wis too busy pervin at Bunsen's bum, an bein really obvious aboot it anaw.

•

Ah've jist fun oot that ah've got a cousin that's in wan F. Her name's Kelly Campbell an she's a right Rangers supporter an apparently she's ma da's brother's daughter. She's your pure dead ringer man, said Laura, She's got the same curly blond hair an the same dimples an nae offence but she's got the same mad traffic light eyes as you anaw.

Ah'm gettin fed up wi folk commentin on the way ah look. Ever since we did that stupit data collection thing in Science last week where wi had tae write doon the full class's eye colour, evrubdy's been pure obsessed wi mine. If yi ask me thir the colour ae a muddy puddle – shitty broon mixed wi grey an yella that changes shade dependin on the light – but obviously thir wisnae a category fur me. Ma da thinks ah'm bein pure oversensitive. Aw the Campbell's huv got they weird eyes, he said. Then he laughed an goes, Wan minute thir amber an the next thir green.

It isnae jist aboot me huvin ugly eyes though – ah also don't like gettin tolt ah look lik folk that hate ma ma an da's guts. When me an Karen wur younger folk used tae stop wur parents in the street an say, Aw your Kirsty jist looks lik a Campbell dint she. It used tae pure annoy me partly cause ah didnae really understaun whit they wur talkin aboot, an partly cause they'd also say, An your Karen takes after her mammy she's that bonnie.

•

Oor first fitba match against Saint Brendan's wis cancelt cause ae the Orange Walk. Laura wantet tae go an watch it so she could see Bunsen wearin a kilt. Ah usually hate it when thir aw oot marchin in the toon wi thir flute band cause yi can never get movin, but ah let masel get dragged this time cause ah wis quite relieved that ah didnae huv tae get up ootae bed early jist tae sit there on a bench an watch oor crappy school team gettin hammert.

Kelly Campbell wis at the Orange Walk. Laura pointet her oot tae me an the bitch seen me but she pure drew me a snider an looked away in the opposite direction. She wis wi a guy that wis aboot forty that had oor kinda eyes so ah took it he wis her da; she wis totally different fae whit ah expectet though cause she'd a wee pug nose an pure dodgy greasy hair that'd been dyed stupit; basically, she looked absolutely nothin like me.

•

Da, ah said, How come yi never see any yir brothers or sisters. Ah jist don't, he said. Aye but how no. Cause ah tolt yi ah jist don't. Aye but that's no a reason, ah said. Ma da made a big sighin noise an then he said, Cause every wan ae them's right orange an ah don't agree wi some ae things they come away wi. Widyi mean, ah said. Thir right bigotet bastarts, he said. Aye but ah don't know whit yi mean thir right orange. They hate Catholics, said ma ma. Aw, ah said. Pure conversation stopper.

Ah looked up Orange Lodge in the Universal Dictionary but it wisnae there; then ah looked up Orange Walk (cause ah knew the two ae them wur connectet) but they didnae huv that either. It had orange stick, orange tip an even orange wood but that wis the nearest things ah could find apart fae jist orange itsel (meanin the fruit or the colour).

Ah looked up this web page in the school library that said,

GRAND ORANGE LODGE OF SCOTLAND

The whole page wis colourt orange an white wi dark blue writin an thir wur pictures ae this Scottish flag an the Rangers badge an some mad dude called Prince William the third that wis sittin on a horse.

The Orange Order is the oldest and biggest Protestant fraternity in the whole of Scotland, it said, We are an organisation of people bonded together to promote the great ideals of Protestantism and Liberty –

That wis as far as ah got before ah pure nearly fell asleep wi boredom.

•

Themorra's the Auld Firm game an ah've been pure psychin masel up fur it. Chris Rice come up fur us this afternoon wearin his Celtic top an him an ma da had a bit ae banter; ma da said he wisnae lettin him in the hoose until he took it aff but he wis jist kiddin him on.

Later on, ma da gied me an Chris money tae go roon tae Iqbal's fur some ice poles; soon as we come oot the shop these two aulder boys that wur staunin ootside wi a carry oot startet singin,

HULL-O HULL-O WE ARE THE BILLY BOYS
HULL-O HULL-O YOU'LL HEAR US BY OUR NOISE

Is that meant tae be aimed at us, ah said. Jist ignore them, said Chris, Don't even look at them.

WUR UP TO WUR KNEES IN FENIAN BLOOD
SURRENDER OR YOU'LL DIE –

Wan ae them flung a bottle an it pure skimmed past ma heid; me an Chris jist took tae wur heels an flew.

•

Go the Gers! It's been absolutely pishin wi rain the day but Rangers still managed tae beat Celtic four nil. Aw the goals came in the second half: a hat trick by Niko Novak an then Barry Ferguson scored fae a free kick in the last fifteen minutes ae the game.

Ah've been tryin tae phone Chris aw afternoon but his ma said he'll no get oot his bed.

Chapter Twelve

V.L.

Charlene called me a V.L. the day. Kirsty yir nothin but a big V.L., she said, anen she startet sniggern. Ah wantet tae ask her whit she meant by that, but ah knew she'd jist take the piss oot me fur no knowin so ah jist said, How dae *you* know. Charlene jist startet laughin again an then she shook her heid an said, My god Kirsty magine bein a V.L. Ah felt dead stupit an ah kiddet on that ah didnae care whit she said but inside ah wis aw gaun cause it soundet lik it wis somethin dead bad.

Ah asked Harpreet if she knew whit is wis but she didnae know either, so we went tae the library an we looked up it up in the big Universal Dictionary, but the closest thing we could find wis V.D.

•

V-L-V-L-Veeee –

Gaunnae shut up, ah said tae Charlene. She'd been sayin it aw day an ah wantet tae slap her. She said it tae aw the boys in oor class an nearly aw ae them laughed apart fae Bunsen because he cannae staun Charlene, an Chris Rice who said he didnae believe it. Hey Chrissie, said Charlene as we were walkin oot the class, How'd yi no break Kirsty's V.L. fur her. Chris tolt Charlene tae eff off. He said, If Kirsty's a V.L. then ah'm a big gay. Then he turnt roon an whispert tae me, Yir no are yi?

•

Charlene said, When are yi gaunnae nip wee Chrissie then. She calls him wee Chrissie but he's the same height as her. Ah said, Whit yi talkin aboot. She said, Well yees baith pure fancy each other. Ah said, How dae we. She said, Aye yees dae. Ah said, Naw we don't. She said, Yi want me tae ask him if he'll get aff wi yi at the next Kirky disco. Ah said, Charlene ah don't fancy Chris awright. Who dae yi fancy then. Ah said, Naebdy. She said, Yi must fancy sumdy. Ah said, Charlene ah fancy masel an that's it. She said tae me, Who ootae aw the boys in oor Regi class dae yi think is the maist good lookin. Ah said, Ah don't know. She said, Yi must know unless yir a lezy. Ah said, Charlene shut up.

Ah went through aw the boys in ma class in ma heid an ah narrowed it doon tae Chris Rice, Bunsen an Wully McCoy (but he's a nut case so ah didnae want tae pick him) an ah still couldnae make up ma mind. Charlene, ah said, Who dae *you* think is the maist good lookin. She said, Probly Chris Rice. Ah said, Aye that's whit ah think anaw. Kirsty, she said, Whit did ah tell yi. Ah said, Whit. She said, Ah rest ma case.

•

Ah wis walkin oot the school gate wi Harpreet an this lassie that wis in Charlene's auld Regi class come up tae us an said, Is your name Kirsty Campbell. Ah said, Why dae yi want tae know. She said, Is it but. She wis a big tall heavy lassie wi hauns lik a gorilla an ah wis scared she might batter me so ah jist said, Aye how. She said, Is it true you're still a V.L.

•

You ask her, ah said. No you ask her. Gaunnae you no ask her. No, said Harpreet, Cause it's you that's the V.L.

We asked Miss Thin the librarian if she knew whit it is wis but she jist looked at us lik we wur stupit. Miss Thin's well named cause she's a wee skinny skelf ae a wummin wi short short hair. We asked her if we could go on the internet an look it up cause she obviously didnae know, but aw she said wis, Kirsty an Harpreet stop your shenanigans.

•

Charlene said, Well if yir no a V.L. then who are yi no a V.L. wi. Ah said, Widyi mean. She said, Who've yi got aff wi? Ah said, Whit. She said, Who've yi nipped. Ah said, Naebdy. She said, See so yir a big VIRGIN LIPS then.

•

Chris Rice went in a bad mood wi me. We wur walkin home fae school through the Robbie Park when he said, How did yi no jist admit yi wur a V.L. Ah said, Cause ah didnae know. He said, Whit. Ah said, Never mind. He said, Well noo evrubdy's slaggin me an sayin ah've tae prove ah'm no gay. Ah said, Jist ignore them. Naw ah cannae, he said, Cause they'll jist aw keep hasslin me tae ah prove ah'm no. So whit yi gaunnae dae then.

Chris Rice pushed me intae the bushes. WHIT THE, ah said, WHIT YI DAEIN. Ma feet landet right in aw the muck an the leaves an ah wis tryin tae scrape it aff ma shoes before ma ma saw it an went daft, when Chris put his mooth against mine an startet kissin me. He put his airms aroon ma waist an ah jist stood there totally rootet tae the spot while he opent an closed his mooth lik a gold fish; ah tried tae copy whit he wis daein wi ma mooth but ah gave up after aboot ten seconds cause he wis aw pure slevvurs, an ah still had ma eyes open an that wis when ah saw Charlene an Laura Kyle an the lassie fae Charlene's auld Regi class jumpin oot fae the bushes behind us.

WOOT-WOO, said Charlene. Chris pult away fae me an wiped his lips an then he said, There ah did it. Ma lips felt aw big an wet an rubbery lik goldfish lips an ah could taste the Wrigleys chewin gum Chris had been eatin. See, he said, Ah tolt yi ah'm no gay. WOOT-WOO, said Charlene again, then her an Laura Kyle an the other lassie startet singin, Kirsty an Chrissie up-a-tree-ee.

•

Charlene said, So d'yi fancy wee Chrissie then noo. Ah said naw. No even ah wee bit. Naw. Wid yi get aff wi him again, she said. NAW. Wis he no a good kisser then. Charlene, ah said, Ah gie up talkin tae you. So see when he wis kissin yi, she said, When yees wur in the bushes. Whit aboot it. Did he try an slip the haun. Charlene, ah said, Ah'm no even listenin tae yi noo. Did he but. Ah jist ignort her. Ah bet he did, she said, Ah bet wee Chrissie tried tae –

•

When ah saw Harpreet this mornin she said tae me, Is it true what ah heard about you an Christopher Rice. Ah said, Ah don't know whit did yi hear aboot me an Christopher Rice. She went pure bright red in the face an she said, So what was it like then. Whit wis whit like, ah said. What's it like to kiss a boy. Harpreet, ah said, Did anywan ever tell you, ah said, That yir nothin but a big V.L.

Chapter Thirteen

PRIVILEGED

Charlene's startet pallin aboot wi this lassie in oor class that's in a wheelchair. Her name's Nicola Buchanan an she sits next tae me in English an she's a right show aff. Nicola's ma got her an Charlene tickets tae see Stramash at the S.E.C.C. thegether, an they never even asked me, an it wis me that tolt them aboot the bliddy concert.

Stramash are lik the maist sexiest, coolest boy band in the whole world an thir fae Scotland anaw. Thir's three ae them in the group (Tiger Jackson, David McManus an Murray Hart) an thiv aw got mad spikey hair lik parakeets an they aw wear ripped jeans an thir aw dead good lookin. Murray Hart's ma favourite ootae Stramash: he's the wee wan wi the black hair that's got the blue streaks through it, an the bright blue eyes that yi could just fall intae an droon. Murray's nineteen an he comes fae Govan, an accordin tae Charlene her big brother knows him dead well.

The tickets fur Stramash huv aw sold oot. Charlene an Nicola huv been gaun roon bumpin thir gums tae evrubdy in school that they've got front row seats. Ah said tae Nicola, That's dead lucky how did yees manage tae pull that wan aff, an she jist rolt her eyes an said tae me dead snobby like, Well Kirsty that's just one of the privileges of being in a wheelchair.

•

Charlene an Nicola huvnae haltet tellin folk aboot how thir gaun tae see Stramash. Thir gaun roon tellin evrubdy that thir gaunnae be gettin back stage passes tae meet the group, cause Nicola's ma's got pals in high places. Accordin tae Nicola, she's met loadsa famous folk, an they aw they think she's dead brave an a pure inspiration aw cause she cannae walk.

Nicola's always bummin her load aboot somethin whether it's somethin stupit lik she's got a lift pass or she disnae huv tae dae P.E. or somethin pure unbelieveable lik she's suppostae've met the Queen or Robbie Williams or somethin. Naebdy in oor class really likes her, but they aw try an be nice tae her cause she's crippult; an see if anybody wis tae ever bully her or say anythin nasty then Wully McCoy an Laura McNish an aw the tough nuts in oor class wid pure staun up fur her.

Ah tolt ma ma aboot Nicola Buchanan cause she knows Nicola's ma. Hetty Buchanan's got a lot tae answer fur, she said, Allowin that wee lassie tae carry on the way she does – the two ae them'll come doon tae Earth wi a bang wan ae these days. Ah said, Aye ah know. An as fur Charlene Clark, she said, Ah've tolt yi before she's nothin but a user, she said, She'll dump that wee Nicola as soon as sumdy better comes alang.

Charlene wis the very wan that called Nicola skinny pins an peg legs an said she wis a pure saddo behind her back when she first met her, but noo she's suddenly changed her tune an Nicola's ma asked her if she wantet to go away tae Butlins fur a holiday wi them.

•

Murray Hart has been votet maist sexiest man on the planet by *Starmix* magazine. Thir's a poster ae him right in the centre pages lookin super sexy an wearin a white shirt an a bow-tie an a pair ae washed oot blue jeans that've got nae knees in them.

Ah got ma ma tae iron the poster oot so's that yi couldnae see the crease doon the middle an then ah blue tacked it tae the wall right above ma bed. Cause ah've got tae share a room wi Karen it's pure pants cause ah've got hardly any space tae pit up posters: wan side ae the room's got Stramash an Robbie Williams an Madonna, an the other side's got bliddy Pocahontas an the little stupit mermaid.

When Charlene come roon fur us the night ah wis wearin ma T-shirt wi Murray on it an she wis wearin her blue Stramash jeans wi the nae knees an this T-shirt wi Tiger Jackson on it. She spottet the new poster ae Murray right away an she goes lik that, Ah don't know how yi can fancy him Kirsty he's an ugly bastart. Ah said, Naw he isnae. You've nae taste hen, she said, Tiger's much mair sexier. Aye whitever you say, ah tolt her, By the way where did yi get yir T-shirt. Dae yi like it, she said, It's no wan ae the fakes yi get up the Paddy's market. Ah said, Whit yi implyin. Well Nicola's ma got me mine, she said, It's fae the official Stramash fan club.

•

Chris Rice come intae school this mornin an he'd his hair aw spiked up an dyed jet black wi blue streaks an noo aw the lassies fancy him. Mister Miller startet slaggin him when we wur walkin past Maths an askin him if he'd had an accident in the Science Department: Christopher, he said, Has sumdy gave yi an electric shock.

•

Me an Chris are daein this competition in the *Evenin Times* that's tae win two tickets plus backstage passes tae see Stramash. Whit yi huv tae dae is phone up an leave yir name an address an yir nummer an answer this question: what dis the word stramash mean?

It wis dead hard tryin tae fun oot whit it meant cause we only had twenty-four oors tae phone in an it wisnae lik wan ae they competitions where they tell yi the answer on the same page. Ah asked ma ma an ma da an they didnae know an Chris asked his ma an she didnae know an then we asked wur English teacher an she widnae tell us cause she said evrubdy wis askin an it wisnae fair: she said, If one person in this class won that competition because ah gave them the answer then there would be a total riot.

Me an Chris went up tae the library an looked it up in the big Universal Dictionary. Ah couldnae believe it when we fun it right away, an it said: Stramash – a Scottish word for a state of uproar and confusion: a riot.

•

Me an Chris didnae win the tickets. Charlene did. She said, Moan ah'll sell yees them. Ah said, How much. She said, Seventy pound. Ah said, Aye awright, an then the next day me an Chris come in wi the money. Naw, she said, Seventy pound each. Ah said, Whit. She said, Seventy pound per ticket ya spaz. Ah said, Charlene they only cost thirty. She said, So. Ah said, Yi got the two tickets fur nothin. Think yirsel lucky, said Charlene, Yir privileged am even offern yi them. Aye right. Aye well, said Charlene, Ah could jist auction them aff oan eBay.

•

Ah never even asked ma ma fur the rest ae the money. Ah knew she wid chase me. Charlene endet up gien the tickets AND the back stage passes tae Wully McCoy fur him an his pal cause she still fancies him an she thought he might want back oot wi her. He disnae though. Wully McCoy disnae even like Stramash, so he solt the tickets tae me an Chris fur a tenner each.

As fur Nicola Buchanan, ah've been avoidin her lik the plague. She's been in a pure foul mood every day since this new Third Year boy wi cerebral palsy joint oor school. Ah don't think she likes it cause he's mair disabled than she is, an he's always first in the queue fur the lift.

Chapter Fourteen

CIRCUMSTANCES

Charlene's went an put me in another awkward situation. It aw startet when she took the pure huff wi me cause Wully McCoy went an solt me an Chris his tickets tae go an see Stramash. Kirsty, Charlene said, Under the circumstances you an Chris should be gien me the ten pound cause they wur ma tickets tae start wi. Aye, ah said, That will be right. An Chris said, Aye yi can sing fur it ya money grabbin bitch. An then Wully McCoy heard her threatenin tae batter me an he said, You are a fuckin ticket, he said tae her, An under the circumstances yir lucky ah don't get Kelly Marie tae come an boot yir hole.

Chris said, Ah don't understaun how come yi can still be pally wi her after aw the shite she's caused. Ah tolt him ah didnae really understaun it either but ah've been pals wi her fur that long ah cannae imagine whit it wid be like tae no be hangin aboot wi her. Chris cawed me a nutcase an then he said he wisnae gaun near her again. Ah'm only travelin up tae the Stramash concert wi you oan wan condition, he said, That Charlene Clark's oan a different bus.

•

Harpreet's gangin up on me anaw noo. She keeps sayin how dae ah no jist dump Charlene. All she ever does is tells lies, she said,

An gets yi intae trouble. Yesterday in Maths, Charlene asked tae copy Harpreet's equations an Harpreet widnae let her. Why should ah risk gettin a puni fur you, she said, Jist cause you wur too busy talkin tae Laura Kyle when Mister Miller went an explaint it tae us. Come on be a pal, said Charlene, If you asked me fur help ah'd be lik that aye batter in nae bother. If ah believed that ah'd believe anythin, said Harpreet. Charlene grabbed Harpreet's jotter aff her desk an then she startet scribblin doon aw the answers.

Whit you smirkin at, ah said tae Harpreet when Mister Miller shoutet Charlene back at the end ae class. Her, she said, Ah bet she's copied down the wrong page.

•

The first time ah ever met Charlene wis when ah wis four yir auld an ah wis playin ootside by masel in the front garden. Charlene had jist moved tae the hoose across the road fae us an she wis staunin on the pavement wi her airms foldet ower her chest an her back leanin against the lamp post. Her big brother, Barry, wis there anaw an this tall, skinny boy wi greasy black hair cawed Jason that went tae the Mary Russell school. They wur meant tae be playin hide an seek except they widnae gie Charlene a turn at hidin an she'd took the huff.

Finally they managed tae get her tae take another turn at bein the seeker an when she closed her eyes an pit her hauns ower her face they startet tankin it doon the street taewards Leven Square. Charlene spent ages tryin tae find them that day. Ah tried tae tell her they'd ran away fae her but she widnae listen: ah shoutet tae her twice ower the road but Charlene jist shoutet at me tae eff off, an flung a stone at me an it hit me on the side ae the heid. Ah picked the stone up an flung it back at her an it missed her by a mile, but Charlene startet howlin an greetin an stampin her feet an jist at that minute ma ma came doon the stairs tae get the ice cream van. Ma ma felt that sorry fur Charlene (an ah got the total blame ae it) that she bought her a ninety nine cone an ah got nothin.

•

Thir wis a fight ower in the hockey pitches after school the day. Kelly Marie an Laura McNish. Kelly Marie burst Laura's nose an then kicked her in the mooth when she wis doon on the ground an knocked her two front teeth oot. Kelly Marie's been suspendet fur a week an tolt if she gets intae anymair trouble she'll be gettin expelt. Charlene's happy cause that means Kelly Marie cannae touch her noo.

Laura McNish said she's gaunnae kill Charlene though cause Charlene wis meant tae be jumpin in tae help her.

•

Big whoopee doo, said Charlene. Ah said, But whit yi gaunnae dae. Ah don't know an ah don't care. Go tae the Guidance teacher, ah said. Aye right, she said, Ah pure hate that spawny bastart. Well phone yir ma then, ah said. She's at her work she'll do me if ah phone her. Aye but it's extenuatin circumstances int it ah'm sure she widnae mind. Kirsty, said Charlene, Your heid's full ae shite sometimes. Well yi'll need tae tell sumdy, ah said, Or Laura Mc-Nish'll kick yir heid in. Aye well, said Charlene, Tell pishy McNish tae come a-fuckin-head.

Ah knew deep doon that Charlene's ma wid mind though: she'd awready threatent tae ground Charlene if she ever mentioned Kelly Marie's name again, so God knows whit she'd react like if she got a phone call askin her tae go up tae see the Guidance teacher aboot her. Personally, ah couldnae understaun it, cause if it wur ma parents they'd be right in there kickin up shit an pullin me ootae school if need be.

Charlene an Barry Clark huv always been left tae thir ain devices though: they could roam the streets at ten an eleven a'clock at night when we wur still at primary; they could go tae the Robbie Park an doon the River Cart thirsels; an when Charlene wis six yir auld she could cross the main road hersel, an she could go aw the way tae the BP Garage wi a note fur fags an bread an milk.

But Charlene an her brother could only dae they things as long as it didnae interfere wi whit thir ma wis daein. Because God forbid Barbara Clark actually act lik a decent, normal maw an dae somethin tae benefit her weans.

When the lunch bell went ah decidet tae go fur a walk on ma ain an ah went doon tae the Robbie Park an sat on the benches next tae the big lion statues where aw the pensioners usually sit. After ah'd et ma sandwiches ah took oot the middle pages ae ma English jotter an ah writ a list on either side wi the pros an cons ae bein pals wi Charlene. Thir wis a lot a cons an no sa many pros, but the truth wis ah still really liked Charlene (even if she wis selfish an a liar an a thief) cause she made me laugh an she wis good company when she wisnae tryin tae act smart. Ah also felt sorry fur her cause ah knew she only treatet other folk the way her family treatet her.

•

Evrubdy's still talkin aboot the fight between Kelly Marie an Laura McNish. Laura McNish had tae go tae an orthirdontist an apparently she's gaunnae huv tae go tae school gumsy till she gets this bridge thing made fur in between her teeth. It wis Laura McPhee that tolt us cause she wis up at McNish's hoose at the weekend; apparently, Laura McNish an Kelly Marie are talkin tae each other noo an they baith want tae kill Charlene.

•

In oor Guidance class the day we watched this video on bullyin. Charlene didnae see it cause she wis doggin it wi Laura Kyle. It wis aw aboot this lassie who went tae a new school an she wis gettin bullied by these lassies in her class that smoked: they wur tryin tae get her tae chip in money fur fags an when she said she didnae smoke they got aw the rest ae the lassies in the class tae ignore her. Eventually she startet smokin anaw an a group ae them went intae this shop tae knock stuff, an the lassie that wis gettin bullied knew the guy that worked in the shop, an she felt dead bad especially when she endet up gettin caught knockin stuff an the rest ae them ran away an left her.

We had a big discussion afterwards an Missus Monk the Guidance teacher said, An what could the girl have done that would have prevented things from going this far. Shoulda got her big brer or sister tae batter them miss, said Tommy Campbell. Ah don't think that would be a very wise move Thomas. How no, he said, Jist kick thir heids in miss an thul no dae it again. Missus Monk's a wee tiny wummin in her fifties wi dyed red hair an she's dead nervous; aw the boys in oor class are always windin her up an she pure cannae handle them. Aye but whit if she's no got a big brer or sister, said Wully McCoy. Big cousin then. Whit if she's no got a big cousin either. Well her ma or her da or sumdy. Aye but whit if her da's in the jail an her ma cannae fight –

Thank you for your input Mister McCoy now has anyone got anything sensible to say. Sake man, said Wully, Ah'm always gettin picked oan in this class that's pure child abuse am pure phonin Child Line when ah get hame. Nicola Buchanan stuck her haun in the air. Yes, said Missus Monk, her voice pure aw high pitched. She could've kept a diary of everythin that was happenin, said Nicola, An then she could've told her mum an dad an got them to visit the school or she could've talked to a teacher or she could've phoned Child Line…

•

Laura McNish an Kelly Marie wur waitin ootside the school gate when ah went past wi Harpreet. Ah doubled back tae tell Charlene cause she'd reappeart in school fur Art sixth period an noo she wis at ma back wi Chris Ross an Chris Russell an Laura Kyle.

Charlene looked pure white as a sheet when ah tolt her, an Chris Ross an Chris Russell wur earywiggin an they startet shoutin

FIGHT FIGHT FIGHT

an clappin thir hauns. A big crowd ae folk wur gathern roon aboot us an ah could see Kelly Marie an Laura McNish oot the corner ae ma eye comin taewards us wearin big cheesy grins. Mon Charlene, ah said, Mon we'll go up tae Guidance. Charlene jist stood there. Then Laura McNish shoutet,

HEY CHARLENE YA UGLY BINT,

an Charlene burst oot greetin. Check the nick ae yi, said Kelly Marie, Wur no even gaunnae touch yi. Aye, said McNish, But under the circumstances ah think yi should gie me back aw ma Stramash posters.

Chapter Fifteen

DEAD MEAT

Ah'm turnin vegetarian. We went an watched this tape in Home Ec aboot mad cow disease an it's pit me aff meat fur life. Tommy Campbell's ma partner fur cookery an he thinks this is hilarious. Ah huv tae sit next tae him fur maist ae ma classes cause wuv got the same surname an he's always pittin me aff ma work; as if that isnae bad enough whenever he sees me up the toon wi ma ma he shouts, AWRIGHT KIRSTY, an he sticks two fingers up tae make a peace sign. Wan day when we wur in Home Ec an we wur bakin stuff he went an pult oot this fag tin an said tae me, Heh Kirsty d'yi fancy makin it intae a hash cake. Ah wis pure horrified. Ah could jist imagine him feedin it tae some unsuspectin teacher fur a laugh an thir wis nae way ah wis gaunnae let that happen. An even though he's a fuckin nutter that could get me battert nae bother, ah jist said tae him, If yi value yir baws sunshine yi'll keep yir hauns aff it. OOOO, he said, then he startet pullin faces. Ah mean it, ah tolt him, If yi put anythin in that cake yir dead meat.

The day wur meant tae be makin spaghetti bolognese but because it's got beef in it baith me an Harpreet cannae eat it. Harpreet's full family are vegetarian, but ah don't know if that's fur religious reasons or whit. Ah wantet tae ask her aboot it – cause

ah know Hindus don't believe in eatin beef cause a somethin tae
dae wi cows been sacred an ah wisnae sure if it wis the same fur
Sikhs – ah decidet against it though cause ah think Harpreet's
gettin fed up wi aw ma mad questions, so ah'm gaunnae talk tae
ma R.E. teacher instead.

•

Mine an Tommy's soya mince come oot lookin lik cement because
he never addet enough water tae it. It aw pure stuck tae the pot
an ah had tae stay behind an ah missed half the interval tryin tae
unstick it. The spaghetti wis fine cause ah did that part, but we
baith still endet up gettin a C minus fur it.

•

When ah tolt ma da ah wis vegetarian he said, Aye that will be
right. He said, Wur no caterin fur fussy eaters in this hoose. Ma
ma an da an Karen had jist sat doon tae a plate ae lamb chops wi
peas an carrots an totties. Ah said, Ah'll jist huv the vegetables. Ma
ma said, Yi cannae jist huv that hen, an she went away an opent a
tin ae tuna. Ah said, Ma read ma lips VEGETARIANS DON'T
EAT FISH. Aye ah know, she said, But it's awright cause it said
on the tin it's dolphin friendly.

Ah had tae write it aw doon fur ma ma, aw the things ah could
an couldnae eat so's she'd know whit tae get when she went the
messages. Ma da picked up the list an he said, Aye whit aboot milk
an cheese. Ah said, Whit aboot it. He said, Well that comes fae
an animal anaw. Aye but yi don't need tae kill a coo tae get milk
dae yi. He wisnae listenin though cause he said, Aye an yi'll no be
able tae eat chocolate, he said, Yi'll no like that will yi. Ah said,
Aye well ah've yet tae see a Mars Bar wi legs.

•

Ah wis in the tucky wi Charlene an Harpreet when ah fun oot that
Smarties huv got additive E wan twenty in them. Charlene said,
Whit's additive E wan twenty when it's at hame. It's cochineal bee-
tles, ah said. Ay naw, she said. It is, ah said, That's how they make

the red smarties. Kirsty, said Charlene, Ah think yir talkin pish hen cause why wid sumdy want tae pit beetles in a packet a Smarties.

She didnae believe me that marshmallas had gelatine in them either an that gelatine wis made fae crushed up horses' hoofs. Ah said, It tells yi on the packet, an ah picked up this packet ae Flumps an showed her, but aw she said wis, Ah don't see horses' hoofs printet on the ingredients dae you. Aye well thir no gaunnae write it lik that are they else naebdy wid buy them. Well, said Charlene, Ah suppose yi cannae eat Pola Mints either, she said openin up a packet. Naw Pola Mints are awright. How, she said, How can yi eat Pola Mints but yi cannae eat Smarties or marshmallas. Cause ah jist can, ah said. Ah asked her tae gie me a mint cause ah'd a rotten taste in ma mooth but she said naw. Ah said, How no. She said, Cause ah don't want ae be accused ae tryin ae poison yi.

•

Ah decidet tae go fur school dinners fur a change cause ma ma keeps gien me Dairylea spreadin cheese everyday fur ma packed lunch. Ah tried tae tell her that it wis borin an ah wis gettin sick ae it but ma da buttet in an said, Well if yi et the same as any normal person yi widnae huv that problem.

Oor school's won canteen ae the year, ootae aw the school's in Scotland, three years runnin. Ah wis pure starvin cause ah hadnae had any breakfast, so ah chose tae go fur main meals; when ah got tae the top ae the queue the choice ae hot dinners wis sweet an sour pork, cheese an ham pizza or lasagne made wi turkey mince. Ah'll jist huv a plate a chips, ah said tae the wummin that wis servin me. Sorry hen, she said, Wur no allowed tae jist sell yees chips yi need tae get a balanced meal. Well whit dae yi huv fur vegetarians, ah asked her. Dae yi eat chicken, she said. Naw. Whit aboot fish. Ah said naw. Well yi'd be better gaun over there tae the snack bar, she said, An they might be able tae gie yi a roll an cheese.

•

Accordin tae Nicola Buchanan, bein a vegetarian is dead unhealthy.

She said, Ma mum says that yi can end up really skinny and anae-mic and that's what causes dietary deficiencies and anorexia. Ah went an asked Missus Murray aboot this but she said that's a lot a nonsense an if yi eat sensible an don't jist eat cheese an chips aw the time then yi'll be fine.

Chris Rice said tae me, Dae yi no miss eatin meat. Ah said, Sometimes ah dae cause ah miss sausage rolls. Laura Kyle said, Wan ae ma big sister's pals is veggie an whenever she comes tae oor hoose fur dinner ma ma gets her these Linda McCartney sausage rolls. Aye, said Chris, Ah seen a packet ae soya ham in Safeway yi no lik ham as in slices ae bacon. Ah don't understaun aw that, said Charlene, Why wid anywan want tae eat fake bacon. Cause it's healthier than eatin big bits a greasy ham, said Laura Kyle. Aye but it probly tastes pure mingin, said Charlene. It's also cause they don't want tae kill a pig, ah tolt her. Aye, said Charlene, But why wid yi want tae eat a fake pig.

•

Ah went an wrote a petition against school meals. At first it wis jist me, Harpreet, Chris Rice an Laura Kyle that signt it, but then Wully McCoy went an saw it an he thought it wid be a good way tae bam up aw the teachers; he went an got aw his pals an his pals' pals tae pit thir names doon an wi endet up wi mair than two hunner signatures an then we took it doon tae the heidy.

When we went intae school this mornin the menu fur main meals said: home made lentil soup, vegetarian lasagne, an tofu enchiladas; the snackbar had veggie burgers an veggie frankfurters, an quite a few folk wur moanin cause they had run ootae rolls an cheese.

Charlene's decidet she wants tae become vegetarian anaw noo, but that's jist cause she read in *Starmix* magazine that Tiger Jackson fae Stramash disnae eat meat.

Chapter Sixteen

MINGIN

Ah hate farts. Thir the maist disgustin bodily function ever inven-
tet – plus why is it if a boy let's rip aw the other boys think he's
a hero, but if a lassie dis even a teeny tiny wan by accident she's
the biggest clat bag ae the century. Yesterday oor Science teacher
thought sumdy'd let aff a stink bomb an we aw got evacuatet oot the
class; ah wis pure mortified specially when he wis talkin aboot gien
oor whole class a puni if the culprit didnae own up; ah couldnae
exactly pit ma haun up though an say, Sorry sir it wis me ah had
mixed bean salad fur ma lunch again.

Ah let wan go durin library period the day. Ah didnae mean
tae it jist kinda slipped oot. Evrubdy roon aboot must've heard it
cause it wis wan ae they really squeaky wans that sound lik yiv jist
blew up a balloon then pult at the neck as yi let the air escape. Thir
wis a few sniggers then Christopher Ross did a really loud hold-yir-
nose effort an Miss Thin went an flung him oot intae the corridor.

•

Evrubdy in ma class is tryin tae work oot who the phantom farter
fae the library is. Ah heard Chris Rice say tae Harpreet that he
thought it smelt lik veggie burgers. Ah don't know if that wis meant
tae be a hint at me but ah jist kiddet on ah never heard him even

though he wis staunin right next tae me; ah also decidet if anywan
did accuse me ah wid jist deny it, an then if they didnae believe me
ah'd turn roon an say tae them, Whoever smelt it dealt it.

•

Ah hate it when ma da farts: it pure rumbles an it lasts fur aboot
a minute, an sometimes he even lifts his leg lik a dog; where er yi
be let yir wind gang free, he always says, tryin tae dae a Rabbie
Burns impression cause he thinks he's dead funny. Ma sister sounds
lik a pop corn machine; ma ma's lik a duck when she dis it; ma
gran she's the worst though: she dis wee sneaky silent wans that
always smell lik a mixture ae cabbage an rotten eggs an then she
tries tae deny it. Ah think the maist minginest fart anybody's ever
done though wis the time ah wis oot wi Harpreet an her family:
we wur aw sittin on the five two two on the way intae Partick an yi
jist heard this noise an at first ah thought it wis the brakes ae the
bus skiddin but it wisnae; it wis that bad ah could actually taste
it afterwards, it wis lik a combination ae rotten fruit an chicken
tandoori an the sewers; evrubdy on the whole bus wis haudin thir
nose aw apart fae Harpreet's da who jist sat there kiddin on he
wis fixin his turban.

•

Three
Two
Wan
BLAST OFF

The boys in ma class wur huvin a flatulation competition durin
Geography while the teacher wis oot the room. That wis Mount
Vesuvius, said Chris Russell. That was disgustin, said Nicola Bu-
chanan. Right ah bet nain ae yees can dae this, said Chris Ross.
Gaun wee man, said Tommy Campbell, Dae yir Tom Jones im-
pression see if aw the lassies fling thir scants at yi.

Aw yous are a bunch a mings, said Charlene. Aye getta grip man, said Laura Kyle. Ah jist sat there takin nothin tae dae wi it even though the whole thing wis turnin ma stomach. Yous are aw jist jealous, said Chris Ross, Cause yous cannae dae musical farts.

SEX BOMB SEX BOMB YOU'RE MA SEX BOMB

Who'd want tae, said Charlene. Aye, said Laura, Mair lik Stink Bomb. Ah ah baby yeah ooh yeah uhuh listen tae this, said Chris Ross an then he startet makin noises wi his airmpits.

•

Ah went ontae the internet an ah typed in FLATULENCE an CURE but aw that kept comin up wis this article fae BBC health online an a picture ae these two pigs. The article wis actually quite interestin: it wis aw aboot deep sea divers an how they can get this disease thing called the bends that makes them paralysed an stuff if they come up oot the water too fast; apparently some scientist in America has fun oot that the bacteria that causes flatulence can cure them; he went an injectet these two pigs wi it an pit them in a decompression chamber in water in the same conditions as the deep sea divers; it actually worked anaw, but the only thing wis afterwards the pigs couldnae stop fartin.

•

Ah think Harpreet knows it's me that keeps lettin off. She's been askin me stupit questions aboot how much fibre dae ah eat; she kids on it's fur oor nutrition project in Home Ec but ah'n no that stupit. Missus Murray wis tellin us aboot how when yi stop eatin meat suddenly, yir whole digestive system aw changes an it takes a while fur yir body tae get used tae it. Magine yi had that irritable bowl syndrome, said Harpreet, Yi'd be runnin tae the toilet all the time. Ma guts had been churnin fur the past half an hour, an ah'd been that busy thinkin aboot ways that ah could try an stop masel fae fartin that ah never thought at the time she might jista been talkin aboot folk in general huvin irritable bowl an no aboot me specifically. Ah cannae help it, ah said tae her, Evrubdy does it even you even the pope. Ah didnae mean tae be but ah wis right nippy wi her. Harpreet opent her mooth tae say somethin an then she closed it again. Ma face musta been burnin bright red an ah did actually fart right at that point but it wis a silent wan so ah don't think anybody noticed.

•

Ma stomach wis a bit better ower the weekend. Ma ma made this nut roast thing wi mushroom gravy fur ma Sunday dinner alang wi totties an carrots an brussell sprouts. Ah tried no tae take too many ae the vegetables an then ah hid maist ae them aw under the gravy. It wis a good thing anaw cause evrubdy bar me endet up wi sickness an diaorrhea cause it turnt oot the sprouts were oota date.

Chapter Seventeen

PUBERTY

Evrubdy bar me has startet thir periods. Harpreet's had hers since she wis eleven, Laura Kyle hadnae even turnt ten, an Charlene startet hers in October on the zact same day as Kelly Marie Walker.

Ah still don't really know that much aboot periods. When we first startet High School aw the lassies in ma class got made tae watch this video aboot wur bodies durin Guidance, whilst the boys got took intae another room tae learn aboot wet dreams. Laura McPhee an Laura McNish kept laughin an gigglin aw the way through the video so ah couldnae really folly it. Afterwards the teacher asked if anybody had any questions but naebdy put thir haun up; we aw got gied oot this wee information booklet that had a diagram ae yir fanny in it, an a pack ae two wee pad things that yi stuck ontae yir knickers.

Nicola Buchanan got sent home half way through first period the day. Naebdy seemed tae know why but she looked fine tae me. Charlene went wi her, supposedly tae make sure she wis awright, an when they came back in durin lunchtime they wur baith munchin a big hunner gram bar ae chocolate an lookin dead pleased wi thirsels. So whit's the story mornin glory, ah said tae them when they came ower tae oor table. Widyi mean, said Charlene. Well how come yous got ootae English. Ah've jist entered puberty, said Nicola Buchanan. Yiv entered a whit, ah said. At first ah thought it wis some kinna I.Q. test or somethin she wis talkin aboot cause she's always sayin she could join Mensa if she wantet tae. Pee-yoo-ber-tee, smirked Charlene, talkin lik she'd marbles in her mooth. Yeah, said Nicola, Ah've reached the early stage of maturation.

•

Ah wis sittin in afternoon Regi an Tommy Campbell wis actin lik an idiot as usual an sayin he could pure smell fish (that wis him meant tae be tryin tae wind Nicola Buchanan up but ah don't think she actually got it). Know somethin ah jist realised, he said, See lassies thir jist lik babies. He said it pure loud at the top ae his voice. See wans they get tae a certain age they need tae start wearin nappies again.

•

Ah said tae Charlene, How d'yi no jist say Nicola'd startet her period. Charlene never said anythin. Ah mean whit wis the big secret. Kirsty, she said, You're jist jealous cause you're a wee wean that's probly no even got a hair doon there. Shut up, ah said. Ahah Kirsty's got a baldy. Shut it. AHA BALDY.

Charlene's new best insult if yi annoy her is fur her tae call yi baldy. She says it tae aw the boys: shut it baldy baws, she says, or, Ya wee baldy baw bag, or the best wan of aw, Ya wee baldy baw hair (which disnae actually make sense but then that's Charlene fur yi). Another thing she likes daein is durin swimmin she goes up an tries tae pull aw the boyzees trunks doon tae see how big thir willy is. She thinks she's dead funny. It widnae be that if sumdy did that tae her, she'd be the first wan tae complain.

She's startet shavin the hair under her airm pits an on her legs, even though she's got hardly any hair tae shave cause it's aw wee grey wispy bits. She wore trackies tae P.E. the other day instead ae shorts cause she said she wis lik a gorilla; ah think she wis lyin though, ah think she's probly skint hersel usin the razor.

Ah don't know why guys never shave under thir airm pits. That pure gies me the boak. Especially when thiv got big bushy beards an hairy chests, ah think it's pure manky lookin. That stinky Colin Kellerman (Smellerman mair like) fae wan E, he's pure growin a beard: he's only jist turnt twelve anaw an he's got this wan ginormous hair pure stickin oot the bottom ae his chin an it looks dead stupit. Ah'm glad folk that are in boy bands an stuff get made tae wax thir bodies so that yi can see thir muscles better, cause see if they didnae ah don't think ah'd fancy them ataw.

Ma da hasnae got a hairy chest. He's got wee bits ae hair but no pure hunners. Ma da said he wis a late developer. Ah wis only four foot eleven, he said, Right up until ah wis sixteen. Ah seen a photie wance wi him wearin a goatee when he wis aboot twenty or somethin an it jist looked pure mega ridiculous.

•

We wur in the P.E. changin room gettin changed tae go play Badminton after school when Charlene startet singin,

HERE COMES THE HIGHLAND GRANNY –

Charlene gaunnae no, ah said.

TWO BIG TITS AN A HAIRY –

Charlene, ah said, Gaunnae jist wheesht. How. Because ah'm sick ae listenin tae yi. How. Because ah jist am. Yeah, said Harpreet, We don't want tae hear your cats' choir. Charlene jist laughed. Moan Harpreet, she said, Moan show's yir hairy banjo.

Harpreet went an took an absolute beamer when she said it an then she went aw quiet. She gets dead embarrast when folk say things lik that, but then so dae ah but no as bad as her. Wan time we wur in English an Chris Ross an Chris Russell wur gaun roon pingin loadsa lassies' bra straps; Chris Russell went an did it tae Harpreet an she pure burst oot greetin; he nearly got suspendet fur it but then he got let off cause he wrote her a letter ae apology.

Wan ae the teachers shoutet us after that tae say the tournament wis aboot tae start. Harpreet practically flew oot the door. Charlene wisnae bothern her arse though, she jist kept laughin an singin here comes the highland granny aw the way doon the corridor.

•

Ma period came when ah got in fae the Badminton Club. Talk about a happy coincidence, said Harpreet when ah phoned tae tell her, Although yi better not tell Nicola Buchanan cause she'll be accusin yi of tryin tae steal her thunder. Probly, ah said. Athough tae be honest, ah felt lik it wis aw a massive anti-climax – aw that hype ower a sair belly an a mess in yir knickers! Ma ma asked if ah wantet tae go shoppin at Braeheid tae celebrate. Ah thought it wis a bit weird cause she's always on aboot how wuv nae money these days, but ah didnae say anythin cause ah wisnae gaunnae knock back the chance ae gettin some new clothes. Turnt oot she jist wantet me tae go get fittet fur a bra which is somethin ah'd been dyin tae dae fur ages. That endet up bein shite anaw though, an wan ae the maist mortifyin things that huv ever happent tae me: cause the wummin in the first shop tolt me thir wis nothin fur her tae measure, an then the cheeky cow in the next yin said ma size wis WHY BOTHER.

Charlene took the pure huff wi me when ah tolt her ah'd got ma period. It turns oot she's no startet hers ataw. She made it aw up tae impress Kelly Marie an as an excuse tae get oota daein P.E.

Chapter Eighteen

SHITE

Ma da's finally got a job. He's startet cleanin the toilets across the road fae the swimmin baths that ah go tae wi ma pals. He quite likes it but he disnae really get paid much (four pound twenty an oor), a lot less than whit he wis gettin when he worked at the Parks Department. Yir no really daein much in they toilets though, he said, Yir maistly jist sittin in that wee room watchin the wee portable telly an then every so often yi gie the flairs a mop an check tae see if thir's enough bog roll.

Charlene burst oot laughin when ah tolt her. Haha, she said, Your da shovels shite. Laura Kyle tolt her tae shut her geggy. She said, At least Kirsty's da's goat a joab. Yeah, said Harpreet, Thir's nothin wrong wi shovelin –

Harpreet bit her lip an went aw quiet, an then Chris Rice jumped in an said, Aye well at least Kirsty's goat a da.

The guy that used tae clean the toilets is some auld fart that ma da knows; ma da calls him Big Davy Fae The Lavvies an it's cause ae him that ma da got the job: Big Davy's only fifty-five, said ma da, But he's got a bad heart so he took early retirement. Haha, said Charlene, Magine cawin anybody a name that rhymes wi lavvy. Who cares, ah said tae her. Haha know whit ah'm gaunnae call your da fae noo oan, she said, Big Jamie The Jobby Jabber.

•

Me an Charlene wur in the school toilets at interval, doon daein a pee, an Charlene went intae a toilet where the plug hadnae been pult. Ay naw, she shoutet, Kirsty moan see this; she dragged me in behind her an pointet doon at this big jobby that some clat bag had abandoned, that wis noo bobbin up in doon the pan lik a wee broon monkey. Ay whit a mink, she said. Aye ah know. Ay imagine yi could never ever flush it away cause it wis aw pure stuck. Ah don't really want tae imagine it, ah tolt her, It's awready gien me the boak. Aye but jist think, she said, Cause Missus Auldhill's the cleaner it wid be her that has tae pit her haun doon there an fish it oot.

•

Aw the lassies in the school wur called intae an emergency assembly durin third period. We aw thought it wis gaunnae be the heidy that wis takin it but instead it wis jist Missus Auldhill staunin up on the podium wi a sanny bin in wan haun an ah pad in the other. Can anybody tell me whit this is for, she said. Naebdy answert. Come on don't be shy, she said. Still naebdy answert. Charlene startet sniggern an diggin me in the ribs. Well, said Missus Auldhill, Ah'll gie yi a wee demonstration will ah. She held the sanny pad up (it wisnae a used wan or anythin); This goes lik this, she said, an she pushed it through the wee flap on the lid ae the bin. Some ae the Fourth Year lassies that wur sittin up the back startet clappin an whistlin. Missus Auldhill jist smiled. Noo, she said, Ah don't want tae find anymair ae these cloggin up ma toilets.

•

Ah said tae ma da before he even took the job in the toilets, How d'yi no go fur that job roon in the paper shop. Whit paper shop, he said. Iqbal's paper shop. Ah don't think so somehow. Aye but how no. Cause ah don't want tae work fur Iqbal, he said. Aye but how no, ah said, Ah thought yi liked Iqbal. Ah've nothin against him, said ma da, Ah jist don't want tae work in a cornershop.

Ma da didnae huv tae say it. Ah knew it wis nothin tae dae wi workin in a cornershop an everythin tae dae wi workin in a shop that's owned by a guy who's Pakistani. It wisnae exactly racism as such, but it wis kindae: ma da had never said anythin bad against Iqbal or his religion or anythin before; he wisnae lik some ae the wans roon oor bit that sprayed mentions aw ower his walls or called him a black B when he didnae sell the young team thir carry oot; it wis awright fur ma da tae buy bread an milk an a lottery ticket aff the guy an take the Christmas card he gied us every year, but when it came right doon tae it it wis embarrassin fur ma da tae have tae rely on sumdy lik Iqbal tae pay his wages, far mair embarrassin than shovelin shite fur a livin.

•

Da's pal Davy an his wife had been at Blackpool fur the weekend an they brought back boxes ae broken biscuits fur ma ma an da an ah big chocolate dummy each fur me an Karen an ah'd made the stupit mistake ae takin mine intae school tae eat. Ay know whit that looks like, said Charlene, It's lik a big turd oan a stick. Ah went an flung the chocolate dummy doon the drain ootside the Science department, an then ah felt dead guilty so ah decidet tae tell ma da tae tell Big Davy that it wis lovely.

•

Ah said tae ma da the night before that ah'd been talkin tae Iqbal in the shop. Whit've yi been tolt, ma da had said. Ah wis only talkin tae him, ah said. Aye an ah bet it wisnae aboot the price ae butter. It wis aboot aniseed balls actually, ah tolt him, Ah wis tryin tae find oot if they had additive E wan twenty in them but Iqbal didnae know. Ma da wis right though, it wisnae jist a casual conversation aboot dairy products or sweets – it was a last ditch attempt tae stop him fae totally ruinin ma life.

Ah don't know why ma da had tae take a job as a toilet cleaner. How could he no've been a road sweeper or a windae washer, or how could he no've jist took the job wi Iqbal or even went an did a course at Reid Kerr College till somethin better came alang.

Ma da worked at the Parks Department since he left school at sixteen. Sixteen year an he's never had another job. Yi'd think he'd be glad ae the break; yi'd think he'd want tae go tae college or somethin tae learn new skills or even tae jist meet new people. But naw, no ma da, aw he wants tae dae is sit by himsel in they toilets aw day, wi his face trippin him, an nae company bar his shitey wee portable telly.

•

The day wis draggin on, an ah wis feelin majorly depressed, an Harpreet had the dentist tae go tae at lunchtime so ah went an jist sat ootside the tucky by masel. Charlene wis away doon tae the chippy wi Laura Kyle an Nicola Buchanan – they'd asked me tae go wi them, but the chippy's right next tae the toilets an ah didnae want tae chance bumpin intae ma da. Ah could jist imagine him seein me fae across the road an then pure wavin at me in front ae aw ma pals wi a big pishy mop in his haun.

Missus Auldhill opent the tucky early. Ah didnae even see her at first until she shoutet me in. She asked me whit wis the matter; ah said nothin. She said, Ah hear your da's got Davy Clark's auld job in the toilets up by the Victory baths. Ah don't know whit ah wis mair shocked at: the fact that Missus Auldhill knew big Davy, the fact that she called him somethin other than Big Davy Fae The Lavvies, or the fact that she knew ma da wis noo a toilet cleaner. She musta thought it wis the first yin cause she said, Aw aye ah know Big Davy ah worked beside him when he wis in the fire service. Honestly, ah said, an ah couldnae keep the surprise oot ma voice. Yi didnae think, she said, That we cleaned toilets aw wur days did yi. She laughed after she said it an ah tried tae laugh anaw but ah couldnae imagine Missus Auldhill daein anythin other than cleanin an runnin the tucky never mind bein a fire wummin. Aye, she said, Big Davy Clark wis a good fire fighter an ah met him when ah worked in the canteen there. Aw. That boy disnae keep well, she said, That's how he'd tae gie it up an take the job in the toilets.

Ah spent ages talkin tae Missus Auldhill that afternoon: we talked aboot her wee gran wean an how he'd be gaun tae school this year; we talked aboot ma da when he wis a boy an how he used tae help her run the tucky anaw; we also talked aboot how Missus Auldhill had jist cleaned aw the latest mentions aff the lassies' toilet doors an how she knew it wis Charlene that wis daein maist ae them, So yi'd better warn her tae rap it in, she said. We didnae really talk aboot Charlene that much though; ah didnae want tae talk aboot her tae Missus Auldhill cause ah knew ah'd jist end up gettin upset an thinkin aboot aw the nasty stuff she's been sayin recently; ah also didnae want Missus Auldhill tae think ah wis a snob fur wantin ma da tae be somethin better than a toilet cleaner.

•

Charlene come lookin fur me wi Laura an Nicola jist as the bell wis aboot tae go an ah wis jist leavin the Tucky.

AW RIGHT CRAPPER NAPPER,

Charlene shoutet. Chris Ross an Chris Russell wur walkin past, an Charlene had obviously tolt them aboot ma da's new job cause they startet makin really loud fart noises an lookin ower at us. Ah don't know whit got intae me at that moment but somethin inside me jist snapped an ah pure flew fur Charlene; ah had her pinned up against the wall at D stairs an ah'd ma haun right roon her throat; ah think ah mighta actually strangult her if it hadnae been fur Laura Kyle pullin me aff her. Don't you EVER say anythin aboot any member ae ma family again, ah tolt her, Or ah'll kick seven shades a shite oot yi.

•

Big Davy fae the lavvies died ae a heart attack this mornin; his funeral's this Friday but ma da's been tolt he cannae get the time aff work cause thir's naebdy else tae open the toilets. He's talkin aboot packin in the job anyway, Yi should see aw the mess the school lassies leave, he said, Thir far worse than the boys.

Charlene's been actin as if the tuck shop incident never happent; she's no said a thing aboot ma da since then, an she's been suckin up ma arse lik naebdy's business.

Chapter Nineteen
WITCH

Thir's this new lassie in oor Regi class an she's a pure mad gothic chick. Her name's Frieda but she likes gettin cawed Friday, an she's always wearin black eye liner an bright white foundation an a big mad leather trenchcoat.

Aw the folk in oor class are sayin she looks lik a witch. She come intae school this mornin wi her hair dyed black wi blue streaks through it, an Chris Ross an Chris Russell went up tae her an wur lik that, It's no Halloween yi know. An then Tommy Campbell an aw his goons startet askin her where her broomstick wis. She didnae say anythin tae them though, an ah thought well done tae you hen fur ignorin them, but then we wur sittin in History an Charlene had tae play the big shot an she wis lik that, D'yi know that in the middle ages they used tae burn folk lik you, an then the lassie run oot the class greetin.

Ah tolt Charlene ah thought she wis a sad cow. Ah said, How wid you like it if you wur the new lassie an evrubdy ripped the piss ootae you cause ae whit yi wore. Aye well, she said, She shouldnae dress lik she's jist stepped oot a bat mobile nen should she. Ah remindet her aboot the time wi went tae the primary six Halloween party an wi aw had tae dress up an Charlene's ma went an forgot tae make her outfit, so she jist cut three holes in a black bin bag an tolt Charlene tae go as a tramp. Aye well, said Charlene, her face wis pure trippin her, At least ah don't choose tae call masel Freaky Friday.

•

Charlene apologised tae Frieda. She said it wis jist a joke. Ah thought she wis jist shitin hersel in case the lassie went tae Guidance aboot her, but then she surprised me by gettin her tae go tae packed lunches wi us. Ah said tae Charlene later on, That wis dead nice whit yi did there. Did whit when where, said Charlene. Ah said, Invitin Frieda tae come wi us even though she's no really oor type a person. Widyi mean no oor type a person, said Charlene. Well she can be a bit creepy at times, ah said, Know how she's pure intae aw that wantin tae read yir future an stuff. Ah think she's pure brand new, said Charlene. Dae yi. Aye. Ah nearly fell on ma back when she said that, an ah startet huvin visions ae Charlene wi blue streaks through her hair an haudin a crystal ball.

Charlene said, Dae yi know she's a pagan. Whit's a pagan, ah said. Charlene looked at me an rolt her eyes an said, Honestly Kirsty ah don't know how sumdy as brainy as you can be dead stupit at times. Ah said, Jist tell us. She said, See Friday. Ah said, aye. She can dae white magic.

•

Charlene's right intae her starsigns these days. Ah don't really believe in aw that but ma ma always reads her horoscope so ah know a wee bit aboot them. Charlene said tae me this mornin, Yi can well tell ah'm a Pisces, she said, Cause ah'm dead good at swimmin an ah'm pure artistic. Charlene is brilliant at drawin an stuff but then so's her ma an her ma's birthday's December. Ah said, Whit am ah then. She said, Aries. Naw. Gemini. Naw. The wan that's the horse ah forget whit it's called. Naw. Whit are yi then. Taurus. Ah wis gaunnae say Taurus, said Charlene. Aye right. Aye, she said, Taurus are full a bullshit.

Friday's a Pisces an aw, she said, That's how wur pure suitet tae each other as pals. Aw aye, ah said. Aye that's how she's dead good at makin up stories in English cause Pisces folk are dead creative. Is that right, ah said. Ah thought tae masel, ah think that Frieda's jist good at makin up stories full stop.

•

Charlene went an asked Frieda tae sit wi us in R.E. Normally it's me an Harpreet an Laura Kyle that aw sits thegether but Laura Kyle's granny jist died so she's aff school. Charlene keeps askin Frieda aw these questions aboot her dreams an whit dae they mean. She said, Whit dis it mean if yi dream aboot a baby bein born. Wis the baby smilin or wis it cryin, said Frieda. Well sometimes it's greetin an sometimes it's awright. A smilin baby means yir gaun tae huv good fortune, said Frieda, But a cryin baby means –

Yir gaunnae huv bad fortune, ah said. Harpreet giggult. Gaunnae shut it, said Charlene. A cryin baby means thir's gaun tae be forthcomin misfortunes. Oh, said Charlene. Well ah'd a dream the other night an thir wis a baby in it, ah said. Did yi, said Charlene. Aye, ah said, It wis a pure ugly wean an aw an it wis pure climbin up ma bedroom waw an stuff. Honestly, said Charlene. Aye. Here whit dae yi think that means then, she said tae Frieda. Frieda jist sat there wi her face lik a burst couch. Aye it pure gied me the heebie jeebies, ah said, Ah think it means ah should never watch that *Train Spottin* film again.

•

Charlene an Frieda wur daein the ouija board at the Homework Club after school. Apparently they spoke tae the spirit ae Charlene's deid twin. Ah didnae even know Charlene had a twin. Apparently she'd a twin brother called Robbie that died at birth. Charlene got dead upset afterwards an she had tae get sent tae the nurse cause she went an puked up aw ower the Geography room flair.

•

Laura Kyle wis back at school this mornin. We wur in the library an

Charlene an Frieda wur makin another ouija board an they wantet me an Harpreet tae dae it wi them. Harpreet didnae want tae. Ah suppose it's against your religion, said Charlene. She didnae say it nasty though fur wance but Harpreet jist walked away fae her. Ah said ah didnae want tae dae it either. How no, said Charlene, You urnae religious. Ah don't fancy it, ah said. How no but, said Charlene, You should jist try it.

Frieda ripped the middle pages ootae Laura's English jotter an startet writin the letters ae the Alphabet in a semi circle; then she wrote the numbers wan tae ten doon at the bottom an next tae that she put the words OUI an JA. Ah need a ring off somebody. A ring, said Laura, Widyi need a ring fur. Cause ah've not got a glass, said Frieda. Widyi need a glass fur, said Laura. Frieda said, Will yi please shut up yir disturbin the spirits. Aye, said Tommy Campbell, Yi better watch or Charlene's deid twin'll come back an haunt yi. Frieda nearly shat hersel when Tommy stuck his heid oot fae behind the bookshelf. Aha, he said, Yi didnae see that comin did yi witchypoo. Ah wis temptet tae laugh but Frieda wis pure ragin; she wis pure shakin wi anger an it remindet me ae that time Chris Rice had a seizure.

Whit dae *you* want, she said. Ah want tae see yees daein it. Doin what we're no doin anythin. Aye yees are, said Tommy, Yees are daein the ouija board ah seen it. He snatched the bit ae paper aff the table an startet wavin it aboot. Give it back now, said Frieda. How. Because ah said. Whit yi gaunnae dae curse me ya witch. Miss Thin, the skinny librarian came ower an tolt us tae be quiet. Fine, said Frieda, Yi can watch but yi better not start any crap. Who me, said Tommy; he sat doon at the table next tae Charlene an clasped his hauns. Ah'm no daein it if he's here, said Charlene; her face wis pure white as a sheet. Ah'm no daein it either, said Laura. Ah'm no daein it ah'm no daein it, said Tommy, Wooooo ghosties.

Frieda smoothed the ouija board oot on the table. Ring please, she said tae Charlene. Ah thought Charlene wis gaunnae burst cause she disnae let anywan touch her jewellery. She nearly broke some lassie's fingers wan time cause she liftet her R.F.C. ring oot the P.E. valuables box by accident. Here how dae yi no use wan ae yir ain rings, ah said tae Frieda, cause she wis sittin there wi umpteen silver yins on her fingers. She never answert me. Eh, ah said, Whit's up wi usin yours. Kirsty, said Charlene, Gaunnae stop askin stupit questions, she said, then she took aff her gold sovvy ring an pit in the centre ae the ouija board.

Sumdy needs tae keep edgy man, said Laura. There's Harpreet'll dae it, ah said. Harpreet wis staunin at the bookshelf behind us kiddin on she wis readin a French dictionary. Heh Harpreet gaunnae keep edgy fur the noo. Who's Edgy, she said, an Laura an me startet laughin. Never mind, ah said, Jist watch fur Miss Skinny Pins.

Frieda tolt us aw tae put the tips ae wur index fingers on the ring. An don't any of yi move it, she said. Aye an how dae we know you're no movin it. She drew me a dirty look. Concentrate, she said. We sat fur aboot five minutes wi wur fingers on the ring an nothin wis even happenin. Tommy Campbell said, This is a pure pile a shite. Shhh, said Charlene. O spirits of the ouija board, said Frieda. Tommy sniggert. Is anyone there. Nothin happent still. O spirits dis anyone huv a message fur us. The ring moved tae yes. Who do yi huv a message for. The ring moved again an it landet at K. Kyle, said Charlene. K fur Kyle. Oh, said Laura. What is your name, said Frieda, her haun wis shakin as the letters G, R an A wur spelt oot an ah wis positive she wis the wan that wis makin it go. GRAN, said Charlene, That's your gran. Aw fur god's sake, ah said, an ah went tae lift ma haun away. KIRSTY said Charlene, DON'T. Ah said, It's a load a rubbish.

The ring moved dead fast an spelt oot KIRST BEWARE but by that time ah knew it wis aw a wind up cause ah could pure see Frieda leanin right intae the table. Apparently Laura Kyle's gran is happy an she's wi her wee dog that died years ago. She gied Laura an Charlene intae trouble fur smokin an tolt Charlene tae say hullo tae her ma fur her. She also said a lot ae other things: Laura Kyle's ma wis comin intae money, sumdy that wan ae us knew wis gettin married, an Charlene's ma wis gaunnae huv a wean.

•

Ah had tae go tae the hospital last night cause a fell on the landin an fractured ma wrist. When ah went back intae school Charlene wis pure freakin oot aboot it. She said she's never daein the ouija board again an she solt her ring tae Wully McCoy fur a fiver cause she thinks it's hauntet. Frieda still willnae admit that she made aw the stuff up even though Tommy an Laura think she's a liar anaw. Charlene believes everythin Frieda says though, especially noo cause she jist fun oot that her ma's pregnant.

Chapter Twenty
FLOOERS

It's Valentine's Day, an the postman has been, an ah got nothin as usual. Ma da got ma ma a big four-foot card an a single red rose, an she got him a normal-sized card an a white rose; an even Karen got a card an a plastic daisy chain bracelet fae some wee boy in her class.

Ah've never had a Valentine. Ma ma says it disnae matter cause she never got wan until she wis fifteen an that wis fae ma da. It dis matter though, cause see when yi go intae school an folk are askin yi how many yi got an if yi say yi never got any, aw the boys laugh at yi an say it's cause yir a dog.

Ma ma an da met when she wis nine an he wis ten an it wis lik somethin oot an auld Doris Day film cause they pure hatet each other at first. Ma da used tae hing aboot wi ma ma's next door neighbour an they used tae always annoy ma ma an pure wind her up. It wisnae till ma da had left high school that they startet gaun wi each other. He wis workin in the Robbie Park on a Y.T.S. an she had an after school job in the Bell Street ice cream shop across the road, an he startet gaun in an sayin hullo tae her aw the time. Then wan day he came in three times in a row tae buy packets a chewin gum, said ma ma, The fourth time he appeart this lassie Tricia that wis workin beside me she cornert him an said, Right pal whit is it you're up tae. It turnt oot ma da wis tryin tae leave a Valentine on the counter fur ma ma withoot anybody seein; the two ae them went tae see *Witness* wi Harrison Ford in it at the pictures the next night an thiv been thegether ever since.

•

Charlene got two Valentines: wan fae some guy that's in second year at Trinity High an wan that she thinks might be fae her ma's boyfriend. Ah said tae her, Why wid Iain send you a Valentine's card. Cause he's a big poof that's how. Naw ah don't think he's a poof somehow Charlene. Aye, she said, Well he's a big weirdo then. Ah thought yi liked him, ah said. Naw. Aye you said tae me yi thought he wis brand new. Naw when did ah say that. Christmas when he got yi that sovvy ring. Aye fur aboot two minutes ah thought he wis. If you say so. Ah dae say so, said Charlene. He wis awright till he got his fit in the door an noo he hinks he's the fuckin boss ae me. Well that still doesnae explain why he'd send yi a Valentine, ah said. Charlene rolt her eyes at me an made a big dramatic sigh. It's obvious, she said, He's tryin his best tae wind me up.

As we wur walkin up tae the school, Charlene stopped at the lamp post before the gate an she took a black permanent pen oot her bag. Then she wrote on the lamp post Chazza C luvs S.I.P. (Sumdy In Particular) an underneath that she wrote, If you want sex call… an she pit doon Iain's mobile number.

•

In school there wis this big red box covert in love hearts where yi could post yir Valentine an then they got gied oot durin Registration. It wis Harpreet's big sister, Navdeep, an Missus Auldhill that come roon wi aw the cards an presents an stuff. Nearly evrubdy in oor class got a Valentine cept me an Harpreet, an Charlene. Even Nicola Buchanan got wan but evrubdy thinks she sent it tae hersel. Nicola sent wan tae Chris Rice an she actually signt her name on it an Chris wis pure mortified an he went an ripped it up right in front ae her face; she wis greetin an stuff an ah thought it wis a pure sin fur her even though she's a pain in the arse so ah tolt Chris ah'm no talkin tae him unless he says he's sorry tae her; Wully McCoy stuck up fur her anaw an he pure threatened tae batter Chris.

It wis Wully McCoy that got the maist cards: he got fourteen. Ah knew wan ae them wis fae Charlene cause ah helped her choose it an ah even writ it oot fur her. Bunsen got the second maist (he got six) an wan ae them wis fae Laura Kyle cause ah writ that wan oot anaw.

We wur jist aboot tae go tae wur class when Missus Auldhill come back in haudin a big bunch a red roses. Aw my, said Charlene, Is that no a pure mortification, she said, Wid yi no jist pure die if sumdy gied yi a bunch a flooers in school. Ah didnae say anythin cause a thought it wis dead sweet. Ah tried tae get ma da tae buy a dozen red roses fur Valentine's Day but he said he'd need tae take oot a mortgage tae afford them.

These are fur you hen, said Missus Auldhill, an she pit the flooers doon on ma desk. Fur me, ah said. Naw thir fur me, said Tommy Campbell, an he sniffed them an kiddet on he wis gettin a high. Haha, ah said. Thir's a card fur you as well, said Missus Auldhill, an she pit it doon beside the flooers. Ah didnae even get a chance tae open the bliddy thing when evrubdy startet crowdin roon tae see whit it said.

•

So who d'yi think sent it, said Charlene. Dunno. Ah bet it wis wee Chrissie Rice, she said. Shut up wur jist pals. Charlene startet kissin her haun an sayin, Oh Chrissie oh Kirsty oh Chrissie –

Ah don't think so somehow. Ah dae think so, said Charlene, He's always pure sniffin roon yi an he pure nearly shat himsel when yi said yi wurnae talkin tae him. Aye that's cause ah've got his ticket tae the Stramash concert. Is it hell, said Charlene, This is an impression ae wee Chrissie any time he sees yi… he's lik that o Kirsty gaunnae help me wi ma Geography hamework gaunnae help me wi ma Maths hamework gaunnae help me wi ma – Heh Kirsty – ah spun roon an Chris Rice wis at ma back an ah took a pure beamer when ah seen him. Are you daein anythin efter school the night, he said, Cause ah've no got a clue aboot this investigation wur tae dae fur Mister Miller.

•

Laura Kyle said tae us, Whit's yir ideal maist romantic date. Widyi mean, said Charlene. If yi had the choice, she said, An money wis nae object where wid yi go an whit wid yi dae. Back row ae the Odeon said Charlene, Ah'd snog the face aff Wully McCoy. Oh Aye, she said, An a giant box a saltet popcorn an a big bottle ae Irn Bru anaw. Harpreet said she'd go an see this foreign film called *Bombay* that naebdy had heard ae (apparently it's an Indian version a *Romeo an Juliet*); Laura Kyle said she'd like tae go in a hot air balloon.

Whit aboot you Kirsty, said Laura. Dunno, ah said, It'd probably be somewhere at night time lik an Italian restaurant or somethin. Whit wid yi wear. Somethin nice lik mibby a summer dress cause we could go someplace that wis near a beach. Aye man, said Laura, Yi could go lik a midnight walk alang the sea front –

Aye, ah said, An we could baith be barefoot so that when we wur walkin we could feel the sand between wur toes. Aw puhlease, said Charlene, Yir makin me want tae vom. Shut up ah think that's dead nice, said Laura. Whit kinna flooers wid the guy buy yi. Dunno, ah said, Widnae really matter. Aye, Charlene said, Wibbit a big bunch a slimy seaweed.

•

Charlene wis totally daein ma heid in aw the way through Craft An Daft talkin aboot Wully McCoy. Did yi see that fat cow McNish went an gied him a card, she said, An she signt it. Good fur her. Ah bet she only did it tae noise me up. Probly. Wully wid never go wi her, said Charlene, Huv yi seen her she's got a face lik a horse's arse in action.

Laura McNish walked past me tae go tae the bin tae sharpen her pencil right after that an Charlene went NAAHHHAAAY under her breath, an then Laura McNish turnt roon an she caught ma eye an ah took a beamer. She come up tae me at the end ae class an ah thought she wis gaunnae pull me up fur it but aw she did wis say tae me, Ah heard yir nippin wee Chrissie is it true?

•

Chris passed me a note in Geography that said

Dear Kirsty ah think thir's been a misunderstandin cause ah do not fancy you or want tae get off with you. No offence or anythin.

•

It wis jist me an Harpreet that went fur packed lunches the day cause Laura Kyle wis roon the back ae the pivvy gettin off wi Bunsen, an Charlene an Frieda had gone doon tae the chippy tae perv on Wully McCoy .

Me an Harpreet wur still tryin tae work oot who wrote me the card when Chris Ross an Chris Russell an Wully McCoy came intae the dinner hall. They walked past oor table an Chris Russell looked at me an sniggert an then he said somethin tae Chris Ross an then he startet sniggern anaw. Wully McCoy went up tae join the milk bar queue after that an the two Christophers went an sat at the table right behind us.

Heh you ya sexy beast, shoutet Chris Ross. Heh you ya hot bee-atch, shoutet Chris Russell. The Christophers are always sayin things lik this tae make yi turn roon so's it looks lik yiv got a big heid, an then they'll shout, NO YOU YIR SHOES, or somethin equally stupit.

Heh gies a swatch ae yir thatch. Heh gies a sniff ae yir flooer. Aha, said Chris Russell, That's a good yin. Look, said Chris Ross, Look she's no listenin she's ignorn us. Sumdy whistled. Ah said tae Harpreet, Don't whitever yi dae turn roon. Harpreet turnt roon. Ahahah, said Chris Russell, Harpreet thinks wur talkin tae her. Naw ah don't hink so, said Chris Ross. Aw Chrissie man you said you pure fancied her anaw you said you pure wantet in her knickers. Aw man yi caught me oot how did yi know. Cause yi tolt me man yi went an said –

Awright.

Ah looked up an Wully McCoy wis staunin in front ae us wi a cup a milk in each haun.

HEH YOU WI THE FLOOERS

Wully McCoy turnt roon an growlt at the Christophers an they pure fell silent. Kirsty, he said, Can ah speak tae yi in private. Ah said, Aye awright, an then ah follied him ower intae the alcove. Charlene had jist walked intae the dinner hall an she pure gave me a look that said yi better no say anythin tae him.

He stood fur ages jist lookin at me an no sayin anythin an it wis weirdin me oot so eventually ah jist said, If it's aboot the card ah didnae write it. He jist kept starin at me. Ah mean ah did write it but it wisnae fae me an ah cannae tell yi who it's really fae cause ah've been sworn tae secrecy –

Actually ah jist wantet tae ask, he said, If yi liked the roses.

•

Wully McCoy went an pure asked me oot on a date. Ah said naw, but Charlene's still no talkin tae me. Ah got slagged rotten fae ma ma an da fur huvin a Valentine when ah got in fae school an they wur askin me if ah had a boyfriend. The flooers wur deid by the time ah got home.

Chapter Twenty-Wan
STOOSHIE

Stramash've got a new single oot. It's called Stooshie an it's pure brilliant. Thir signin copies at HMV the day an ah'm gaun up after school tae buy it wi Charlene an Nicola Buchanan an Nicola Buchanan's ma. Charlene hardly even talks tae Nicola anymair (cept when she cannae be bothert walkin upstairs an she needs Nicola fur her lift pass) but she's got tae keep in wi her jist in case Nicola's ma decides tae gie Charlene's ticket fur Stramash tae sumdy else.

Me an Charlene an Chris Rice wur sittin singin the lyrics tae Stooshie at interval when Nicola come up an correctet us, It's schemers on the run, she said, We're stramash we're not trash not some schemers on the run. Don't gies it, said Chris. Ah think I should know, said Nicola. Aye ah think she's right actually, said Charlene, Cause me an Nicola are in the Official Stramash Fan Club an she knows pure everythin aboot them.

Ah'm sick an tired ae Charlene an Nicola tryin ae make oot thir bigger fans ae Stramash than evrubdy else; Charlene's only in the club cause Nicola's ma paid the membership fur her, an the only reason ah'm no in it is because ma ma said it wis a waste a money. Ah thought it said schemies, ah said, As in neds. It is, said Chris, That's the whole point ae the song thir tryin tae say that even though they come fae a rough area thir no a bunch a neds. Somehow ah don't think so, said Nicola. We're Stramash we're not trash, said Chris, Not some SCHEMIES on the RANDAN. Ah don't think RAN-DAN is even a real word. Ah agree, said Charlene. Aye well that's wer yir wrang then innit, said Chris, Cause me an Kirsty awready looked it up in the Universal Dictionary, he said, So away yi go an stop tryin tae stir up shit.

•

Stooshie
Yi shouldnae judge, yi shouldnae judge us man
Stramash are not some Noddytown numpties
As we ride intae Glasgow on the clockwork orange
We won't black affront yees

Ah totally love the first verse dae you no, ah said tae Chris, Ah pure love the bit aboot Noddytown numpties. My mum gave me into trouble for sayin the word numpty, said Nicola. How, ah said. Because it's offensive. Aye, said Charlene, It is a wee bit. Charlene, ah said, Whit yi talkin aboot. Ah remindet her aboot wur primary four teacher Miss Blackbird (who wis evrubdy's favourite teacher at primary school cause she wis dead funny) she called evrubdy numpties an Charlene thought she wis brand new. Charlene opent her mooth then closed it again; ah wantet tae say, Aye see, but ah never cause ah couldnae be bothert wi another argument.

•

The queue fur Stramash wis aboot a mile long when we went tae get wur CDs. Ah seen Harpreet's big sister Navdeep an her pal right up near the front; they'd obviously dogged school cause neither ae them had bags an Navdeep's pal had on her David McManus T-shirt an a blue flyin jacket that had a patch wi the Stramash logo sewn on the back.

We waitet ages. When we finally got up tae the top ae the queue ah startet tae get butterflies in ma stomach. Tiger, Murray an David signt the inside cover ae wur CDs fur us an Murray gied me a big smile an ah jist aboot faintet; he wis wearin a white short sleeved shirt wi a dark grey bow tie an washed oot black denims an he'd shaved a diagonal line through wan ae his eyebrows an he looked mega sexy.

Jist as we wur aboot tae leave the shop Nicola's ma heard sumdy say that a newspaper reporter wis comin tae HMV. It shoulda been these two lassies that wur aboot fourteen or fifteen that got thir picture took wi Stramash because they'd camped oot aw night an wur first in the queue, but cause Nicola's ma played the sympathy card again aboot her bein in a wheelchair, we endet up gettin wur photie in the middle pages ae the Daily Record.

•

The radio wis on in oor Art class this afternoon an aw yi heard when yi walked intae it wis

Stooshie

Tiger J'll cause a Stooshie
Murray Hart'll cause a Stooshie
Davy M'll cause a Stooshie
Stramash'll cause a giant Stooshie

Bunsen an Chris Rice wur up daein breakdancin on the tables an Chris Ross an Chris Russell wur kiddin on the paint pallets wur drum kits an hittin them wi the wooden bits ae the brushes

Don't try tae compare us tae another flash in the pan
We're Stramash, we're not trash, not some schemies on the randan

Harpreet wis daein ned impressions an she kept makin me laugh by sayin, Ho gaunnae nip ma pal, an, C'mere tae a slash yi ya dobber

We'll cause a stooshie, kickstart yir bahookie

Cause we'll be jiggin wi the big yins, jist ask the bookies
Cool the beans, why?
Cause wur jist too fly?
Ev'dy that knows us thinks wur brand new guys
An everythin is calm wi a little dram

Chris Rice did a mad heidspin an it wis pure cool an Bunsen tried tae copy him but he couldnae dae it

Cause it's not lik wur wacky baccy smokin bams

Tommy Campbell startet chasin Harpreet roon the class wi a lighter an a can a hairspray sayin he wis gaunnae set her hair on fire cause he thought she wis takin the mickey oot him

Wuv come burstin' in wi somethin that isnae mingin'
Sweaty Bettys in Blytheswid Square are even singin'

Bunsen wis still tryin tae dae a heidspin when Harpreet tripped ower sumdy's bag an fell intae the table

Shout fur Stramash cause we're pure gallus

The table moved backwards an Bunsen flew forwards

They sell oor records up the barras

It wis Mister Miller that wis on standby cause oor Art teacher Miss Flynn wis aff an when he walked in late aw yi heard him say wis, WHIT THE FUCK an evrubdy went pure silent cause we'd never heard a teacher swearin before.

•

The whole class got a puni, even Nicola Buchanan (cause it wis her bag that Harpreet tripped ower an she'd been tolt a million times no tae leave it in the middle ae the flair) although she got her ma come up tae the school tae complain aboot it. Bunsen an Harpreet wur awright; he had tae get three stitches above his left eye an Harpreet escaped wi a cut on her nose; Harpreet decidet no tae grass on Tommy an he decidet no tae singe her hair (but only after ah asked Wully McCoy tae huv a word wi him, an Wully McCoy threatened tae boot his baws).

Ma ma never even said anythin aboot the puni because she wis too busy crackin open a bottle ae Lambrusco tae celebrate ma da gettin a full time job in Oor Price music shop. Ma da brung me home a four foot poster ae Murray Hart that he got wi his new staff discount, an Stramash got tae number wan in the charts.

Chapter Twenty-Two

LEFT

Harpreet's movin tae England. Her ma an da huv solt the Post Office an thir buyin this restaurant in a place called Penrith up by the Lake District. Harpreet an Navdeep don't want tae go. Navdeep says thir pure tryin tae ruin her life; she says as soon as she turns sixteen she'll jist apply fur a hoose aff the council then move back up here.

Thir leavin in three days. Harpreet said her da tolt them aboot a month ago but made them promise no tae say anythin tae any-wan. Ah went roon tae see her after school the day; thir's nothin left in her room noo cause she's got aw her stuff apart fae whit she needs fur school aw packed intae cardboard boxes so that she's ready fur the removal van.

Ah said, ah cannae believe this is happenin. She said, Ah know. Ah said, Ah'm pure guttet. She said, Yeah ah know. Aye right, ah said, You'll go away tae a new school an meet new pals an yi'll pure forget aw aboot me. No ah won't, she said. Aye right. Kirsty, she said, Ah promise yi yi'll always be ma best friend. Well, ah said, When am ah ever gaunnae get tae see yi. You can come down an visit me at the weekends an school holidays an stuff, she said. Yir forgettin ma da disnae have a motor, ah said. Well mine does.

Aye an he's also got a restaurant tae run. Well, said Harpreet, We can still write.

•

Harpreet left at eight a'clock this mornin, an ah had school as well, so ah never even got tae see her off. It wis pure weird walkin intae Regi an her no bein there especially when Mister Morris said her name an Charlene shoutet, SHE'S LEFT, lik it wis nae big deal; lik she wis jist away tae the toilet or somethin.

•

Ah used tae have this pal in primary school called Patricia Cushion (evrubdy always called her Pat-Yir-Cushion behind her back cause she wis always touchin her hair, an her ma wis Pat-Yir-Cushion-the-second cause she wis as bad). She used tae live across the backdoor fae us but then she moved hoose when we wur in primary six. We used tae write letters tae each other an stuff nearly every day. It wis pure stupit cause she only moved tae Paisley, an it wid only've taen fifteen minutes tae get tae her hoose on the bus, but we wur quite young at the time ah suppose an it seemed lik it wis a million miles away.

Ah still get a letter fae her every couple a months an she's invitet me tae her thirteenth birthday party in March but ah'm no gaunnae go cause she's pure changed: she's got a boyfriend noo that's nearly sixteen an she does rude stuff wi him an she's always talkin aboot it; she keeps tryin tae get me tae go on a double date wi his pal, but it's jist no ma scene.

•

Charlene come doon at interval tae help in the tuck shop in place ae Harpreet, but aw she did wis knock aw the Midget Gems an the jelly rings, an in the end up Missus Auldhill flung her oot an tolt her no tae come back.

•

Ah want tae go tae the swimmin baths but ah've got naebdy tae go wi. Ma ma said, Whit aboot aw yir pals fae school. Whit pals.

Whit aboot the wee lassie Kyle or yir pal Christopher wid they no go. Don't think so somehow, ah said, They're aw dead good swimmers they widnae want tae go wi me. Well whit aboot Charlene. Ah jist tuttet. Listen hen, Ma ma said, We aw know yi miss Harpreet but that's jist life. She said, Surely yiv got other pals left that yi can go aboot wi?

•

Ah couldnae explain it tae ma ma. It wisnae jist that Harpreet wis leavin. Or that ah'd need tae find sumdy new tae go tae the baths wi. It wis that she didnae trust me enough tae even tell me she wis gaun, an ah tell her everythin. Ah wis absolutely ragin wi her if truth be tolt. But then the mair a thought aboot it the mair ragin ah felt wi masel because ah realized she had tried tae tell me in her ain wee way – three times ah'd tolt her she'd be better aff buyin a monthly junior ticket fur the swimmin instead ae pay as yi go, an three times she'd heavy hintet that she might no be here tae use it.

•

Ah sat doon an wrote a letter tae Harpreet. Ah wrote it on ma new Winnie the Pooh writin set that ah got fur Christmas that ah've never used. Ah went an gave her wan ae the white bits ae paper wi the purple border that's got a wee Eeyore doon the bottom corner. Eeyore's ma favourite character fae Winnie the Pooh even if he is the maist depressin.

•

It's been nearly a week an Harpreet's still no wrote back. Ma ma said gie her time she'll still be tryin tae get settled in. Ah keep wonderin whit her new hoose is like an whit the folk in her class are like; whit if she disnae write back; whit if the next time ah see her she's turnt intae another Pat-Yir-Cushion?

•

Two weeks an she still hasnae replied. Ah thought she wis meant tae be ma best pal.

•

Ah finally got a letter back fae Harpreet the day, it said

Dearest Kirsty

Thanks for yir letter. Yil never believe what just happent tae me… Ah just startet writin you this letter when a huge bee – no exaggeration – came flyin through ma window unannounced. Then… it began attackin me for absolutely no reason… can you believe it… the rudeness of insects today! Well I gave it a deadly swot with the paper that am writin tae you on… feelin very brave an pleased with myself now havin just killed a dinosaur sized bee. Now if you feel like comparin me to William Wallace an hummin our national anthem ah will be even more chuffed.

By the way how do you manage to write on blank paper without yir writin goin all squinty? Ah've tried to but cannot seem to do it in a straight line. This paper ah'm writin tae you on is supposed tae be for ma R.E. project but… he'll never know.

School here is OK but ah wish ah wis back in Scotland. Write soon.
Yir best friend in the whole universe
Harpreet Kaur

•

Yvonne Byres got made tae be ma partner in English cause we wur tae work in twos an we baith had naebdy tae go wi. We'd tae dae this thing where one ae yi has tae pretend yir an alien fae another planet an yiv got a pen pal on planet Earth; Yvonne went the alien an she had tae write a letter full ae questions that sumdy that had never been tae Earth might write an then ah had tae dae a reply. It wis pure funny cause Yvonne's a wee toaty lassie that's dead shy – ah've only spoke tae her aboot twice the whole time wuv been in first year an that wis only tae ask fur a len ae her sharpener – but she described hersel in the letters as bein seven foot tall wi a mooth the size ae a human foot, an she wis askin questions lik, Dis your father wear a skirt (as in a kilt). Me an Yvonne couldnae stop laughin aw afternoon an we wur walkin aboot wi big cheesers on wur faces.

•

At lunchtime Charlene went tae Tesco wi Laura Kyle; ah didnae fancy it cause ever since that time Charlene got caught shopliftin they make yi go in two at a time, an that meant wan ae us wid have tae go in by wursel an ah knew it wid be me. Ah wis gaunnae jist go an sit ootside the tucky wi ma packed lunch till it opent up but then Yvonne seen me an asked if ah wantet tae go ower tae her hoose.

•

Ah wrote another letter tae Harpreet this afternoon an ah tolt her aw aboot whit's been happenin in school. Ah tolt her aboot Charlene knockin oot the tucky, an how she's still stalkin Wully McCoy; ah even tolt her aboot how Tommy Campbell wis gettin questioned by the polis cause ae that thing at Chrismas time where sumdy put a roll a Sellatape doon the Royal Mail post box an took aw the money oot the Christmas cards. Ah didnae tell her aboot me bein partners wi Yvonne in English though, or aboot me gaun tae her hoose fur lunch. Ah don't know why ah didnae tell her cause it wisnae really a big deal. Ah spose it had somethin tae dae wi that last letter she sent me, an how when ah reread it fur the second time ah realized she hadnae mentioned makin any new pals. Ah jist didnae want Harpreet tae feel left oot.

Chapter Twenty-Three
SPACE

Wully McCoy wis greetin the day. His cousin's girlfriend took an ecstasy up the dancin the other night an she went an died. Ah've never seen Wully greetin before. We wur in Home Ec makin this mad korma curry thing when Tommy Campbell shoutet, Heh who wants tae make a cosmic yoghurt, an then Wully jist pure burst intae tears.

It wis in aw the papers. Thir tryin tae make oot that it wis the first time she'd taen it but it wisnae. That time me an Charlene went tae the party in Wully McCoy's hoose his cousin John an her an aw thir pals wur pure spaced oot thir nut on it. They kept comin up tae us an giein us cuddles an sayin, You're lovely, an wan ae them jist pure randomly tried tae get off wi Chris Rice.

Thir talkin aboot daein a drugs awareness thing in school. Wully says he's no daein it. Oor Drama teacher Mizz Spence who's a pure mad hippy that wears aw the weird tie dyed clothes – an evrubdy says probly smokes the wacky baccy hersel – she wis lik that, I understand your grief William, she said, But ah think it would be really good for you to take part. Wully wis lik that tae her, Ah'll gie you fuckin grief ya fuckin space cadet, an then he flung a chair at her.

•

Ah didnae really know Wully's cousin's girlfriend. She wis in fourth year at oor school an she asked me fur a light wan time ah wis roon the smokers' corner wi Charlene, but apart fae that ah'd never properly spoke tae her. Her name wis Lesley Ann Bain but loadsa folk called her Lesb-i-an even though she wisnae wan. She wis quite a scary lookin lassie. Ah don't understaun how John went oot wi her cause he's quite a nice lookin guy (even if he is a bit ae an idiot), an she wis a horror. She had umpteen different body piercins – includin a ring through her nose that made her look lik she belonged in a field – an a weirdo haircut that wis long on wan side an short on the other, an it jist did nothin fur her.

Wan ae the papers ah read said she got straight A's fur aw her prelims. Ah thought she'd huv been in aw the dunce classes. Wully's cousin John's a right rogue, he's eighteen an he disnae work an aw he dis aw day is sits at home an smokes; yi jist cannae imagine him gaun wi sumdy brainy. It said in the paper that Lesley Ann wantet tae go tae uni tae become a child psychologist when she left school.

•

It wis Lesley Ann's funeral the day. We'd this big assembly durin third an fourth period fur the whole school. Thir wis hardly anybody there though cause maist ae fourth, fifth an sixth year had went tae see her gettin buried.

We got made watch a video aboot this lassie that took drugs cause aw her pals wur daein it, an she thought she wis pure brilliant, an then at the end she's lyin in a hospital bed wi tubes stuck up her nose, an then this mirror image ae hersel comes in an starts talkin tae her an tellin her whit an eejit she wis fur takin the stuff in the first place. A lot a folk wur greetin durin the video (ah wisnae but ah nearly did); Tommy Campbell got flung oot fur sniggern an wis made tae staun ootside in the corridor.

Wully McCoy come in jist as the thing wis finishin an sat right doon the front next tae Mizz Spence. He looked dead different fae

normal cause he had his hair aw pure gelt flat instead ae spikes an
he'd on a black suit instead ae his bright orange Tregijo jumper
that he normally wears ower his school shirt; ah caught his eye
at wan point when he first come in but wisnae sure whether tae
smile at him or what, but he jist looked right through me anyway.

We aw got tolt tae shut wur eyes an then we had a minutes'
silence fur Lesley Ann; ah tried no tae look at Wully again after
that because ah felt pure awkward, but it wis quite hard especially
when oor heidy startet talkin aboot how Lesley Ann wid be well
missed, an then Charlene an Laura Kyle wur pure whispern an
starin right at Wully as if he'd jist grew horns. Ah half expectet
him tae turn roon an say, Heh d'yi want yir eyes back, or somethin,
cause he's usually always got a sarky comment, but he never he jist
sat there starin intae space.

•

The canteen wis deid at lunchtime. A lot a folk went home after the
assembly. Wully McCoy wis there though; he wis sittin at a table on
his own lik a zombie an naebdy even went near him cause ah don't
think anybody knew whit tae say. Charlene went up jist before the
bell though an asked if he'd tap her a fag an ah coulda pure kilt
her cause it wis obvious she wis jist daein it tae be nosey tae see if
he'd say anythin tae her aboot Lesley Ann. Ah said, Charlene huv
yi never heard ae folk needin thir ain space; she jist looked at me
as if ah wis stupit or somethin an then finally she said, You fancy
him daeint yi. Ah said, Whit. She said, Yi fancy Wully McCoy
an don't deny it, she said, Yir jist pure jealous ae mine an Wully's
relationship. Ah wis pure bealin when she said that; ah said, Whit
relationship's that Charlene, and she said, Wouldn't you like tae
know, an then she walked away wi a big smirk on her face.

•

We got made dae this workshop thing in Drama this afternoon. We
wur aw separatet intae groups ae four an five (it wis me, Yvonne
Byres, Tommy Campbell, an Bryan Allan) an the first thing we

had tae dae wis brain storm aw the names ae the drugs we'd ever heard ae. At first it wis aw the usual wance lik ecstasy an heroin but then Tommy startet sayin things lik cat in the hat an double o sevens an care bears (which accordin tae him are aw the same thing). Mind the time when we wur in primary seven, he said tae Bryan, An ma big sister went an gied us blues fur a laugh. Aw man don't even talk tae me aboot that, said Bryan. Ah wis pure surprised cause ah always thought Bryan wis quiet an sensible an stuff an it's jist pure unimagineable that him an Tommy Campbell would ever've been pals. Aye, said Tommy, He wis pure spongoed pure bouncin aff parked cars walkin alang the road an stuff. Oor group had millions mair drugs names than aw the other groups pit thegether cause ae Tommy, an Mizz Spence went an wrote them aw up on the flip chart.

Is that the best yi can come up wi, shoutet Wully McCoy when aw the groups had finished readin theirs back. Evrubdy went pure quiet cause this wis the first time he'd spoke since the chair flingin incident. Put yir haun up, he says, If anybody in here's ever took a drug. Only him an Tommy Campbell an Mizz Spence pit thir hauns up. Aye right, said baith him an Tommy at the same time. Whit aboot tea or coffee that's a drug, said Wully, Why don't yi write them doon. Mizz Spence did. Then he said, An whit aboot cigarettes they're a drug. Aye, shoutet Bunsen, Nicotine's a drug. Mizz Spence wrote that doon anaw. Put your hand up if you've ever tried smokin, said Mizz Spence, tryin tae get in on the act. Wully, Tommy an a couple of other folk pit thir hauns up. Whit aboot you Charlene, said Wully, Want me tae smoke that fag fur yi that ah gied yi at lunchtime. Charlene took a pure beamer. An whit aboot you Kirsty, he said, Ah don't see a halo floatin above your heid. Ah've never smoked an ah've never drank an ah don't like tea or coffee, ah said. Did yi no huv Strepsils in yir bag wan day. Aye but that wis fur a sore throat. Still a drug, said Wully. YAS, shoutet Tommy Campbell, Kirsty the junkie. Shut up, ah said. You're a pure raver Kirsty by the way, he said, an then he startet shoutin, GO THE MAD STREPSILS, and, AH'LL BUY THEM AFF YI.

We split intae wur groups again an each group got given information sheets aboot a different drug. Oors wis amyl nitrate an it gets called poppers an it's meant tae be fur folk lik ma gran that've got angina. Whit yi had tae aw dae wis spend fifteen minutes readin up on whitever drug yir group had an then try an sell it tae the rest ae the class by tellin them aw the good effects it can huv on yi. Wully McCoy joint oor group an we wur that convincin that nearly evrubdy in the class pit thir haun up tae buy poppers (Charlene pit her haun up fur every single drug though) but they aw changed thir mind again when we read oot the bad effects.

•

When ah got in fae school ma ma an da wur talkin aboot Lesley Ann. Ma ma said, Widyi make ae that wee lassie fae Renfrew that died takin they drugs. Aye ah know, said ma da, Fifteen-yir-auld an she's a junkie. She's no a junkie, ah said. Well whit is she then. She isnae a junkie cause she didnae inject hersel. Still took drugs, said ma da, Still a junkie. Right whitever, ah jist said. It pure dis ma heid in when he says things lik that as if he pure knows everythin. Should fuckin hing aw the wans that sell it, said ma da, Or better still feed them thir ain shite an see how they like it. Aye bit naebdy forced her tae take it, said ma ma. Aye true, said ma da, But whit's the parents thinkin lettin a wee lassie ae that age go tae a night club anyway. It says here, said ma ma, That her mother blames hersel cause she used tae be an addict an noo she wants tae become a drugs counsellor. Bliddy drugs counsellor, said ma da, Is that before or after she comes aff the methadone program. Ah wantet tae tell them baith tae shut up, tae say that drugs are everywhere an maist folk at school've took them. But then ma ma said, Anyway they got him, she said, It wis the boyfriend that dealt her it.

•

Wully McCoy hasnae been at school aw week. It said in wan ae the papers that his cousin John's been charged in connection wi Lesley Ann's death. Ma da said, Serves him right. Ma ma said, Aye well if yi dabble in that sort ae stuff then hell slap it intae yi. Ah still don't know whit tae think though. Ah jist keep thinkin aboot Wully McCoy an whit he said durin the drugs workshop an how only two months ago we wur aw at that party in his hoose an Lesley Ann wis alive. Wully McCoy's Aunt Linda wis wi Lesley Ann when she died. She did this article fur a wimmen's magazine talkin aboot how they'd baith took it that night.

Apparently yir meant tae drink loadsa water when yi take ecstasy cause yir up dancin yi don't want tae end up dehydratet; whit happent though wis Lesley Ann drank too much an it endet up floodin her brain. Thir wis a picture in the magazine showin yi her linked up tae the life support machine an her face is aw swelt up lik a balloon.

Ah widnae wish that death on anybody.

•

Tommy went an bought a bag ae speed aff this guy in fourth year the day an he wis sittin in French actin pure hyper lik he'd jist come aff another planet. Turnt oot though that it wis a total wind up an the guy had gied him a bag ae sugar that'd been knocked oota Home Ec.

Chapter Twenty-Four

RUMOURS

Thir's a rumour gaun aboot that Wully McCoy has been sent tae a home. Yvonne said she heard it wis cause he got caught tryin tae nick a bottle a Irn Bru ootae Tesco; but Laura Kyle said it wisnae a bottle ae Irn Bru it wis a bottle a Mad Dog Twenty Twenty kiwi an lime flavour; Charlene said, Whit yees talkin aboot ya bunch ae tubes yi widnae get sent tae a home fur that, she said, An by the way Wully only ever drinks cider or Bucky.

Ah wis startin tae like Wully McCoy anaw. He's no as bad as evrubdy makes oot. He's actually quite funny wi some ae the things he says, an he's always helpin me wi ma Craft an Daft homework, an if it wisnae fur him ah'd huv probly got a D fur ma spatula.

Before ah even went tae the Renfra Grammar ah'd heard aw aboot Wully McCoy fae Broon Street. Laura Kyle had cousins that went tae Moorpark Primary an they'd tolt her aw aboot him an how he wis the pure mentalest guy in thir school. Ah'd seen his name writ a million times on lamp posts aroon Renfrew, an on the skate board ramp in the Robbie Park next tae other mentions that said, REMO, an, KIRKY YOUNG TEAM, an, MOORPARK MANGLERS ROOL. Ah wis pure crappin masel when ah fun oot he wis gaunae be in ma class; ah thought he'd pure hate me an want tae batter me cause ah'm fae Kirklandneuk. But then see when ah finally met him he spoke away tae me nae bother; in fact, he couldnae've been any nicer.

•

Charlene thinks that Wully McCoy's done a bolt: she thinks it's cause ae aw the stuff wi his cousin John an the drugs an his family bein in the paper aw the time an evrubdy talkin aboot him. Aye but where wid he go, ah said tae her. Charlene smirked. Eh, ah said, Where wid he go. She smirked again; ah hate it when she dis that an makes oot lik she knows the full inside story. Yi need tae swear yi'll no say anythin tae anywan else if ah tell yi this, she said. Ah swear on ma wee sister's life. Aye right, said Charlene. Right fine then, ah said, Ah swear on Murray Hart's life. Charlene took a big deep breath an then she said, Wully tolt me if he ever ran away he'd go tae –

Jist hurry up an tell us, ah said.

Blairgowrie, said Charlene. Blairgowrie, ah said, Is that no aw jist hills an farms an stuff. Use yir brain, said Charlene, It means he could go berry pickin durin the summer so that he could earn money.

•

School wis dead quiet the day wioot Wully. We wur talkin aboot homelessness durin Guidance an ah endet up away in this wee day dream, pure sittin thinkin aboot Wully sellin the Big Issue. Ah wis sittin there thinkin aboot how he'd no get much money durin the winter cause thir widnae be any berries tae pick when Laura Kyle went an passed me a note,

John McCoy's jist broke out the jail an he's after Wully fur grassin him intae the polis. Pass it on.

Ah passed it on tae Charlene an she read it an then said, See ah tolt yi he's done a bolt. Ah don't believe it, ah said tae Charlene,

Ah don't think he wid dae somethin lik that. Wid you no dae a runner, said Charlene, If your cousin wis a big mad drug dealer that's awready pure kilt sumdy an noo he's efter you. Naw, ah said, Ah mean ah don't think Wully wid grass on anybody.

It made me think aboot the time we wur daein basket ball wi aw the boys fae wan R, E, an N, an Mickey O'Rourke went an stole five pound coins oot Laura McPhee's purse oot the P.E. valuables box; it wis Wully that went an got the blame ae it cause he wis sittin oot on the bench an cause he'd five pound coins in his pocket. Wully got a detention fur that anaw an he got made tae gie Laura McPhee the five pound; he never grassed Mickey in but he gied him some doin an he got his money back plus interest.

Laura passed me another note,

Tommy Campbell's jist said he seen Wully's maw gaun intae a taxi at half eight this mornin wi two black bin bags fulla stuff.

•

So where d'yi think his maw wis gaun then, said Laura Kyle. Probly doon the charity shop wi auld clothes, ah said. D'yi think she wis tryin tae skip the country before some big mad gangster dude tries tae shut her up, said Chris Rice. You shut up, ah said, It's Moorky they live no Harlem. Magine he wis oan a witness protection program man, said Laura, Magine it wis lik that family in East Enders. That'd be pure cool, said Chris, If they had tae get aw new identities an stuff. Ah don't think so somehow, ah said, It's possible, said Charlene.

•

It said in *The Paisley Express* the day that a young boy has been fun deid doon the River Cart. He is aged between twelve and fourteen years an has dirty fair hair it says here, said Charlene, An he wis wearin an orange Tregijo jumper. That could be anybody, ah said. Aye ah know the polis don't know who it is yit, said Chris, Or thir no sayin. Oh, said Laura, Yi don't think it could be –

Yi never know, said Charlene.

Chris, Laura an Charlene went up tae Wully's hoose last night. Apparently they wur chappin his door fur ages but thir wis nae answer. The wummin next door who Laura said looked lik a pure junkie said she hadnae seen Wully or his ma fur days. Magine, said Laura, the whole family wis aw lyin doon deid behind the door.

•

Ah met Wully when ah wis doon at the chemist fur a prescription fur ma ma. He looked fine tae me apart fae his face an neck were covert in wee red spots. His ma was there anaw and she was buying calamine lotion an she kept tellin him no tae scratch them.

Wully says, Did ye hear the good news about ma cousin John. Ah says, Naw. He says, The polis drapt the charges.

Chapter Twenty-Five
STICKIN TAE IT

Evrubdy ah know is on a diet. Ma ma's on a diet, ma gran's on a diet, even Charlene an Laura Kyle are on a bliddy diet. Ma ma's daein some slimmin club. It costs ten pound a week an yi get a wee book when yi join that tells yi aw different recipes, an yi get a diary tae record whit yiv ate. She's tried tae loss weight hunners a times but she always ends up worse aff than she startet. She'll stick tae a plan fae aboot Monday through tae Friday then come the weekend she'll see ma da wi his Chicken Maryland an his banana fritters he's got fae Lee's Garden, an that'll be her, healthy eatin oot the windae.

Oor class's makin a Victoria sponge in Home Ec themorra. Ah asked ma ma if ah could practice in the hoose so's ah could get a good mark but she jist drew me a pure growler. Whit, ah said, Thir's nae obligation fur you tae eat it. It's no that, she said. Well, ah said, It's no as if yi can pit on weight jist fae lookin at a cake if that's whit yir worried aboot. Don't try an be a smart cookie, she said, It disnae suit yi hen. Ah tolt yi, ah said, It's sponge cake no biscuits wur makin, an then a stuck ma tongue oot at her.

•

Home Ec wis brilliant. Tommy Campbell wis aff so ah got tae work wi Yvonne instead. Oor cake turnt oot perfect an we got an A plus fur it an Missus Murray went an took it through the staff room tae show aw the other teachers; Mister Miller come through an asked if he could buy it aff us fur a fiver an me an Yvonne agreed cause it meant we could afford tae buy ingredients fur ten mair Victoria Sponges, which meant we could potentially make a fifty poun profit.

•

Ah asked Charlene if she wanted tae be in on mine an Yvonne's cake-makin enterprise, cause ah thought she'd welcome the extra dosh noo that her mas cut her pocket money right doon so's they can save fur the new wean comin. She said naw though. In fact, she nearly bit the bliddy heid aff me. Ah wis only tryin tae be nice, ah said. Aye right, said Charlene, Mair lik tryin tae trick me intae failin ma diet. Thir wis nae point arguin wi her so ah jist said, Why dae yi need tae go on a diet anyway. Why dae yi hink, she said, Cause am a pure heffalump. Ah said, Charlene don't talk crap. She said, Who dae yi hink your talkin tae ya muppet. You ya skinny freak, ah said, Yi'll be lik wan ae they Ethiopians if yi loss anymair weight.

Charlene's lik wan ae the pure skinniest lassies in oor school. The wee-est sizes in the shops are even too big fur her sometimes. Her an Laura are on this mad Appletizer diet that they probly made up thirsel (but Charlene says she read aff the internet): yir meant tae eat half an apple an a can ae Tizer fur breakfast; another half an apple an mair Tizer fur lunch, an then fur dinner it's whitever thir ma's make fur thir tea.

Charlene's ma's never in tae make her dinner. Every time ah'm roon there aw ah get tae eat's a pot noodle, either that or micrawave chips. Wan time ah wis in her hoose an her ma had nae messages or bread or anythin; aw she had wis this bag ae funsize fudges that wur in the fridge an Charlene went an ate fifteen ae them an then she drank a full three litre bottle ae Irn Bru.

Ah mind ah tolt ma ma that. Ma ma said, That's jist pure greed.

She said, See that wee lassie when she's no much aulder she'll end up aw blawn oot lik a big balloon.

•

Ma ma went an lost another two pound this week. She disnae really look that different but yi can tell she's lost weight since she startet cause yi can see it in her face. She said, Wance ah reach nine an a half stone that's me finito. Nine an a half stone, ah said, Yir no far aff. That's whit the wummin in the Slimmin Club said ah should be fur ma height, she said, Ah could go another four or five pun lighter but ah don't want tae end up dead scrawny.

Ah cannae imagine ma ma gettin scrawny. Even when she did aw te dancin an gymnastics an stuff when she wis younger, she wisnae exactly a stick insect. She takes after ma gran: aw ma ma's family are heavy; ma gran's been tolt that she needs tae loss at least four stone before the fat goes right ower her heart. She sat there in oor livin room this afternoon calmly tellin us everythin the doctor said, an at the same time she wis shovin a chocolate eclaire in her gub.

•

How d'yees no jist take wan, ah said. Because we don't want tae, said Charlene. Aye but it's jist a bliddy Pola Mint. Laura wis sittin there wi her face trippin her an ah think she's even sick ae this Appletizer shite noo cause she pure tried tae escape home fur lunch the day but Charlene widnae let her.

Laura gaunnae you jist eat wan an then mibby she'll dae it. Laur looked lik she wis aboot tae take wan when ah held the packet oot but then Charlene slapped ma haun away. Charlene said, Ah don't think you unnerstaun the concept ae a diet Kirsty. Ah said, Ah don't think you understaun the concept ae stupit, ah said, An by the way your breath's rotten. Baith ae yees.

Laura endet up takin a Pola Mint. Then she took two mair Pola Mints. You have nae willpower whitsoever, said Charlene; then Laura went an bought hersel a cheese burger an a big carton a milk oot the snack bar. Charlene wis bealin wi her an fur the whole lunchtime after that an she wis pure hardly talkin tae either ae us. She said tae Laura jist as the bell wis gaun, Nae wunner you've got hippo hips, she said, Well don't blame me when yi end up wi an arse like a –

She never got tae finish sayin whit kinna arse she thought Laura wid huv, cause Laura skelped her a dillion right across the jaw.

Laura Kyle isnae even fat; she's aboot five foot eight an she's got tae be the tallest lassie in oor year, an awright she's mibby no exactly skinny but she totally suits it.

Charlene heavily deserved that slap. She looked tae me fur help as if tae say, Whit did ae dae wrong. Ah jist sat there cause it's nothin tae dae wi me even though part ae me wantet tae clap an cheer. Charlene's been dead quiet ever since then, we went tae Drama then R.E. after that an she pure hardly opent her mooth the whole time.

•

Chris Rice thinks Charlene's jist lookin fur attention. Quite a lot ae wur pals think it cause it's no lik she's pure lost any weight so she must be eatin somethin. We wur at the swimmin baths after school the day an after we come oot it wis bliddy freezin an Chris asked if we wantet tae get a chippy tae heat us up: me an him an Laura endet up gettin a cheese an tomata pizza between us but Charlene wouldnae take a bit; aw she bought wis five pickult onions.

•

Charlene went an faintet in the Art department the day. She said it wis cause ae the heat but ah don't think so somehow cause it wisnae that warm. Ah went an made her eat half ma cheese pieces at lunchtime as well as her half an apple; she didnae really say much except that they tastet lik crap. She still et them though.

As fur mine an Yvonne's cake-makin venture, it wis a total disaster: we spent aw day Good Friday bakin an half the sponges come oot lookin like scrambled eggs; an the only person that bought wan aff us wis ma da, an he haggult us intae sellin it fur wan poun fifty.

Ma ma's still daein her slimmin club. She's got half a stone left tae lose. She says wance she dis it she's gettin a big fudge doughnut oot the Well Bred Bakery.

Chapter Twenty-Six

AFTER SCHOOL

Ah want an after-school job. Evrubdy else ah know's allowed wan apart fae yours truly here, the pure freak a nature. Harpreet helps her ma make the pakora fur their restaurant; Chris Rice an Wully McCoy baith dae the papers; an Charlene, she's got an every night ae the week job noo earnin cash in hand doon at the chippy.

When ma da wis younger he used tae dae two paper runs: he used tae deliver the Daily Record before he went tae school every mornin an then he done the *Evenin Times* when he come in again at night. Ah mind, he said, Me an ma pal that delivert the News Ae The World we used tae knock the bottles ae milk that the milk boy left on folk's door mats. You're sad, ah tolt him. Ma da jist laughed; he said he'd a done the same thing tae us if he coulda et or drank a newspaper.

Chris Rice jist tolt me that Iqbal's lookin fir sumdy tae dae the free papers. Ah quite fancy masel as a paper lassie cause it's good exercise an it's no exactly rocket science. When ah asked ma da aboot it he said, Aye that will be shinin. Ah said, How no. Cause ah'm yir faither an ah said so. Ah don't understaun ma da's logic sometimes an ah tolt him that. Ah said, How wis it aw right fur you tae dae a paper run when you wur ma age but it's no awright fur me. He never answert me he jist haundet me a dish towel an said, Here's a job fur yi, he said, Ah'll wash an you dry.

•

When ah wis aboot nine an Karen wis aboot six, we went through this phase a daein the dishes fur fifty pence each a shot. That soon stopped though cause Karen kept smashin aw the plates, so ma ma wid gie her the money jist so she wid stay OOT the kitchen whilst ah got conned intae daein baith the washin and the dryin.

•

We had tae dae this talk thing in Guidance the day aboot whit yi wantet tae be when yi left school. Charlene still wants tae become a lifeguard, But no at the Vicky Baths, she said, Cause they're pure pish (she actually said pish tae a teacher an she never even got a puni fur it); Chris Rice wants tae become a pop singer; Chris Ross said he wantet tae dae somethin called guy-nah-cawl-ah-jay an then him an Chris Russell startet sniggern an they baith got flung oot the class. The person that really surprised me though wis Wully McCoy: Wully McCoy said he wantet tae become a paramedic: the guy that's broke mair noses an gied mair black eyes than he's had hot dinners wants tae work in a hospital. Ah never could quite fathom oot whether or no he wis takin the piss cause right after he said it, he said, Aye ah wis inspired by the wee dude fae casualty that brought me in that time ah collapsed efter drinkin too much Bucky.

Ah didnae no whit tae say when it wis ma turn. When ah wis younger ah always wantet tae dance an be a ballerina; noo ah'm thinkin ah'd like tae dae somethin that involves swimmin; no life-guardin lik Charlene though, cause ah don't fancy sittin up in wan ae they wee chairs aw day gettin bored oot ma nut. It sounds stupit but whit ah'd really like tae dae is go abroad an work wi dolphins. Either them or penguins at the Edinburgh Zoo. The only thing is ah don't fancy huvin tae feed them deid fish.

Ah'm glad the bell went before it wis ma turn tae speak. Ah

can jist imagine if ah said whit ah wis gaunnae say ah'd be gettin the piss took right ootae me; Chris Ross an Chris Russell wid be cawin me Flipper or somethin equally stupit fur the rest ae ma high school life.

•

After we come oot the swimmin baths the night, me an Chris Rice went intae Charlene's chippy. Charlene wis workin as usual an she'd her hair aw up in wan ae they wee net curtain things that aw the staff need tae wear fur hygiene. She didnae really talk tae us much cause it wis dead busy, aw she actually said wis, Enjoy yir munch; after we got oot the shop an ah opent ma portion a fritter ah noticed she'd went an gied me two pickult onions an a roll fur free.

•

How'd yi no jist let her dae it, said ma ma. Cause ah already tolt her naw. Aye, she said, But it'd be good fur her tae earn her ain pocket money. Claire ah said naw right, ma da said, The only place she's gaun after school's her bedroom tae dae her homework so's she can get a better job than ah did when ah left school. It's no lik it's gaunnae take aw night tae deliver a couple a papers, ma ma said, She's only gaun roon the corner. Aye an the two ae yees are drivin me roon the bend, he said, but he gied in after that an said ah could dae it.

Ah wis dead excitet aboot it. Ah went roon tae see Iqbal right away an he said ah could start this Friday. Ah've got four streets tae dae: Kirklandneuk Road, Dunvegan Quadrant, McClue Road an Rannoch Drive. The first three are easy cause thir right next tae where ah stay an it's maistly aw ain doors; Rannoch Drive's no as appealin though cause it's a bit further up an it's aw flats an nane ae them's got a lift. That'll keep yi fit, said ma da. We countet oot that thir's actually gaunnae be two hunner an twenty seven papers tae be delivert aw in.

•

Charlene's lost her job in the chippy. She got caught passin bottles ae juice an fags oot the windae tae aw the young team. She's in a right bad mood cause her ex-boss withheld her wages an that means if her ma disnae gie her anythin then she'll no huv enough tae get a bevvy at the Kirky disco next Friday. Ah said tae her if she wantet she could help me wi papers an we could split the money. Ah don't think so somehow, she said, Ah'm no walkin aboot wi wan ae they big gay flourescent bags. Ah tolt her that Wully Mc-Coy did a paper run an that he hung aboot wi some ae the boys fae the Quadrant. Ah'll think aboot it, Charlene said. Ah knew she'd change her mind cause her eyes light up any time yi mention Wully McCoy. Aye but wan thing though before ah start, she said, You're daein Rannoch Drive.

•

Me an Charlene spent forty five minutes foldin aw the papers before we even delivert them. Charlene wis full ae complaints: her hauns wur gettin aw black aff the ink; it wis borin; it wis takin too long an she wis gaunnae miss watchin Neighbours.

Ma da said he'd help us cause it wis wur first time jist so we knew where we wur gaun. He pit forty papers each in wur big orange bags that Iqbal gied us an the rest inside ma ma's tartan shoppin trolley. Charlene made a face when she seen him daein it; ah could tell that she wis pure mortified at the idea ae ma da walkin roon the streets wi us wi a trolley; she never said anythin though.

Kirklandneuk an McClue Road wur easy cause thir wis hardly any stairs tae climb. Dunvegan had four tenements an a couple a hooses but ma da made us miss wan ae the tenements oot cause he said it wis aw full a junkies. If thir that desperate tae read a free paper they can break intae wan ae the hooses across the street, said ma da, They dae that anyway.

Rannoch wis the hardest cause we wur up an doon an up an doon lik yo-yos aw the time. Ma da gied Charlene a shirrikin fur tryin tae leave the papers at the bottom ae the stairs; If yir gaunnae dae a job, he said, Dae it right. Aye well fuck this fur game ae soldiers, she said when his back wis turnt, Kirsty yi can dae this yirsel the next time. Her face wis pure majorly trippin her by the time we'd finished (probly cause she didnae get tae see Wully McCoy), See your da, she said, He's worse than a slave driver. It wisnae that bad, ah said. Ah actually quite liked it cause yi get plenty a fresh air, an this wee auld wummin come oot an gied me a packet a criss cause ah went an got a fright aff her dog.

•

Me an Charlene got wur first pay packet this mornin fae Iqbal. Nine poun eight pence. Between us. Charlene wis pure ragin an ah wisnae exactly thrilled masel. Aye well, ma da said, That'll teach yi tae ask whit the wage is before yi start a job. Turns oot that cause the *Renfrewshire World* is free, aw yi earn is four pee per paper.

Chapter Twenty-Seven

SICK

Charlene must be starvin the day. It's nearly home time an she's no et or drank anythin except a can a Diet Pepsi. It's no even as if she eats a breakfast. She's never been a big breakfast fan but noo she skips lunch anaw an uses the money tae buy mair fags. Ah had somethin tae eat at lunchtime, she said when ah tried tae get her tae buy a roll fae the snack van after the bell went. Naw yi never. Aye, she said, Ah'd two packets ae pickult onion Space Raiders. Charlene whit yi lyin fur, ah said tae her. How am ah lyin. She didnae even eat the Space Raiders, aw she did wis sook aw the flavourin aff them an then threw away the actual criss.

Wur makin macaroni cheese in Home Ec themorra. Ah cannae wait cause ah love macaroni, specially when yi pit gratet hard cheese ower the top ae it an melt it under the grill; yi need tae pit black pepper on it anaw tae make it taste right. Aw spew, said Charlene. Shut up, ah said, Naebdy comments on whit you eat. Aye that's cause Charlene disnae eat, said Chris Rice. Aye an she disnae shite either, said Bunsen, Int that right Charlene. Shut it ya fat bastart, said Charlene. If ah'm fat then you're a page three model, he said, An then he put his hauns on his chest an startet kiddin on he had boobs. Heh Charlene, he said, Ma wee brer's got bigger tits than you.

•

The macaroni wis mingin. Ah endet up eatin half ae it at lunchtime an it wis aw pure stringy an stuff an the pasta wis dead soggy. It wis either that or starve cause ah went an forgot ma dinner money. Charlene come in jist before the bell an ah said, Where've you been; she never answert an then she screwed up her face an said, Whit's that you're eatin.

•

Ah read this thing the day in the problem page in *Starmix* magazine: it said,

Dear Deirdre
Ma friend is constantly on a diet because she thinks she's too fat. This isn't true. She's fifteen an she weighs hardly anythin an ah'm really worried about her because her nails are always breakin an her hair is startin to fall out. Ah think she might be anorexic or somethin. Do yi think ah should tell her mum?
Yours sincerely
Nosey but nice

Ah didnae actually read whit Dear Deirdre had tae say. Aw ah could think aboot wis Charlene. At the bottom ae the page thir wis a number fur the eatin disorders helpline; ah wis gaunnae phone it up but then ah couldnae think whit tae say. In the end ah bottled oot cause ah wis scared in case the number came up on oor phone bill, an ma ma thought it wis me that wis anorexic.

•

Whit dae you think aboot Charlene, ah said tae Laura Kyle. Ah think she's sick in the heid man, she said, But no the way your hinkin. But whit if thir is somethin seriously wrong wi her. Thir's somethin seriously wrang wi Charlene Clark awright, said Laura, She's seriously seekin attention.

Ah still don't know whit tae think aboot Charlene. She's tolt that many lies in the past that yi never no whit the truth is wi her.

Laura an her've been dead good friends since primary but noo they hardly talk. She's managin tae piss evrubdy off wi her mad diets: everytime yi open a packet a criss or somethin she'll tell yi the exact calories an the amount ae fat that's in them: Wotsits two hunner an twelve, Walkers cheese an onion a hunner an eighty four, Walkers Lights a hunner an thirty two. She's got me daein it anaw noo.

She's startet eatin Jelly Babies because thuv only got twenty calories in them an thuv got nae fat. Except she disnae even eat them properly, she jist sooks them an then spits them oot. She thinks naebody notices but they dae; even Yvonne an Chris Rice think it's a bit weird.

•

Charlene hasnae been tae Home Ec since before the Easter holidays. Ah pointet this oot tae Laura but she still thinks it's aw an act an that Charlene wants us tae think she's starvin hersel so that we'll gie her sympathy. Bet yi any money man, said Laura, That Charlene's eatin on the fly. Much yi want tae bet, said Chris, Here ah'll bet yi two hunner Jelly Babies aff the van –

Yous are pure sick, ah tolt them. Naw Charlene's the wan that's sick man kiddin on she's got an eatin problem.

•

Charlene's refusin tae be in the school photie. How no, ah said. Because ah don't want tae, said Charlene. Aye but whit's yir reason. Ah jist hate gettin ma picture took awright. Since when, ah said. Since forever. Aye right.

Charlene used tae be a pure poser. Ah've got photies ae me an aw ma pals aw the way through primary school an it's maistly her that's in every wan ae them: in primary wan she stood right in front ae me when ma ma tried tae get a picture ae me staunin at the school gate on ma first day; in primary four she climbed up the pipe at the side ae the school an got her leg stuck an the fire brigade had tae come an help her an she endet up in the front page ae *The Express*; then when we'd oor primary seven leavers party an aw the mas an das wur there wi thir cameras, Charlene wis right up the front tryin tae get in every photie, even the wans wi folk whose guts she hatet. Noo she says she looks fat in photies. Naw yi don't, ah said. She disnae believe me though; she keeps talkin aboot how her face looks fat an how she's got fat cheeks an a big double chin an how she's gaunnae get plastic surgery when she's aulder.

She said she's gaunnae dog it after lunch cause that's when the picture's gettin took. Aye an whit's yir ma gaunnae say, ah asked her, When evrubdy else comes home wi wan cept you. Dunno, said Charlene, Don't care. Evrubdy else has tae go in it, said Laura Kyle, Whit makes you sa special. Charlene tolt her tae eff off. S'no lik it affects you, she said. How dis it no, said Laura, Yir in ma class int yi. Aye so. Laura's the sorta person that in ten years' time wid remember yi on Friends Reunitet an send yi a Christmas card via email even if she didnae like yi. Widyi think wur gaunnae dae, said Chris, Throw darts at yi. Widnae pit it past yees, said Charlene. Shut up, said baith Laura an Chris at the same time. Don't flatter yirsel man, said Laura.

•

Ah'm stayin ower at Charlene's the night. Ah didnae really want tae cause aw she talks aboot these days is how much weight she thinks she's pit on an whit she can an cannae eat, but she pure went an begged me an ah'd of felt lik a right bitch if ah'd knocked her back. Her ma's boyfriend, Iain, he's here anaw an it's a pure bad atmosphere cause Charlene hates him an she spits in his tea every time he asks her fur a cup. Ah think he's awright, ah don't really know him, but he seems tae be tryin tae be nice tae her an he went an bought us a Chinese an sweets an juice fae the van.

The Chinese wis rotten. It wisnae really Iain's fault though – he wisnae tae know. Ah didnae really want tae say anythin cause it's pure bad manners but the rice wis dead mushy an the banana fritters wurnae even cooked right. Charlene didnae touch anythin apart fae two prawn crackers an a bit ae pineapple but her ma an Iain didnae notice cause they wur too busy watchin thir soap operas. Ah'd a pure sore belly an ah had tae go tae the toilet an when ah come back the rest ae the Chinese wis gone. Yi didnae eat aw that surely, ah said tae Charlene. Thir wis a full chicken chow mein an fried rice an chips an a bag ae prawn crackers an two banana fritters left. Naw, she said, Widdyi think am are. Ah didnae say anythin after that, ah noticed Charlene had a big brown sauce stain right under her chin an she didnae huv it before. Ah pit it in the bin, she said. Right. We sat in silence fur aboot a minute an a half an then she went tae the toilet an she wis away fur pure ages.

•

Charlene never come back fae the toilet. She wis away fur ower half an oor an at first ah thought it musta been the dodgy takea-way had gied her diaorrhea. It wisnae though. Iain wantet in fur a bath an when she widnae answer he went an kicked the door in; Charlene wis lyin conked oot on the flair an thir wis blood an spew everywhere.

Noo evrubdy at school's talkin aboot Charlene. Ah never tolt anybody aboot whit happent the other night but Laura McNish's ma works at the hospital where she got took tae an she's got a big mooth. She's tellin the whole school that Charlene's been put in a place fur psychos.

Chapter Twenty-Eight

THE MAD HOOSE

Ah went tae visit Charlene in hospital this weekend. Ah wis pure shocked when ah seen her cause ah magined she'd be lyin in bed, either sleepin or readin a book or somethin (the same as when ah'd ma ear operation) but naw no Charlene: she wis up jumpin aboot an playin the dance mat on the play station as if thir wis nothin up wi her.

Thir IS nothin up wi me, she said. Aye whatever. Ah jist agree wi her noo cause it's lik talkin tae a brick waw when she gets in wan her weird moods. Well widyi expect, she said, That ah'd be pure hooked up tae a drip pure Holby City style pure mair needles than a junkie hingin oot ma airm. Ah changed the subject after that: ah went an pointet tae this brilliant picture that wis up on the wall that sumdy'd drew ae a wee island wi palm trees an stuff. Who did that, ah said, That's pure mad. After ah said it ah wished ah could sook aw the words back intae ma mooth cause ah knew it wis a mistake. Charlene never even looked at us though, aw she did wis press the button tae start a new game on the computer; afterwards when her shot wis up she turnt roon tae me an said, Kirsty, she said, Everythin in this fuckin place is pure mad.

•

It's no really lik a hospital hospital. No the kind that ah wis in that has heart machines an monitors an big high beds where yi lie, an nurses take yir temperature or yir blood pressure an write aw yir details doon on a clip board. Thiv got nurses an that runnin the place an they wear aw the white gear same as they dae in a normal hospital, but it's actually jist lik a big hoose that's got millions a rooms. It reminds me ae the residential that oor class went on in primary seven: it's got a livin room where the patients can go an watch telly an chill oot or play the computer (except they caw it a Day Room); another room wear yi can play pool an snooker an table tennis an thir's hunners ae board games, an a kitchen where yi can go an help yirsel tae biscuits an pieces an stuff if yi get hungry (probly no a good idea fur Charlene though, cause she might clear oot aw the cupboards an then spew everythin up later an then thir'd be nothin left fur anybody else).

Charlene's got her ain wee room the same as aw the patients; it's got a bed an a wardrop an a desk an chair an she's put up pictures on the walls ae Stramash an Tiger Jackson. She said she's gaunnae get her ma tae bring up her telly. Are yi allowed tae dae that, ah said. Aye, she said, That fat cow next door's got hers so am gettin mine. Charlene's startet callin every lassie she disnae like, That fat cow, even when thir pure skinny. Every time she starts a sentence when she's talkin aboot sumdy she'll start by sayin, That fat cow, or, That fat prick, or in Chris Rice's case, That skinny prick, cause even Charlene agrees he's lik a match wi the wid scraped aff.

She's decidet she wants her ain duvet brought up tae her anaw. These covers they gie yi are mingin, she said, Pure mad psychedelic colours. Ah didnae think the covers wur that bad. Ah used tae have wans lik that on ma bed at home but ah didnae say that tae Charlene.

•

Ah brought Charlene a copy ae the photies that got took at the school dance. She'd been moanin at me fur ages tae get them developt but ah hadnae finished the spool. Here's a good yin ae you an Chris Rice daein the Gay Gordons, ah said. That's a shite photie, she said. Ah showed her another yin wi us two staunin an ah thought it wis quite a nice yin but she didnae. Yi'd better no've let anybody else see these, she said. How. Cause thir ugly, she said, Ah look lik Miss Piggy. Whitever you say. Check ma hair but it pure makes ma face look fat. Ah don't think so Charlene. Ah dae think so, she said, an then she went through aw the photies an ripped up aw the wans wi her in them.

•

Charlene wantet a fag while ah wis there. She wis daein her nut cause the hospital's got a smokin room but she needs tae get permission fae her parents cause she's under sixteen an her ma said naw. Dae yi really need tae anyway, ah said. Charlene pure chain smokes; she cannae jist huv wan she's tae huv three or four in a row. She kept moanin fur aboot an oor solid aboot how her ma willnae sign the consent form. Is that no a bit ae a contradiction anyway, ah said, A hospital that encourages yi tae pollute yir lungs. Who cares, said Charlene, Ah'm a walkin contradiction. Naw in fact, she said, Ah'm a pure walkin disaster.

We went fur a walk roon the hospital grounds cause Charlene's allowed oot unsupervised fur half an oor per day. Thir wisnae really much tae see, jist a wee tea place an a newsagent's an a hairdresser's that does ear piercin on a Tuesday. We hid behind this tree ootside an she smoked two fags, an then she startet moanin again cause she'd nae mair left an the guy in the newsagents widnae serve her.

•

Evrubdy at school wis wantin tae know whit like the hospital wis; when ah went in aw the nosey folk lik Laura McNish an Nicola Buchanan come right up an startet tae question us: wis it dead scary, wis Charlene aw doped up, did they huv her in a straight jacket.

There was a woman went an died in that hospital last week, said Nicola. Aye, said Laura, That wis the maddy that pure went an hung hersel wi a poly bag. Laura startet giein evrubdy the run doon aboot this wummin an aw the other folk that had supposedly tried tae kill themself that had been in the same place as Charlene; she wis pure lappin up aw the attention thinkin she knew everythin aw cause her ma's a nurse there. Yi know, said Nicola, Ah always thought Charlene Clark wis a bit of a weirdo. Ah wantet tae slap her fur sayin that; ah wantet tae punch Laura McNish's fat face in anaw; ah said tae Yvonne Byres, Ah'd love tae lock the two ae them up in that hospital fur the week away fae aw thir pals an see how they feel. Yi kiddin, said Yvonne, They'd drive aw the other patients loopy.

•

Charlene wis meant tae be home fur the full weekend there but she pure took a maddy on the Saturday mornin aw cause her ma's boyfriend tried tae make her eat a fried egg. She phoned me an tolt me, right after the nurses came an took her back tae the hospital. She wis meant tae be gaun tae the cinema wi me, but ah never even got tae see her.

•

Ah phone Charlene maist nights at the hospital noo jist tae see how she's gettin on. It's no that bad in here, she said, It's actually quite a good laugh sometimes. She's made pals wi a lassie cawd Kenzie who's got a school phobia, an another lassie cawd Jamie who took a nervous break doon an shaved aff aw her hair. She tells me aw these stories aboot how the three ae them stole a kilo box ae Quality Streets fae the nurses office an then hid them in Jamie's wardrop; an how Kenzie's seein a sixteen yir-auld-outpatient fae the drug an alcohol abuse unit two buildins doon, an how her an Jamie keep edgy fur her when she goes oot tae snog him.

•

Charlene fancies the boy in the room across fae her. His name's

Dylan an ah seen him that day that ma ma took me up tae visit but ah didnae think he wis aw that braw; he's three years aulder than us but he's dead wee an he looks aboot twelve or somethin. Charlene's been tryin tae find oot whit's up wi him. Ah don't think he's an ED, she said, Cause he'd be in ma therapy group. Whit's an ED. Eatin disorder. Right. An ah don't hink he's a cutter. Whit's a cutter. Sake man Kirsty widyi think it is. Ah don't know or a widnae be askin. A cutter's sumdy that cuts themsel. Widyi mean cuts themsel. She rolt her eyes at me lik am stupit lik ah'm meant ae know aw these mad hospital words. Kenzie's a cutter, she said, An ah'm thinkin aboot becomin wan anaw. Whit. Want tae see whit ah done on ma airm last night. She liftet her T-shirt an showed us this red mark that looked lik the wee hash symbol yi get on the keyboards in O.I.S. Oh my god, ah said, How did yi manage that. Charlene smirked, Sa pure belter innit.

•

Ah feel really bad fur Charlene cause it cannae be very nice stuck in that place away fae aw yir pals. She says she's pure depressed an it's maistly cause the nurses are watchin her every move: she says thir always peerin through the wee windae in her door tae see whit shes up tae, an she cannae even go fur the toilet but thir up her back.

Yvonne's da said he'd run me an Yvonne an Chris Rice up tae see Charlene after he finishes his work. Ah wantet tae get her a wee somethin tae cheer her up but ah wis pure strugglin fur whit tae choose cause she's dead fussy these days an it's no lik ah could get her sweets or chocolate or anythin. Ah wantet tae get her a wee monkey teddy cause she likes monkeys but they aw either had bananas attached tae thir airms or they said, NUTS ABOUT YOU, an knowin Charlene she'd probably take offence tae that. In the end ah got her this thing cawd Gabriella the baby sock gorilla: it's meant tae be fur weans tae pit in thir prams but ah knew she'd like it cause Charlene is a big wean an she collects stuff lik that.

Chris an Yvonne went an got her a Get Well card between them an pit a ten pound music token in it.

•

Charlene wisnae even in when we got there. Kenzie's boyfriend had snuck cannabis intae the hospital an they'd aw went ootside intae the bushes tae smoke it. By the time she got back it wis nearly the end ae the visitin an aw she did wis sit an munch intae her portion ae the stolen Quality Street; she never even said a proper thank you fur the presents we gied her, an she wis mair interested in askin how come we never brought her up any sweets or juice.

•

It wis Charlene's review the day. Her ma wis up talkin tae the doctor aboot whether or no she wis tae get discharged. She isnae. She's gettin kept in fur another four weeks. Ah wis quite shocked cause she's actually put on a wee bit weight an she looks better lik that. She says she isnae that bothert aboot gaun home though, cause her ma's boyfriend's movin in permanently. Ah'd rather stay here than live wi that nut job, she said; she made me change her details in ma wee Winnie the Pooh diary, so noo, accordin tae that, her address is: Adolescent Psychiatry Unit, Buckhead Hospital, Glasgow.

Chapter Twenty-Nine

PURE GAY

Tiger Jackson fae Stramash is gay. It's in aw the papers an apparently he's got a boyfriend that's in an all gay rock band. Ah cannae believe it cause he's got hunners ae lassie fans an (after Murray Hart) he's got tae be the second sexiest guy on Earth.

Nicola Buchanan's tryin tae say she knew the whole time. She's tryin tae say that she seen him pure snoggin this guy wan time ootside the Govan underground. It was before he was famous, she said. Aye right, said Chris Rice, An ma da's the coal man. That's right, said Nicola, I keep forgettin you're a bastard. Aye well you're a pure lezzy, said Chris.

Whit dae you think, ah said tae Laura Kyle, D'yi think it's jist a rumour. Who cares man, said Laura, As long as he can sing an he disnae try an snog Bunsen ah'll still buy his CDs.

Ah phoned Charlene the night at the hospital. Have yi heard, ah said. Have yi heard the thing aboot Tiger Jackson. Charlene made a big sighin noise intae the phone. Kirsty, she said, See if yir jist on here tae wind me up yi can jist bugger off hen. Ah didnae know whit tae say tae that, ah only phoned tae see if she wis awright cause she's a pure massive Tiger fan. Whit wid yi dae though, ah said, If he wis pure gay. Nae answer. Ah said tae her, D'yi think yi wid still fancy him. Charlene went an pit the phone doon on me.

•

The heidline in *The Sun* said:

DON'T CAUSE A STOOSHIE,
PLEADS GAY SINGER

Ah wis readin it oot tae Laura an Chris durin Regi:

Scared that he was soon to be outed, teenage heartthrob, Tiger Jackson, of the popular Scottish band, Stramash, has confessed he is gay. Jackson, nineteen, is currently in a relationship with Robbie George, twenty-four, a member of the controversial Mancunian rock band, Slash.

This is one of the hardest things ah've ever had tae do, Jackson claimed. But ma fans huv all been pure supportive to us an ah think it's only fair they know the whole truth. Ah know this might come as a bit of a shock to some folk but ah jist hope fans realise ah'm still the same guy an they'll no make a big deal.

Ah widda kept on readin but Tommy Campbell come up an startet annoyin us an sayin Stramash wur aw poofs. Him an Chris got intae an argument cause he said Chris' hair wis pure gay lookin an then Chris went away in a huff.

•

Chris Rice has shaved aw his hair aff. He come intae school this mornin wi a total baldy an evrubdy wis up pure clappin his heid an seein whit it felt like. Ah think it looks pure freaky especially since he's taken a big gouge ootae it fae right behind his ear, but Tommy Campbell an aw his mad pals keep tellin Chris that he looks brilliant.

He's went an solt his ticket fur Stramash tae Yvonne cause he said he disnae want tae go anymair.

•

Stramash wur on breakfast TV this mornin talkin aboot Tiger

Jackson's gayness. Murray Hart wis lookin pure sexy as ever an he wis the first wan tae speak:

Wur aw pure proud ae Tiger, he said, Ah think he's done the right thing an it disnae change anythin between us. Davy McManus said pretty much the same, he said, Noo a days yir sexuality really isnae a big deal.

•

Ah went back up tae see Charlene up at Buckhead hospital the day – or as she calls it Fuckhead Hospital. She's been hingin aboot wi that boy, Dylan, that she used tae fancy, the wan that she wis tryin tae figure oot whit mental illness he had. Ah asked her if she'd got off wi him yet an she said she hadnae. How no, ah said. Because he's gay, said Charlene. Honestly, ah said. Naw ah'm makin it up fur the good ae ma health, she said, Widy you think.

Ah've never met anybody that's gay before. Ah widnae know whit tae say tae them. Thir's a rumour gaun roon oor school that Colin Kellerman's gay but ah think folk've jist made that up cause he smells an naebdy likes him.

Apparently this boy, Dylan, wis gettin bullied at school fur it an he tried tae kill himsel an that's why he's in the hospital. Whit's he like then, ah said tae Charlene. Widyi mean whit's he like. Dis he act aw pure poofy an that, ah said. Ah don't know whit yi mean, said Charlene, pure aw dead sarky, He eats drinks an shites lik the rest ae us.

•

Stramash wur in *Starmix* magazine this week. Ah wis readin it in the canteen durin lunchtime. It says here, ah said tae Yvonne an Laura Kyle, That thiv been named as the biggest boy band ever in the top ten boy bands poll. YAS, shoutet Laura Kyle, GO THE GOVAN BOYS GET YIR SCOTTISH MUSIC INVOLVED (she's got a thing aboot folk fae Govan daein well, it's cause she originally came fae Drumoyne).

Tommy Campbell an Allan Bryan wur staunin laughin an

makin faces at us whilst they wur in the dinner queue, an so wis Chris Rice. AHA, shoutet Tommy, GET YIR CRAP MUSIC INVOLVED. NAW, shoutet Chris, GET YIR POOFS INVOLVED. Missus Murray wis walkin by when he said it an she pure pult him oot the queue an tolt him tae go wait in her room; on his way oot he turnt roon an grinned at Tommy an Allan, an then he wiggult his bum at us an let oot a massive fart.

•

Ah don't know whit's gaun on wi Chris Rice. He still comes up tae ma hoose after school, an me an him an Laura still aw go tae the swimmin baths thegether, an he still copies aw ma home work; but see when wur actually in school, he hings aboot wi aw the nut jobs noo an he jist totally dingies us.

He's gettin dead sarky tae. Everythin yi dae noo a days is either, Pure gay, or, So gay, or, Pure poofy, accordin tae him. Ah'm glad he isnae comin tae see Stramash anymair. Ah'm no even sure ah still want tae be pals wi him.

•

Stooshie
Tiger J'll cause a Stooshie
Murray Hart'll cause a Stooshie
Davy M'll cause a Stooshie
Stramash'll cause a giant Stooshie

Tonight's the night ae the Stramash concert. Ah've been pure hyper aw day, pure singin aw thir songs an couldnae concentrate on ma work at school. Yvonne's da's drivin us up tae the S.E.C.C. an Charlene's been let ootae hospital fur the night so she can go wi Nicola an her ma.

Ah huvnae seen Chris aw week cause he's been in lunchtime detention wi Missus Murray. She's makin him spend an oor every day writin oot the life story ae some famous magician whose catch phrase used tae be, Piff paff poof. Apparently she said tae him if she ever hears him usin the word POOF again, she'll personally make sure HE disappears fae oor school.

•

The Stramash concert wis brilliant. Evrubdy startet screamin when they came onstage, an loadsa folk wur shoutin, WE STILL LOVE YOU TIGER. They sang aw thir best songs: Stooshie, Shout Ootz, Ma Wee Honey, an a new song that Tiger wrote himsel called Gie the Boy A Break. When me an Yvonne went back stage tae meet them they wur dead nice tae us; they aw signt wur programs an Murray gied me the rest ae his Pepsi Max that he wis drinkin cause ah wis dead thirsty.

Chris come roon fur us this mornin tae go tae the swimmin baths. His hair's startet tae grow back in an it reminds me ae a baby hedgehog's. He never even mentioned the concert or asked how it went.

Chapter Thirty

TRIPPIN

School's breakin up fur the summer soon. Wuv only got four mair days an that's us an wur no even daein any work cause it's the Activities Week.

Ah wantet tae go tae Euro Disney wi the school: Yvonne an quite a few other folk in ma class are gaun but ma da said, That's cause their parents are made a money. Ah asked him if ah could go on the London trip then, It's a hunner pound cheaper, ah said. Aye but that's jist yir hotel an yir train fare, he said, Yi'd need tae take oota mortgage tae buy a can a coke ower there. Fine then, ah said, an ah asked him if ah could go on the Scotland Tour; ah quite fancied it actually (even though nane ae ma pals wur gaun) cause Mister Miller an Mister Anderson an aw the cool teachers wur in charge an yi get tae go hillwalkin an campin roon aw the Scottish borders. Widyi think, ah said, when ah showed ma da the brochure. Ah think you must be trippin, he said, If yi think ah'm payin a hunner an fifty pound fur you tae trail through sheep shite.

Me an Chris Rice endet up puttin wur names doon fur some random day trips wi the Science department: the Glasgow Science Centre, Hunterston Power Station, Deep Sea World an Edinburgh Zoo. The Edinburgh Zoo wan is awright an mibby even the Deep

Sea World'll be quite interestin, but the rest are aw pure crappy places that are gaunnae be dead borin. It only cost twenty pound aw in. That's how good it's gaunnae be, ah said. That's twenty pound mair than yi will be gettin if yi don't stop yir whingein, said ma da, Cause yi'll be gaun naewhere.

•

Charlene's oot the hospital. She phoned us last night tae say that her ma's been up at the school an they think it's a good idea if she comes on the day trips wi us. That's aw we need, said Chris, Better watch they don't lock her up wi the monkeys. Soon as he said that, ah remembert the las time me an Charlene went tae Edinburgh Zoo: we wur in primary four an she thought it wid be good idea tae try an steal a baby penguin; she got aw the way home wi it stuffed in her rucksack but then the poor thing startet shakin an everythin cause it wis too warm fur it, an then a helicopter had tae come wi a special cage an airlift it back tae the zoo.

•

We went tae the Science Museum the day. Ah'd never even heard ae it before but it wis right next tae the S.E.C.C. where we went fur the Stramash concert. Mister Singh, the Biology dude that wis in charge, he went an took a photie ae this buildin called the Glasgow Tower fur us. Ah wisnae really that interestet in it tae be honest, but ah thought it wis a pure sin fur him cause he wis obviously right intae it an naebdy else wis. Look it has an unbeatable view of Glasgow, he said, One hundred and five meters high and it's the only building in the world that is capable of turning three hundred and sixty degrees from the ground up. Wan han-dred and five mee-ters hiiiiiigh, said Chris in a really dodgy Pakistani accent, an then him an Charlene startet sniggern.

It wis actually awright inside: after we'd been up tae see the tower, we went intae the Science Mall an the Scottish Power Planetarium an then the Imax where we watched a film called Space Station Three-D that had voice overs by Tom Cruise. Ah wish Harpreet had been wi us – she'd huv loved it – in that last letter she sent me she said she went on a trip tae a place cawd Windermere where they had a Museum a Science an Technology. Ah pure miss Harpreet big time. She still writes tae me every couple a weeks, but it's jist no the same. She seems tae be gettin on awright at her new school though: gettin aw As an stuff, an her parents' restaurant's daein well, an her sister loves it there noo that she's made pals wi some lassie.

Ah think ma sister widda liked wur trip the day anaw, cause she's another yin that's intae Sciencey stuff: baith her an Harpreet are dead good at Maths an Chemistry an thir probably gaunnae be a pair a mad brain surgeons when thir aulder.

Ah endet up hangin aboot wi this guy called Richard that's in wan G cause Chris an Charlene wur totally daein ma heid in: aw they did aw day wis they kept pointin at things an daein Mister Singh impressions, an by the time we wur due tae leave ah felt lik grabbin them baith an chibbin them wan hundred an five metres through the big bliddy titanium windae.

•

The power station wis quite borin like ah thought: thir wisnae much tae dae except cycle on this wee bike thing that tolt yi how much energy yi wur burnin up: ah managed tae burn up enough energy tae power a fridge whilst Chris got a hoover an Charlene only managed a light bulb.

It remindet me ae the time that me an Karen an ma ma an da aw went roon Millport on the bikes. Me an Karen got a tandem an she sat at the back an left me tae dae aw the peddlin; it wis a beautiful day but it wis quite windy cause ah remember afterwards we stopped tae have a cuppa tea on the grass an the top ae ma ma's flask flew oot her haun an scaldet her.

We used tae go trips doon the coast aw the time. We used tae get a family rail card an we'd go tae Ayr an Irvine an we'd play crazy golf when we went tae visit ma ma's pal that stayed in Troon. We huvnae been any place this year. That wis ma fault kinda – well it wisnae really – ma da went an took the huff aw cause ah went an pointet oot that evrubdy else's parents take them tae good places lik Spain an France an Benidorm, an the furthest we've ever been is a midnight bus run tae Blackpool before Karen wis born that ah cannae even remember. It wis true though, an even though ah knew fine well it wis cause we couldnae afford it it still never stopped me fae askin ma da how come we'd never been any place exotic; aw he did though wis haun me a pound coin an tolt me tae buy a tin a pineapples ootae Iqbal's. There, he says, That'll be exotic.

•

Ah really enjoyed the Deep Sea World. Pity ah couldnae've took photies ae the sharks an aw that inside the big tanks. Cause ae the way the light wis they widda jist come oot aw blurry an wastet the spool. Ah thought it wis pure mega borin said Chris, Ah mean thir's only so many times yi can watch fish gaun roon a tank. They wurnae jist fish, ah said. Aye well, said Charlene, Ah've seen mair action doon the Robbie Park pond.

•

The zoo wis good anaw. It wis a crackin day fur it an ah got millions ae pictures ae the penguins daein thir wee wacky walk, an wan ae Chris tryin tae gie a banana tae a monkey through the bars ae its cage before he got pult up fur it it aff a teacher.

Ah think it widda been better though if ah'd went wi ma family. It wisnae jist that Chris an Charlene took Buckfast tae drink in Coca Cola bottles on the bus an wur bein really annoyin the whole day; or that Mister Singh gied us a runnin commentary. It jist wisnae the same bein there wi other folk; ma ma wisnae there tryin tae get us tae pose fur embarrassin pictures, an ma da wisnae there wi his big flourescent holdall, wi aw the cans a juice an the criss an the mingin egg sandwiches he always makes, the wans that me an Karen fed tae the ducks the last time we went. It's stupit wee things lik that ah miss.

Right before we left, we went on this hilltop safari thing in the zoo an yi wurnae meant tae but Chris stuck his heid oot the windae an his sunglasses fell off. You're a very lucky boy you didn't lose more than your spectacles, said Mister Singh. Ah think that's what really brought home tae me how much ah'd missed gaun away fur day trips, cause that's jist the kinna stupit thing ma sister wid dae.

•

When ah got up this mornin ah nearly crapped masel cause it wis five past eight an ah thought ah wis gaunnae be late fur school. Ah pult on ma school skirt an a shirt that hadnae even been iront right an ah wis jist aboot oot the door when ah remembert it wis the summer holidays.

Where d'yi think your gaun, ma ma said. Naewhere, ah said, Ah forgot we had nae school. Naw yir no gaun naewhere, she said. Widyi mean. She haundet me this brochure fur Marbill Coaches that had pictures ae Newcastle, Scarborough an the Lake District, an she said, Where dae yi *want* tae go.

Part Two

FOURTH YEAR

Chapter Thirty-Wan

SQUARE EYES AND
MUNCHKIN FEATURES

Your sister's a pure shrimp. That's whit ma pal Clicky went an said when he come up fur me fur school this mornin. Clicky's no exactly the big friendly giant (he's slightly taller than me) but see next tae ma sister, a gremlin wid look massive.

Clicky's right name's Richard Chambers aka Ricky Chambers but he gets cawed Clicky cause he's dead good wi a camera. He's desperate tae go tae Reid Kerr College after the Standard Grades an dae an NC in photography, but his da says he's tae get a *real* job.

Me an Clicky've been pals since the First year Activities Week, ever since the bus ride back fae Edinburgh Zoo when he showed me the film he took on his camcorder: it had Charlene an Chris Rice an some random penguins in it, an he managed to zoom in at the zact same moment Chris got his airm nearly ripped right aff by a gorilla he'd been tormentin. Me an Clicky hung aboot wi each other durin the summer holidays after that, an it wis thanks tae him ah got the guts tae finally join the Youth Theatre at Paisley Arts Centre. He's roon oor hoose aw the time noo – ma ma an da pure love him – an he's the only person ah know that disnae constantly want tae strangle ma sister.

The reason Clicky's roon here at stupit a'clock the day is so's he can take pictures ae oor Karen gaun intae first year. Normally ah'd meet him at quarter tae nine at the bottom ae Ard Road but he wants tae get a swatch ae her wi her new Renfra Grammar uniform. Awright Pipsqueak, he shoutet as he wis comin in the door. Shut it Square Eyes, she roart back. Then as usual they wur heehawin an laughin an pullin faces at each other.

Ah cannae believe ma wee sister's gaun tae high school. It seems lik it wis only yesterday that *ah* wis in first year. Karen an her wee pal Jenny Lee (who's lik a bean pole) got a photie took in oor livin room wi thir jackets off so yi could see the new school ties; then they got another wan took at the bottom ae oor front path whilst they wur wavin up tae ma ma at the windae.

•

Ma timetable's pish this year. Double French first thing on a Monday mornin then PE then Maths. Me an Clicky saw Karen at the interval but we didnae go ower an talk tae her cause she wis wi aw her wee pals an ah didnae want tae embarrass her. Wan wee boy wis even mair ae a shrimp than her; his school bag wis nearly as big as him. Is it jist me, ah said, Or are first years gettin wee-er.

•

Whit's this, said Chris Rice, Invasion ae the elves. You're pure sad, ah tolt him. Naw but look at them, he said, Thir lik they wee hobbit dudes oot the Lord Ae The Rings. Clicky said he thought Chris wis actin smart because he'd took ae stretch ower the summer: he's nearly six-foot tall noo an a size thirteen in a shoe. Check that wan ower there, said Chris, Pure wee wide-o tryin tae move in on oor territory. Clicky wis aboot tae say somethin but he didnae get the chance –

HO YOU MUNCHKIN FEATURES, Chris shoutet, THEY STAIRS BELANG TAE US. That's when ah realised it wis Karen he wis talkin aboot.

He wis right aboot wan thing though, the stairs had always been oor bit. We'd stood there at lunchtimes an intervals since the beginnin ae first year: me, Chris Rice, Charlene Broon AKA Clark, Harpreet, Wully McCoy, Bunsen an Laura Kyle; then Yvonne Byres came along; then in second year Clicky an Chris Duffy an aw their pals startet hingin aboot. Thir are actually four sets a stairs (A, B, C an D) but if yi wur ever lookin fur any oor pals an sumdy said they wur roon at the stairs, yi knew it wis oor stairs (C Stairs) they wur talkin aboot.

Ah went right through Chris fur shoutin at ma sister lik that. That's total bullyin, ah said tae him, You'll be sixteen in March an she's no even twelve yet. Later when ah got home though ah warnt Karen she'd better no come anywhere near me or ma pals again or she'd huv mair tae worry aboot than a big wimp lik Chris Rice.

•

A fun oot that a group a lassies fae Karen's class wur gien her a hard time an that's how she wis sittin hersel. Ah felt dead bad aboot it cause ah didnae know an ah coulda done somethin aboot it at the time but instead ah went an chased her. Ah asked Wully McCoy tae huv a word wi them. Ah widda asked Clicky but he's no the confrontational type an he's got enough on his plate wi his da constantly on his back aboot apprenticeships. They'd probly jist a laughed at him anyway anen it widda been made worse. Naebdy laughs at Wully though – naebdy wid dare. Ah said tae Wully, Ah'm no huvin her gettin picked on, ah said, Huv yi seen the size ae some ae them compared tae oor Karen. Leave it wi me, he said, anen he cracked his knuckles really loud, Ah'll sort the wee hairies oot.

•

Karen said tae ma ma on Friday night, Can ah go tae the shows themorra wi aw ma pals. Ma ma said she could. She said, Ah'll need money. Ma ma said she'd gie her money. Thir in Glasgow by the way, she said, In Strathclyde Park. Aye that's fine, said ma ma, Slong's ah know where yi are.

Ma ma an da wid never've let me go tae the shows masel when

ah wis Karen's age; it wis a fight tae be allowed intae Glasgow never mind Strathclyde Park; ah wisnae even allowed tae go shoppin in Clydebank or go tae the Play Drome masel when ah wis in first year, an they didnae even like me walkin roon tae Iqbal's after seven a'clock at night. Thiv got a totally different attitude tae Karen than they had when ah first went tae the Grammar, an it pure pisses me aff big time so it dis. It isnae even as if she's the sensible wan an ah'm the maddy cause if anythin ah'm the quietest. Ah jist don't understaun how a sprog lik her gets tae dae whitever she likes.

•

Ah got the shock ae ma life when ah seen oor Karen an wan ae her wee cronies staunin smokin roon the back ae the Science department the day. Yi better put that oot, ah said. Or whit. Or ah'm tellin mum. OOOO, said her pal: she wis quite a neddy lookin wee lassie wi a big gold chain an rings ower her fingers, an ah'm a hunner percent sure she wis wan ae the wans that had been gien Karen hassle when she first startet. Ah mean it, ah said, an ah snatched the fag right oot her haun. Seef ah ever see yi smokin again –

Ah never got finished sayin whit ah wis gaunnae dae tae her cause right at that minute ma Biology teacher, big Mister Heggy Shut-Yir-Geggy, come oot an captured us aw.

•

Karen's new pal, Carrie Anne Walker (ah shoulda known she wis Kelly Marie Walker's wee sister cause she's got the same sarcastic coupon), totally denied her an Karen wur even smokin. She did aw the talkin while Karen stood there noddin lik a muppet: she said they wur jist staunin talkin tae me, an they endet up gettin let aff wi a warnin cause Heggy hadnae actually seen them wi a fag. Ah couldnae believe it: ah stood there in his office expectin Karen tae come clean so's ah didnae end up in the shit, but she never. Ah got kept behind after they went tae back tae thir class an ah got this big half oor lecture aboot smokin an how ah should know better an blah blah blah; it wis that way ah wis so pissed off that ah wisnae even gaunnae lower masel tae say ah wis only haudin the fag fur sumdy else.

•

Heggy decidet no tae refer me tae the heidy. Instead, because he likes me, he gied me a six-page booklet on the dangers ae smokin an tolt me tae copy it oot ten times fur themorra mornin. Then when ah went intae P.E., cause ah wis late fur net ball cause he'd kept me back ah went an got another puni aff Miss Gillis.

Ah pult Karen up aboot it when ah got home. Sorr-ee, she said, Wisnae exactly ma fault though. Karen's logic is that if ah hadnae been interferin in her life then ah widnae've been caught wi a fag. She's got a point, said Clicky. Gee thanks fur yir fantastic show a solidarity, ah said, then a bit ma tongue cause ah remembert the reason he'd come roon wis tae take some heid shots ae me fur the acting portfolio ah'd been asked tae dae fur Youth Theatre.

Yi better watch yi don't break his camera wi *your* ugly mug, said Karen. Aye whitever you say hen, ah tolt her, An by the way ah hope yiv nae plans fur the night cause yi'll be busy daein they two punnies that yi made me get. Piss off, she said. Fine then big shot, ah said, Ah'll go an ask mum whit she thinks aboot it then.

Clicky ended up stayin fur his dinner anen he wis here tae nearly ten a'clock takin a hunner photies ae me, but no until after he'd had an in-depth private confab wi Karen. He woke me up at half wan in the mornin textin me tae say he'd finished editin the photies awready an wis really pleased wi the way they'd turnt oot.

Karen wis still up, sittin at her desk wi a can a Coke an her spotlight lamp burnin, writin oot aw the lines.

Chapter Thirty-Two

GOOD PALS

Evrubdy thinks that me an Clicky are boyfriend an girlfriend but wur no. Ah'm sicka huvin tae explain tae folk that wur no gaun oot an wur no gettin aff wi each other; an naw, nane ae us are bliddy gay.

Ah don't know why it's so hard fur folk tae get their heids roon the idea that a boy an lassie can be jist pals. It's no even as if he's the only boy that ah'm pals wi cause thirs aboot twenty ae us fae oor year aw hing aboot in a big mixed group in school – it's jist that Clicky's ma best *boy* pal, jist like Yvonne's ma best *girl* pal, an the reason ah like gaun aboot wi him ootside school is cause we baith like books and we baith like art an we baith hate narra mindet idiots.

Ma gran wis up tae see us the day, an even she thinks somethins gaun on wi me an Clicky. So Kirsty, she says, as ah wis gettin ready tae go doon tae the swimmin baths wi Yvonne an Clicky an Laura Kyle, Are yi still winchin. Gra-an. Are yi. GRAN. Aw look she's gettin aw embarrast, said ma da. Shut it you. That Richard's a lovely boy yiv done well fur yirsel there hen mind an hing ontae him. Gran he's not ma boyfriend OK Aye jist good pals, said ma da, pure dead sarky. Aye well, said ma gran, Ah bet yi'll no be sayin that in a couple a years' time.

•

This mornin it wis jist me an Clicky walkin up tae school wursels cause Yvonne wis aff sick an Charlene an Laura Kyle wur doggin it, an the first folk we seen when we went through the gates wis Chris Ross an Chris Russell an they startet thir usual immature shite. Aw look Chrissy man here come the love burds. Aye, said Chris Russell, Look thir no haudin hauns the day that's no very romantic is it. Aye yir right Chrissy man that's disgraceful so it is.

HEY RICHARD HOW D'YI NO HAUD KIRSTY'S HAUN.

Then on the way intae Regi, oor History teacher Miss James – she's a dead nice teacher she's only aboot twenty-wan/twenty-two an she gets on dead well wi aw the students – she stopped me in the corridor an she wis like, So Kirsty when's the weddin ah hear you an Richard Chambers are a bit of an item. Yi heard wrong Miss, ah tolt her, Wur jist pals. Ah believe yi, she said, pure nudge-nudge wink-wink, That's what they all say.

•

Ah asked ma gran how come she never got remarried. Remarried, she said, An who wid ah get remarried tae. Ah didnae answer, cause ah didnae get as far as thinkin ae that part. Ah jist thought mibby it wis cause she wis a Catholic that she wisnae allowed tae cause ah know they're funny aboot things lik that. An anyway, she said, Whit makes yi think that ah wid even want tae get masel saddled wi another man, cause huvin a husband is lik daein a life sentence. Fair point, ah said, thinkin aboot Chris Ross an Chris Russell an aw the other idiots in ma class an how ah widnae want tae be lumbert wi any ae them.

•

Ah had tae sit through a double period a History first thing wi Lauren Hill, an she kept pure nippin ma nut askin me whit wis happenin wi me an Clicky. Nae harm tae the lassie, but ah'm startin tae think she's a wee bit simple cause ah've been tellin her since the start a Third Year that am no interestet in him in that way, but she disnae get the message. So wid yi no nip him even if he asked yi. Naw, ah said. But no even if he pure begged yi an yi knew it wis jist a wan aff an yi knew he'd never ask yi again. Naw. It wis lik talkin tae a brick waw cause no matter whit ah said she still come back wi somethin even mair stupit. Kirsty, she said, Are yi sure yi don't secretly fancy Clicky, an then she cocked her heid tae the side lik she wis waitin on me tae say, Aye you're right Lauren ah admit it ah totally fancy him always have done always will do. Ah couldnae be bothert listenin tae anymair ae her crap so ah jist said, Ah gie up believe whit yi want.

•

Ma gran wis roon fur her tea again an she was heavy hintin aboot ma supposed love life. Normally this wid annoy the hell ootae me, but it wis the anniversary ae ma granda's death an even though he wis an nasty aul bastart (so says ma ma) who made ma gran's life a misery when he wis alive, it widda been poor show tae huv made it aw aboot me.

Yi know me an yer granda met on a school trip tae, says gran. Oh right. Aye, she says, In they days yi didnae go on fancy bus rides. Ah'd hardly call gaun tae the Glasgow Science Museum fancy, says Karen, the cheeky cow. Well we didnae get tae hauf the places you young wans go noo, says gran. Yi better believe it, ah says. An ah gied Karen a look that said watch it hen, an she soon buttoned it cause she knows ah know far too much aboot her an the gallivantin she's been daein wi Carrie Anne Walker an they boys they met up Strathclyde Park.

So where did yees go, ah said. Ah knew ma gran an granda wur childhood sweethearts but ah'd never heard this story. The River Cart, said ma gran, pure aw proud, eyes pure gleamin. Oh right, ah said. Ah wis thinkin tae masel, that's no much ae a trip cause thir's no much there except pollutet water an a skip an me an maist ae the folk ah know are banned fae hangin aboot there. Why don't yi tell them aboot how yees wur actually doggin school at the time, said ma ma, Or aboot how ma da fell in an nearly droont cause he wis showin aff kiddin on he'd caught a trout. Gran ya dark horse yi, smirked Karen. What happened, ah said, pure shocked. Yir gran jamp in an saved him, said ma ma. No way. Ma gran jist smiled. Ah got some hidin aff yir great granny fur it. Ah'll bet. But, she addet, We made front page ae *The Paisley Express* an me an him wur courtin as soon as he wis oot the infirmary. He always wis an idiot fae day wan, said ma ma. Aye, said ma gran, But he'd some tackle on him an ah'm no talkin aboot fishin.

•

Today it was jist me an Clicky again walkin tae school, an there wis a bunch a wee neds fae second year behind us, an aw the way up Oxford Road aw yi heard wis, Ay-ay magine that man Richard Chambers an Kirsty Campbell ay naw man magine that.

Kirsty zat your boyfriend, said ned nummer wan. Ah cannae member the wee lassie's name but she used tae run aboot wi oor Karen years ago. Is it aye, said ned nummer two, Zat who she's gettin aff wi is it. Ah jist ignort them an kept on walkin cause ah've tolt that wee lassie a million times that wur no gaun oot, an she still asks me every time she sees me an ah a think she jist dis it noo tae wind me up.

Widyou see in him by the way – ah think he's a poof, said ned nummer three (this wan wis a wee boy ned). Ah think he is anaw aye ah think he is, said ned nummer two, Cause ah've only ever seen him hingin aboot wi lassies. Heh Richard, said ned nummer wan, He jist cawed you a poof ah widnae staun fur that –

Ah'm gaunnae end up staunin on wan ae their heids in a minute, ah said. Jist ignore them, said Clicky, so ah did but only cause he didnae want me tae say anythin.

The thing is – an the only folk that know this are Yvonne an Charlene – is that me an Clicky did try tae get aff wi each other wan time. It wis when we wur in second year, aboot six months after we first met; we did it roon at the animal corner inside the Robbie Park. An even though ah thought he wis nice lookin an he said ah wis anaw, an we had pure loads a things in common, it jist felt totally wrong.

•

Clicky got aff wi Lauren Hill last night at the swimmin baths: ah didnae even see it comin even though the two ae them huv been daein an art project thegether an she's started turnin up at aw the places where we hing aboot. Ah don't know how many folk huv come up an asked me if ah'm awright aboot it, an even Fishy McNish who ah cannae staun offert tae batter Lauren fur me.

•

It's weird seein Clicky wi another lassie. No that ah'm jealous or anythin though, cause ah'm no cause it's no as if ah fancy him, but ah dae miss no bein able tae spend as much time wi him; an it's no the same walkin tae school cause him an her walk two steps behind everywan else. Ah think him an Lauren make a good couple though cause thir baith intae thir photography stuff an thir baith quite quiet. Ah jist wish evrubdy wid stop treatin me lik the wummin scorned.

Gran come roon again the day. She's met this guy at the Over-fifties' group in the community centre an apparently thir gaun tae see a musical thegether. So yiv got a hot date then Gran, ah said. Don't be ridiculous, she said, takin a pure beamer, Ah'm too auld fur aw that palaver, she said, Me an Harry are jist pals. Aye jist good pals, ah said, Where've ah heard that wan before.

Chapter Thirty-Three

STANDARD GRADE DRAMA

Standard Grade Drama's a total farce. Wur meantae be learnin Stage Management an Set Design this term, but half the time thir's naebdy here tae run the class; wuv no had a proper teacher since before the September Weekend when Mizz Spence went aff on Maternity Leave, an wur prelims are in six weeks.

Mister O'Connor's the new supply teacher an he's been lumbert wi us fur the past three lessons: he's Irish an in his thirties, an Yvonne says normally he's a right good laugh because she's got him fur Credit Music. His face is trippin him whenever he sees us though, an tae be honest ah don't blame him, cause half oor class are selective mutes an the rest think thir Wully Shakespeare.

·

It's no that ah wantae dae Drama as a career. Ah thought aboot it when ah wis younger, but ah'm no under any delusions that ah'm gaunnae get magically picked up by a talent scout whilst stoatin aboot the Paisley Piazza. It's jist that ah enjoy readin plays, an ah'm good at learnin the lines, an realistically it's the only subject ah might get a decent mark fur.

Yvonne an me wur readin through the hand-out Mister O'Connor gied us aboot THE PHILOSOPHICAL, IDEOLOGICAL

AND POLITICAL ASPECTS OF DRAMA, when Yvonne hit oot wi aw this stuff aboot how ah should seriously consider applyin fur the Royal Scottish Academy a Music an Drama once we leave school. Yir the best performer in our class, she said. That widnae be hard, ah wanted tae say, but ah stopped masel cause ah didnae wantae upset her. It's no Yvonne's fault she's shy – she tries her best an she's fine when she's playin her oboe or her clarinet or when it's jist me an her rehearsin, but whenever she has tae talk in front ae other folk she clams right up. She didnae even wantae take the class – she widda been far better daein Art or Home Ec or somethin she wis actually good at, but that wis her parents' bright idea cause they thought it wid help her confidence.

Anyway, ah said, Where's that gaunnae get me when ah'm shite at every other subject cause ah still need tae meet the entry requirements. Yvonne jist sighed. Wuv had this conversation aboot wur exam results a million times, aboot how she's gaunnae ace every test then saunter aff tae uni whilst ah'm stuck doon the Job Centre Plus signin on wi aw the dafties. The Careers Officer even said it tae me herself durin that wan an only meetin ah've ever had wi her – she said if ah didnae buck up ma grades, ah'd be lucky tae pack shelves in Tesco. Ah notice how yi arenae disagreein, ah said. Yvonne tuttet. The R.S.A.M.D. still take folk who don't have formal qualifications – the most important thing is how good yir audition is. So what, ah tolt her, It's no as if anybody fae Renfra's ever gaunnae end up in a Hollywood movie.

•

We had a double period a Drama again this afternoon, an yet again nae teacher; it's probably jist as as well though cause Charlene an Bunsen an Laura Kyle an several other members ae the class had fucked off fur an extendet lunch break. Nicola Buchanan decidet she wis in charge an she wis tryin tae herd folk intae groups a four tae dae some improvisation thing. Naebdy wis really listenin tae her though except her bosom buddy Heather Fisher an a new lassie cawed Linsey Mooney-somethin who mysteriously transferred fae a posh aw lassie school in Glasgow tae oor school last week. Me an Yvonne pretendet we wur awready in a group wi Lauren an Clicky when Nicola tried tae capture us.

Nicola – or Big Nic as aw ma pals've startet cawin her behin her back – has been even mair ae a blawhard since wuv been back at school. It's aw since she startet gaun tae this theatre group fur folk wi disabilities durin the summer holidays. Thuv filt her heid wi aw this shite aboot how she's a legend on the stage when in fact she's the maist intolerable ham actor ah've ever seen. Accordin tae Nicola, she's a shoe in tae be the star turn in the play thir daein, an when she gets picked she'll be tourin roon aw the art centres in Scotland. The audition is really jist a formality, ah overheard her tellin Linsey an Heather. That's amazin, said Linsey, D'yi think yi'd be able tae get me a ticket because ah'd love tae see it. Ah'll try ma best, said Nicola puttin on a pure solemn face, But yi'd need tae pay fur it because if ah gave *you* a ticket fur free everyone wid want one. Of course, said Linsey, Ah totally understand. Poor lassie, ah said tae Yvonne, She's nae idea whit torture she's lettin hersel in fur. Yvonne giggult, anen Nicola caught ma eye an she said, Wid either of you two be interested in buyin tickets tae see ma play. Ah didnae know where tae look, but thankfully Mister O'Connor came back in at that exact moment. C'mon less chat an more action, he said, This isn't an interlude.

•

We got moved upstairs tae Music Room Two the day fur Drama cause it wis easier fur Mister O'Connor. Yvonne wis daein her English homework, and ah wis tryin tae answer past paper questions aboot production roles an target audiences, but ah couldnae concentrate cause Charlene an Laura Kyle kept periodically dingin the glockenspiels, an Nicola wis readin aloud this really dull soliloquy that she'd writ hersel.

What do yi think, Nicola finally said tae Linsey an Heather who baith looked lik they wantet tae hing themsels. Ah think it wis a really valiant effort, said Linsey. Nicola harrumphed. Is that all yiv got tae say. It wis certainly different, jamp in Heather. Thank you, said Nicola. Ah do value maself on my originality. Then she turnt to Linsey an said, Ah think you need tae work on yir constructive criticism. Linsey jist sat their wi her mouth hingin open an her cheeks burnin – ah don't think she's used tae folk tellin her whit they think ae her. Although tae be fair, public school in general has probably been a bit ae a culture shock, jist judgin fae whit ah've heard aboot the amount a folk that've awready threatent tae batter her.

Nicola had startet tae read a second soliliquay when Mister O'Connor tolt her tae gie it a by. But ah'm practisin my recitation, she said, pure scandalised. Well yi'll be practisin down at the Headmaster's Office ah hear any more of your voice this session. He pit his heid back doon an continued markin his papers. Nicola made an O-M-G face anen she let out a massive sigh. Miss Buchanan, said Mister O'Connor, Please remove yourself from this classroom immediately. What, said Nicola. You heard. But where am ah supposed tae go. Ah couldn't give a flyin monkey, said Mister O'Connor, As long as I don't have to listen to your caterwaulin.

Nicola did as she wis instructet, although she made a right song an dance aboot it mumblin tae hersel aboot how unfair it wis that she'd been flung oot an how she'd be gettin her ma up tae the school. Ah wis on the verge a silently pissin masel, when Mister O'Connor said, Time's up fur the minority of you who have actually bothered to attempt the revision papers. Ah put doon ma pen – ah'd been finished fur the last five minutes anyway.

•

This afternoon, Mister O'Connor read oot wur past paper results in front ae the whole class. Ah wis confident ah'd done awright, except fur the second last question which ah wisnae sure aboot, where we had tae evaluate another actor's performance. When he said Yvonne got seventy-two percent ah nearly cheered. Then he read ma results – one hundred percent.

Mister O'Connor said that never had he ever heard ae anybody gettin a hunner percent on a past paper. Ah wis pure heavy takin a beamer when he said it, especially when he got Miss Crookshanks the English teacher in tae say she had also never known anybody tae get that good a mark. Everybody wis pure cheerin an sayin well done apart fae Nicola Buchanan whose face wis like a wet weekend, probly cause she wisnae the centre ae attention.

Nicola's allowed back in the class noo, but she's been tolt she's on her final warnin.

She's chucked the Disabled Drama Group anaw an she's tolt folk it's cause she disnae want tae be ghettoised. Nicola's ma goes tae the same tennis club as Yvonne's ma though, an she let slip the real reason: Nicola didnae get a speakin part in the play.

Chapter Thirty-Four

MAD DOG

Aw ma auld pals that ah've went aboot wi since first year are turnin intae right neds so they are. No in the sense that they wear the peak caps or the tracky troosers tucked intae the slouch socks, but jist the way they aw pure act noo pure hingin aboot the street corners aw the time drinkin an stuff.

Ah met Chris Rice on the way back home fae Youth Theatre last night: he wis at the bus stop under the bridge an he could hardly even staun he wis that oot his face. Charlene wis there anaw; her an Chris Duffy an his wee gang a loonies an they wur totally takin the piss right oot him.

Ah wis mortified when they went an papt him on ma bus. He'd on his Celtic away top an had a fag in wan haun an a bottle ae MD Twenty Twenty in the other, an the driver wisnae gaunnae let him on cause he said Chris wisnae a half fare. Aw gies a break man, he wis shoutin, C'moan ah'm only fifteen. Ah tried tae kid on ah didnae see him cause evrubdy else on the bus wis pure grumblin an sayin, Wid yi look at the state ae that, but then he went an spottet me an he shoutet, Aw right Kirsty hows it gaun ma wee mucker, anen he jist waltzed right up the aisle an sat next tae us.

•

Comin intae Paisley wi me an Charlene on Saturday night, said Chris. Naw. How no. Cause ah don't want tae. Aye but how no. Cause ah know whit'll happen yees'll jist end up pure pissed an hingin aboot under the bridge. How will we. Cause that's aw yees ever dae. Moan Kirsty man, he said, Here ah'll hauf in wi yi fur a cargo.

•

This mornin, at interval ah wis roon the stairs sittin talkin tae Yvonne an Clicky an Laura Kyle, when Charlene come marchin up wi Kelly Marie Walker; she'd that look on her face that said, Yi'll never guess whit ah've jist heard, so ah said, Right bitch dish the dirt.

Yi hear aboot Chris, she said. Whit wan, ah said, Thir's four ae them. Chris Rice, she said, An stop bein a smart arse yi kent fine who ah meant. Ah did know who she meant cause he wis the only person that wis aff in oor Regi class this mornin an if she'd meant Chris Duffy she'd've jist said Duffy. Yi'll never guess whit happent tae him on Saturday night but. He got wrecked, ah said, An endet up in hospital gettin his stomach pumped. Hauf right, she said, Me him Duffy an Kelly Marie wur aw oot an we'd aw been drinkin –

Surprise surprise, ah said. She ignort me an kept on talkin, An he went an took a mad fit an collapsed inside the ten pin bowlin toilets.

Charlene's went right aff the rails again ever since her an Kelly Marie got pally again in Third Year when the two ae them got pit in the same class fur Spam Science an C.S.S. She'd stopped smokin an she wisnae gettin intae trouble half as much, an she'd took the exact same subjects as me, but it jist didnae work oot fur her cause she got tolt she couldnae dae History or Biology cause her grades wurnae good enough.

Ah'm surprised Charlene an that wur allowed intae the ten pin bowlin; the last time they got flung oot fur tryin tae knock left ower bevvy aff the bar. That wis the same night Chris nearly got battered aff a guy in the street fur sittin on the bonnet ae his motor.

We went intae Paisley an Chris went intae this wee paki shop fur wur cargo, said Charlene, An he asked the wummin fur three litre bottles a Mad Dog Twenty Twenty kiwi an lime flavour but the wummin didnae understaun whit he wis sayin so she gied him three wee hauf bottles. Aye, said Kelly Marie pure buttin in as per usual, An Chris wis lik that tae her NAW AH WANT LITRE BOTTLES. Aye an whit wis it the wummin said tae him, said Charlene. THEES EES LEETLE BOTTLE. Aye that's right, said Charlene, Anen Chris wis lik that, NAW AH DON'T HINK SO SOMEHOW, an he wis gaun pure mental cause he thought the wummin wis pure tryin tae dae him. Yi could pure hear the hail conversation fae ootside, said Kelly Marie, The mad paki bitch pure shoutin back at him. Aye whit wis it she it she wis sayin, said Charlene. YOU ASK ME FOR LEETLE BOTTLE I GEEV YOU LEETLEST BOTTLE I HAVE EEN SHOP. Kelly Marie an Charlene wur baith pure sniggern away pure thinkin this wis hysterical. Kelly man, said Charlene, You pure crack me up daein her accent by the way, an then Charlene turnt roon an looked at me an said, Dint she Kirsty. Ah couldnae be bothert wi the two ae them an thir racist remarks so ah jist said, Is thir a point tae this story cause yir pure pittin me tae sleep here.

Charlene wis aboot tae start tellin us whit actually happent tae Chris Rice when Duffy come waltzin roon the corner. HO CHAZZA, he shoutet, Widyi think ae wee Chrissy the other night whit a tube man. Yiv still no telt us whit happent, said Laura Kyle. Haud yir horses well, said Charlene. Ah'll be pure drawin ma pension soon, said Laura.

Anyway, said Charlene, It finally got sortet oot an the wummin solt us six hauf bottles fur the price ae three normal sized wans. Aw that musta made yir day, ah said under ma breath but naebdy heard me or they wurnae bothert. Aye but wee Chrissy wisnae huvin any ae that, said Duffy, He thought he wis gettin done. Whit, said Laura Kyle, How. He thought he wis gettin ripped aff, said Duffy, That he wis gettin less bevvy. How. Cause he's a hauf wit, said Duffy, We tried tae tell him it wis the same amount but naw he went back in an bought Pulse cause they wur sellin it aff fur ninety-nine pence a bottle.

•

Ah finally fun oot the whole story: apparently they'd finished aw thir cargo (Chris went an drank his two bottles ae MD Twenty Twenty plus the bottle ae Pulse an he's no even meant tae drink cause ae his epilepsy) an then they got bored stoatin aboot the streets a Paisley so they went tae the ten pin bowlin an the bouncer let them in cause Kelly Marie said she'd nip him. We'd only been there aboot hauf an oor man an we'd jist booked a lane, said Duffy, An then wee Chrissy goes an white-ies in the toilets.

•

Chris got took tae the hospital: it wis two strangers that phoned the ambulance cause Charlene had tae be home by eleven a'clock an she didnae want tae be groundet again, an Duffy an Kelly Marie wantet tae stay an finish thir game. The paramedics didnae know if Chris wis a junkie or a diabetic or an epileptic or whit he wis cause he kept takin convulsions an thir wis naebdy there tae set them straight. Ah couldnae believe it when they tolt me they jist left him in the toilets; apparently, he puked aw ower himsel an it come oot lime green.

Ah seen Chris at lunchtime. He wis a bit pale but apart fae that he wis his usual annoyin self, staunin sharin a fag wi Charlene ootside the gate. Aw right Kirsty ma mucker, he said, Yi comin roon tae mine this Friday – ah've got an empty. Dunno, ah said, Ah'll need tae see. Yi should come it's gaunnae be a right riot, he said, Ma big cousin's gettin us a crate a Smirnoff Ice.

Chapter Thirty-Five

DUFFY

Charlene fancies Duffy. She's fancied him ever since third year when he got put in the same Computin class as us. Ah don't know whit she sees in him though cause he's pure sleazy an he fancies himsel an he only ever talks tae her when his pals urnae there. Ah've tried tae tell her a million times that he's a waste a space an she should forget him an find sumdy else, but her answer tae that is tae sit an draw wee love hearts wi his name in the middle.

She asked me tae ask him if he'd get aff wi her on Friday night. He said, Ah'll consider it. It pure pisses me aff when he says that cause wan minute he's intae her an the next he cannae be bothert, so ah said back, Whit's tae consider it's either AYE or NAW. Aw Kirsty, he said, You pure turn me on when yir angry dae it again. Ah said, Get stuffed Duffy.

·

DUFFY IS A HUNNY
DUFFY IS A BABE
CHAZZA AN DUFFY
CHARLENE BROON LUVS CHRISTOPHER DUFFY
TRU LUV 4EVER
CANNOT BE DESTROYED

DUFFY DUFFY DUFFY DUFFY DUFFY DUFFY DUFFY

•

So widid he say then, said Charlene. Who. Duffy, she said, Widid he say when yi asked him. Nothin, ah said, He didnae say anythin. Yi did ask him dint yi but. Aye. Well he musta said somehin. He said he'd think aboot it. Well, she said, aw pure happy an stuff, That's somehin innit.

Ah gie up on Charlene. She's totally obsessed wi Duffy. Ah used tae think it wis bad when she fancied Wully McCoy an she had us trailin the length an breadth ae Moorpark jist tae find his hoose an the places that he hung aboot, but noo she might as well huv **PSYCHO STALKER** tattooed on her foreheid cause that's the way she's actin.

Last night she had us staunin doon the bottom ae Duffy's close again fur two oors an the only reason his ma never chased us this time wis cause naebdy wis in. His ma had left a washin oot an it had startet rainin an trust Charlene tae be eyein up aw his boxer shorts. Kirsty, she said. NAW. Ah huvnae even said anythin yet. Well whitever it is ah'm no daein it, ah said. That's charmin, she said, Some pal you are. Aye well ah know whit it is anyway, ah said, Yir gaunnae try an get me tae knock somethin aff his washin line. Naw, she said, Ah wis jist gaunnae say dae yi fancy a bag a chips. Aw right. But here d'yi hink his ma would notice if −

•

Duffy has had his hair cut. He's got it aw shaved right intae the wood except fur this wee stupit fringe bit at the front. It looks a right mess. Heh how's about it sexy, he said tae Yvonne on the way ootae Biology. How's about what, she said. How's about you an me get thegether after school an study that reproduction stuff that Geggy wis talkin aboot. Christopher, she said, Away an play wi yirsel.

•

Guess whit, said Charlene. Whit. Duffy said aye. Whit. He said aye tae me. Aye fur whit. Widy you think, she said.

Ah couldnae believe that Duffy said aye tae snoggin Charlene right after he tried it on wi Yvonne. Ah didnae know whether tae say anythin or no cause ah hadnae tolt Charlene, cause ah didnae want tae upset her. At the same time ah didnae want Duffy makin a fool ae her. Ah asked Yvonne whit she thought an she jist shrugged an said, Leave them to it; then ah asked Clicky so's ah could get a guy's opinion an he said the same; so that's whit ah did.

·

CHARLENE DUFFY

MISSUS DUFFY

MISSUS CHARLENE DUFFY

MISSUS CHRISTOPHER DUFFY

CHARLENE BROON-DUFFY

CHARLENE DUFFY-BROON

CHARLENE DUFFY CHARLENE DUFFY CHARLENE DUFFY

·

Charlene passed me a note in R.E. that said

Ah'm all happy now an ah'm sittin here imaginin me havin Christopher's babies. Ah think ah'd like tae have two at least. We can call them Logan an Kyle if thir boys or Brogan an Manhattan if thir girls (that's if the daddy agrees). Luv an stuff from your pal
Charlene Duffy

·

Charlene's pure depressed. She has tae baby sit her wee sister the night so she cannae go oot an meet Duffy. Kirsty, she said, Yi know whit you could dae fur us. Whit, ah said, sure she wis gaunnae ask us tae dae somethin dodgy that might involve me climbin up tae Chris Duffy's veranda at half twelve at night. Nothin, she said, Forget aboot it. Ah said, Jist tell us whit yir idea wis. Naw it disnae matter. Ah said, Charlene hen don't gies it, an then ah made her tell me whit it wis.

Charlene gied me a note tae gie tae Duffy. Whit's it say, ah asked. Never you mind, she said, an then she went aw coy. She wis meant tae meet him at seven a'clock roon the back ae the pivvy in the Robbie Park an ah wis meant tae go in her place an gie him the note, but when ah got there ah saw him snoggin the face aff this lassie that goes tae Trinity High. Ah didnae know whit tae dae fur the best; ah wis gaunnae jist walk away an tell Charlene he wisnae there or somethin an then ah realised it musta aw been pure planned in advance an he wis jist tryin tae bam Charlene up; ah mean who arranges tae meet two lassies on the same night at the same time an at the same place, yi jist widnae.

AYE RIGHT, ah shoutet. Ah don't know why ah even said that cause ah couldnae think ae anythin else tae folly it up wi but it soundet good at the time. Duffy pult away fae the lassie an wiped his lips on the back ae his haun. Right Kirsty, he said, pure grinnin lik a donkey, Whit you daein here an where's Charlene the night ah thought she wis comin oot. Ah wis pure growlin at him, an the lassie Duffy wis wi looked dead awkward. Ah don't think she knew whit wis gaun on; she'd her airm roon his waist still but he jist shrugged her aff an startet lightin up a fag. Charlene's busy, ah said. Aye right, he said, Busy washin her hair. Somethin lik that, ah said. Aye well she badly needs a wash the wee mink, he said, Mind an tell her ah wis askin fur her.

•

Ah think yi should tell her man, said Clicky. Ah don't think yi should, said Yvonne, Cause yi know what happens the messenger always gets shot. Well ah think that's bang ootae order him daein that. You've changed yir tune, ah said. Aye well, said Clicky, Ah used tae like Chris Duffy but noo he's jist turnin intae a wee wide-o.

•

Ah wis gaunnae talk tae Charlene aboot Duffy durin basketball but ah didnae get the chance cause she wis busy gettin aff wi him inside the Games Hall cupboard. Afterwards, she wis aw pure hyper aboot it right up until lunchtime when Duffy an aw his pals

191

startet sniggerin an laughin at her in the canteen. Duffy's a moron, ah tolt her. Ah felt lik shit fur no tellin her right away aboot Friday night. You can do so much better than him, ah said. Aye ah know, said Charlene, But ah really really really love Duffy.

Chapter Thirty-Six

GAUN NAEWHERE

It's study leave an wur aff fur a week an ah dunno whit ah'm meantae be daein. Ah wis papt oot the hoose at the crack a dawn cause ma ma said she thought ah'd get mair revisin done doon at the Moorpark Library. She wis wrang though: ah've spent the last two oors readin the same two pages on time-distance-speed fur ma Maths prelim, an ah'm still nae further forward.

Ah seen Frieda Kirk in the library this mornin. She wis sittin hersel in the quiet study area, although ah dunno why cause she sure as hell wisnae daein any actual studyin; she'd her mad skull an cross bones earphones on ower her heid, noddin away tae her weirdo goth tunes, whilst flickin through a copy a *Bizarre* magazine. Fair play tae the lassie, it's no as if she needs tae pit any effort intae preppin fur her exams: Frieda's wan ae these folk that's naturally brainy, she's sittin the Credit papers fur every subject an it's obvious she's gaunnae go places once she finishes school; ah've never been keen on her though – nothin tae dae wi the way she dresses or the stuff she's intae or even the fact that she keeps tryin tae convince evrubdy she's psychic – it's jist that folk like her make folk like me, who try really hard at school yet still get pish marks, look lik total numpties.

Ah wis surprised when Frieda said hello an asked if ah wantet tae sit wi her cause we don't usually take anythin tae dae wi each other seein as wur hardly in any ae the same classes an we hing aboot wi different pals. Ah didnae really want tae but there wis nae other tables cause a lot a folk wur in gettin help tae fill oot forms fur thir Social Security. You look stressed, she said. Aye well, ah said, Might be somethin tae dae wi the Maths exam ah've got first thing Monday that ah'm probly gaunnae fail cause ah cannae mind aw these mad formulas. Frieda tiltet her heid at me. D'yi ever use mind maps tae help yi remember stuff. Naw, ah said. Ah hadnae a clue whit she wis on aboot but ah didnae want tae know either cause the last time ah got a wrapped intae wan ae her airy-fairy mind-body-spirit conversations ah got a full-blown spiel aboot the colour ae ma aura an whit that meant in terms ae ma holistic health an vibration. Yi'll need tae excuse me, ah tolt her as a pult a pile a past papers oot ma bag an startet shufflin through them, Ah've no got time fur small chat.

•

Ah wis in the kitchen eatin ma dinner, when ah got a text aff Charlene tae let me know that she wis in a huff wi me cause her ma seen me talkin tae Frieda when she wis in askin the librarian aboot a Virginia Andrews novel, right after ah'd tolt Charlene that ah didnae wantae go roon tae hers tae study cause ah preferred workin on ma tod.

Ah knew if ah'd went roon ah'd never a even cracked a book open, cause everyday Charlene's no at school she's lumbert babysittin her wee sister an ah didnae wantae get lumbert by proxy; ah didnae wantae say that tae her though cause it soundet cruel, plus it isnae her fault an it's no as if Charlene wid deliberately affload wee Morgan ontae me cause she loves that wean. Ah sent her umpteen texts explainin how ah'd met Frieda by accident an whit wis said but she said she didnae believe me. Finally, ah'd tae phone tae convince her that ah wisnae bein snide an tae promise ah'd go roon an see her at some point whilst we were aff. Did Freaky Friday no offer tae predict yir exam results, wis aw she said. Naw, ah said, Nae forecasts the day. Rude, said Charlene, anen she sniggert an ah knew that wis us nearly back tae normal. Aye, ah said, She coulda at least a gied me the answers.

•

This afternoon ah went roon tae see Charlene cause ah felt bad fur her cause she kept sendin me sad face emojis an messages aboot how she wis bored sittin in the hoose aw day hersel, cause her ma wis at work an her brother wis oot wi his college pals an her stepda wis oot daein whitever he wis daein, which wis probly bevvyin cause that's aw he ever dis. Ah shoulda text beforehaun but ah didnae think cause she'd said she wis desperate fur the company – ah definitely widnae've went if ah'd known in advance that Kelly Marie Walker wis gaunnae be there.

Kelly Marie rips ma knittin. She always has done an probly always will. Ah've nae time fur her whitsoever, an even though she's never actually done anythin tae me personally bar periodically threaten tae batter me whenever ah disagree wi somethin she says or dis, ah'd quite happily pack her an her horrible, sleekit wee witch ae a sister aff tae a desert island wioot supplies an leave them marooned fur eternity.

Awright how's it gaun hen, shoutet Kelly Marie, before ah'd even got ma shoes aff. Yi want a wee voddy. Naw, ah said, Ah cannae stay long ah'm jist on a break fae studyin. Och moan, she said, Huv a wee Moscow Mule or somehin – wur on wur holly bags. Thanks, ah said, But ma brain's pickult as it is. Borin bastart, she mumbult, Anen she poured hersel a hefty Smirnoff.

Charlene offert tae make a cup a tea fur me. Anen Morgan startet whingein that she wantet a drink anaw. Ah said ah wis fine cause ah'd brought an energy drink wi me, but ah follied Charlene through tae the kitchen whilst she made up a flask a dilutin juice fur Morgan cause ah wantet tae talk tae her aboot her an Kelly

Marie's bevvyin whilst babysittin, cause whit kinna shite pal wid ah be if ah didnae voice ma concerns. Ah jist don't think it's right, ah tolt her, Sittin gettin pished when yir meantae be lookin after a wean. Zat so, said Charlene. Aye, ah said, an ah foldet ma airms determint no tae let it go. Ah get that it's no exactly a picnic fur yi livin here, ah said, But after everythin yiv always said aboot yir ma an Iain an the way they carry on ah'm surprised you'd dae somethin lik this. Well Kirsty, she said, Ah'll let you in on a wee secret, an she liftet her favourite cup wi the Friends logo that awready had a tea bag in it, Ah'm on the Tetley the night.

•

Ah felt really bad aboot whit happent wi Charlene: ah tried tae apologise but she lost the plot an startet screamin at me that ah wis nothin but a pure judgemental cow, an how she hatet ma guts an never wantet tae speak tae me again. After she flung me oot the hoose, ah went back tae the library an attemptet tae dae another past paper but ah couldnae concentrate cause ah'd left ma energy drink at her hoose by accident an ah wis gaggin fur a drink, plus ah couldnae stop thinkin aboot how we'd never had as mad an argument as that before, an another thing Frieda wis still there still tryin tae harass me intae huvin pointless conversations aboot who knows whit an in the end ah gied up an walked home in the pissin rain.

It wis after four a'clock when ah got back an naebdy wis in so ah went fur an extra-long shower an bawled ma eyes oot an when ah came oot ah wis lik a Californian prune. It wis another oor before ah even noticed ma ma had left me a note taped tae the lid ae a microwave macaroni cheese that said, Gone out for burger and cinema at Braehead with Karen and Dad to give you peace – garlic bread is in the freezer – try not to blow the place up love Mum.

•

Ah still couldnae concentrate on school stuff, so ah tried tae phone

Charlene but her mobile wis turnt aff. Then ah tried tae phone Yvonne tae talk tae her aboot whit happent wi Charlene but her ma answert an she got really nippy wi me. Yvonne is not to be disturbed at the moment, she said, As she is at a crucial stage in her exam revision.

•

Ah decidet tae walk doon tae the library the long way, doon Inchinnan Road an through the toon centre; it startet rainin again well before ah got there, but it wisnae heavy. When ah arrived the place looked empty bar one auld man readin a newspaper but ah couldnae face gaun in so ah went an stood leanin against the waw ootside.

•

Ah stood there fur ages.

•

The auld man that wis in the library came oot an he stood next tae me. He'd a broon paper bag wrapped roon a bottle a Buckfast an he asked if ah wantet a drink. Thanks but naw, ah said. Then ah turnt ma back an walked away. Cheer up love, he shoutet after me, It might never happen.

Ah felt lik tellin him that it awready had, that ma life wis shite an ah wis destined tae spend it wi ma nae pals daein sweet fuck all in stupit auld shitey auld Renfrew. Then ah realised ah'd seen that guy before: his name wis Giles an ma da had said hello tae him wan time when we walked past him sittin on the bench ootside the Fire Station wi aw the other alkies. Can yi believe he's six months younger than me, ma da had said, He wis in ma class at Renfra Grammar. Jeezo, ah said. Aye, said ma da, He wis a clever boy at school – but he wastet hissel.

Ah couldnae stop thinkin aboot Giles after that, wonderin whit had gone so badly wrang in his life that he'd got hissel in such a state, an worryin aboot how one day soon it could be sumdy ah went tae school wi sittin ootside on that bench.

•

Ah'd walked aw the way up the Renfra Road past Halfords an the
ten pin bowlin an nearly intae Paisley before ah'd even registered
where ah wis; ah decidet tae keep on walkin doon Smithhill an
Gauze Street tae ah got tae the High Street an the Paisley Library.
The sign on the door said it wis open till eight, an when ah turnt
ma phone on silent ah noticed it wis twenty-five past seven an ah
wis gaunnae jist aboot turn. Then Wully McCoy come breengin
taewards me through the double doors wi a book tucked under his
airm, an a fag behun his ear, wearin a t-shirt that said,

I CAN MAKE BEER DISAPPEAR –
WHAT'S YOUR SUPER POWER.

Whit *you* daein here, ah said. That's charmin, said Wully. Hullo tae
you anaw. Hullo, ah said, But whit *are* yi daein here. Right noo ah'm
on a brek, he said, an he put the fag in his mooth an sparked it up.

Whit yi on a break fae, ah asked him. Tryin tae learn stuff
fur this Maths hing on Monday. Ah couldnae talk fur laughin. It's
true, he said, an he showed me the book he wis carryin that said,

TOP CLASS STUDY SKILLS: TWO HUNDRED
STRATEGIES TO HELP ACE YOUR EXAMS.

Ah jist never thought ah'd see Wully McCoy in a library, ah said.
Aye well, he said, Better no tell anybody or ah'll batter yi. Ha ha.
Ah'm serious, he said, an he winked at me, Ah've got a rep tae
protect yi know.

Me an Wully bought a bag a chips tae share oot the Hippy
Chippy an we et them on the road back home. As we wur walkin,
we talked aboot whit we wur baith plannin tae dae after wur exams:

Wully said he wanted tae work fur the Scottish Ambulance
Service but before he could dae that he needet tae get Standard

Grades then Highers then a degree in Paramedic Science. Ah said ah wisnae sure whit ah wantet tae dae in the long run but ah'd definitely stay on at school fur another year. Ah tolt him aboot Charlene anaw, aboot how ah thought wur friendship might be done fur good cause we always seemed tae be on different wave lengths these days an we had been fur a long time noo. Ah wantae get oot an see things an travel once ah leave school, ah said, But aw she wants tae dae is sit an watch the telly or drink an it's like she's got nae motivation. That's hard, said Wully. Ah know, ah said. Ah jist don't know whether tae try harder or gie up. Sometimes yi jist need tae let folk go thir ain path, he said, An if thir meantae be in yir life they'll find thir way back tae yi.

He insistet on gaun the full way tae Kirky wi me even though it wis another twenty minutes ontae his journey. Ah don't want yi walkin hame in the daurk yirsel, he said, No wi aw the maddies that hing aboot oor toon at night. Yir so chivalrous Mister McCoy, ah said, Whit wid a poor wee innocent lassie lik me dae withoot you here tae protect me. You're so cruisin fur a bruisin Campbell, he said.

•

It wis quarter past nine when ah got back tae the hoose an ma ma wis hingin oot the windae waitin on me. Where dae yi think you've been lady, she shoutet. Widyi mean, ah said. Ah wis at the Paisley library. Well wuv been up tae high doh worried sick, said ma ma, Could yi no huv sent us a text tae let us know. That's when ah remembert ah'd pit ma phone on silent an forgot tae turn the sound back on – normally by this time a night ah'd huv received half a million messages fae Charlene but ah'd been so busy talkin tae Wully ah didnae think tae check.

When ah took ma mobile oot ah noticed ah'd nine missed calls an six ae them wur fae Charlene. She phoned here umpteen times lookin fur yi, said ma ma, Yir da's away up tae the Southern General wi her. Why whit's happent, ah said. It's wee Morgan, she said, They think she's got alcohol poisonin.

•

Wee Morgan's gaunnae be fine. She's a bit shook up though cause she didnae like bein in the ambulance. The doctor said she wis lucky cause she coulda went intae a coma or taken an epileptic fit or even died. Ah feel really bad cause it turnt oot it wisnae alcohol poisonin she had – it wis caffeine poisonin fae ma energy drink that she'd drank after ah'd left it sittin on Charlene's ma's coffee table.

The silver linin ootae aw this is that Charlene's talkin tae me again – she's blamin hersel fur whit happent cause she says ah wis right an she shoulda been watchin her better. Charlene's ma an her stepda don't appear tae be botherin thir arse aboot whit happent ataw – accordin tae Charlene, they seemed quite pit oot aboot huvin tae go up tae the hospital.

Ah didnae get much studyin done after that. We had wur Maths prelim first thing this mornin an neither me nor Charlene nor Wully think we did particularly braw. Ah've come tae the conclusion that it doesnae really matter though cause the prelim are a practice an it'll at least gie me a rough idea whit ah need tae work on. Wully's gied me a len ae the study skills book he got oot the Paisley library an it looks like Frieda wis ontae somethin right enough when she tried tae talk me intae huvin a shot a they mind maps.

Ah wis thinkin ae tryin the Linwood Library next fur a change a scenery, either that or Johnstone. Ma ma said ah'd be lucky though, cause it wis in the day's *Paisley Express* that the council are talkin aboot closin half the libraries doon.

Chapter Thirty-Seven

A BIG RESPONSIBILITY

Oor Karen's determint she's gettin a puppy fur Christmas. She's been nippin the nut aff ma ma an da aboot it ever since she fun oot Carrie Anne Walker's dog wis pregnant. She says if she's allowed she'll walk it every day before an after school, an she'll even get a paper run tae pay fur aw it's dog treats. We've never had any kinna pet in oor hoose – no unless yi count the goldfish Karen got fur her twelfth birthday there that she managed tae splatter as soon as she'd left the shop. Ma da tried his damndest tae save that fish: he scooped it aff the road an sprintet back tae oor hoose an fired it intae the first available basin a water which jist happent tae be fulla dirty dishes. Naebdy will ever know whether it wis the hot water or the fairy liquid or simply the shock, but the poor wee thing wis pronounced deid shortly after arrival.

Carrie Anne's ma has invited oor full family ower tae come an look at the new puppies. Ah wis so shocked when ma ma said aye that ah nearly spat ma dinner oot. Noo ah'd been well aware fur years that Carrie Anne an Kelly Marie Walker's ma Trish Walker wis the same Trish that used tae work wi ma ma in the Bell Street icecream shop when she wis still at high school, but they hadnae palt aboot wi each other since well before ah wis born – thank fuck. Why wid yi want tae go roon there, ah said. It's Christmas, ma ma said, An it's nice tae be nice. Yass, said Karen, Ah'm gettin a dog, an she pult her mobile oot an startet manically textin. Noo jist you haud yir horses hen, said ma ma, We only said we'd go an huv a look – yi don't know whit breed it is or how much upkeep it'll need or whether it's likely tae be prone tae any diseases. Aye, ah said, Livin in their hoose it's probly got bliddy rabies.

•

The puppies wur really cute. Thir half Newfoundland an half white-ver mixture a mongrel the Walkers' junkie doonstairs' neighbour's dog wis, an it wis hard no tae want tae take wan home cause they looked like brown an white teddy bears wi long pink tongues. The maw dog wis massive: it wis the same height as me when it stood up on its hind legs an accordin tae Trish it weighed a hunner an fourteen pun; ah knew by the look on ma ma's face as soon as she seen the size ae it an the amount a hair it wis sheddin that she wis never gaunnae agree tae takin wan. It wis a shame cause it wis a beautiful big thing – ah kept well back fae it right enough cause ah didnae like the way it wis slevverin aw ower itsel an the furniture.

•

Karen said tae ma da, How dae yi no jist build a kennel furrit. A kennel, he said, An where am ah supposed tae pit this imaginary kennel. Karen said, Oot on the green obviously – yi could dae away wi the stupit vegetable patch. Ma da rolt his eyes. Aye jist watch me, he said, Ah'll construct a playpark wi an assault course an an outdoor doggy swimmin pool while ah'm at it.

Ah felt a bit sorry fur Karen after that cause she seemed tae be genuinely quite taken wi the idea ae gettin a puppy. An ah wis startin tae think it might be good fur her tae huv an animal tae help look after – it might even stop her gallivantin wi aw the idiots she's been hingin aboot wi recently an keep her ootae trouble. No that it had done her pal Carrie Anne any favours, but then Carrie Anne had the personality ae a rottweiler an the brain capacity ae a flea.

Ah suggestet tae Karen that mibby she should ask fur a different type a pet, like a hamster or a gerbil, but she bit the heid aff me an stormed intae wur room an slammed the door. Clicky come roon tae visit us a wee while later but she widnae come oot tae see him, no even when he shoutet through tae her that she could come an walk his jack russel whenever she wantet. When she finally flung open the door ah noticed that she'd ripped doon aw her Pocahontas an Little Mermaid posters an replaced them wi wan big poster ae the dogs fae A Hunner an Wan Dalmatians. It wis slightly overlappin ontae ma half ae the waw by aboot two inches but ah decidet tae let it go.

•

The *Gremlins* wis on the telly again the night. Me an ma da wur watchin it, an it wis jist at the start where the auld Chinese man wis tellin the guy's da that the mogwai wisnae fur sale when Karen shuffled intae the livin room an placed her Christmas list doon on the table. She'd only writ wan thing this year – I wid like a tiny dog. Her face wis that serious ah couldnae help but laugh, anen ah said, With small dog comes much responsibility. Karen didnae see the funny side an she punched me on the airm anen she stamped back oot. Then ma da turnt tae me an goes, If yi keep windin her up aboot it thir'll be nae Christmas.

•

Truth be told, ah wisnae really lookin forward tae Christmas day anyway. Ma da had jist fun out he wis bein made redundant again although ah wisnae meant tae know. Ah overheard him an ma ma talkin aboot how Our Price wis gaun intae liquidation an how he'd need tae look fur somethin else come January. They'd decided no tae tell us cause they didnae wantae ruin wur holiday period, but ah wish they'd jist been upfront aboot it. Instead, ma ma wis runnin aboot buyin crackers an stupit stockin fillers that naebdy needs, an ma da wis aff doon the bookies hopin fur a miracle.

Ah endet up stayin the night at Charlene's on Christmas Eve

cause ah wis desperate tae get oot the hoose away fae everubdy an she texted an asked if ah wantet tae earn a tenner fur helpin her babysit. Turnt oot Iain wis splashin the cash good style an he'd left twenty quid fur us tae get a takeaway as well as payin us. Whit's got intae him, ah said. Ah dunno an ah don't care, said Charlene. She didnae look very happy though. Ah wis aboot tae ask her whit wis up wi her when wee Morgan startet screechin aboot how she wantet tae watch Home Alone. Ah'd never actually seen that film, so we aw endet up watchin it thegether an it turnt oot tae be quite a good distraction that cheered us aw up, an fur once Morgan actually sat at peace an didnae jabber through the full thing.

Ah wis surprised the wean went tae her bed straight afterwards wi nae argument, cause ah mind when ah wis wee ah could never go tae sleep an ah always tried tae sneak back through the livin room cause ah thought ah might see Santa's reindeer. Ah've got her well-traint, said Charlene, She knows if she misbehaves she'll end up on the naughty list an there'll be nae presents. You're cruel, ah said tae her. It works, said Charlene. Ah looked aboot the house then, looked an finally noticed aw the homemade Santa decorations that wur hangin fae the waws an the ceilin, as well as the haun-paintet Winnie The Pooh winter wall frieze: ah realised then it was aw Charlene's handiwork cause half the time Barbara an Iain don't even bother wi a tree. Ah dunno how yi dae it, ah said. Charlene shrugged. Ah don't think she took ma full meanin, but ah didnae know how tae pit intae words aw the things that ah wis thinkin or how tae fully explain how proud ah wis ae her right at that moment. Sometimes yi jist huv tae step up, she said.

•

Ma da wis wearin a Santa hat an a Christmas puddin jumper when ah arrived back home the next mornin. Whit kept yi, he said. Whit's that monstrocity yir wearin, ah said. Now now, said ma da, Don't be a Scrooge. Ah tolt him he looks ridiculous, said ma ma. An ah second that, said Karen. Well, said ma da, Let's see if the newest member ae the Campbell family has better taste in jumpers.

•

Ah thought Karen wis gaunnae combust. See her face when Margaret fae upstairs appeart wi a Chihuaha wi a bow tied roon its heid an said it wis fur her.

Ah wish yi'd took a picture, said Clicky, when he came roon later tae gie us wur presents. Ah wish *you'd* tolt me yi knew ma parents wur hidin a massive secret on legs. Ah widnae really caw Gizmo massive. Haha, ah said, anen the two ae us wur pishin wursels laughin.

Well wan thing's fur sure, said ma da, as he pointet tae Karen who wis on the flair wi Gizmo tryin tae wrestle her new Hunner an Wan Dalmatians pencil case aff him, That dog's as daft as yir sister.

Chapter Thirty-Eight

MAIR DRAMA

Loadsa folk ah know huv been kicked ootae Youth Theatre. They aw got letters ower Christmas tellin them no tae come back cause they wurnae takin the Drama Workshops serious enough. Apparently, it wis cause Arlene, oor artistic director, got fed up wi thir carryin on whenever we had a break, cause maistly aw she seen them daein wis smokin, snoggin whoever they wur gaun wi, an dancin on top ae the grave stones ootside the Paisley Arts Centre.

The folk that wur left got letters tellin us we wur on probation an that wur groups had aw been shoogult up. Ah wis well guttet – no cause ah'd been misbehavin, but cause ah used tae go on a Wednesday night an noo ah've been moved tae Saturday mornin, which means ah need tae choose between gaun tae Youth Theatre an gaun swimmin at the Lagoon wi aw ma pals fae school.

•

Ah've been gaun tae the Paisley Lagoon nearly every Saturday fur the last two years. Recently, it's jist been me, Charlene, Laura an Bunsen, cause Yvonne's startet special music lessons at the R.S.A.M.D an Clicky's been too depressed tae go oot since splittin up wi Lauren Hill. Once in a blue moon Chris Rice turns up but, usually these days he's either too hung ower fae the night before or his ma's groundet him because she's caught him bevvyin.

Ah feel bad leavin Charlene wi jist Laura an Bunsen. It isnae nice bein the gooseberry at the besta times, but it's even worse when yi know the couple yir there wi are only there fur wan reason – tae take advantage ae the private cubicles.

•

As if things arenae bad enough, Nicola Buchanan's decidet tae join Youth Theatre. Ah seen her doonstairs in the café bar wi her ma who wis chewin the ear aff some poor wee staff member aw cause the cuppa coffee she bought wisnae tae her exact specifications. It's nae wonder Nicola's heid's as far up her arse as it is: magine huvin a maw that complains aboot somethin as stupit as her hot beverage bein too hot, an instead ae sittin waitin fur it tae cool doon she sends it back an asks fur a refund; intae the bargain she's tolt yir full life story tae a total stranger an used yir disability tae lament aboot how thir's naebdy there tae meet an greet yi. Ah've seen Nicola's ma usin Nicola bein in a wheelchair tae try an get special treatment hunners a times: she dis it wi aw the teachers at oor school whenever thir's a Parents' Night or when she's up complainin aboot stuff. Dunno why she expects the red-carpet treatment here though cause neither her nor Nicola are any different tae anybody else.

Ah rushed up the stairs away fae them baith cause ah always like tae be wan ae the first through the door, an cause ah wis desperate tae know whit pals wur there. Ah wis five minutes early when ah arrived, but the room wis packed fulla strange folk an Arlene had awready startet readin oot the register:

Billy Abbott-Bueller. Here. Molly Abbot-Bueller. Here. (Billy an Molly Abbott-Bueller are brother an sister an thir da is Mister Bueller the Maths teacher fae ma school – thir awright, a bit posh though, an they widnae've been ma first choice tae be in a group wi). Christopher Blythe. He's new. Christopher Buck. So's he. Nicola Buckingham. NICOLA BUCKINGHAM. Does anyone know Nicola Buckingham, said Arlene. Ah realized pretty much right away she wis talkin aboot Big Nic an that she had writ her name doon wrang; ah wisnae gaunnae say anythin cause Nicola never dis me any favours, but then ah decidet ah probly should since it's no her fault her ma's a pure fanny who constantly causes her additional problems; plus fur aw ah knew she'd coulda been stuck in the lift. Ah saw her downstairs, ah said. Arlene sighed. Thanks Kirsty. No problem, ah tolt her. Ah hoped ma good deed fur the day didnae mean that ah'd get lumbert wi Nicola, cause often newbies get paired up wi regulars tae gie them a bit ae support. Kirsty, said Arlene, What's your surname again. Ma face went scarlet an evrubdy wis gawkin at me. Campbell, ah said. She ticked me aff. Ah felt a bit disappointet, cause even though ah knew she'd hunners a names tae remember, ah thought after two an a half years she widda known who ah wis. She went on wi the register after that. Tracy Campbell. Ah know her. Declan Dorans. Don't know him. Antonia Fitzhaven. She's a good pal. Ross Goss. He's new. Kevin Guthrie. So's he. Lauren Hobb. She's nice. Frieda Kirk. Nae response. FRIEDA KIRK. Here. Ah've told yi before, said Arlene, Yi really need tae project yir voice. SOR-REE, said Frieda. There, said Arlene, That wis much better – but less ae the sarcasm or yi'll be out on yir ear. Ah'd been hopin Frieda widda got moved tae a different group at least – ah've been tryin tae keep ma interactions wi her tae an absolute minimum cause maist folk at Youth Theatre think she's weird an ah don't want tae be labelled a weirdo by association. Lisa Leftley. She's a big mouth. Lyndon Manderson. Ah fuckin hate him. Lyndon swans in two seconds after his name's been called an Arlene ticks him aff. D'yi have a nice Christmas, he smirks. Ah certainly did, said Arlene. Ah rolt ma eyes. He's wan ae her favourites aw because he's a brilliant singer an he gets chosen fur every musical we dae. Jamie MacIntyre. He's Lyndon's best pal an a total dick. Jamie MacLintock. Another dick. Laura McPhee. She's a blast fae the past – ah huvnae seen her since she left oor school in second year. Ellen Saint-Vincent. She's Lyndon's girlfriend an the nicest, maist popular lassie in Youth Theatre – ah kinda wantae be Ellen cause evrubdy loves her, except if ah *wis* her ah'd tell Lyndon tae sling his slimy hook. Pamela Sadler. She fancies Lyndon an she's an A-grade bitch. Fiona Scully. She's also a bitch – but in a good way. Kirsty Tackett. Don't know her. Kirsty Taggert. Don't know her either. Kirsty-Anne Tarbet. Or her. An Robbie Tarbuck. Ah recognized him cause he lives in Kirky an goes tae Trinity High. It's Bobby, he said, Ma name's Bobby. ROBBIE LIKES THE BOABY, shoutet Lyndon. Him an aw his wee cronies startet pishin thirsels. Ah seriously wantet punch aw thir faces in.

•

Arlene asked me, Frieda, Lisa Leftley, another a boy cawed Declan, an that gay boy Bobby tae stay behind at the break because she wantet tae huv a word wi us. Ah wis shittin masel in case she said we wur aw gettin gied the heave-ho. It wis stupit because ah knew ah hadnae done anythin wrang. Turnt oot some castin director had seen wur photies that wur on the Youth Theatre database an wantet tae know if we'd be interestet in bein extras on a Scottish drama film. It's set in Glasgow an it's got Peter Mullan in it, said Arlene, But ah don't know much about the storyline because ah haven't seen the script.

Ah said aye tae daein the film right away, an ah wis pure buzzin fur the rest ae the afternoon: ah'd never been in front ae a camera – no unless yi count the three second clip ae ma elbow that made it intae Clicky's Edinburgh Zoo video; quite a few ae ma pals had done bit parts in River City an Taggart an Monarch ae the Glen, but nothin as big as an actual movie wi a proper famous person.

•

At the end ae the workshop, Lisa Leftley asked aw the wance that got picked fur the film if we wantet tae go tae McDonald's tae celebrate, an ah said aye cause ah wis in such a good mood. The five ae us endet up gaun, an Lyndon an his minions follied us but they sat at a table half way across the room. Every two minutes wan ae them would look ower at us anen they'd laugh at somethin we couldnae hear an make a limp wristet haun gesture.

Yi know you cannae help bein gay anymair than ah can help bein Black or disabled, said Lisa. She's right, said Frieda. Yeah, said Declan, Yi need tae staun up fur yirsel or thil keep takin the piss. Bobby shrugged his shoulders. Easier said than done, ah said. Yi want me tae go over there, said Lisa, Cause ah am more than happy tae take a stand. Whit yi gaunnae say, said Bobby. Lisa smirked. Ah wis simply gaunnae ask if Lyndon wantet a drink, she said, then she liftet her vanilla icecream milkshake an pretendet she wis gaunnae pour it. You should, said Frieda. Yeah, said Declan, Do it!

Lisa stood up. Ah wis aboot tae say ah didnae think it wis a good idea, cause it wid probably jist make things worse fur him, when ah looked ower an seen Laura an Bunsen an Charlene headin taewards oor table, an Yvonne an Chris Rice wur at thir backs.

Kirsty, said Charlene, Ah thought yi wur gaunnae get us after yir hing wis finished. Aye, said Laura, Staunin there lik a buncha spare parts. Yi coulda text us, said Bunsen. Aye, said Chris, Yi shoulda text sumdy. That's when ah remembert ah'd said ah'd meet them ootside the Arts Centre.

•

Ah'm really sorry, ah said. Pure fuckin baltic ootside, said Laura. Ah said ah wis sorry. Did yi know it startet snowin, said Bunsen. Ah said ah hadnae known but that ah did noo. Well wur all here finally, said Yvonne, We should make the most ae the time wuv got cause ah need tae be up the road in an hour. Aye, said Chris, Yi no gaunnae introduce us, naw?

•

Ah didnae really like the idea ae mixin ma school pals wi ma Youth Theatre pals, especially when ah wisnae even sure ah wanted tae be pals wi Lisa an co. Thir wisnae much ah could dae aboot it though, cause here we aw wur flung thegether in the same place an ah could well tell Bobby fur wan wis gaggin fur an introduction fae the way he wis nearly fawin aff his chair lookin Chris Rice up an doon.

Kirsty, said Charlene, Are yi no gaunnae move up so we can aw get a seat. Ah thought aboot sayin that thir wisnae enough room cause how wis she expectin ten folk tae aw fit. Ah didnae get the chance though cause Chris startet draggin another table ower taewards us. Bobby said, Here ah'll help yi, an he jamp tae his feet. Thanks, said Chris, an the two ae them liftet it thegether. Ah wis hunner percent sure this wis gaunnae be a total disaster, especially wi Bobby makin bliddy big cow eyes at Chris, but folk seemed tae get on awright.

•

Chris sat next tae me on the bus back tae Renfra. Yi never tolt me yir pal Bobby wis gay, he said. Izat a problem fur yi, ah said. Ah wis half expectin him tae throw a wobbly when ah confirmed it an ah really wisnae in the mood fur anymair drama. Naw, he said, Why widit be? He seems lik a nice enough guy... fur a poof anyway.

•

Me an Yvonne wur in her hoose the next day when her ma came in an said, Ah hear congratulations are in order. Thanks, ah said, But it's no really a big deal – it's no as if ah'll be daein anythin other than hingin aroon in the background. Jist think, said Yvonne, It wisnae that long ago you said nobody fae Renfrew wid ever be in a Hollywood movie. Haha, ah said. Well ah think it's a very big deal, said Yvonne's ma, What an achievement fur Renfrew Grammar tae huv three of its pupils star in a movie. Three, ah said, Who else is in it. Aw ah didn't get the chance tae tell yi yet, said Yvonne, But we wur over at Tesco last night an we bumped intae Nicola Buchanan's mum...

Chapter Thirty-Nine

THE FAMILY
SITUATION

Clicky's got a new girlfriend. He's gaun oot wi ma cousin, Kelly Campbell, an noo she's startet hingin aboot the stairs wi aw ma pals. Ah cannae staun Kelly cause she's wan ae the biggest slappers in oor year, an she's always dead sarky taewards me; an no only that, when we wur in third year we baith endet up in the same French class an she got pit next tae me cause we'd the same second name, but then her ma asked tae get her moved seats cause ae the FAMILY SITUATION.

Ah never did find oot whit the family situation wis. Ah know it wis partly tae dae wi ma ma bein a Catholic an ma da bein a Protestant an his family bein right intae the Orange Order, but ah think thir musta been other stuff as well. Aw ah really know is that ma da disnae talk tae Kelly's da or any his other brothers or sisters cause they aw fell oot before ah wis even born.

Kelly Campbell's big brother's gettin married this Saturday. Clicky's been invitet tae the weddin an apparently so huv aw the Campbell's apart fae me an ma ma an da an Karen. How'd yees no jist talk, said Clicky. Whit fur. He said, Cause it wid make things easier. Aye, ah said, Easier fur who. Kirsty whit's she ever done tae you, he said, Jist cause yir ma an da don't talk tae Kelly's ma an da disnae mean you need tae carry on the tradition. Whit yi talkin aboot, ah said, It's nothin tae dae wi the family situation ah jist think yir girlfriend's a weirdo enda story.

•

Ma ma always said that if ah wantet tae be pals wi any ae ma cousins fae my da's side then that's whit ah should dae. She said it wisnae up tae anybody else who ah palled aboot wi, an if a squad a wans fae school come up tae oor door lookin fur me an Kelly Campbell wis wan ae them, then she'd invite her in jist the same an she'd no make any bones aboot it. Ma ma's like that: she'll talk tae anybody as long's yir a nice person an it disnae matter where yi come fae or whit religion yi are or whit beliefs yi huv. Yi can choose yir pals but yi cannae choose yir relatives, she said tae me, An it's no the weans's fault that the mother an faither are bliddy basket cases.

•

Kelly Campbell's wee brother's in ma wee sister's class. She sits next tae him fur maist subjects an he's her cookin partner in Home Ec. He looks lik a right wee ned wi his chains an his sovvy rings an his Burbury cap that he always wears tae school. Ah said tae Karen, Dae yi no feel awkward sittin next tae him. Whit yi talkin aboot, said Karen, Wee Bryan's ma wee mucker.

•

Ah don't know whit Clicky sees in Kelly cause she's got a face like a Salvadore Dali paintin an she's thick as two short planks. She's a two timer anaw an she gets aff wi other folks' boyfriends an that's how she got a doin aff Kelly Marie Walker wan time when we wur in third year.

Ah tried tae tell Clicky aw this but he's no interestet an he keeps gaun on aboot whit he's wearin tae the weddin an how his ma an da think him an Kelly are a perfect match, an that she's a brilliant kisser.

Ah said, Ah really don't want tae know aboot Kelly Campbell

an her family an ah specially don't want tae know whit like she is at kissin. He went in a pure bad mood wi me after that an said, Fine then Kirsty ah'll no tell yi anythin aboot ma life fae noo on. Ah'm sorry, ah said, It's jist –

Don't speak tae me, he said, an then he pit his fingers in his ears an startet hummin.

•

Clicky musta tolt Kelly whit ah said aboot her, cause she come up tae me at interval the day an said if ah went near her boyfriend again then she'd get her big cousin tae kick ma heid in. Ah wis tryin tae work oot if her big cousin widda been ma big cousin anaw but she never said whit cousin she wis actually talkin aboot.

•

Kelly hit me on the heid wi an apple at lunchtime the day. She tried tae make oot that it wis an accident but it wisnae. Ah wis staunin talkin tae Clicky under the stairs tryin tae sort things oot, an she wis hingin ower the bannister, an she tried tae say she wis aimin fur the bin that wis next tae me but it wis so obviously deliberate.

Ah endet up wi a big shiny red lump on ma heid because ae her. She said, SOR-REE but that's whit yi get fur staunin in stupit places. Quite a few ae ma so-called pals seemed tae think it wis funny, an ah wis not impressed wi Chris Rice singin,

FRUIT DROPS KEEP FALLIN ON MA HEAD.

Missus Auldhill made me lie doon in the nurse's office an ah missed fifth period because ae it. When ah come back, thir wis a rumour gaun aboot that Kelly had knocked me oot an ah had a concussion.

•

Ma da wis fur gaun up tae her door but ah tolt him no tae. Ah wis pure mortified ah wished ah hadnae even mentioned it. Ah said,

Gaunnae jist leave it it's fine. He never said anythin. Ah said, Haha whit yi gaunnae say dad

YOUR DAUGHTER ASSAULTET MA DAUGH-TER WI A MACINTOSH RED.

He still never said anythin. It's no as if they had tae peel me aff the flair, ah said tryin tae make a joke ae it, Get it... peel me aff–

Ah'm glad you find it funny, said ma da, Cause ah certainly don't. Then he went away an got this year's BT phone book an startet huntin fur Kelly's phone nummer.

Kelly Campbell's family are ex-directory so they wurnae in the Phone Book but trust oor Karen tae huv thir nummer. Ah sat in the livin room wi ma ma an Karen while da tried tae get through. It wis engaged. Ah said, Aw well that must be a sign that yir no meant tae phone. Ma da said, Aye that will be right, then he waitet another ten minutes an tried again.

PIT BRYAN CAMPBELL ON THE PHONE PLEASE.

Sumdy wis talkin on the other endy the line but ah couldnae hear whit they wur sayin. THE FAITHER, ah heard ma da say, AN NEVER YOU MIND WHO IT IS. Everythin went silent fur a minute an then Bryan Campbell Senior musta came tae the phone cause aw yi heard after that fur the next ten minutes wis MA DAUGHTER, this, an, YI CAN TELL YOUR DAUGHTER, that, an ma da gaun aff his nut.

•

Kelly drew her eyes aff me continually the day in school. Ah heard fae Charlene that she cawed me a cow behind ma back but she never actually said anythin tae ma face. Apparently, her da went right through her fur the apple episode an he's tolt her tae keep well back fae me.

•

The weddin wis a shambles. Wan ae Kelly's other cousins brought gatecrashers an the groom endet up wi a bottle ower his heid. Noo the rest ae that family's no talkin, said ma da, Ah'm glad we wurnae there.

Clicky's split up wi Kelly. He widnae say whit happent, but ma wee sister tolt me: apparently Kelly snogged wan ae the gate crashers right in front ae him.

Chapter Forty
THE NEWS

It wis on the news the day that Stramash are splittin up. Apparently, it's cause Murray Hart wantet tae leave the band cause he wantet tae concentrate on a solo career. Yvonne said she heard somewhere that Murray wis meant tae've been takin millions a drugs an he'd actually been sacked; Laura Kyle said she'd heard that anaw except it wis drink no drugs an apparently he wis downin half a bottle a vodka every night before he went on stage. Chris Rice said, Ah heard it's cause he's a poof an he wis gettin it on wi thir manager dude an that's how he got flung oot. An it wis in the news as well, he said, That he's convertin tae Buddhism.

If any ae them actually knew anythin ataw aboot Murray Hart they'd know that every piece a information they said wis aw a pile a pish. Fur a start his ma's an alky an his brother used tae be a junkie an because ae that he's totally against drink an drugs; he isnae gay either cause he's had a girlfriend fur nearly three year (unfortunately), an thir's nae way he'd become a Buddhist, an the reason ah know aw this is cause ah've read every single interview he's ever did in *Starmix* magazine.

This is whit the official press release that Stramash's spokesfolk gied tae *The Paisley Express* said:

Followin the departure of Murray Hart, Stramash broke the news this mornin that they had decided tae call it a day. Over the last two year, Murray Hart, Tiger Jackson an David McManus huv become household names. Stramash huv had twelve top ten hits includin their number one single, STOOSHIE. Both Stramash's albums, STRAMASH and BY THE WAY clocked up over a million sales each.

Said Tiger Jackson, It's quite depressin really but we always said if one of us wanted to quit then that'd be it game's a bogey. The last three years've been manic an ah jist want tae say cheers tae all the fans because yous've been brilliant.

Said Murray Hart, Ah'm pure pleased with everythin that Stramash has achieved. Nobody thought that three wee guys from Linthouse would ever top the charts. But we proved them wrong an we've put Govan on the map. It wis a really hard choice tae make about leavin the band an ah jist hope the fans will understand.

Said David McManus, Ah'm really gutted that Murray's decided to quit Stramash but ah totally respect his decision an wish him all the best. Ah'd like tae say thanks to all the fans it's because ae them that these huv been the best years ae ma life.

•

Quite a few lassies in oor class wur greetin: ah wis an so wis Laura Kyle an Yvonne an so wis Nicola Buchanan (but ah think her tears wur fake wans cause she's always daein stuff lik that jist tae get attention).

Awww yous want tae getta grip, said Chris Rice, It's jist a band. Nane ae us said anythin. Eh, he said, Whit yees greetin fur. Still nane ae us said anythin. He'd a pure big grin on his face an he startet takin the piss ootae the lyrics tae Stooshie:

> *Don't try tae compare us tae another flash in the pan*
> *We're Stramash, an wur PISH –*

Ah'm aboot a baw hair away fae pastin you Chrissy, said Laura Kyle.

Ah swear doon, she said, pure spittin in his face by accident cause she wis that angry, Seef yi don't button it by the way –

Say it don't spray it, said Chris, Ah want the news no the weather.

Jist ignore him, ah tolt her. Naw cause he's nippin ma nut.

Chris picked Laura's ruler up aff her desk an startet kiddin on he wis a reporter interviewin sumdy,

So Stramash are all washed up, he said, Is anywan guttet or do you feel it's just one of those things. He waved the ruler under wur noses then pult it away again. Gies that, said Laura. Tell me, said Chris, How dae yi think yi will cope with life after Stramash.

•

School wis lik a morgue the day. Hardly any lassies in oor year wur in an ah went home at lunchtime an tried tae stay aff; ah tolt ma ma ah wis feelin sick but she wisnae huvin any it.

Ah wis sittin in Maths tryin tae work oot how tae dae that Sin Cos Tan stuff, but ma mind kept wandern an ah kept thinkin aboot how crap life is an how much ah hate Murray Hart, even though he used tae be ma favourite; ah couldnae concentrate so ah endet up writin a note tae Laura Kyle,

Why has Murray gone an wrecked it all for the fans an the group? Ah wis probly wan ae his biggest fans ever – ah met them an everythin – why has he done this?

Ah foldet it ower an wrote Laura's name on it an then ah passed it on tae Charlene tae pass ontae Laura an we nearly got caught cause Charlene wis pure tryin tae nosey at whit it said.
Laura wrote back:

Ah know ah'm seriously guttet. Ah knew somethin lik this would happen but

ah never thought Murray could be so selfish not thinkin about Davy an Tiger's feelins. By the way what are yi goin tae do wi all yir posters of them.

It made me think aboot this time last year when me an Charlene an Laura aw queued up tae get tickets at six a'clock in the mornin ootside HMV, an how Yvonne's da widnae let her go wi us so she endet up wi different seats fae us cause he phoned up an booked a ticket fur her an her ma on his credit card. A bought a pair a dangly earrings wi the Stramash symbol on them at that concert; ah couldnae wear them though cause they turnt ma ears septic cause they wurnae real gold.

Ah passed another note back tae Laura,

Ah will still listen tae thir music an still have thir posters on ma walls. Ah will love them forever an they can never be replaced.

•

So whit d'yi think ae Murray Hart's new single then, said Laura. Ah'm refusin tae buy it as a form a protest, ah said. Whit's that gaunnae dae it's still probly gaunnae go tae nummer wan, said Chris Rice. Naebdy asked you, ah said, An by the way ah thought you thought his music wis crap. Naw ah said STRAMASH wur crap, said Chris, He's the only wan that can sing. Ah cannae believe he went straight in at nummer two in the charts, said Laura. Ah cannae believe you bought the single, ah tolt her. It wis a guid tune, she said.

•

It said in *The Paisley Express* the day that Murray hatet bein in Stramash. It says here, said Yvonne, That his debut single, REP-UTATION, reveals how he felt about the constant emphasis on his troubled childhood growin up in a Govan slum.

Hoi widyi mean Govan's a slum, said Laura, It's no that bad aye awright some ae it's a cowp but –

Jist let me read it, said Yvonne. The song contains the lyrics,

Weegie accent an workin' class
Ma mother's family situation
All they care about is where ah'm from
Ma reputation

They all know ah'm from a broken home
Dad wis murdered in Barlinnie never got tae know him
Govan boys sell thir stories to the Sun
Known by reputation

Ah'm proud of ma Scottish roots, Hart told *The Express*, But ah hatet the way the media constantly made us out tae be the underdogs of pop –

Whit dis he mean by underdogs, said Laura.

In order to create further distance from his previous pop career, said Yvonne, The singer has changed his name to Brave Hart.

Ah looked at Chris an Chris looked at Laura an then Laura looked at Yvonne an she said, Are you bammin me up? Seriously, said Yvonne, That's whit it says in this paper.

•

Murray – or Brave Hart or whitever he wants tae be known as noo – got knocked doon tae nummer three this week by a new lassie band called Ice Queens. There's four ae them an thiv aw got peroxide blond hair an thir fae Aberdeen. Three ae them's sisters an the other wan's thir cousin an thir aw aged between fourteen an seventeen. Apparently thiv jist signt a multi-million pound record deal wi the same company as Robbie Williams.

Chris says he's gaunnae start a band; he says if wur nice tae him then he might let me an Yvonne be in it. He's joint Paisley Youth Theatre, an he's talkin aboot gaun in for the school show this year; he says he doesnae care anymair if Duffy or any ae his gang take the piss oot him an say that Drama is for gays, cause he'll be the one that's laughin when he's front page news.

THE SNOB MOB

Linsey Mooney-Marney's nothin but a stupit stuck up cow. She thinks she is somethin jist cause her da works abroad eight months oot the year tae pay fur thir fancy upstairs doonstairs hoose in Dean Park. She hings aboot wi Heather Fisher an Nicola Buchanan an the three ae them aw stoat aboot the school wi thir noses in the air.

Me an Yvonne call them the Snob Mob. We call Linsey the Celebrity cause her ma gies her a lift tae school in the mornin an cause she's got a pure film star hyphen name. Everythin Linsey owns has got tae be a designer label; an her, Nicola an Heather have aw got identical three-in-wan Tregijo coats. Linsey an Heather are always makin nasty comments aboot folk that live in Moorpark: accordin tae them anybody that lives there is trash. Ah don't know whit thir daein hingin aboot wi Nicola Buchanan though cause that's where she lives.

Nicola tries tae say that Birmingham Road isnae part ae Moorpark. It so is though, an it's less than a five-minute walk fae Moorpark Square where thir pullin doon aw the auld tower blocks. Nicola's always bummin her load cause her ma an da've bought thir hoose, an cause they pit in a placin request tae send her tae Arkleston Primary when she wis younger cause they thought Moorpark wis too rough, but see at the end ae the day she's still no half as snobby as Linsey an ah don't think she ever will be.

•

Linsey's in ma P.E. class fur basketball. See cause she's no got her two snooty wee stooges wi her she tries tae act aw nicey-nice. She knows ah don't like her cause ah've tolt her that tae her face but she still tries tae suck up mine an Yvonne's arse. Yvonne's far too nice fur her own good; she jist smiles an bes polite tae her. Ah don't know how yi can stomach her, ah said tae Yvonne the other day. Aw she can be OK sometimes. Well, ah said, Ah'd love tae jist slap her in the mooth.

•

Accordin tae the Snob Mob, livin in Kirklandneuk is wan step up fae livin in Moorpark an apparently – ah had tae laugh when ah heard this cause it's such a lot a pants – yiv tae dodge bullets an bottles every time yi come oot yir hoose.

Where ah live in Kirky is meant tae be the quiet area compared tae where Laura Kyle stays (even though it's only a two minute walk). Aw ma neighbours are brand new an wuv never had a bit ae bother an yi could leave a washin oot aw night an naebdy wid touch it. Aye yi certainly couldnae dae that up in Spam Valley, ma ma said. She said, Yi hear aboot folk gettin thir designer drawers whipped aff the line aw the time in that Dean Park.

Ah said, Why dae they call it Spam Valley anyway. Ma ma said, Cause the mortgages are that high they cannae afford tae eat anythin else.

•

Ah got made tae go in the same team as Linsey Mooney-Marney at basketball an aw she did wis tut an sigh the whole period cause we wur gettin beat. Laura Kyle wis the captain ae the other team an she's dead sporty so it's nae wonder we couldnae score, but aw Linsey did wis fix her hair an her nails an complain aboot how crap oor team wis an slag aff evrubdy else. Eventually ah jist said tae her, Mibby if yi paid mair attention tae the game instead ae yir manicure we'd get somewhere. Quite a few folk startet sniggern cause naebdy likes her cause she's a Moanin Minnie; she looked pure gobsmacked an ah thought she wis gaunnae greet an then typical Yvonne went an jumped in an changed the subject.

•

Yvonne's been moved up tae Credit French cause she got the highest mark in oor class in the Prelim. That means she's in the same class as Linsey Moany-Marney (that's ma new name fur her), an ah totally pity her cause that means she's stuck listenin tae her hot air fur an extra four oors a week.

Ah wis sittin in the canteen tellin Yvonne aboot everythin she'd missed the day (Chris Russell's been excludet cause he wrote MERDE on the back ae Colin Smellerman's jacket; Heather Fisher got caught copyin an she nearly got a puni) when Linsey comes an plonks hersel right doon at oor table an starts buttin intae wur conversation. So what did yi think of that French listenin past paper Yvonne. Ah drew ma eyes aff her quite visibly makin it clear she wisnae welcome whilst she waitet fur an answer. Emm it wis alright, said Yvonne. What about you Kirsty, she said, pure sarky-lookin grin on her face, Oh sorry that's right you're not in our class. Ah wisnae sure whether she meant her French class or somethin else but ah jist sarky-smiled her right back. Ah thought it wis easy, she said, Dead basic. You wid, ah thought, Big heidet bitch. She got up tae walk away after that but then she turnt roon an said, Ah'll see yi after school Yvonne, she said, At the Advanced Homework Club.

•

Advanced Homework Club, ah said, When did you start gaun tae the Advanced Homework Club. Yvonne shrugged, Ah've only been the once, she said, It wis Madame Bonnie's idea cause she thinks ah might be able tae get a one fur ma Standard Grade if ah go. Ah never said anythin after that; thir wisnae really anythin ah could say, but ah jist wish she'd tolt me cause ah felt stupit havin tae hear it aff Snobby Drawers.

•

Yvonne lives in a big posh hoose in Oxford Road; her ma an da are baith teachers at Gleniffer High, an ah've always had this feelin that they don't like me. Or no so much don't like me, they jist think ah'm no good enough tae be pals wi her.

Yvonne says ah'm bein stupit an they dae like me, but see the mair ah think aboot it the mair ah think they'd prefer her hingin aboot wi sumdy lik Linsey Mooney-Marney. They'd be able tae take her oot tae fancy restaurants an she widnae embarrass them by usin the wrang fork or by askin whit certain things on the menu wur; an if they went on a posh holiday ah bet Linsey Mooney-Marney widnae get sea sick an spew aw doon the side ae thir private yacht (even if it wis her first time ridin in it).

Ah'd hardly call it a yacht, said Yvonne. Anyway, she said, That wis so funny. Naw it wisnae. Yes it was, she said, You christened it. Whitever, ah said. Ah still don't think it wis funny an ah don't think her da did either. Ma dad thinks you're brilliant, she said, Dead down tae Earth. Mair lik dead common, ah said.

•

Ah've been pure depressed aw day the day. Ah wis meant tae be gaun tae Braeheid wi Yvonne this afternoon, but then she phoned half an oor before ah wis due tae leave an said, D'yi mind if Linsey comes shoppin with us. Linsey who, ah said, although ah don't know why ah bothert askin. Emm Mooney-Marney, she said. Ah tolt her ah didnae mind but ah wis suddenly very busy, an ah couldnae make it after aw; ah endet up jist sittin in the hoose aw day watchin reruns ae the *Royle Family*.

•

Me an Yvonne had a massive argument aw cause a Linsey Mooney-Marney. She's startet hingin aboot the stairs wi us durin lunchtime noo an the two ae them have been totally daein ma heid in cause thir always talkin aboot things that happen when ah'm no there. Ah also tolt her that ah thought Linsey wis tryin tae steal her aff me cause she's always sendin Yvonne wee private notes that ah'm no allowed tae see.

Yvonne cannae see ma point a view; she said ah'm jist bein paranoid. Ah said, That's different, ah said, Makes a change fae bein too common. Shut up, she said. Naw you shut up, ah tolt her, You're nothin but a stuck up bitch anaw. Then ah tolt her tae go join the Snob Mob.

•

Linsey Mooney-Marney sent me a note durin English the day, it said

Dear Kirsty
I swear on the life of ma cat that I'm not tryin to take Yvonne away from you.
I know you don't like me but it would be good if we could all try an be friends.
Even if it's just for Yvonne's sake.
Lots of luv
Your new friend Linsey

At the bottom she'd put a wee smiley face.

Chapter Forty-Two

SMELLERMAN

Colin Kellerman's got nits. Evrubdy in oor class is sayin it cause he's always pure scratchin himsel. He sits in front ae me in History an ah'm scared tae lean too far forward in case any ae them leap aff ae his heid ontae mine. He's got pure millions a dandruff anaw: he wears the same black jumper tae school every day an the shoulders are always coatet in it. He sits an taps the side ae his heid wi his pen till it aw faws doon lik a mini avalanche; because he's got dark hair it makes it hard tae see aw the wee nits walkin aboot, yi know thir there though.

Laura Kyle's gettin moved seats cause she keeps talkin. She got tolt the next time she comes in she's tae share a desk wi Colin Kellerman. Laura said she's no daein it. Ah said, Whit yi gaunnae dae then. She said, Ah'll get ma ma up tae the school if ah huv tae cause ah'm no gettin papt next tae that clat bag. Ah said tae her, Dae yi not think yir over reactin a wee bit. She screwed up her face at me lik ah'd jist fartet or somethin an then she an said, Wid you want tae sit next tae Smellerman?

•

Laura wis doggin History the day. We startet a new unit on Changin Public Health in the Eighteen Thirties tae the Nineteen Thirties an the first thing we talked aboot wis Hygiene, an the Eighteen Sixty-Six Sanitary Act. It wis dead borin cause it wis aw aboot water supply an the sewers an the different diseases folk used tae get in the aulden days. Everytime ah looked at Smellerman he wis either pickin his heid, his ears, or his nose.

•

Ah said tae Laura, D'yi think Smellerman really has got nits. Dis a jakey's dug huv fleas. Ah said, Aye but ah thought nits only ever went tae clean hair. Laura jist laughed at me an then she said, Naw Kirsty you're right man, she said, It's no nits he's goat it's mobile dandruff.

Ah didnae know until she tolt me this, but Laura caught nits wan time when she wis a wean before she came tae stay in Renfra. The wee lassie in the next close fae her, her whole family wur laupin wi them an Laura had tae sit next tae her in school. Laura endet up lookin lik somethin oot the concentration camps cause she'd tae get her hair aw shaved aff.

Ah wid hate tae catch nits, cause ma hair's dead thick an wiry, yi widnae be able tae find them so it wid be a pure nightmare tryin tae get rid ae them. Ah mind Nancy the nit nurse fae primary school she used tae come an inspect yir heid wi her big, mad metal comb. Ah hatet the way she always ripped half yir hair oot when she wis daein it, it wis as if she wis tryin tae dig up chunks ae yir scalp. Ah wonder if she actually enjoyed her job, ah cannae imagine anybody wantin tae be a nit nurse.

•

Ma ma wis talkin tae Smellerman's ma in the supermarket the day. Ah nearly faintet tryin tae haud ma breath. When she walked away, ah said tae ma ma, Aw she wis absolutely honkin. Ma ma said, Aye did yi see the clatty fingernails she had. Ah said, Aye. She said, D'yi know whit her job is Kirsty. Ah said, Whit. She said, She's the heid chef at a big posh hotel in Glasgow.

•

Ah don't understaun, ah said. Laura said, Well that's me decidet. Ah said, But why. Laura said, Cause ah don't want nits again. Ah cannae believe your daein this aw cause ae him, ah said tae her. Laura said, Aye well yi'll jist need tae believe it willint yi.

Laura Kyle's best subject in school is History an she got the highest marks in oor class fur the prelim; she got full marks in the General exam an then a two fur her investigation an the teacher's been tryin tae convince her tae sit the Credit test in the actual Standard Grade.

Ah cannae understaun why Laura's went an dropped History aw so she disnae huv tae sit next tae Colin Kellerman. Ah know he's mingin, ah widnae be too happy aboot it either sittin next tae him pure scratchin his heid, but ah cannae understaun why she'd want tae drop her best subject.

Ah tried tae get her tae change her mind but she widnae. Too late, she said, Ah've awready been tae see ma Guidance teacher. Ah said, But whit aboot aw the work yiv pit intae it that's a pure waste is it no. Ah don't care, she said. Yir talkin shite… Ah'm no talkin shite, she said, Ma ma's been up tae the school an ah'm drappin it. Ah said, Ah don't understaun you sometimes. Well ah'm sorry Kirsty, she said, But ah happen tae think hygiene's mair important than spazzy schoolwork.

•

Smellerman's ma said hullo tae me when ah wis staunin at the bus stop this mornin. Ever since that day in the supermarket ah keep seein her an she always talks tae me. Ah wis pure mortified cause Laura an Charlene wur wi me an Charlene kept sniffin the air an sayin, Can you smell fish, an then she'd start gigglin. Ah jist stood there kiddin on ah didnae know whit she wis talkin aboot but Laura wis lik that, Aye ah smell it an it's pure disgustin man. Smellerman's ma didnae seem tae realise they meant her; she'd on a clatty cream anorak an it had broon stains aw doon the front an her fingernails wur still boggin. After we got aff the bus, Laura turnt roon an said, Sumdy should attack her wi a bar a soap.

•

Tommy Campbell burnt Smellerman wi a can a deodorant the day. It wis in P.E. an ah never actually seen it cause it wis in the boys' changin rooms; yi could hear Smellerman screamin aw the way doon the corridor though cause he sprayed it right in his eyes; an later when he reappeart fae the nurse's office ah noticed the skin on wan side ae his face wis pure aw covert in blisters. Smellerman might be mingin a BO but ah don't think he deserved that an ah wisnae the only wan that thought so: evrubdy in oor year (includin Laura) wis talkin aboot it, aboot how much ae a sin it wis fur him, an how Tommy should get expelt or at least suspendet. The weird thing wis though, when Smellerman an Tommy got hault intae Geggy's office, Smellerman said it wis aw a laugh an a joke an that the two ae them wur the besta pals, so they baith endet up wi punis fur thir *stupit carry on*. Ah dunno whit tae make ae the situation ataw: ah dunno if it wis pure stupidity or the fear that somethin even worse might happen tae him that made Smellerman tell a packa lies; at the endy the day it worked oot in his favour cause Tommy's gied him a wide berth ever since an that's sayin somethin cause thir in the same class fur pretty much every subject.

It's weird no seein Laura in History anymair. She's got three free periods a week noo but she has tae sit in the library an study. Apparently, when she wis there this mornin, Smellerman's wee brother's class wur in choosin books cause it's their designated weekly library period. It wis Charlene that tolt me cause she thinks Laura knows she's made a massive mistake droppin oot – especially noo she's been landet next tae the brother who's even mair ae a minger – but she's too stubborn tae admit it.

Ah tried tae talk tae Laura aboot it at lunchtime the day tae try an get her tae ask tae be moved back intae oor class but aw she said wis, Don't *you* fuckin start. She disappeart intae the toilets fur ages afterwards an when she came back her eyes wur red raw; she claimed it wis her hay fever that wis bother her but ah'm no sure ah believe her.

Chapter Forty-Three

BARLINNIE GRADUATES

Wully McCoy wis in *The Paisley Express* the day: him an Bunsen tried tae knock a crate a Irn Bru oot the Bell Street ice cream shop. It says here, said Yvonne, That when the shop owner chased them they stole his wheelie bin as well so's they could get away quicker. That's a loada shite, said Laura Kyle, They didnae steal that wheelie bin it belanged tae Bunsen's maw an by the way, she said, The bit where it says they got caught cause they run intae a lamp post that never even happent.

Ma ma an da wur huvin a field day talkin aboot Wully McCoy bein in the paper. Even though they wurnae mentioned by name cause thir under sixteen, ma ma knew who it wis before ah even tolt her. That yin's a bad bad article, she said, talkin aboot Wully, Ah knew it fae the day an oor he set foot in the Mother an Toddlers' Group cause he used tae batter lumps oot aw the other weans wi his rattle. Ah laughed when ma ma said that cause that jist soundet lik somethin Wully wid dae. Ah'm serious lady you mark ma words, she said, That young William McCoy'll be a Barlinnie graduate before he even turns eighteen.

A Barlinnie graduate is whit ma ma caws folk that've been in the jail. Michele next door, her man's in the jail but we still talk tae her an it never gets mentioned; any time Michele talks aboot Eddie she makes oot that he's workin away even though she knows that we know he isnae. Eddie's a dead nice guy dead obligin an he's a really good da tae wee Lewis; ah don't know whit it wis he actually did an ah'm scared tae ask ma an da in case they shout at me an tell me tae mind ma own business, but it cannae be anythin that serious cause he gets home every so often fur weekend visits. Ah dae wonder though how ah'd feel if it turnt oot tae be somethin dead bad he'd done. Whit lik rape or murder, said Laura Kyle. Shut up ya ghoul you've always got tae think the worst. Aye but whit if it wis, she said, Ah'd jist ask him next time yi see him ah'd say awright pal whit is it you're in fur again.

•

Wully's tae go up in front ae a Children's Panel. It's possible he really might end up gettin took intae Care this time, no so much cause he knocked some bottles ae Irn Bru but cause ae that time him an Tommy Campbell got done fur nickin the letters oot the Porterfield Road post box. Folk lik that they should lock up an throw away the key, said ma ma. Aw Wully's awright, ah said. Awright, said ma ma, Seef a polis ever comes tae ma door tae tell me you've been thievin, she said, Yi'll be beggin fur the jail when ah've finished wi yi cause ah'll cut the bliddy hauns aff yi.

Ma ma used tae threatin me an Karen aw the time that she'd put us in a Home if we didnae behave. Any time we did somethin bad she'd say, That's it yous are gaun tae Bridge a Weir. We'd be pure roarin an greetin an everythin an she'd still pick up the phone an kid on she wis talkin tae sumdy at the other end sayin, Yes yes you can come an get them straight away. Fur years the words BRIDGE A WEIR used tae scare the shit right ootae me; it wisnae until ah wis aboot fourteen that ah fun oot Bridge aWeir wis an actual village where Ally McCoist used tae live an no a halfway hoose fur delinquents.

•

Wur readin this book in English the noo that's cawd Under a Crescent Moon. It's dead good, it's aw aboot this guy that gets caught tryin tae smuggle drugs an he ends up in a Turkish jail. Ah wis sittin there thinkin aboot how good's it that the new series a Bad girls is startin back soon when the teacher gied us aw oot a sheet a paper wi an exercise on it that said:

SUGGESTIONS FOR WRITIN.

Underneath thir wis three different ideas fur the short story we wur meant tae be daein; ah couldnae think whit tae write fur any them so eventually ah jist picked the first yin:

Imagine that yir a social worker who has been sent tae interview a young boy in an attempt tae rehabilitate him. Write a version ae this interview in which yi try tae establish his past an reasons behind his criminal behaviour. Start by thinkin ae some interestin questions you as a social worker wid ask.

Fur some reason, Wully McCoy came intae ma heid. First of all ah wantet ae ask him who the wheelie bin really belanged tae, an also if thir wis any interestin gossip in any the letters that time him an Tommy robbed the Royal Mail. Ah thought it wis genius actually the way they done that, danglin Sellatape doon the post box so's it'd stick tae aw the envelopes then jist rollin it back up again; if it hadnae been fur Tommy's da gettin wind ae it an tryin tae cash some guy's giro that they'd fun, they'd probly a got away wi it.

•

Widy ah think ae that then, said ma da. Widy a think ae whit. Billy Boy McCoy he's in the paper the day fur dangerous drivin, he said. Big deal, ah said, Whit's that got tae dae wi me. Ah'm jist lettin yi know. An yir point is, ah said. An ma point is the whole family are aw nut jobs an ah don't want ma daughter hingin aboot wi his riff-raff son.

•

Ma sister got brought home in a polis car the day cause her an that Carrie Anne Walker got caught shopliftin. They'd been stealin cans a hairspray an deodorant oota Tesco at lunchtime an sellin them half price tae folk in thir class. How could yi, said ma ma, How could yi dae that tae this family. Karen jist sat there drawin her eyes aff the carpet. Dae yi want tae end up in the Cornton Vale, said ma ma. Karen still never said anythin. WELL DAE YI. Karen shrugged, Might be better than this hellhole.

Karen's had her pocket money stopped fur a month. Ah think that's way too lenient cause seef it wis me ah'd a got kept in fur lik a year. Ah'm keepin ootae it though cause the last thing ah said ma ma went an slapped me fur it: aw ah said wis, Magine if Karen did end up in a Young Offenders, ah said, Dis that mean they'd stop yir Family Allowance.

•

Ah got a two fur ma short story in English the day; ah wis well chuffed cause the teacher said ah should try sendin it in as a script fur the Karen Dunbar Show. Ah met Wully after school staunin ootside the bookies waitin fur his auld man an he said ah'd better gie him royalties if it ever gets broadcast. He wisnae in this afternoon cause he'd an appointment wi a social worker. Later, ah asked him whit she wis like an he said, Awright better than the last yin. Apparently, she's arrangin it so's he can go on some respite holiday fur anti-social teenagers.

Chapter Forty-Four

GOOD NEIGHBOURS

Margaret up the stairs is movin. She's gaun tae live in a wee wan bedroom flat doon beside the Hope Dairy. Margaret's been a hell ae a good neighbour, said ma ma, She'd dae anything fur yi so she wid – cut her airms an legs aff tae help yi – an thir's never a dull moment when she's aroon. This is true. Margaret's some wummin. She's lived above us fur eleven year, an she's wan ae the nicest an maist obligin folk yi could ever meet: whether it's the close that needs paintet or the fence oot the back's blew doon, Margaret's always the first wan wi her haun in her pocket makin sure whitever needs done gets fixed. An no only that – she's the life an soul ae the scheme: she runs aw the discos an the Bring an Buy Sales at the Community Centre, an she knows absolutely evrubdy. Folk used tae joke that see if there's a person livin in Kirky that Margaret doesnae know, then she'll soon get acquaintet or they cannae be worth knowin. Wur never gaunae find another neighbour lik her, said ma ma. Naw, ah said, Yir probly right.

Margaret gets the keys tae her new hoose themorra. She says we can go an visit her any time we want, an she's payin ma da tae dae aw her wallpaperin fur her, which wull really help oor family oot cause ma da's huvin tae go on that Job Seeker's Allowance an the money's shite. It'll be weird no seein Margaret floatin aboot; ma ma'll no huv anybody tae talk tae aboot knittin patterns an thir'll be naebdy tae come an interrupt East Enders halfway through the program.

Ah said, Ah wonder who wull get instead. Ma ma said, Ah hope it's sumdy decent. Ah said, Ah hope it's sumdy ma age. Aye ah know, said Karen, It's aw pure pensioners an wee weans that live roon here an it's dead borin. Think yirsel lucky, said ma ma, That yiv never had junkies or basket cases livin next tae yi. That's whit *you* think, said Karen, Ah smelt they herbal fags Margaret upstairs smokes an ah think she's been bammin us aw up sayin she got them oot the health store.

•

Margaret's daughter came wi the removal van at quarter past four this afternoon, jist as ah wis gettin in fae school. She's a funny onion that yin, ma ma said, She disnae talk an she hasnae liftet a finger tae help her poor maw wi they boxes – an Margaret isnae fit fur that. That's terrible, ah said, an then ah wished ah hadnae opent ma mooth cause that wis me volunteered. Margaret wis sittin doon at the bottom ae the close smokin an daein her crossword whilst me an ma da humphed aw her furniture intae the van fur her. Tell yi whit, ah said tae ma ma later, Karen wis right they fags wur weird.

•

Ah used tae like sittin oot the back door in the summer wi Margaret an aw wur neighbours – evrubdy wid say she made the best barbecues: she'd dae baked spuds an baked apples an bananas wi meltet chocolate, no jist burgers. Her an ma ma wid sit oot in the sun aw day when it wis nice weather an drink cups a tea an gab an ah'd go doon an kid on ah wis readin a book, but really ah wis listenin tae whit they wur sayin.

Sometimes it wid be borin stuff they'd be talkin aboot lik *Coronation Street* or the Hallmark Channel (cause the two ae them used tae like watchin *Touched by an Angel* an aw the weepy programs),

237

but other times it wid be dead interestin cause Margaret's been aw roon the world – an even though she's in her sixties, she's pure upbeat an intae loadsa modern stuff.

Sometimes ma ma wid get ma da's auld ghetto blaster oot the cupboard (the wan he uses when he's paintin the fence or diggin the garden) an she'd hing it oot the windae; no dead loud cause Mary across the back dis the night shift, but loud enough yi could get up an dance tae it if yi wantet.

•

A wummin cawd Aileen Davis has moved in up above us. She's got two weans: a boy called Scott that's in first year an a lassie called Sarah that's in primary four. The boy smokes cause ah seen him oot behind the bin sheds.

•

Typical Karen wants tae go up an annoy the new neighbours. Ma ma said, Can yi no wait wan day tae thiv settled in. Naw, said Karen, Ah'm bored. Whibbit yir other pals can yi no go oot wi them. Cannae, she said, Thir aw busy or groundet. Whit they groundet fur, said ma ma. Don't know. Well wibit wee Jenny Lee ah've no seen yi wi her in ages. Karen made a face. Well ah don't care whit yi dae, said ma ma, Slong's yi don't go up tae their door upstair or YOU'LL be groundet.

•

Ah don't like that wee boy, Scott Davis. Ah think he might be a glue sniffer cause he looks the type an he's got a big circle a spots aw roon his mooth. He wis oot in the back garden talkin tae Karen last night but he went away up the stair as soon as ah appeart.

•

Ma da did aw Margaret's wallpaperin in her new livin room. He paintet her skirtin boards an her ceilin anaw, an he made Karen an me strip aw the walls in her kitchen – ah didnae mind but Karen wis moanin; while Margaret's away her holiday in Turkey he's gaunnae tile aw the waws fur her an pit doon new linoleum.

Them upstair huvnae even pit a pair a curtains up yet.

•

Ma ma caught Karen an that wee Scott smokin inside oor cellar. She's groundet Karen an barred her fae hingin aboot wi him.

•

Sumdy pit a firework through oor letterbox this mornin an it burnt aw wur new carpet. Ma ma's pure ragin an she thinks it wis him upstairs cause she tolt his ma aboot him smokin. She cannae prove it though an his ma says he wis in his bed sleepin when it happent.

The other day he went an poured brake fluid aw ower Doogie doonstairs' motor an stripped aff aw the paintwork aw cause Doogie checked him fur climbin on the bonnet. Doogie seen him daein it, an so did him umpteen other folk, but when he went up tae complain tae his maw aw Aileen said wis, Did you dae that Scott, an he said, Naw, an she said, If ma son said he didnae dae it then he didnae dae it.

Apparently, Scott wis expelt fae Castleheid High in the first week cause his behaviour wis that bad. His ma says he's got that Attention Deficit Disorder an so it wisnae really his fault. Ma ma says, That's jist an excuse, she says, If Aileen cannae control him then she should send him tae a place where they can. Ah wisnae sure ah agreed wi her cause ah fun oot recently that Ellen Saint-Vincent fae ma Youth Theatre has A.D.D. an, apparently, she had hunners a problems before she got diagnosed an pit on medication – so it is a genuine medical condition an no as simple as tellin jist sumdy that they need tae behave.

•

Margaret leaves tae go tae Turkey at four a'clock this mornin an she says she'll bring us back somethin nice. She always dis though: the last time she went abroad she brought us aw back lovely chocolates; she got ma ma a boomerang when she wis in Australia anaw an she always brings back aw the Duty Free stuff an sells it tae aw the neighbours fur cheaper than the shops.

Ah wish she hadnae moved cause then we widnae huv tae pit up wi the neighbours fae hell shoutin an swearin an blarin thir music – ah cannae even hear the telly in ma room half the time – an he must kick a baw or somethin against his wall at night. Karen says the noise disnae bother her; she says she hasnae noticed it.

•

Margaret got arrestet at the airport in Turkey. Ah couldnae believe it when ah heard cause it wis in aw the papers, cause apparently ten thousand poun worth a heroin wis fun inside her suitcase. Ma ma kept sayin ower an ower that it had tae be a set up an sumdy'd obviously planted it on her cause Margaret widnae dae that sorta thing.

•

Aileen an Scott wur doon at oor door after school the day an she made him apologise tae ma ma fur settin fire tae the carpet: it turns oot it wis him that done it right enough, cause Aileen fun an empty box a fireworks underneath his bed. She didnae say anythin aboot payin fur the damage though an ma didnae ask, cause ma ma had decidet she didnae really like the carpet anyway an the insurance company had awready said they'd cover it. Ma ma's been a bit mair sympathetic taewards Aileen, an Karen's been tolt she can talk tae Scott but if she pits wan foot oot a line she's finished – this aw come aboot since ma ma wis up at her Parents' Night an the school thinks Karen might have A.D.D. so she's gettin referred tae an educational psychologist!

•

Margaret pled guilty tae the possession an redistribution ae Class A drugs. But only after the polis raidet her hoose an fun bankrolls a money inside her kitchen cupboards and a set a scales that had traces ae an 'illegal white powder.' Nane ae us can quite believe it – ma ma's fully guttet – but she said at least ma da wisnae in daein her hoose up at the time cause he'd probly a been huckult by the Drug Squad anaw.

Ah dunno whit's gaunnae happen wi Margaret cause she's no been sentenced yet an they've let her oot on bail cause she's got a bad heart – me an ma bumped intae her in Tesco but nane ae us said much an it wis aw really awkward. Aw ah could think aboot as wi wur staunin in the fruit an veg aisle, kiddin everythin wis normal, wis they stinky herbal fags ae hers.

Chapter Forty-Five

LISA LEFT LEG

Lisa Left Leg fae Youth Theatre's turnin oot tae be wannae ma best pals. Ah never used tae like her cause she's always arguin wi folk cause she thinks pretty much evrubdy's a bigot ae some kind, but ever since she cracked this joke wan time aboot a wan legget black wummin cawd Hip-hop it jist totally changed ma perception.

Lisa gets cawd Lisa Left Leg cause she's only got wan leg an cause ae Lisa Left Eye Lopez: she's a massive TLC fan anaw, an she tolt me later that she'd made up the Hip-hop joke hersel cause she wantet tae get in there before some other smart bastart. Tae be honest, it never ceases tae amaze me these days how many rude an downright stupit folk thir are on this planet, an how often this lassie has tae encounter them. If thir no askin how long she's only had wan leg fur an whether she had tae huv it chopped aff or wis born like that, thir makin ridiculous comments based on the colour ae her skin. Fur instance, last week, Pamela Sadler asked whit church Lisa went tae because she wis convinced gaun tae Youth Theatre an bein Black automatically meant she must be in a gospel choir. An then that other idiot Lyndon Manderson startet runnin aboot sayin Lisa wis bein a REVERSE RACIST aw cause she tolt Pamela that she wis nothin but an IGNORANT WHITE BITCH. An as if *that* wisnae bad enough, Nicola Buchanan's maw accostet us in the Art Centre Café the same day tae ask whereaboots Lisa came fae.

Truth be tolt, ah said tae Lisa, Ah genuinely did think at first that Nicola's ma wis only askin whit scheme yi lived in cause she thought she knew yir parents or somethin. Did yi see her face, said Lisa, When ah said ah wis born an bred in Foxbar an ma maw's fae Gallahill.

•

Declan Dorans (who ah've fancied ever since we wur extras in that film thegether) asked me tae ask Lisa if she'd get aff wi him. Ah wis pure shattered cause ah know she fancies him anaw but no as much as ah dae, an Lisa had said only aboot an oor before it that she thought *he* fancied *me*. This wis right at the end ae wur workshop, an it wis pure mega awkward cause a group ae us had awready made arrangements tae go tae McDonald's, an the two ae them spent the next forty-five makin eyes at each other behind thir milkshakes.

•

Lisa asked me three times if ah wis awright aboot her gettin aff wi Declan. Ah said ah wis. She said, Are yi sure cause ah don't want tae faw oot wi yi. Ah said it wis fine. Ah thought ah wis fine wi it – ah wis fine at first – cause Lisa's ma pal an she's a dead nice lassie an ah want her tae be happy. But then see when ah seen the two ae them thegether haudin hauns ah jist wantet tae burst oot greetin.

Ah felt pure stupit anaw staunin at the bus stop by masel, whilst the two ae them wur roon the corner finishin aff thir snoggin session; Declan wis meant tae be gettin the five a'clock bus back tae Renfra wi me, but we endet up missin it.

•

Lisa asked me if ah wantet tae go tae the ice skatin. Ah wis in a right crappy mood an ah wis gaunnae say, Is that no a bit difficult when yiv only got the wan leg, but ah never cause ah thought that probly soundet a bit sick. She never even mentioned that Declan wis comin an it wisnae till ah got there an ah saw him wearin his Paisley Pirates ice hockey top an his inline racin skates that ah realised we wur only there tae watch him.

Ah'd never been tae an ice hockey match before. It wis awright. We wur right at the front behind the wee plastic screen, an a couple a times the puck bounced aff it an ah got a fright cause ah thought it wis gaunnae come firin right through an hit me in the mooth. That happent tae a lassie in ma P.E. class when we wur in first year, except it wis durin school an it wis a baw no a puck, an she endet up wi four false teeth.

Declan looked dead sexy durin the game. He always looks dead sexy though. He looked even mair sexier than usual though cause his hair wis aw wet an messed up an his cheeks wur bright pink. Thir's hunners a lassies fancy him jist cause he plays ice hockey: he's jist turnt sixteen an he's the youngest player in Paisley's under twenty-wans team an he's also the wee-est player on the rink.

Ma knees jist aboot gave way beneath me when he walked up tae us afterwards, in front ae aw his wee groupies, an said, Awright Kirsty. Right Declan, ah said back. He wis smilin right at me an ah felt aw pure floaty, an then he went an put his airm roon Lisa.

•

Lisa phoned an said did ah want tae go tae Leisurelnd Arcade tae play pool wi her an Declan. Ah said naw though cause ah didnae want tae be a third wheel. Then Declan phoned an he talked me intae it, an ah spent ages decidin whit jeans an that ah should put on, an then ah felt dead stupit cause it wis only Leisureland we wur gaun tae.

Declan's pal, Ross, a pure spotty geek wi ginger hair wis there anaw when ah arrived an ah wis pure mortified cause it wis obviously a set up; an aside fae the fact that he wis a pure greaser wi nae personality, ah remembert he wis wan ae the wans ah'd seen lappin up aw Lyndon Manderson's reverse racism pish. Lisa knew right away that ah wisnae happy wi the situation cause she pult me doon tae the toilets tae apologise; ah didnae tell her the full story aboot Ross the Ginger Minger cause ah didnae want tae pit her in a downer but ah decidet ah wid tell Declan cause ah thought he should know whit kinda shite pals he wis bringin intae wur company. Me an Lisa endet up in a team against Ross an Declan an we hammert them every game except fur the wan where ah pottet the black.

•

Declan phoned me tae ask whit ah wis up tae. Ah said, How's Lisa, cause ah hadnae heard fae her fur four days. An he said, Fine as far as ah know.

•

He appeart at ma door at half past six an asked if ah wantet tae go oot fur a walk; so we went doon an we sat in the wee swing park in Vennacher Road, an we wur jist sittin there on the swings, an ah could pure see it comin, an then he leant ower an tried tae kiss me, an ah said, Heh whit aboot Lisa.

•

Whit aboot Lisa, he said.

•

Ah felt dead bad aboot the whole episode in the park even though ah never actually done anythin. Ah wantet tae though, but ah couldnae.

Ah phoned Lisa as soon as ah got in. Her mobile wis switched aff though an ah couldnae deal wi talkin tae her answerin machine.

Ah left it for half an oor an then ah phoned her again an it wis still switched aff so ah left a message sayin, Phone me back. Ah didnae even know whit ah wis phonin fur or whit ah wis gaunnae say.

Then oor hoose phone rang an ma ma answert it an it wis a withheld nummer an then it went again an ah answert it. Who is it, ah said, But naebdy spoke. WHO IS IT. Whoever it wis pit the phone doon.

•

When Lisa Left Leg finally phoned me back, ah'd lost ma bottle an ah couldnae get the words oot tae tell her aboot whit happent wi Declan. She wisnae very talkative an ah said, Are yi awright, an she said, No really, an ah said, Whit's up, an then she made this big sighin noise doon the phone.

Is it somethin tae dae wi Declan, ah said. Well you'd know, said Lisa. Ah wis totally thrown by her comment an ah wis sittin thinkin tae masel, Ah'd know whit, when she made another big sighin noise. Anyway thanks a lot Kirsty, she said, Some pal you turnt oot tae be. Ma stomach wis daein pure dodgy things at that point cause ah knew that Declan musta tolt her aboot whit happent in the swing park. Then again, why wid he unless he'd been makin up fairy tales, cause ah tolt him tae bolt. Anyway, she said, Yi'll be pleased tae hear that Declan's dumped me. Shut up, ah said, Why wid ah be pleased. Aw Kirsty why don't yi jist admit it, she said, Yi stole ma boyfriend ya two-faced cow.

Well, for a start, ah don't like bein called two-faced an ah don't like been called a cow cause ah'm nane ae them. An anyway, Lisa wisnae even gaun oot wi Declan: she wis only gettin aff wi him an that meant the two ae them could get aff wi whoever else they wantet tae. Ah still wid never've done anythin wi him behind her back though; but then she shoulda known that if she wis any sorta pal. An ah made aw that perfectly clear, right before ah slammed the phone doon on her.

•

It wis weird gaun tae Youth Theatre an no hingin aboot wi Lisa. Declan wis there anaw an he avoidet me lik the plague. Me an her got put intae the same group fur wan ae the exercises we had tae dae an thir wis an atmosphere an ah think ah lot ae other people noticed it.

How yi no talkin tae Lisa, said Pam Sadler, the nosey cow. Whit, ah said. How've yees fell oot fur. She said it durin the break an she looked right ower at Lisa, who wis sittin hersel, an she made it really obvious that she wis talkin aboot her. Why don't yi jist mind yir ain business, ah said. She jist stood there starin at me an ah felt lik sayin, Fuck off, but ah never. So Kirsty, she said, Whit's happnin wi you an Declan Dorans.

Ah walked away fae Pam cause ah felt lik ah wis gaunnae slap her, an ah went ower taewards Lisa an ah said, Ah'd like a word wi yi. Why, she said, Whit aboot. Yi know whit aboot an ah want it sortet oot noo.

Declan walked past while me an Lisa wur sittin ootside on the wall. C'mere a minute, ah said. Cannae, he said, Ah'm in a hurry. C'mere two seconds, ah said, but ah knew whilst ah wis sayin it that he widnae dae it cause he's a wee shite bag; ah don't know whit ah ever saw in him cause he's no even that good lookin an his hair's lik a burst couch.

Pam an Lyndon come ootside an they stood mumblin in a corner, an they kept lookin ower at us. D'yi want a picture, shoutet Lisa, Ah dae autographs anaw. The two ae them walked away in the huff.

Ah'm sorry, ah said. Whit fur. Ah don't know, ah said. An we baith burst oot laughin.

•

Lisa Left Leg went up tae Declan Dorans in front ae a whole load a folk fae Youth Theatre an poured a McDonalds milkshake ower his heid. His face wis priceless cause he didnae even see it comin an she got it aw doon his neck an his back an in his ears an everythin; it musta been freezin cause it wis wan ae they ice cream wans.

Aw his pals wur pure takin the piss oot him an some ae them wur clappin an aw he could say wis, Yi better run ya peggy leg bitch. Me an Lisa wur rootet tae the spot though, an we could not stop laughin.

Chapter Forty-Six

ANTI-SOCIAL

Ah hate MySpace an Bebo an aw that shite. Ah don't dae bloggin an ah don't dae Messenger, an ah'm no wan ae these fannies that spends half thir life rearrangin the order ae thir stupit TOP SIXTEEN FRIENDS list.

Aw ma pals are pure obsessed wi social media, an yi cannae huv a conversation wi them these days withoot them mentionin thir OTHER HALF or thir HOW WELL DAE YI KNOW ME quizzes – an if yi ask me it's actually quite anti-social. Harpreet's the worst culprit though: every time ah speak tae her she's either been writin her LiveJournal or daein somethin wi WIDGETS whitever they are; or if she's no daein that she's readin sumdy else's LiveJournal or SHARIN THE LUV wi some random on Bebo.

Ah got an email fae Harpreet the day. Her new address is: a bumble bee ate my maths jotter at over the rainbow dot com. Ah huvnae seen her since first year since she moved away tae Penrith, but we talk tae each other aw the time, an she keeps sendin me aw these links tae her video diary, which is maistly jist her tellin jokes aboot her life as a Scottish-Asian Sikh livin in England.

This mornin's video wis different fae usual though: She'd named it THE REAL SLIM SURI. At first ah thought it wis jist her clownin aroon dressed up in a baseball top wi loadsa bling an a turban on her heid, but then the music come on an she startet daein her ain version ae Cleanin Out Ma Closet:

Have yi ever been hated or discriminated against?
Ah have, ah get ma accent mimicked daily an jokes made at ma expense

Girls an boys wi their bigoted minds talkin bull
Sikh's a dirty word for the motherfuckin kids at ma school

What's this commotion says the teacher as ma tears are explodin
Temper's flarin inside me but ah blow her off an say nothin

Cause nothin ever happens tae the bullies an the racists
Cept a crappy tellin off an a slap on the wrist...

•

Harpreet's rap has gone viral. Evrubdy at school's been talkin aboot it includin aw the teachers, an even ma sister knows the full spiel. Thir wis a big group ae us fae the stairs – aw the wans that knew Harpreet fae first year includin Charlene an Kelly Marie – aw crowdet roon the library computer watchin it at interval an nane ae us could believe that so many people had seen it. Tae be honest though, seef yi'd tolt me three year ago that Harpreet Kaur – wee shy Harpreet – who sat there an took evrubdy's shite wid make a pure provocative music video aboot racism, ah'd a been like, Aye bolt ya rocket.

Of course, aw the wans the wur there had an opinion on it. She ought tae stick tae makin popadoms, said Kelly Marie, as soon as it wis finished. Harsh, said Charlene, Ah hink she's got some baws pittin herself oot there lik that cause ah certainly widnae. Well it doesn't even rhyme properly, said Nicola Buchanan. Yeah, said Heather Fisher, An her delivery's terrible. It wis awright, said

Chris Rice, But ah've seen better.

Ah thought it wis good. Ah thought it wis the best video she'd made so far. Fair enough she coulda worked on the lyrics a bit mair, an she coulda maybe spoke slower an got a slightly better backin track, but overall ah thought she'd done well. An ah thought it wis a nice touch that she'd pit the lyrics underneath in baith English an Punjabi.

Ower a hunner folk had left comments fur her: there wur a couple a nasty bastarts tellin her tae go back tae Paki-land etcetera etcetera, but maistly folk wur positive. Ah tried leavin a comment after evrubdy else had left, but yi had tae huv a profile an it took too long tae set it up an then the bell went an Miss Thin chased me.

●

Ma da's bought us a computer oota PC World. It's fur me an Gremlin Features tae share. He seems tae think that this'll help her settle doon an dae her schoolwork – ah don't think so somehow though, cause aw Karen's interestet in is chattin tae her pals an chattin up random boys, an probly she'd be wan ae these idiots that gets mixed up wi a paedo.

Wuv never had a computer at home no unless yi count ma da's antique Nintendo that's been in a box somewhere fur years. At first ah though it wis gaunnae be cool tae get a real wan, cause maybe ah'd finally be able tae unnerstaun whit evrubdy at school wis talkin aboot aw the time – but naw. The thing arrived an it wis the maist basic budgeted computer ah'd ever seen: it had a pure auld fashioned screen an ah think ma da musta time travelt back tae the nineteen eighties tae get it. Ah thought at least ah'd be able tae watch Harpreet's video again wioot Miss Skinny Pins breathin doon ma neck – but naw – it kept pausin every five fuckin seconds cause it turns oot the internet my parents got is pure pish, an plus ah can only use it when ma ma's no on the hoose phone.

●

Karen got an official puni the day cause when her class wur in the library her an Carrie Anne Walker got caught tryin tae post a message on the Trinity High School webpage that said, FUCK THE POPE. Miss Thin says thir lucky the polis didnae get involved cause sendin malicious messages tae folk is a criminal offence. Ma ma an da wur pure ragin, an ma ma went on an on at some length aboot that fitba player that wis in *The Paisley Express* recently that got done fur callin another fitba player a Fenian bastart on the internet.

Aw Karen could say in her defence wis, It wis jist a joke. Personally, ah think it wis aw blawn ootae proportion an thir wis a lot worst things she coulda been daein – plus ah hate the pope cause he's a miserable homophobic auld bastart. Ma parents didnae see it that way though, so that's her banned noo fae usin the new computer.

•

Harpreet's video has been up less than a week an it's got four-hunner-an-twelve likes an three hunner an ten comments, an half ae the comments are fae folk she says she doesnae even know. Ah finally managed tae watch it aw the way through again, an ah've copied it ontae ma ain Bebo page. Ah've told aw ma pals that if anybody says anythin negative aboot it then that's them automatically aff ma pals list; ah fun oot yi can privatize yir page so folk cannae see what yir sayin so ah've did that anaw, because ah don't want nosey bastarts knowin whit ah'm up tae. Ah've also made a Bebo page fur Gizmo an pit up pictures ae him. That wis Karen's idea; ah thought it wis a bit weird at first, but folk seem tae be right intae it an noo the dog has mair internet pals than me.

•

Ah wis talkin tae Harpreet on the web cam an she wis pure pleased aboot how it's aw gaun cause aw these strangers huv been sayin tae her online that she's a pure inspiration an they wish they had the guts tae dae whit she did; noo she wants tae make another music video – an East meets West version ae The Billy Boys song.

Ah dunno aboot that, ah tolt her, Ah think that's takin it a bit

251

far. It'll be so funny, she said, Ah could wear an orange sash round ma head an a Rangers football top an put on a really strong Glaswegian accent. Ah said tae her, Ah jist don't think it's a good idea.

Ah don't know whit it wis – ah wis right behind her on the bigotry front cause ah'd seen the way folk at school used tae treat her, callin her a Black bitch an Punjab an aw the rest ae it, an ah think she wis dead brave tae speak oot aboot it – but the idea ae her makin a video that took the piss oota white Scottish proddies (no matter how stupit an narra mindet ah thought they wur as an organisation) jist didnae sit right wi me.

The day ah wis back in the library typin up ma History investigation, an ah wis still thinkin aboot it aw, thinkin aboot how maybe ah wis secretly a racist anaw on some level, when Charlene an Kelly Marie come runnin up. Huv yi seen it, shoutet Charlene. Seen whit, ah said. Yir wacky paki pal, said Kelly Marie, She's fuckin done it this time. Who you callin a paki, ah said tae her. Kelly Marie jist ignort me. Check it oot, she said, then she shoved me oot the way so's she could get tae the keyboard.

Harpreet's new video had over a thousand comments an less than ten percent ae them wur complimentary. Ah logged onto her video diary after ah got home an ah read the full fourteen pages ae abuse anen ah endet up wishin ah hadnae.

•

Harpreet's took her website doon. Ah tried tae talk her intae resurrectin it because maist ae her videos wur really funny an clever an ah widnae know half the things aboot Sikh humour if ah hadnae watched them, but she widnae listen. She says she's never gaun on the internet again except tae email me.

Ah tolt ma ma aboot it an she said, Maybe that's the best idea hen, an then she banned ME fae gaun online fur the rest ae the week cause she said she wis fed up no bein able tae use the phone.

Chris Rice an Nicola Buchanan huv baith made thir ain music videos. Chris dressed up in his sister's school uniform an a really bad wig an sang Hit Me Baby One More Time, an it wis actually pretty hilarious. Nicola sang a Bette Midler song – an ah'm honestly no sure if it wis meant as a piss take, but it's the worst thing ah've ever seen on the internet.

Chapter Forty-Seven

EXPERIENCED

Laura Kyle an Bunsen are makin everywan want tae vomit. Aw they ever dae is sit an snog the face aff each other, an they don't care whose company thir in. The other day Laura wis roon at ma hoose daein homework when Bunsen appeart an ah didnae want tae no let him in; aw they did though wis sit an slabber aw ower each other as usual an yi could pure see thir tongues poppin oot thir mooths.

Laura an Bunsen huv been daein it fur one year, one month an three days noo; the reason ah know that is cause Laura tells me nearly every day how long it's been since she lost her virginity tae him. It wis Valentine's night, said Laura, An it wis dead romantic cause ma maw went an helped me cook spag bog fur him comin ower an she gied us a bottle a wine an let us huv the hoose tae wursel. Ma ma wid've cracked up if she fun oot ah'd slept wi a boy when ah wis fourteen. She widnae even've let me in ma room masel wi a boyfriend – never mind provide the bed an breakfast.

Apparently, Bunsen keeps a diary wi aw the dates ae when Laura takes her period, it's so's he knows the best times tae avoid her when she's gaunnae be in a bad mood (cause she turns intae a right P.M.T. bitch sometimes). That's whit Laura says it's fur anyway.

Aye right, said Charlene, If yi believe that yi believe anything – any money it's so he knows when he can an cannae get his hole.

•

Chris Ross an Chris Russell wur gaun roon askin aw the lassies in oor English class the day how experienced they wur; it wis durin library period an ah wis sittin wi Yvonne an Charlene when they come up tae oor table an startet noisin us up. So huv yi, said Chris Ross. Never you mind, ah said. Wull've yi ever gied a guy a –

Shut up, ah said, an ah went pure bright red an kiddet on ah wis readin ma book. Aye, said Chris Ross, Ah bet that Kirsty Campbell's a right wee dirty. Aye ah've heard the stories, said Chris Russell, Her an that Charlene Broon up the Sheepie Park –

Naw that wis your maw, said Charlene. His maw, said Chris Ross, His maw's deid that's pure sad slaggin aff his maw. Get yirsel tae fuck, said Charlene. Talkin aboot maws, said Chris Ross, Ah heard Charlene's maw's got baws an her da likes it.

•

The night when me an Yvonne an Charlene went tae the Lagoon Swimmin Baths, Bunsen an Laura came wi us an they got pult up aff the life gard fur snoggin in wan ae the cubicles. Chris Ross an Chris Russell wur there anaw an they wur pure actin smart as usual; Chris Russell wis wearin a pair a white boxer shorts an when he jamp in they went see through an yi could see absolutely everythin.

Chris Russell has got a massive dick. Yi couldnae help but notice. Aye, said Laura, But dis he know whit tae dae wi it. Laura's always talkin aboot whit she's done wi Bunsen's dick. She says thiv done it in her bedroom, on the flair and in the bed, an wan time they even done it up on top ae her chest a drawers.

Aye, said Laura, Yi shoulda seen me tryin tae explain tae ma maw how come ah needet new wans. Widyi mean, ah said. Well dae ah need tae paint yi pictures, she said, Ah wis on ma back giein it yeeha on tap ae the –

Right ah get yi, ah said, ma face pure turnin aw colours. That's whit ma maw gets, said Laura, Fur buyin crappy B an Q stuff.

Chris Russell wis allowed back in the pool, but only cause he took a len ae a pair a shorts aff the lifeguard. They wur flourescent orange an yi could see them pure glowin under the water an they had wee green snakes on them. Ah think that's the quietest ah've ever seen Chris; Laura an Charlene wur takin the piss oot him aw night after that; they kept shoutin, HEY RUSSELL GIES A GANDER AE YIR SALAMANDER. Ah didnae get the joke at first, an ah had tae look up SALAMANDER in the universal dictionary jist tae check that ah wis right; ah wis: it's no a snake ataw it's a lizard.

•

The new word ae the week in oor school is BEEF:

So who yi beefin noo.

When wis the last time yi got beefed.

D'yi hear aboot Laura McNish lettin that guy fae Trinity beef her roon the back ae the pivvy.

Ah wish everywan wid stop sayin it cause ah think it's a pure mingin word; it's a million times worse than sayin SHAG, or, SCREW, or even sayin yi, FUCKED, sumdy is better than sayin yi beefed them.

•

Linsey Jackson fae ma Art class popped her cherry on Saturday. Apparently she did it on the front steps ae the Paisley Abbey in broad daylight wi this guy who's in fifth year at Castleheid High. She wisnae gaun wi him or anythin an she's nae plans tae see him again, an she hadnae even been drinkin.

•

Kelly Marie Walker says she's gaggin fur it cause she hasnae been wi anybody fur three weeks. The last person wis a guy a thirty that she met in Carnegie's an she says he was crap.

•

Ah'm sick a hearin aboot who's daein whit wi who.

•

Charlene wis lookin at Position ae the Fortnight in *More* magazine durin R.E. the day. Aw gaunnae pit it away, ah said. Then Chris Ross an Chris Russell stole it aff her an widnae gie her it back. Yi lookin fur tips or somethin, said Charlene.

Ah don't need tips darlin, said Chris Ross, grabbin at his baws, Want me tae show yi. In yir dreams, said Charlene. Ah wis dead embarrast specially since we had that supply teacher, Mister Winters, the wan that everywan says is a pure perv, an he kept lookin ower at us sayin, Settle down ladies, an, The next person I see talkin will be writin out the Book of Genesis.

Ah tried tae ignore them aw, an ah opent up ma *Livin in a Plural Society* textbook; ah wis aboot tae start daein the questions aboot Muslim folk when ah noticed some clown had drew a dick an a big hairy pair a baws at the corner ae page seventeen.

•

Thir's a rumour gaun aboot that Laura Kyle's pregnant cause she wis spottet gaun intae the Family Plannin Clinic yesterday after school; it wis Yvonne that tolt me an she heard it aff Lauren Hill who heard it aff Linsey Jackson who seen her when she wis doon there gettin the mornin after pill.

Is it true, ah asked her. Kirsty getta grip man, said Laura. She smirked at me an opent up the front pouch ae her school bag an showed us a big pickamix bag fulla condoms. She took wan oot an she ripped aff the wrapper an she pit the thing up tae her mooth an blawed intae it. Whit yi daein, ah said tae her, That is vile so it is. Laura jist laughed an ah tried no tae look at her wi this big pinky colourt johny stuck tae the end ae her lips lik some kinna sausage-shaped Hubba Bubba bubble; ah felt aw embarrast cause the only time ah'd ever seen an actual condom ootside the packet wis on an advert on the telly. Wan time ah wis in Superdrug lookin fur sanny pads an they'd rearranged aw the shelves, an ah kept endin up back roon at the bit where aw the Durex wur. Heh

Kirsty, said Laura, Got a joke fur yi, she'd stopped blawin an she wis haudin the thing up lik a balloon, Why did the condom fly across the room. Don't know. Cause it got pissed off.

That guy fae Trinity that Laura McNish wis meant tae've done it wi, supposedly, he pit a condom on but it slipped aff half way through an got lost up inside her. Ah don't know if that's true but that's whit he wis tellin folk but McNish willnae admit tae it.

So yi can tell aw they bampots that ah'm aboot as pregnant as a lesbian nun, said Laura, lettin go ae the condom so that it whooshed away across the road an intae sumdy's garden. Lesbians can still get pregnant, ah said tae her. Aye but nuns cannae.

She looked at me pure funny when she said it an ah thought she wis gaunnae say somethin else but she never. Ah'm no gay, ah said, Jist cause ah'm no experienced. Naebdy said yi wur, said Laura. Well ah'm jist sayin.

Laura put her airm roon me an said, Kirsty ah've got news fur yi hen, she said, Yir no the only wan. Widyi mean. Yir no the only wan in oor class that's no dunnit. Aye whatever. Ah can name at least six other folk, she said. Aye right Smellerman an who else, ah said.

We baith laughed an we linked airms an walked back intae school lik that. Ya perra lezzies, said Chris Ross. Aye, said Chris Russell, Moan let's see yees snoggin. There's too mair candidates fur yir list, said Laura.

•

Laura wis right, ah'm no the only wan. Ah wis huvin a conversation aboot it wi some ae the lassies in ma P.E. class an only wan person said they'd went the whole way wi a guy. Yvonne's no done it either an she thinks the same thing as me: that yi should wait till yi meet sumdy special an yir in love wi them an stuff.

Ah had a word wi Laura aboot her an Bunsen an she did say she'd try an calm the beans when other people wur aboot. Anyway, apparently Bunsen's ma thinks thir spendin too much time thegether.

Chapter Forty-Eight
NAE SHAME

Miss Gillis fancies Mister Anderson. Yi can well tell the way she carries on whenever he's aboot: pure battin her eyelashes at him lik thir a pair a butterfly wings. Miss Gillis is built lik a Coca-Cola bottle an she's spent that much time on the sunbed yi'd think she wis wan ae they oompah loompahs affae Willy Wonka; ah'd love tae dae somethin wi that hair ae hers anaw cause it's neither straight nor curly an it jist sits there in that mad ponytail daein absolutely nothin fur her – it's lik straw hingin oot a bin. She thinks she is somethin tae, but maist ae the lassies in ma P.E. class agree wi me that she's got nae chance wi Mister Anderson, cause he's lovely an she's lik somethin oota *E. T.*

We hud basketball first thing after the break the day an oor class wis in daein it wi aw the boys. Mister Anderson wis takin it an so wis Miss Gillis an she wis pure fawin ower hersel nearly breakin her neck tryin tae get his attention: every two minutes she kept blawn her wee whistle an tellin us we wur daein things wrong, an then she'd take the baw aff sumdy an ask Mister Anderson tae demonstrate where wis the best position tae pit yir hauns – Mister Anderson pure looked lik he was aboot tae spontaneously combust every time she spoke tae him an nae wonder cause she's got nae shame ataw.

Ah'm no sayin wimmin shouldnae ask guys oot or flirt wi them or take the initiative, but huv a wee bit a dignity at least.

Ah said tae Charlene, Yi'd think she'd get the message by noo that he's no interestet cause every time she goes near him he kids on he's busy daein somethin else jist so he disnae get landet wi her.

Charlene says we should try an set her up wi Mister Winters. He's an auld perv, she said, He'd take anybody.

•

Miss Gillis gied me a puni the day cause ah forgot ma trainers an it wisnae even ma fault, it wis cause ma ma had pit them in the washin machine the other night. She's always pickin on me fur nae reason an ah seriously think it's cause she's jealous cause ah get on dead well wi Mister Anderson.

•

Ah used tae like P.E. anaw. Ah wis gaunnae take it as a Standard Grade, but thank god ah never though, cause ah couldnae go an extra four oors a week listenin tae Jealous Gillis' pish. The day we wur daein the high jump an ah kept tippin the bar wi ma arse every time ah jumped an ah kept knockin it doon.

Ah wis wearin these wee Zola Budd shorts that ma ma had jist bought me oot the catalogue an they wur quite revealin (which is why ah'm refusin tae ever wear them again), an Gillis kept shoutin, LIFT YIR BOTTOM A BIT HIGHER KIRSTY. Because ae her, ah got dead self-conscious an ah couldnae concentrate an ah endet up misjudgin the bar an whackin ma mooth aff wan ae the metal poles the way ah landet.

Ah'm mortified pure walkin aboot wi a face lik a hamster. Ma cheeks are aw swoll away oot an three folk've asked me the day if ah've got the mumps. Chris Ross saw me, an he made a rude gesture wi his tongue, pushin it in an oot his left cheek pocket whilst shakin his right fist back an forth at the other side ae his face.

•

Ah couldnae dae the relay races the day cause ah'd a pure sore stomach cause ah'd just taen ma period. Ah tried tae say it discreetly tae Miss Gillis but she had tae go causin a big palaver pure moanin the face aff me pure announcin it so the whole class wid know.

As if that wisnae bad enough, a sanny pad fell oot ma bag when ah went in tae get ma pencil case so's ah could dae ma French homework, an it happent right at the same time as Mister Anderson's class wis comin oot tae dae athletics. Ah didnae even notice it at first cause it landet right at ma feet where ah wis sittin at the side ae the red blaze pitch; it wis Tommy Campbell that saw it, an he picked it up an kiddet on he wis daein the shot putt an the rest ae the boys aw startet laughin.

Sponsored by Kotex, he said in a stupit voice, Look it's got wings. Ah hid ma face behind ma text book an kiddet on it wis nothin tae dae wi me.

HEH KIRSTY YI NO WANT YIR FANNY PAD BACK,

he shoutet. Naw, ah said, Yir awright.

Ah hink he is beefin her by the way, said Charlene. Whit, ah said. Mister Anderson's beefin Miss Gillis, she said. Aye right, ah said, In her dreams. The only beef that Jealous Gillis is likely tae be gettin fae this school comes aff a hot plate in the canteen an is served wi mashed totties, peas an carrots. Yi jist widnae touch her if yi wur a guy, ah said, Widdint yi no. Naw, said Charlene, No unless yi wur partial tae huvin mobile dandruff in yir baw hair.

Chris Ross an Chris Russell think that Gillis is pure gorgeous but ah really cannae see where thir comin fae ataw.

They kept starin at her every time she walked past them the day an three times Chris Ross went an flung the shot putt in the opposite direction fae where he wis supposed tae. See if ah wis them ah'd shoot ma dick aff fur even thinkin she wis nice lookin.

•

Me an Charlene saw Miss Gillis when we wur in the supermarket gettin vegetable stock cubes fur ma ma. She wis gaun doon the aisle where aw the toiletries an the hairspray wis an we hid behind wan ae they big metal cages that they use tae pit the stock oot. Ah don't know why we did it, it wis Charlene's idea an ah went alang wi it cause ah wantet tae dae ma nosey, she wis staunin at the bit where aw the condoms wur an we thought it wid be funny tae find oot whit brand she wis buyin.

WOOTWOO, shoutet Charlene, SO MISS HAS HE GOAT A BIG WAN. Gillis turnt roon but she didnae see us behind aw the big boxes ae toothpaste an sanny pads that wur sittin inside the cage. WOOTWOO. Char-lee-ene gaunnae you shut up, ah whispert. Naw, she said, It's funny. She startet wolf-whistlin again an thir wis naebdy else up that aisle so aw Gillis had tae dae wis open her eyes an look behind the cage an we'd a been well caught. Char-lene, ah said, You're a pure brass neck gaunnae stop it. YI SHOULD TRY THE CHOCOLATE FLAVOURT WANS MISS, she shoutet, IT'S MEANT TAE BE LIK EATIN AN AERO. Char-lene. Och Kirsty you're a pure bore. Gaunnae jist come on, ah said. Fine then, she said, Ah couldnae even see whit kind she wis gettin anyway.

We watched Gillis disappear doon the next aisle wi her trolley; it wis aw fulla wine bottles an bottles a vodka an thir didnae seem tae be anythin else in it apart fae drink. Alky bitch, said Charlene, Wait tae ah tell evrubdy at school. Mibby she's huvin a party, ah said, startin tae feel sorry fur her cause her reputation wis takin some poundin. Naw ah doubt it somehow, said Charlene, She's got nae pals.

•

Miss Gillis wis bein extra specially nice tae me durin badminton the day an ah couldnae work oot why. It wis weird cause she didnae even pull me up aboot the hole ah accidentally made in the net where the shuttlecock went an got stuck an she stood an watched me daein it.

Kirsty, she said, when ah wis aboot tae go an get changed, Missus Stevenson would like a word wi you in her office. Right, ah said. Ah wondert whit she wantet. Missus Stevenson wis the heid ae the P.E. department an wan ae the nicest teachers in the school, but fur some reason ah had a pure bad feelin aboot whitever the word wis aboot.

•

Charlene wis jist leavin Missus Stevenson's office when ah went in an her face wis lik thunder. She didnae even make eye contact wi me an ah think that's how ah knew it wis aboot the supermarket an that ah wis in big trouble.

Shut the door please, said Missus Stevenson as ah walked in. Take a seat Miss Campbell, she said. Ma hauns an knees wur aw pure shakin an ah could feel the tears aw wellin up in the back ae ma throat as ah sat doon. What the hell do you think you wur doing, said Missus Stevenson, Stalking a member of my staff.

•

We wur caught on CCTV. Miss Gillis didnae even want tae report it though she knew fine who it wis, cause she heard me sayin Charlene's name an then she seen us at the tobacconist bit as she wis leavin the shop. It wis the security guard that grassed us in an haundet the video tape intae the school. We wur still wearin wur uniforms.

Kirsty, said Missus Stevenson, You should be ashamed ae yirself. She didnae say it in a pure ragin voice, she said it quite calm. Ah think that wis whit made it worse.

Ma heid wis pure spinnin an ma face wis gettin redder an redder as she went on an on aboot how disappointet she wis in me an how disappointet ma parents wid be if they knew.

She asked me how ah'd feel if sumdy follied me roon the school an shoutet abuse at me. Ah didnae even huv an answer fur her cause ah knew if ah opent ma mooth ah'd start greetin.

Then finally she said, Kirsty what ah'd like you to do is apologise to Miss Gillis. That's when ah burst intae tears. She said, Miss Gillis was deeply upset by this episode – she couldn't believe that two of her female students could behave in such an appalling manner.

Ah startet greetin even mair.

•

Ah wis surprised we didnae get suspendet or even an official puni or wur parents phoned or anythin. Me an Charlene apologised tae Miss Gillis tae her face an that wis it, endy story, nothin else wis said aboot it. Ah felt dead guilty though the next time ah went intae P.E. an ah made an effort tae try an folly aw her instructions. Ah got the impression that she wis tryin tae be nicer tae me anaw.

•

Miss Gillis come intae school in Mister Anderson's car this mornin. The two ae them had black circles underneath thir eyes an they baith looked lik they'd been dragged through a hedge backwards. Any money he's beefin her, said Charlene. Who cares, ah said. Me ah'm gaunnae ask him. Charlene gaunnae jist leave it, ah said. How. Because jist gaunnae forget it. But how. See you, ah said tae her, Huv you got absolutely nae shame.

Chapter Forty-Nine

UP THE DUFF

Charlene's pregnant. She tolt Laura Kyle an Laura tolt Bunsen an then Bunsen went an tolt half a fourth year. Ah felt dead stupit cause ah'm meant tae be wan ae Charlene's best pals an the first ah knew aboot it wis when we wur aw in the dinner hall an Duffy an his mad squad startet singin, CHAR-LENE BROON KNICK-ERS DOON, an Charlene run oot the place greetin.

Charlene's been actin weird fur ages; ah cannae believe ah never worked oot whit wis wrong wi her. She's been sayin that she's fat an ah had noticed she'd pit on weight – no pure hunners but she's been gettin a bit ae a belly – an ah'd heard her bein sick in the toilets at the interval the other day, but ah wis mair concerned that she might be turnin bulimic again.

Duffy's sayin the wean isnae his. Whose is it then, said Laura Kyle, Cause she didnae get pregnant aff a lavvy seat. Wull it's no mine fur a start, said Duffy, Ah widnae touch that wee mink wi sumdy else's. Heh that's no whit yi telt me an Bunsen, said Wully McCoy, Wibbit that time in the games hall cupboard. Aye Christopher don't gies it, said Bunsen, Who's the daddy. Laura tolt Bunsen tae shut it then ah tolt them baith tae shut it then ah said tae Wully, Whit aboot that time in the games hall cupboard. Use yir imagination Kirsty, he said. Ah thought aboot it fur a minute an then ah said, Naw ah don't think so Charlene widda tolt me. Wully gied me a pure funny look an then he said, Musta ben an immaculate conception then eh.

•

It wis pure silent roon the stairs at lunchtime. Me an Wully wur no talkin an Charlene an Laura wur no talkin an Laura an Bunsen wurnae talkin either an it's cause ae that wee rat Christopher Duffy. Ah finally got Charlene tae come oot fae hidin in the toilets when they two muppets, Hekyll an Jekyll (also known as Chris Ross an Chris Russell), went an walked past. Hey Chrissy d'yi hear aboot that Charlene Broon the dirty midden, said Chris Ross, dead obvious so's evrubdy'd hear him, Ah heard she's up the duff. Naw Chrissy man ah hink yi heard wrang, said Chris Russell, It wis wee Chris Duffy that goat it up her.

•

So whit yi gaunnae dae then, ah said tae Charlene. Well fur a start ah'm gaunnae boot that cow Laura Kyle's hole an then see her boyfriend ah'm gaunnae –

Ah'm no talkin aboot that, ah said. Whit yi talkin aboot then. Charlene, ah said, Don't try an come the innocent it's a bit late. Widyi mean, she said. Well fur a start yir nearly five months pregnant in case yiv forgot. Naw ah've no forgoat, she said, How can ah when the wee bastart keeps kickin me. So whit yi gaunnae dae, ah said, pittin ma airm roon aboot her. Dunno, she said, Mibby take a long walk aff a short pier. Ah asked her if she'd tolt her ma yet. She said she hadnae. Widyi think she'll say, ah said. Charlene shrugged. Well *she* cannae exactly talk, she said. Naw, ah said, Ah guess not.

Charlene's ma wis only sixteen when she had Charlene's big brother Barry. She wis wi her boyfriend fur another four year before he shot the craw when he fun oot she wis pregnant again. Charlene's never met her da. Aw she knows is his name's John

McGillicuddy, an his last known address is somewhere in Feegie Park. As far as she's aware she's also got two half-brothers on his side that he previously abandont. But, she says, Thir's a possibility thir could be mair. She used tae talk aboot runnin away an livin wi John McGillicuddy; right after her ma married Iain Broon she hit oot wi that quite a lot. That's it, she'd say whenever her ma groundet her or Iain said somethin she didnae like, Ah'm gaun tae Feegie tae stay wi ma real da. She never did though. That's cause ah knew deep doon he widnae want me there, she tolt me. Ah'm sorry, ah said. Sno your fault ma da's a massive cunt. Ah know, said, But it still sucks. That's life though innit, said Charlene.

•

We watched this thing in Guidance aboot American teenagers who aw got gied eggs as part ae an experiment that wis meant tae prevent teenage pregnancies. They'd tae each take thir individual egg everywhere they went an kid on it wis a wean they wur lookin after. It wis a lot a shite though – totally unrealistic – an wid never huv worked wi oor class: ah could jist imagine Tommy Campbell flingin the eggs at folk; he'd probably shout, HERE HUV AN ABORTION, or somethin truly vile. Ah think the teacher even knew we wur a lost cause which is why she never got us tae dae it – dunno why she bothert wi the video right enough.

•

Charlene's ma wis awright aboot her bein pregnant; she didnae seem too surprised. Aye but that'll suit her, said ma ma, Cause she'll huv her live-in babysitter twenty-four oors a day noo. Ah hadnae thought aboot that; Charlene's ma an her stepda are never done gallivantin an it's always her that's left wi her sister. Ah don't know how she copes wi it aw: gaun tae school, studyin fur her exams, an babysittin wee Morgan; noo that'll be two weans she's got.

That's how she's never at school these days: her ma'll go tae her work an Iain'll be in his bed wi a hangover an Charlene'll end up stayin aff cause thir's naebdy else tae watch the wean; sometimes at the weekends ah'll go roon an sit wi her or we'll take Morgan doon the Robbie park tae play, but it gets borin after a while.

Ah couldnae huv a baby the noo: ah can hardly look after masel. Aye knowin you you'd probly go oot wi it tae the supermarket, said ma ma, Then forget an come home an the poor wee thing'd be left sittin itsel in the trolley. Thir wis a lassie the year above us in school that got pregnant when she wis fifteen: she goes tae Reid Kerr College noo an dis child care whilst her ma watches her son; her boyfriend wisnae much aulder but at least he stayed wi her an tried tae support her when he fun oot she wis pregnant. Thiv split up noo an he's wi sumdy else but ah think he still takes tae dae wi the wee boy.

Ah wis tellin Charlene aboot ma cousin Emma cause she's jist announced she's pregnant again. Emma's no even twenty yet an she's got Tiger who's two an a half an Paisley who's a year; the doctor suggestet she should mibby huv an abortion cause she'd problems giein birth the last time. Ah dunno whit she's gaunnae dae though, but ma Auntie Jackie says it's her body an her choice, an tae hell wi anybody that tries tae tell her different – an that includes the Catholic church.

It's too late fur Charlene tae have an abortion. Ah'd never dae that anyway, she said, That's jist lik murder. Ah didnae say anythin back. Ah didnae think it wis the right time fur a pro-life debate. Mibby thir wid never be a right time fur it though. Charlene believes the same as her ma – that abortion is wrang unless yiv been raped or bein pregnant is endangerin the maw's life. It's wan ae the very few things her an her ma actually agree on which is quite sad if yi ask me. But then again if Charlene's ma had believed in it then maybe Charlene widnae huv existet.

Whit aboot adoption, ah said. Aye right, she says, Anen whit happens eighteen years doon the line ah'm married wi a family an aw the rest ae it an some random arrives on ma doorstep sayin ah'm its maw – how dae ah explain that. Well why dis it have tae be a big secret, ah said. Kirsty man jist shut up awright. The two ae us stop talkin fur aboot five minutes an then finally Charlene says, Let's jist hope this wean disnae huv Duffy's ginger hair.

•

Charlene an her ma went roon tae Duffy's hoose last night. He's still denyin he's the faither, she said, Even though ah never went wi anybody else. Duffy's ma widnae believe anythin she said an she made Charlene an her ma wait ootside in the freezin landin fur an oor whilst they aw stood arguin. Accordin tae Charlene it wis a pure waste a time gaun roon: The hail time we wur there, she said, Aw Duffy's cow of a maw could say wis

MA CHRISTOPHER WIDNAE DAE THAT.

•

Ah've fell back in wi Wully an Laura's fell back in wi Charlene an Laura an Bunsen've split up but no because ae the stuff wi Charlene an Duffy. Charlene's jist gaunnae leave school after the Standard Grades; she's pit her name doon fur a cooncil hoose an she thinks she'll get wan fairly quick. Ah seen Duffy in the park after school the day wi a lassie who wis wearin a Trinity High uniform; apparently, she's his new girlfriend.

Chapter Fifty
EVIL

Ma wee sister's turnin intae a right nasty piece a work. Her an Carrie Anne Walker huv been gaun roon throwin flour an eggs at folk an then takin pictures ae them on thir mobile phones. She went an egged me on the way home fae school the day, right on the back ae the heid; the yolk went aw through ma hair an doon ma neck, an the inside ae ma shirt collar looked lik ah'd been pickin ma nose an wipin it on it.

Ah didnae tell ma ma it wis Karen that done it. Ah wis this close tae grassin her in though. She did it tae wee Jenny Lee that she used tae be best pals wi anaw, an she made sure the eggs wur rotten; Carrie Anne held her doon whilst Karen peltet her in the face wi them. Apparently, bits a shell an everythin went in that wee lassie's mooth; ah felt pure sorry fur her when ah seen the photies, but they two seemed tae think it wis hysterical.

•

Ah seen Karen pure flirtin wi Tommy Campbell roon at the smokers' corner the day an ah tolt her tae stay well back fae him. That boy is evil personified, ah said tae her, An anyway he's far too auld fur you. Karen tolt me ah wis tae fuck off an she'd talk tae who ever she wantet. Ah wis quite taken aback wi her, cause she said it in a right venomous way an then she rolt her eyes at me pure mega dramatically an it wis as if she wis possessed. Ah don't know why she'd want tae hing aboot wi a psycho lik Tommy anyway, an ah don't know why she's bein so horrible tae me either. Awright, mibby ah've been a bit ae a bitch tae her at times but maistly we used tae get on no bad, noo it's lik ah'm sharin a room wi a bliddy demon.

•

Ah hate Tommy Campbell: when we wur in second year he went an, delibrately, pit chewin gum on ma seat an ma ma had tae pit ma skirt in the freezer tae let it harden before she could pick it aff; another time, he spat chewin gum at Yvonne an it got stuck in her pony tail, an she'd nae choice but tae get her hair aw cut short.

Ah don't know whit ma sister sees in him. She says she disnae fancy him, but she dis, cause she pure follies him aboot an ah've heard her talkin aboot him on the phone an she's got mentions written aw ower her pencil case that say

K C LUVS T C

an

K C LUVS S.I.P. (Sumdy in particular)

an

KAZZA LUVS P.O.I.N.T.Y. (Piss off ah'm not tellin yi)

Ah think the maist evilest thing Tommy Campbell's ever done though wis in third year when he pissed in a bottle a Barr's lemonade an forced Sammy Semple tae drink it: Sammy transferred school tae Park Mains after that – nae wonder – an ah fun oot later that apparently Tommy had been bullyin him fur years.

•

Me, Laura Kyle an Wully McCoy wur walkin through the Robbie Park when ah seen Karen an Carrie Anne wi Tommy Campbell. WHIT THE FUCK'S AW THIS, roart Wully. They'd this wee first year boy wi them an he wis howlin an greetin cause they'd hung him upside doon by his ankles on the climbin frame, usin thir school ties, an they wur each takin turns ae huvin thir photie took wi him.

SAY CHEESE –

Are you deaf, said Wully, Widyi hink yir daein. Beefin your maw, said Tommy, then he rolt his eyes an said, Wid's it look like. Looks lik your gettin tae fuck before Wully boots yir baws, said Laura Kyle. Is that right, said Tommy. Aye that is right, said Wully.

Tommy's a total shite bag; he took tae his heels an flew an Carrie Anne follied him. Karen jist stood there no knowin whit tae dae – she wis lik wan ae they noddin dogs yi get fur the back ae yir motor. Ah wis totally disgustet wi her an ah couldnae even look at her; ah wis pure shakin wi anger an it wis so bad ah couldnae even get the knots oot the school ties tae help Wully an Laura get the wee boy doon.

Ah went home after that. Ah never spoke tae Karen aw night. The sad thing is though, she didnae even think she'd done anythin wrong, as far as she wis concerned she wis jist huvin a laugh. Plus, she said, Ah never even touched him – aw ah did wis take the photies.

•

Thir wis a thing in the paper the day aboot two sixteen-yir-auld lassies that got jumped in Paisley by a gang a neds who filmed it on thir mobile phones. It said:

TEENS TARGETED IN PAISLEY'S
FIRST HAPPY SLAP ATTACKS

Apparently, the lassies wur jist walkin through the toon centre mindin thir ain business when a bunch a idiots come up behind them an startet beltin them aboot the heid.

It says here, said ma da,

Happy Slapping is a violent new trend in which attackers, usually teenagers, get a thrill from recording their victims suffering on a camera phone and sending the pictures to their friends.

That's terrible, said ma ma, Imagine sumdy daein that ah mean whit could they possibly get oot ae it. Aye ah know, ah said, But then who knows whit goes on in some folk's sick minds. Karen wis sittin there at the time, kiddin on she wis watchin telly, but ah seen her lookin at me oot the corner ae her eye, pure drawin daggers at me.

•

Tommy Campbell got arrestet the day. Him an wan ae his mad pals went an mugged a wee first year boy fae Trinity High an stole his trainers aff him. He come intae school an wis shown evrubdy photies that had been took on his mobile wi him punchin the wee boy. Two prefects overheard him boastin aboot it an they went an tolt the heidmaster. Am glad oor Karen wisnae there cause if she'd been wrapped intae that it widda finished ma ma an da aff. Tae be fair though, ah don't think she'd ever go as far as muggin or actually physically harmin sumdy – wan wid hope no anyway.

Ah fun oot fae Jenny Lee that Karen an Carrie Anne got jumped in the school toilets an had thir heids flushed whilst they wur doon huvin a fly fag durin sixth period. She said she didnae know who done it an that she widnae tell me even if she did. Ah've got ma suspicions that Wully wis the wan behind it, but when ah challenged him aboot it aw he did wis grin an say, Now how wid ah get access tae the lassies' lavvies.

Karen's been sittin in the bedroom wi Gizmo ever since she got in fae school, an thir hasnae been a peep ootae her.

Chapter Fifty-Wan

LUCKY

Ma ma an da huv fell oot. It's aw because they wur daein this competition in *The Paisley Express* an they couldnae agree on the answer. The competition wis tae come up wi a name fur the new park that's jist been built in Renfra next tae the Braeheid Shoppin Centre; the winner gets five hunner poun worth a Braeheid vouchers an a ride in a helicopter as well as a civic reception on the official openin day.

Ma ma wants tae caw it Clyde View Park as in the River Clyde cause it's near tae it. Ma da says, Naw it should be River Side Park. Ah said, Ah don't know how yees cannae baith jist enter it. Ma ma said, Cause thir's only wan coupon.

Charlene's da – John McGillicuddy – won ten thousan poun in the lottery last Saturday. He bought a lucky dip an he endet up wi four nummers an the bonus baw. Charlene's ma saw his photie in the paper an pointet it oot tae Charlene so noo she knows whit he looks like. Ah said tae her, Yi should get in contact an tell him he's gaunnae be a granda an seef he'll gie yi somethin aff it. Aye right, she said, Whit've you been smokin – he's never gied ma maw a penny in child maintenance fur me aw these years so why start noo.

Ma ma an da huv always been right intae daein thir competitions: the lottery, the Irish lottery; the crosswords, an the word searches oot the TV magazines. They never win anythin though. When me an Karen wur younger ma da used tae get us tae pick horses in the Grand National; ah'd pick mine based on the colour ae the jockey's outfit (if it wis red, white an blue or even jist white an blue ah'd choose it cause ae Rangers); Karen, she went fur the name (Power Ranger, Devil's Toe, Black Barnacle) an every year she won somethin. Ma ma an da still back horses but Karen isnae interestet anymair (cause she's tae use her pocket money noo), an ah refuse tae take part in any kinda cruelty tae animals.

Ah wis tellin Charlene aboot the park: Ah bet yi any money ah said tae her, It's a pure tumshee of a name they choose fur this park. Tumshee Park, she said, Magine that. Better still, ah said, Mc-Tumshee park. Naw ah've got wan, she said, Tumshee McNugget Park. Why McNugget. Cause that's wear aw the wee nuggets'll go an hing aboot. Ah couldnae stop laughin when she said it, thinkin aboot some wee ned in a baseball cap staunin wi aw the MPs shoutin

I HEREBY NAME THIS PARK TUMSHEE MCNUGGET

then instead ae champagne they'd crack open a bottle a Mad Dog.

Ah used tae like gaun doon the Robbie Park when ah wis younger. Ma ma an da wid take me an Karen doon tae play at the pond. That's where aw the neds an the alkies hing aboot noo. Last year, Tommy Campbell an Allan Bryan got liftet fur shootin wan ae the swans wi an air rifle; they got community service fur it. Sumdy ma ma knows wis talkin tae Allan Bryan's ma after it happent, an apparently she thought Allan wis bein hard done tae; her attitude wis, It wis only a bliddy bird.

Then aboot a month ago a group a wee boys set fire tae the

animals corner. Ah wis greetin when ma da tolt me cause the folk that lived next tae the park thought it wis sumdy's barbecue that had went on fire cause aw they could smell wis burnt chicken.

Ah cannae imagine why anybody wid want tae set fire tae wee rabbits an hens fur a laugh. The boys that did it wur aw aged between ten an twelve an the excuse wis that they wur aw fae broken homes an they wur underprivileged; thir social workers said thir wis nothin better fur them tae dae in Renfra an it wis jist unfortunate that the fire got oota hand.

Ah know ah'm lucky ah've got parents that are still thegether an that care aboot whit ah dae. Ah didnae even know whit a big deal that wis till recently when Charlene tolt me that the reason some folk in oor scheme think me an Karen are a bit posh is cause we still huv a da that lives wi us – cause a lot ae folk we know don't huv a da ataw. Ah still don't think ah'd shoot swans fur a laugh if ma parents wurnae thegether, but then again who knows whit ah'd be like. Ah jist refuse tae believe that huvin two parents is the only reason ah'm no a basket case though. Ah think thir's a lot mair factors involved: like who gets pit in yir class at school, an who yi choose tae hing aboot wi – an maist ae the time yiv no got much choice in pals cause it's jist who lives nearby an is available.

•

Ma ma an da are still no talkin. Ma da went tae sleep on the couch last night, although he says it wis by accident cause he wis watchin a film that wis on late.

Karen said she didnae believe him. She said, Seef they get a divorce that means we'll need tae choose who tae go an live wi. Ah tolt her tae shut up. Ah hope they dae get a divorce, she said, Cause that means double pocket money. It also means free school meals, ah tolt her, So yi widnae be able tae buy fags wi yir lunch money. Thought ae that awready, she says, An ah could still sell the ticket. Aw gaunnae jist shut it, ah said. Who wid you rather stay wi, she said, Ma or Da. Ah dunno why wur even huvin this conversation, ah said, Cause wan night on the couch disnae mean thir splittin up. Ah never said it did, said Karen, But they argue aw the time these days. Ah widnae say they argue AW THE TIME, ah said. Aye wull you should get yirsel a hearin aid, said Karen, Cause they huvnae haltet since January. Wull that's cause they've nae money, ah tolt her, An ma ma says we shouldnae huv got Gizmo. Right so whit yir sayin is it's *ma* fault if they get a divorce, said Karen. Ah never said that. Well thir's an easy solution tae that, she said as she stamped away in a huff, Me an Giz can go an live wi Gran.

•

Two hunner an fifty thousand, ah said. Aye, said ma ma. Two hunner an fifty thousand smackers. That's whit ah said. How did she manage that, ah said. Scratchcard apparently.

Ah cannae believe that Smellerman's ma won two hunner an fifty thousand poun on a scratchcard. That's pure mental. Ah always thought they things wur a con cause ah did it wan time an it said ah'd won a prize; then when ah phoned it up an spent nearly a tenner listenin tae some wummin talkin on an answerin machine it turnt oot aw ah wis entitled tae wis a gold platet pen.

Smellerman's family are still stayin in the same cooncil hoose in Rankin Road; his ma still wears the same clatty auld anorak yi always see her wearin an his da still smokes his roll ups on the way doon tae the bookies every night. Yi'd think they'd try an better themsels, said ma ma. Aye, said ma da, If ah'd their money ah widnae be stayin in Rankin Road that's fur sure. If ah had that kinna money, said ma ma, Ah'd be on the first flight tae Barbados. Ah'd be gaun wi yi, said ma da. Me anaw, said Karen. Aye, said ma ma, D'yi think so.

•

Ah wis greetin in the toilets in school the day an Missus Auldhill went an seen me. It wis pure embarrassin tae. But she didnae try an pressure me tae tell her whit wis wrong or anythin, she jist asked me if ah wantet tae come an sit wi her in the tuckshop an then she made me a cuppa tea. Ah tolt her aw aboot ma ma an da, aboot how they wur mibby gettin a divorce cause they keep arguin aw the time, an aboot how Karen wis bein a pure bitch. She didnae really say much, jist that Karen wis fortunate tae huv a sister lik me an the rest wid work itsel oot, an then she gied me a big cuddle.

•

Ma ma won the park competition in *The Paisley Express*. This guy phoned her tae say she wis tae go an get her photie took wi some MP. She's allowed wan other person tae go wi her tae the reception an on the helicopter ride, so she's chose ma da.

Karen wis totally wrong – wur parents are nowhere near gettin a divorce; an the reason ah know this is cause yesterday ah got sent home fae school early cause thir wis a burst pipe in wur classroom, an ah accidentally walked in on ma ma an da daein it in the livin room. Ah wis pure mortified, an so wur ma ma an da cause obviously they hadnae expected me back fur another two oors; thankfully, ah didnae see much other than ma da's bare arse bobbin up an doon, because ah aboot turnt an ran back oot the door.

That's me scarred fur life, ah tolt Charlene, An ah can *never* sit on the couch again. Ah soon wished ah hadnae said anythin aboot it tae her though, cause she hasnae haltet makin jokes since; she even had the cheek tae say tae ma da when she seen him, Ah heard you an Claire got lucky.

Chapter Fifty-Two

HERO

Wully McCoy's a hero. Some lassie in his Craft An Daft class went an chopped her finger aff by accident the other day an it wis cause ae Wully that she managed tae get it sewed back on. Whilst evrubdy else in the room wis staunin sayin, Ay look at aw the blood, etcetera etcetera, Wully grabbed the finger an run alang tae the canteen an pit it in a cup ae ice.

Thir's gaunnae be a big assembly fur him themorra mornin: he's meant tae be gettin some kinna medal aff the heidy. It wis in *The Paisley Express* whit happent an Wully got his photie took on the front page wi his airm roon the lassie who wis haudin up her bandaged haun; the heidline wis a cracker, it said:

SCHOOLBOY HERO GETS HIS
FINGER OUT TO AID CLASSMATE

.

Suddenly aw the teachers are bein nice tae Wully. Even oor Maths teacher, Mister Bueller, who's been sayin fur ages that he's gonna get him moved doon tae the Foundy class, has been sookin up his arse. Yesterday durin first period he let him gie oot aw the compasses, an he never even said anythin when Wully did his usual, Mister Bueller can-ah-borrow-a-ruler, comment that always sends the class intae hysterics.

Billy son, said Mister Bueller, jist as we wur aw gaun oot the class (ah don't think ah've actually ever heard Bueller cawin him anythin other than MISTER MCCOY or YOU BOY), Can you wait behind fur a minute. Ah few folk sniggert cause naebdy caws him Billy an certainly no, BILLY SON. Ah walked dead slow doon the corridor tae English so's ah could earywig whit wis gaun on an ah think maist other folk had the same idea. Widdy say widdy say, shoutet Chris Duffy when Wully come oot the class. Wully rolt his eyes an said, He wantet tae tell me how proud he wis o me fur been a good samaritan.

•

The assembly wis at ten a'clock this mornin an the whole ae the school even the cleaners an the dinner wummin wur there; Wully looked dead awkward specially since his ma an his da an nearly aw his family wur there, an his auld man wis wearin a suit instead ae his usual Rangers top an tracky troosers. It wis funny seein aw the McCoys in the wan room, aw dressed up lik they wur gaun tae court or somethin. Jist as they wur aboot tae sit doon, Wully's ma tried tae spit clean the side ae his mooth an his face wis an absolute picture.

Yi could well tell Wully didnae want tae be there. He kept shiftin aboot in his seat an lookin doon at his fingernails. Ah think he widda went up though tae get the medal (even jist fur his family's sake) if it hadnae been fur Duffy an Mickey O'Rourke an aw that crowd pure shoutin things.

Here comes the hero, shoutet Chris Duffy. Heh Wully, see if ah cut ma baith hauns aff, he said, D'yi hink yi could keep them in yir freezer till after the exams. Ho Wully, shoutet Mickey O'Rourke, Ma cat's got it's foot stuck in the wheelie bin want tae come an rescue it fur us. Wully tolt the two ae them tae bolt. Watch it ya pair a mongs, he said, Or ah'll stick yous in a wheelie bin. Chris Ross an Chris Russell startet sayin things lik, Gaunnae gies yir autograph, an, Want tae sign ma pencil case. It wis a pure sin fur him an ah wisnae really that surprised when he said, Sack this, an walked oot the assembly hall.

•

It's the last day before exam leave an hardly any ae ma pals are in, cause Yvonne had the flu an Clicky wis at the dentist, an Charlene's ma didnae think thir wis any point in sendin her when she could be at home babysittin her wee sister. It endet up it wis jist me an Smellerman an Wully McCoy that wis in Maths fifth period an Bueller never even turnt up tae take the class.

Heh Kirsty, said Wully, D'yi want tae jist dog it this efternoon. Ah got pure shivers up ma back when he said it cause ah'd never skipped school in ma puff. Yi want tae, he said. Aw ah dunno, ah said. C'moan it's only Maths live dangerously. Whit happens if we get caught. Who's gaunnae catch us. Bueller, ah said, Whit if he comes back. Nae chance, he said, Ah seen him doon the Piccolo Mondo at lunchtime wi that fat cow fae French. Whit if he dis though, ah said, Or whit if Smellerman grasses on us. Aye right an he'd be brave him widint he, said Wully. Whit if he dis though, ah said, Knowin ma luck ah'd get pure suspendet or expelt or somethin. Ma life startet flashin before ma eyes when ah said that: pure kicked ootae Renfra Grammar then ma ma flingin me oot the hoose on ma sixteenth birthday; then ah end up in a tenement full a dampness next door tae junkies in Fulbar Lane, an daein some reject college course at Can't Reid Don't Kerr that's full ae neds that are no auld enough tae even leave school yet.

•

Wully talked me intae doggin it wi him cause ah wis pure bored an like he said it wis only Maths (an Bueller wisnae even in) an then R.E. an we'd a substitute teacher fur that anyway.

Moan wull gi doon tae Renfra, he said, We can sit in the Robbie

Park tae the bell goes. It felt dead risque an dead excitin sneakin ootae school wi him, specially when ah needet the toilet right at the last minute an Missus Auldhill wis in there cleanin oot the sanny bins. Whit yi up tae the day Kirsty, she said. Ah pure jumped when she said it an ah wis dyin tae spill the beans tae her but ah wis feart she might grass us in so ah jist said, Nothin, ah said, Jist doon daein a pee; ma voice went pure high pitched when ah said it an she looked at me pure funny, so ah jist went in an did ma business an then made a sharp exit.

•

Ah wis pure shittin ma knickers walkin oot that gate; ah jist kept expectin a big mad haun tae clamp itsel oantae ma shoulders an then weehk me doon tae Geggy's office. You awright, said Wully as we wur walkin doon Hainin Road. Aye fine. D'you no hate school sometimes, he said, Ah mean ah know yir smart an yi get good marks an an aw the teachers like yi an stuff but –

Ah hate P.E., ah said. Ah don't know why ah said ah hate it cause ah don't really, ah jist hate Miss Gillis cause she's a cow. Naw she's awright man, said Wully, She's aboot the only teacher in that school by the way that's no a two-faced mong. Yi think so. Ah know so.

See when we startet first year, he said, See nearly every teacher in that high school soon's they realised who ma faimly wur an who ah wis cousins wi they startet talkin tae me different. Widyi mean different. Widyou hink. We baith shut up fur a few minutes an then we crossed the road at the Robbie Park an went up an sat on the swings. Different as in talkin tae yi lik yir a piece a shite, said Wully, Jist cause yir da's been in the jail an aw yir uncle's've been in the jail an hauf yir faimly's been in the jail, he said, It's the same whenever folk fun oot ah'm a McCoy they either want tae square up tae us or avoid us lik the plague.

Ah didnae know whit tae say so ah never said anythin. Anen aw this hero shite ever since ah went an hingied Linsey Jackson's fingers, he said, Suddenly aw the wans that widnae pish on me are lik how yi doin William where yi gaun William need a haun tae wipe yir arse there William. Ah didnae mean tae but ah startet laughin at that; he didnae say anythin aboot it though so he either wisnae bothert or hadnae noticed. See that Miss Gillis, he said, She wis the only wan that never changed taewards me. Whit aboot me, ah said, D'yi think ah've changed. You're different Kirsty, he said. Ah still don't know whit he meant by that. He said, See Miss Gillis know the only hing she said tae us efterwards talkin aboot me pure sprintin doon the canteen wi Linsey's finger. Whit. Wully McCoy seef ah knew yi could run lik that ah'd've pit yi in the relay team.

We sat there fur aboot an oor after that; jist talkin an stuff an ah wis tellin Wully aboot this film ah saw aboot this guy that saved a wee lassie's life an then later on he kidnapped sumdy else. He couldnae handle bein a hero, ah said, So whit he did wis he committet a crime tae balance himsel oot. Aye right yi are man Kirsty, said Wully, Ah'll jist go rob a bank go hijack a mad aeroplane or somehin jist so's everyhin goes back tae normal. Yeah, ah said, We should both hijack an aeroplane an kidnap Bueller an fly him tae Outer Mongolia or somethin an leave him there. You're pure evil man pure mental, he said, Ah thought you wur a nice lassie anaw. Shut it HERO, ah said.

•

We'd jist come oot the Robbie Park an we wur staunin talkin at the traffic lights when this mad car come flyin doon Paisley Road. Ah didnae even see it at first cause ah'd ma back tae it but Wully did an he jist pure ran ontae the road an pushed this wee first year boy oot the way.

Ah had tae phone an ambulance an ah wis pure shakin; the driver didnae even stop. The polis came an everythin an they asked me fur ah statement an ah wis aboot tae tell them whit happent when Wully buttet in an said, This wee guy saved ma life. Ah wis like WHIT, ah thought he'd got a concussion or somethin cause he'd a scrape on the side ae his heid an his mooth wis bleedin, but then he winked at me an the polis said, Is this true, so ah said, Aye ah think so ah didnae really see it.

The wee boy Wully saved didnae say anythin tae correct him. Ah think he wis in shock; it endet up he'd broke his collarbone in two places when he hit the ground. See this wee guy, Wully said tae the polis an the folk that wur staunin roon aboot, He's a hero by the way.

Chapter Fifty-Three
SIXTEEN

Ah'm gaunnae be sixteen in two weeks' time. Ah'll get ma National Insurance card then. Ah'll also be able tae leave home, leave school, get a full-time job or go tae college; ah can even get married, join the army, drive a moped an apply fur ma ain passport withoot ma parents' permission if ah want. Charlene says bein sixteen is brilliant: she's always gaun on aboot how she can huv sex legally noo, an how she can drink wine an cider an beer in a restaurant – at least she wid be able tae drink they things if it wisnae fur her bein pregnant. An see noo, she says, Seef anybody ever tries tae knock me back fur a lottery ticket or fags ah can jist show them ma birth certificate an say

HA HA GET IT RIGHT ROON YI.

Me an Lisa Left Leg huv been invitet tae Ellen Saint-Vincent fae Youth Theatre's eighteenth birthday party. It's this Saturday, in a pub in Shuttle Street in Paisley, an wur baith pure buzzin cause neither ae us has ever been in a pub before. Ma da says Lisa can stay the night at oor hoose, an ah can go as long as we behave wursels an wur back by eleven a'clock. Eleven a'clock, ah said,

Yir huvin a laugh. Ma da said, Naw ah'm deadly serious. But it disnae start tae eight an wull need tae leave pure early. Tough, he said. That's pure pants, ah said, Evrubdy else ah know gets tae stay oot late –

Aye well *you're* no evrubdy else, said ma da, Yir no sixteen yet an yir no too auld fur a sair backside either.

•

Ellen's party wis a bit ae a wash oot. It wis maistly jist her family, an her school pals, an the folk she works beside in the Normandy Hotel that wur there; an they wur aw a lot aulder than us. The only other person fae Youth Theatre that went wis Lyndon Manderson, an he looked as awkward an oota place as we did. Me an Lisa endet up gettin the bus back tae ma hoose at quarter past nine.

•

Ah said tae Charlene, Did yi know yi can drive a tractor wance yir sixteen. Who'd want tae dae that, she said. Dunno, ah said, Farmers probly. Charlene humphed. Yir allowed tae drive wan ae they wee sit-doon lawn mowers anaw, ah tolt her. Ma da used tae dae that when he worked fur the Parks Department. YASS, Charlene shoutet, Ah'll away an apply fur ma mad lawn mower license right away – ah'm sure that'll come in dead handy wance ah've drapped ma wean. Very funny, ah said, Ah bet yi didnae know though yi can also apply fur a pilot's license. Widnae want tae dae that either, she said. How no. Cause ah pure hate heights. Aw ah think flyin wid be brilliant, ah tolt her, Ah think it wid make me feel dead free – Ma ma said she thoroughly enjoyed the helicopter ride that her an ma da went on – an jist think yi could get tae a lot mair places quicker than yi could on a bus or a train. Aye well, she said, Widnae be that if yi endet up crashin through some cunt's windae.

Ah think Charlene thought ah wis tryin tae rub her nose in it that ma life wis becomin less restrictet whereas the opposite wis happenin tae her. That wisnae whit ah wis daein ataw though.

Ah jist thought it wis interestin researchin aw the stuff ah'd be allowed tae dae wance ah turnt sixteen. Ah couldnae unnerstaun why thir wis age limits on some things an no others right enough: fur instance, why is it yir allowed tae get yir ain hoose an become a parent at sixteen, but yi cannae huv yir say aboot the way the country's bein run cause yi need tae wait another two year before yir allowed tae vote; an how is it awright tae join the army an learn how tae blaw folk tae bits, but yir no supposed tae watch a film aboot zombies cause some clown's slapped an eighteen certificate on it. Some ae the things jist seemed totally illogical tae me; ah tried tae talk tae Charlene aboot it tae get her opinion, but she'd went in a bad mood.

Anyway, it wisnae lik ah wis actually plannin on daein maist ae the stuff ah'd mentioned – cause where wis ah gaunnae drive a tractor tae, an how wid ah afford ma ain private plane. As far as ah wis concernt though, ma world wis finally openin up an ah wantet tae take advantage ae as many opportunities as possible.

Ah suppose ah wis also tryin tae distract masel fae thinkin aboot whit ah wis gaunae dae once ah left school. Cause evrubdy ah knew seemed tae huv aw made plans fur thir future – an yet, here ah wis still pissin in the wind, still nae clue whether ah wantet tae go tae college or uni or jist get a job somewhere. It had took me aw ma time tae decide whit highers ah wis gaunnae dae next term; an in the end ah jist went fur the obvious choices – English, Drama, Computin – cause they wur the wans ah wis maist likely tae pass; ah also let masel get talked intae daein modules in Philosophy an Sociology, although ah cannae see whit use they'll be tae me in the real world.

•

Me an Charlene bumped intae Kelly Marie when we went fur a walk in the Robbie Park. Apparently, she's homeless noo cause her ma pit her oot on her sixteenth birthday. Kelly Marie didnae appear tae be too bothert aboot it right enough. She wis sat on wan ae the swings next tae the skateboard ramp wi a bottle a Merrydown in wan haun an a fag in the other, tellin us aboot how she came back fae a weekend clubbin in Edinburgh an fun her bags aw packed an sittin ootside her ma's door. Fuckin cow changed the locks anaw, she said. Whit yi gaunnae dae, said Charlene. Kelly Marie jist shrugged. Stayin at ma boyfriend's till somehin better comes alang, she said, Good hing ah never chucked him yet.

•

Ma ma asked whit ah wantet tae dae fur ma birthday. Ah said ah didnae know. Wibbit gaun tae the cinema. Nah, ah said, Thir's nothin on that ah fancy. Wibbit the ten pin bowlin then. Ah hate bowlin. Well wibbit iceskatin at the Lagoon, she said. That's no very excitin, ah said, Ah go tae the Lagoon aw the time. Well wibbit rollerskatin, she said, Yi could go tae wan ae they roller discos in Clydebank – that'll be somethin a bit different fur yi. Aye right, ah said, It's pure aw wee weans that go tae they discos, ah said, An plus the ferry stops at lik eight a'clock.

Well ah dunno whit else tae suggest, said ma ma, Ah never know whit it is you want. She went aff on a big spiel after that aboot how she'd never met anybody as awkward as me: accordin tae her ah'm the maist ficklest person she's ever met in her life cause as soon as ah've been someplace or did somethin, ah get bored an want tae move ontae the next new thing. Yi get worse wi age instead ae better you dae, she said. Yir nearly an adult tae – saboot time yi startet actin lik wan.

Ah didnae know whit tae say tae that. Cause ma ma's half right – ah dae get bored easy – although in ma defense ah think there's only so many times yi can get excitet aboot rollin a baw alang some flairboards – an that an iceskatin an swimmin is pretty much aw thir is fur teenagers tae dae roon here. On the other haun, ah've travelt roon every swimmin pool in Renfrashire – the Lagoon, the Erskine baths which has its deep end in the middle,

Johnstone, Elderslie, Barrheid, an the ootdoor pool in Gourock which is the auldest heatet swimmin pool in Scotland – an ah still always end up back at the Victory Baths cause that's the pool ah feel maist comfy in; ah've even been aw the way oot tae the Time Capsule in Coatbridge – ah fair enjoyed it there tae – but it's a hell ae a trek, especially when yi come oot an yir cauld an yir jist wantin tae get up the road quick.

Anyway, ah felt that ma ma wis bein a bit hard on us. Cause yir sixteenth is meant tae be a milestone birthday an ah think yi are meant tae dae somethin a bit special an unusual. Ah startet tae feel a bit doon in the dumps after that, although ah couldnae quite pit ma finger on why.

•

Sixteen Candles wis on the telly so ah decidet tae watch it tae cheer masel up. Ah'd never seen it before, an ah thought it wis meant tae be wan ae these feel good films – but naw. It wis aw aboot a lassie whose family forgot her birthday, an how she fancies this guy that's a bit ae a dick who's gaun oot wi sumdy else. Between listenin tae her lamentin aboot they two things, plus the film's really bad rape jokes, ah endet up in an even worse downer.

•

It's ma birthday the day. Ma da woke me up at half six in the mornin playin the song

HAPPY BIRTHDAY SWEET SIXTEEN.

Lisa sent me a card through the post wi an

I AM FIVE THOUSAND AND FORTY DAYS OLD

badge on it, an Harpreet sent me an e-card wi singin birds wearin party hats, an Charlene thought she wis hilarious pittin a condom inside the card she gied me wi a wrapper that said,

VIRGIN,

on it that she'd obviously got free wi her new Virgin mobile phone.

Ah wis still in a bit ae miserable mood cause ah felt lik the whole day wis a bit ae flop before it had even startet, cause ah'd phoned aroon the night before tae see if any ae ma pals wantet tae go tae the cinema but they wur aw too busy. Charlene wis the only wan that came roon tae see me an she said she had her day planned oot anaw.

Ah had jist aboot decidet tae jist go doon tae Global Video an rent some DVDs an sit an watch them masel when ma ma said, Are yi no gaunnae open yir present fae us. Ah had seen two cards sittin on the mantlepiece – wan fae ma sister an wan fae ma ma an da. Ma ma said, Here open this first. So ah opent the card fae ma ma an da thinkin it wis probly money tae buy masel somethin nice. Ah wis wrang though. Inside wis a slip a paper that said,

INTRODUCTORY FLIGHT VOUCHER – THIS VOUCHER ENTITLES KIRSTY CAMP-BELL TO A SHORT FLIGHT EXPERIENCE FROM GLASGOW INTERNATIONAL

Ah wis really confused so ah said, Is this a joke.

•

Ah cannae believe ah'm aboot tae fly an actual plane tae Loch Lomond. Ah'm shittin masel. But ah'm super excitet. Ma ma an da an Karen an Charlene are aw watchin fae the spectator's bit, an Lisa's in the glider wi me as the backseat passenger.

After we got talked through aw the safety aspects, we wur introduced tae the air traffic control guy an ah got gied a heidset; an then the flight instructor took us oot tae the runway an showed us how tae perform a take aff, an then he said as soon as we got ootae the busy Glasgow Control Zone ah wid get tae be the pilot.

This is so so so fuckin cool, said Lisa, an she pult her camera oot an startet takin pictures ae the skyline an the clouds an aw that.

OK Kirsty you're up, said the instructor, Are yi ready tae have a go yirsel. Ah thought ah wis gaunnae projectile vomit aw ower the seats that's how nervous ah suddenly wis; but then it passed jist as quick as it came, an ah said, Aye — ah'm ready noo.

Part Three

SIXTH YEAR

Chapter Fifty-Four
GAY BOY

Chris Rice is gay. He tolt me durin free period this mornin when we went tae Tesco tae get tea bags fur the sixth year common room. We wur staunin arguin aboot whether we should get Tetley or Scottish Blend when this pure camp guy, who wis a total David Beckham lookalike, come shimmyin past us wi his bleached blonde hair an his fake bake an his Calvin Kleins pult high above his waistband, an Chris jist come right oot an said it.

Ah've always knew Chris wis gay – no jist because ae his bizarre Britney Spears obsession or even the fact that he wis the the under eighteens' Scottish disco dancin champion fur three years in a trot when he wis at primary (he kept *that* quiet fur long enough). It's jist that there wis hardly a day went by since ah met him when he wisnae cawin some other poor boy a bumbasher, or accusin them ae lookin at his knob in the P.E. showers; an ah know that no everywan that's homophobic is a closet case, but in his case it wis obvious he wis tryin way too hard tae fit in wi aw the other numptees in oor school so's he could divert suspicion fae himsel.

Chris has been nominatet fur heid boy. It's between him, Bunsen an Chris Duffy, but naebdy likes Duffy, an Bunsen disnae want tae dae it so he's been tellin everywan tae vote fur Chris. Whit's the first thing yi'd dae tae improve the common room if yi won, ah said tae him. Ah'd ask the teachers fur a new kettle, he said. Here wibbit a toaster, said Laura Kyle. Better still, said Linsey Mooney-Marney, A microwave. Ah think the first priority, said Nicola Buchanan (she's been nominatet fur heid lassie an she'll probly get it but naebdy listens tae her), Is tae make sure that everyone can get proper access tae the kitchen. Chrissy wibbit a fridge, said Laura. What about a coffee maker. Hang on it's no been decidet yet, said Chris. Aye but thir's nae competition really is thir, said Laura. WIDYI MEAN NAE COMPETITION, roart Duffy – he'd jist walked intae the common room an the atmosphere pure changed immediately. Who would yees prefer tae be heid boy, he said, Me… or a fuckin gay boy.

•

Chris denied in front ae everywan in oor year that he wis gay. Ah never said anythin cause ah think that's up tae him if he wants tae tell folk, an it's only me that knows (an Harpreet who ah've sworn tae secrecy but Chris disnae know that). Chris wis a bit upset aboot it but ah tolt him maist people wid think it wis jist Duffy stirrin up shit as usual, an then right after ah said it Chris Russell an Chris Ross walked past an startet talkin dead loud: Hey Chrissy man widid wan faggot say tae the other in a gay bar. Dunno man widid he say. Can ah push your stool in.

•

Wid you come oot wi me Kirsty, said Chris. Widyi mean come OOT wi yi. Wid yi come oot wi me tae a gay place if ah went. Ah didnae really want tae cause ah've got enough problems when ah've got ma ain love life tae contend wi – ah've no had a boyfriend fur nearly six months an ah'll no get wan if ah start hingin aboot where he's wantin tae go – plus why does it always huv tae be me that be's evrubdy's wingman. Ah didnae say that obviously – ah suggestet he ask Bobby Tarbuck or wan ae the other gays fae Youth Theatre. Cannae, said Chris, Bobby went tae Brighton ower the

Summer an he liked it that much he decidet no come back. Well wibbit Chris Blythe he's gay is he no, ah said. He's bi, said Chris, But he's stopped gaun oot cause he's no tolt his new girlfriend yet. Well ah'm sure there's loadsa other folk that wid want tae go. Nah disnae matter, he said, Ah'm sorry if ah've offendet yi. Eh, ah said, Widyi mean. He looked lik he wis pure aboot tae start greetin. The only reason ah'm askin, he said, Is cause yir the only wan in oor school ah've told aboot this an −

Fine ah'll come oot wi yi.

Charlene still keeps in contact wi that gay guy Dylan that she met years ago in the hospital. Ah wis tryin tae fun oot the names a bars aff ae her wi oot raisin suspicion but it didnae exactly work. The first thing she said when ah mentioned it wis, So has wee Chrissy come oot tae his ma yet. Her an Chris wur pure best pals durin third year an they arranged tae lose thir virginity tae each other wan night (ah didnae know aboot this till well after the event) but apparently Chris got as far as takin aff his boxers an then he bottled oot.

•

Me an Chris are gaun tae a place cawd the Polo Lounge the night. It's in the Merchant City in Glasgow right next tae aw the dear shops that sell Versace stuff. Chris is worse than a lassie gettin ready: he wis pure moanin that he'd nothin decent tae wear an then he changed his shirt three times while ah wis in his hoose; an he kept sayin stupit things lik, Dae these ripped jeans make me look gay. Ah wisnae sure if he wantet me tae say aye or naw so ah jist said, They make yir arse look good.

•

The Polo Lounge wisnae whit ah wis expectin: it wis jist lik an ordinary pub except thir wis guys gettin aff wi guys an lassies gettin aff wi lassies. Ah tolt ma ma where we'd been after we come back an she wis awright aboot it but ah didnae tell her aboot Chris bein gay cause ah wisnae sure whit she'd react like. Ah jist tolt her it wis the only place we never got asked fur ID.

We seen quite a few folk that used tae go tae oor school: a lassie that wis the year above us wi short short hair that yi always jist knew aboot cause she wis a pure tom boy, an a couple a guys that wur aulder; the biggest shock ae the evenin though wis when we met Wully McCoy.

Ah nearly faintet when ah seen him. So did Chris. He looked so grown up an so −

HUBBA HUBBA, said Chris, Aw he is such a honey ah so wid do him in an instant Kirsty wid you no. Chris, ah said, pure mortified pure takin a beamer, Gaunnae no say things lik that. How. Cause gaunnae jist don't. But how, he said. Ah couldnae explain whit it wis that wis makin me uncomfy: it wis partly cause ah wisnae used tae a guy talkin aboot another guy, an partly cause Chris' voice seemed tae have suddenly jumped a full octave higher than usual, an he wis pittin on this pure sweetie darlin accent an usin words lik honey an babe, as well as daein aw these elaborate haun movements. Kirsty you are such a liar sweetheart you wid so fire intae him, said Chris. Ma face wis gettin redder an redder an the main reason wis because he wis right: ah hadnae seen Wully McCoy since he left school at the enda fourth year, an here he wis pure turnt intae a major hotty.

Wully come ower tae talk tae us as soon as he seen us; he bought us drinks an asked us if we wur gaun tae Bennets night club later on. Ah wis so not up fur it cause we'd Double Higher English first thing in the mornin but ah could see Chris wis gaun in a mood so we compromised an said we'd go an we'd leave at wan a'clock.

Ah spent half the night losin at pool an tryin ae get ma heid roon Wully McCoy's gayness, an Chris spent half the night tryin tae get aff wi this Spanish guy that he met. Ah jist never imagined that Wully McCoy (tough Wully McCoy that naebdy in oor school messed wi) wid be battin fur the other team. Finally − five an a half Bicardi Breezers later − ah had tae say somethin, So Wully...

yi got a boyfriend then. He looked at me lik ah wis stupit. Kirsty ah'm straight, he said, Ah thought yi'd a known that. Aye right that's whit they aw say, ah said, nudgin him in the ribs, ah wis pure mangled by this time pure fawin aff ma seat an everythin.

•

Me an Chris wur sittin in the taxi later on: ah wis nearly ready tae spew ma load an he wis aw happy jumpin up an doon cause he'd got the Spanish guy's phone nummer. It turnt oot that Wully definitely isnae intae guys an that Chris knew the full time an that's how he left us sittin wursels fur ages at the pool tables. Ah am soooo disappointet in you Miss Campbell, said Chris, Ah'd've been right in there pottin his balls.

Apparently the main reason Wully wis there that night wis cause it wis his cousin Linda McCoy's birthday an she's a lesbian – ah'd kinda figured that last bit oot right enough when ah seen her in the toilets in Bennets wearin an I AM TWENTY FIVE badge an snoggin the face aff some random lassie.

•

Ma heid wis nippin when ah went intae English this mornin. Ah had tae sit through two oors a Seamus Heany's poetry an Chris didnae even come in. Ah had attemptet tae dog it masel but ma ma widnae let me; she dragged me oota bed at ten tae eight cause she's a pure sadistic cow. It wis your choice lady tae go oot bevvyin, she said, So yi'll pay the penalty.

As if that wisnae bad enough thir wis an assembly third period, an we fun oot that Duffy an Nicola Buchanan wur tae be the new heid boy an lassie.

Chapter Fifty-Five
INITIATIVE

The sixth year common room's a complete an utter shambles: thir's big holes in the carpet an the wallpaper's aw ripped, an ah'm feart tae go in the kitchen tae make a cuppa tea cause thir's spiders pure runnin aboot everywhere.

Lorna Horn went an fun an auld tin a paint inside wan ae the cupboards: it wis magnolia colourt an it wis half empty, an thir wis a big thick yella skin right aroon the top ae it. It wis Lorna's idea tae ask Geggy if we could redecorate the common room. An then me, her, Chris Rice an Laura Kyle, we aw went doon tae B an Q durin fifth an sixth period cause we didnae huv a class. We took a calculator an a note pad an pen wi us an we went an priced aw the tins ae emulsion, an then we went next door tae Carpet Smart an had a look at aw the cheap carpets.

Geggy wis pure pleased wi us. He said, Well done team fur usin yir initiative. It wis aw cause a Lorna, ah said, She wis the wan that fun the paint an she wis the brains behind the whole mission. Lorna went pure bright red an then she pult her jacket away up tae her nose tae hide her face. She's always daein that; she's a dead shy lassie (even shyer than Yvonne Byres) an she hardly ever talks but she's pure brainy as anythin. Well, said Geggy, Well done all of yi, he said, All ah need yi tae do now is get the consent of the other students.

•

Naebdy else wis interestet. No even Duffy or Nicola Buchanan an their meant tae be heid boy an lassie. Evrubdy in the common room wis moanin aboot how muchy a state the place wis, but then nane ae them actually wantet tae help clean it up. Ah said tae Laura Kyle, Their aw a bunch a lazy bastarts by the way. Aye ah know, she said. Ah said, Ah bet yi any money though Nicola an the Snob Mob pure try an take aw the credit fur it when wur finished. Aye but how can they dae that, said Laura. Yi no whit Nicola's like, ah said, She likes tae try an twist things tae make hersel look good. She better no, said Laura, Ah'll boot her hole fur her if she tries. Ah jist shook ma heid when she said that, an then ah picked up wan ae the wall paper scrapers an ah startet gettin tore in.

•

Ah enjoyed daein the common room. Missus Auldhill let us in on the Saturday an we stripped aw the waws an paintet them an then she gied us a mop fur the kitchen. Lorna brought in this banana loaf she'd baked the night before an a new kettle since the auld wan wis broke cause Duffy wis playin fitba wi it; it wis a good thing she did cause naebdy else had thought tae bring anythin tae eat an we wur aw pure starvin.

•

Lorna come up wi another brilliant idea the day. She went an said we should try an get evrubdy in the common room tae aw paint a big mural on the waw opposite the windae. Ah thought that wis an excellent plan cause it wid be good tae got the whole a sixth year involved in daein somethin thegether. We could ask people tae write doon whit sorta themes they'd like the mural tae be, she said, An then we could aw take a vote on it an then we could mibby get Miss Flinn or Linsey Mooney-Marney or Nicola or sumdy that's daein S.Y.S. Art tae draw the outline an we could even ask some ae the fifth years if −

Lorna calm the beans, ah said. Chris an Laura startet laughin an so did ah an she went an took a massive beamer. In aw the time ah've known Lorna ah've never actually seen her get that worked up aboot anythin before. She joint oor school last year after bein home schoolt her whole life, but ah never really spoke tae her till recently when we got wur common room because she wisnae in any ae ma classes an she maistly sat in the canteen hersel durin interval either readin or daein her knittin.

Are yi feelin awright Lorna, said Chris. What. Ah hink she's been takin brave pills or somethin, he said. Lorna jist sat there wi her jacket pult right up tae her nose. Hoi, ah said, Wur jist windin yi up. Aye, said Laura, But ah don't hink ah've ever heard you talk as much as this.

•

Nicola Buchanan has hijacked oor idea fur the mural. She musta been earywiggin when me an Laura wur talkin aboot it durin Higher English. Ah cannae believe she went straight tae Geggy an made oot that it wis her an Linsey that thought it up; noo he's pit her in charge ae the whole project.

•

The common room wis dead quiet this mornin. Nicola an aw her wee cronies wur aw congregatin roon the back table pure whispern things amongst themsels. Nicola kept pure lookin ower at us. So whit's happenin wi wur mural, said Laura Kyle. Ah don't know if she meant tae say it dead cheeky but that's the way it come oot. Nicola never said anythin. AH SAID WHIT'S HAPPENIN WI WUR MURAL. It's not your mural, said Linsey Mooney-Marney. Wull whose is it then, said Laura, Cause it wis us that wantet tae dae it first.

Nicola picked up this post card that wis lyin on top ae her table an then she Blu-Tackt it tae the waw where the mural wis gaunnae be gettin done: it wis a copy a Van Gogh's Starry Starry Night picture wi aw the mad blue an yella swirls an stuff on it. This is what wur goin to be paintin, said Nicola. That, said Laura, Widyi want tae paint that fur. We had a vote on it, said Linsey. A vote, said Laura, Ah didnae get tae vote. Nicola said, Well that's because you don't take S.Y.S. Art. HEH, said Chris, Whit's that goat tae dae wi the price a spice in India. Nicola an Linsey baith rolt thir eyes at exactly the same time. So whit's the sketch then, he said, Moan tell us. Nothin wis said fur aboot two or three minutes; Laura wis pure growlin at Linsey an drummin her fingers aff the table.

I've decided, said Nicola, An Mister Geggy agrees with me that it should only be the S.Y.S. Art students who do the mural. Aye right yi are, said Laura Kyle, That's bang outae order by the way.

She snatched the post card aff the waw an made oot she wis gaunnae rip it in half.

Put that back, said Nicola. Naw. Put it back now. Whit yi gaunnae dae, said Laura, Grass me intae Geggy. Miss Flinn, the Art teacher, stuck her heid roon the door an asked how we wur gettin on. Fine, said Laura, an she gied her a big smile.

So ah take it yir pal Yvonne willnae be gettin involved in it then, said Laura. What d'yi mean, said Nicola Buchanan; Yvonne's face went pure chalk white when she heard her name bein mentioned. Well, said Laura, Higher Art's no good enough is it cause yi neetae be daein S.Y.S. Art; ah loved the way she said, S.Y.S., dead sarky.

Nicola didnae know where tae look when she said that. Emm sorry, she said tae Yvonne. Ah really thought she widda backed doon at that point but she never. Linsey Mooney-Marney looked pure ragin wi her an she wheelt her oot intae the corridor fur a confab.

Here widyi make ae aw that palaver then, ah said tae Lorna, cause she wis sittin there bitin her fingernails an no sayin anythin. She jist shrugged. Eh, ah said, Widyi think. Kirsty, she said, Mibby we should jist let Nicola an that get on wi it, she said, Cause ah mean they probly will make a better job of it.

Ah still hink that's bang outae order man, said Laura. Aye

too right it is, said Chris. Lorna had took her copy ae the Great Gatsby oot her bag an wis startin tae read it, ignorn everythin else that wis gaun on roon aboot her. Heh Lorna, ah said, You need tae stick up fur yirsel mair. Mmm, she said, pure gettin stuck intae the book. It wis her idea, ah said tae Laura, It should be her that's daein it if anybody.

Linsey came oot the kitchen in a pure bitch ae a mood. Mon Yvonne, she said, Come tae the toilets with me. Aye boo-hoo-hoo Yvonne's no allowed tae dae it, said Chris. Linsey drew him a pure stinker ae a look an slammed the door behind her.

•

Aw the wans in Nicola's gang that wur meant tae be daein the mural huv aw pult oot cause she'll no let Yvonne dae it, an Yvonne's brilliant at Art (the only reason she's no took S.Y.S. is cause she's daein a million other subjects). When ah wis gaun home the day she wis tryin tae convince folk tae stay behind tae help her paint, but they wur aw sayin they wur on strike; even Linsey an Heather – her two wee henchwimmen – they widnae even help her. Ah noticed sumdy'd awready wrote a mention on the waw where it's no been paintet ower yet – ah think it mighta been Laura but she's denyin it – it said,

GO THE S.Y.S.

GET YIR SELFISH YOUNG SLAPPERS INVOLVED

Chapter Fifty-Six
MAIR PRIVILEGED

Nicola Buchanan's tryin tae make oot that ah'm better aff than she is. She announced in front ae the full common room this mornin that ah needed tae check ma privilege, anen she went on a rant aboot ableism. Ah wis heavy ragin because ah've never done anythin but try an be nice tae her even though she's a pure dick ae a lassie. The worst thing wis though, Lorna Horn an Chris Rice an aw ma pals never opent their mooths an they aw jist sat there kiddin on they wur playin Pontoon.

Ah'd never thought ae masel as privileged before. An ah certainly had never thought ah might be mair privileged than Nicola-look-at-ma-gold-platet-toilet-Buchanan. Truth be tolt though, ah'd never heard a able-bodied privilege. Ah knew aboot white privilege an male privilege an the privileges yi huv when yir a paid-up spoilt bitch member ae the snob mob whose ma buys yi a new mobile phone or a laptop every time yi click yir fingers. Ah thought at first maybe Nicola wis makin it up cause that's the sorta shite she comes away wi – but naw, ah googult it on the library computer an there it wis in black an white alongside articles on social justice.

•

She did huv a point, said Chris. Whit, ah said, No you anaw. Aw ah did wis tell her she shouldnae be sa negative aw the time cause aw she ever does is moans about how shite our school is, an how the education authorities should be daein mair tae help her.

But they should be daein mair, said Chris, as we wur on wur way back upstairs tae the library. How would you feel if you couldnae walk an aw your pals wur runnin aboot redecoratin the common room kitchen an you couldnae take part cause you couldnae fit yir wheelchair through the door? Ah frowned at him, Ah don't think it's really anythin tae dae wi redecoratin the kitchen though is it, ah said. Naw, said Chris, It's really no.

•

Ah said tae Chris, Did yi know thir's at least forty-six different types a social privilege. Ah wis meant tae be comin up wi a topic fur ma Higher Modern Studies assignment but ah couldnae concentrate fur thinkin aboot aw the stuff Nicola had said. How'd yi know, said Chris. It says here on Wikipedia that an American wummin cawed Peggy McIntosh published a book aboot it in 1988. Whit else dis it say, he said. Privilege as understood an described by re-searchers, ah read oot loud, Is a function of multiple variables of varyin importance such as race, class, gender, sexual orientation, citizenship, physical ability and others. Whit dis that mean when it's at hame, said Chris. No sure, ah said. That's helpful, he said. Did yi know thir's such a thing as heterosexual privilege, ah said. Naw, he said, But that sounds aboot right.

Ah read through the rest ae the article anen ah moved onto another yin aboot intersectionality which wis quite hard gaun but ah think ah got the gist. Magine yi wur baith gay AND disabled, ah said. Ah am gay an disabled, said Chris. Sorry, ah said, Ah forgot aboot yir epilepsy. It's fine, he said, It could be worse. True, ah said, You could be gay, disabled, black an a lassie.

•

Can ah ask yi a personal question, ah said. If yi want. It's aboot yir epilepsy. Whit aboot it, said Chris. Ah wanted tae ask him aboot his seizures, aboot how often he had them an widdid they feel like an did he think he'd ever be cured completely. Ah didnae wantae put ma foot in it though, cause ah knew the doctor had recently changed his medication cause he'd collapsed umpteen times ootae the blue ower the summer holidays. In the end ah jist said, How badly dae yi feel it hauds yi back in life. Chris jist shrugged. Like ah told yi before, he said, Hings could be a lot worse.

•

Ah tried tae talk tae Nicola at lunchtime but she wisnae huvin any ae it. She wis in the canteen wi Yvonne an Heather Fisher an Linsey Mooney-Marney, an when ah asked if ah could huv a word in private she rolt her eyes an said, Anythin yi have tae say tae me yi can say in front of ma good friends. Fine, ah said, an ah took a deep breath. Nicola, ah said, Ah'm really sorry fur the comment ah made this mornin – it was ignorant an thoughtless. Nicola made a big dramatic sighin noise. Is that it, she said. Ah wis fairly sure she was bein derogatory but ah rose above it an addet, An ah'll try an be mair sensitive in future. Well Kirsty, she said, an she made a show a turnin her nose up at me, Yi know where yi can shove that lame excuse for an apology.

•

Chris said, Well widdid yi expect. Ah dunno, ah said. She's entitled tae no accept your apology yi know. Ah know that, ah said, Ah jist cannae believe she publicly tore strips aff me fur the second time in wan day. Chris said, Ah cannae believe she used the word LAME.

•

Nicola Buchanan an the Snob Mob went an barricadet themsels intae the common room as part ae a political protest. Me an Chris wur on wur way there when Yvonne stopped us in the corridor an tolt us. Chris wis like that tae her, Why you no in there wi them then. Yvonne looked pure mortified anen she goes, Ah don't wantae get a black mark on ma record an ruin ma chances fur uni. Fair point, ah said. How is it, said Chris. That's your pal, he said tae her, You should be stickin up for her. Whit good's it gaunnae dae really though, ah said. It's worth a shot, said Chris. D'yi think so. Aye, he said, An d'yi know who else ah hink should join them. Who, ah said. Us, he said. Eh. If yi wantae prove tae Nicola yir really sorry fur whit yi said then noo's yir chance, he said, Actions speak louder than words.

Me an Chris went roon the other side ae the buildin an we snuck in through the common room windae. The place wis pandemonium an there wis Nicola sat in the middle ae aw the upturnt tables an chairs wavin a ruler an giein oot the orders like she wis a born again gaffer. Big Mister Heggy Shut-Yir-Geggy wis ootside shoutin

THIS ROWDY BEHAVIOUR WILL
NOT SOLVE ANYTHIN

an,

IF YOU DO NOT DESIST THERE WILL BE CON-
SEQUENCES FOR EVERYONE INVOLVED.

A couple a folk turnt tail an went back oot the windae at that point, an ah thought aboot it masel fur a second but then Chris asked me tae help humph the big armchair ower taewards the door where Heather Fisher an Linsey Mooney-Marney an other folk had awready piled up maist ae the furniture.

I AM GOIN TAE COUNT TAE TEN,

roart Geggy. Whether he did or didnae naebdy got tae hear though cause his voice wis droont oot when aboot thirty folk aw at wance started chantin

WE SHALL – WE SHALL NOT BE MOVED!

Next thing there wis hammerin an the heid ae a big axe come champin through the door.

FALL BACK,

shoutet Nicola.

ON THE GROUND AN LINK ARMS –
THEY'LL NEED TAE DRAG US OUT.

Chris an me looked at each other an he said, Yi up fur this? Ah didnae get the chance tae respond cause Linsey Mooney-Marney pulled me doon on the flair, an lucky she did cause a big chunka doorframe came flyin right past an nearly took ma eye oot.

•

Linsey said, So what d'yi think will happen tae us. Dunno, ah said. D'yi think we'll get suspended, she said. Nah, said Chris, They'd need tae suspend mair than hauf a sixth year an that'll never happen. Ah think yir right, said Linsey, Ah think we'll probably jist get punnis or somethin. D'yi still get punnies when yir in sixth year, ah said. Not sure, said Linsey. They'll probly expell the ring leaders, said Chris, Nicola an Heather an whoever else's idea it wis will be in deep shit. D'yi really think so, ah said. Definitely, said Chris. Oh my god ma parents are goin tae kill me, said Linsey, anen she burst oot hysterical greetin.

•

Naebdy got suspendet or expelt in the end up an nane ae us even got a punnie. Aw that happent wis we got a letter home tae wur parents sayin we wur aw responsible fur payin fur a new door an we each had tae chip in three pound fifty-five. That's because Mister Heggy knows he's no match fur our family lawyer, said Nicola. Chris said, Well ah hope he took note anyway an gets that waw knocked doon cause it's shite yi cannae get intae the kitchen like evrubdy else. Nobody asked your opinion, said Nicola. Ah wis only sayin, said Chris. Well don't, said Nicola, Ah don't need sympathy off a scummy degenerate bum boy who's been flauntin his wares round every gay bar in Glasgow. Ma jaw jist aboot went through the flair. What did you jist say tae him, ah said. You heard, she smirked. Nicola, ah said, Did naebdy ever tell yi, ah said, That yi oughtae check yir fuckin privilege.

Chapter Fifty-Seven
BIG CHANGES

Thir's been pure big changes since ah startet sixth year: nearly evrubdy ah meet noo a days that's left school is either pregnant, jist gied birth or jist oot the jail; an every day ah see another person's name ah know in *The Paisley Express* because thiv been arrestet fur somethin.

An Harpreet, she's back in Scotland: she's gaunnae be daein Pyschology at Glasgow Uni an her an her sister are sharin a flat up beside the Hillheid Underground; she phoned me last night tae ask if ah wantet tae go fur a drink this Saturday. Ah'm dead nervous aboot meetin up wi her cause ah've no seen her fur nearly five years: ah keep thinkin whit if she's dead different noo an whit if ah don't get on wi her; ah'm seriously lookin forward tae seein her but ah jist don't know whit tae expect.

•

Ah'd a free period this mornin an ah wis sittin in the common room wi Lorna Horn an she wis talkin aboot bakin cakes wi nae eggs an how she wis becomin a vegan; Chris Russell wis there anaw an Bunsen an a guy cawd Spoon, who's in fifth year (who's no actually allowed in oor common room), an they three wur playin Pontoon an huvin a heavy bitchin session aboot aw the wans they'd seen recently that used tae be in oor year.

D'yi hear Kelly Marie's had her sprog, said Bunsen. Aye, said Spoon, A wee boy – she cawd him Rocky. Imagine cawin yir wean Rocky Walker, ah said tae Lorna, Sounds lik walkie-talkie. Lorna giggult. Apparently her ma's got the social work involved, said Bunsen, Thir talkin aboot takin the wean aff her. Probly fur the best, ah thought, cause the guy she's gaun wi's a junkie an the two ae them are always oot thir face; the boyfriend wis in the paper anaw no that long ago complainin that he wantet sugar-free methadone – he says the stuff he wis gettin oot the chemist in Porterfield Road wis rottin aw his teeth.

An d'yi know wee Tommy Campbell's back in the nick again, said Spoon. Sake man, said Bunsen, He didnae last long. Aye ah know, said Chris Russell, Did yi hear he took tried tae rob wan ae the shops in Kirky the other night.

Ah seen Tommy Campbell only aboot a week ago. Ah'd been doon at the baths, an ah wis staunin ootside the toilets in Inchinnan Road waitin tae get the bus back up the road when ah seen him bouncin alang on the other side ae the street, an he wis clearly on somethin. Tommy's no changed a bit since he wis at school: he's still only aboot five foot tall an looks lik Chuckie oota Child's Play. Ah'm no surprised he's gettin done fur robbery, but ah'm are surprised this is the first ah'm hearin aboot it.

Aye see the big dude that owns the off-licence, said Russell. Aye, said Bunsen, He's a fuckin legend that guy. Well mind how we used tae always go there fur wur cairry oot when we wur gaun tae the Kirky disco an every time we went in he always used tae chase us wi a golf club. Aye. Well it wis him that wrestled the gun aff Tommy. Jeezo. Aye man, said Russell, Turnt oot it wis a fake but that's no really the point – thir wis a wummin that wis in the queue fur a loaf that took a heart attack an that's whit caused the distraction. Fuck. Aye she's in intensive care, said Russell, An seef she dies that's him they'll throw away the key. Serves him right, said Spoon, Fuckin nutter – hope the wummin's awright but. Aye, said Russell, Ah tell yi whit though – ah widnae've tackult Tommy. Naw nor me, said Spoon. Nae danger, said Bunsen. Some mad MPs are sayin they wantae gie the shop guy a medal, said Russell. Nice one, said Spoon, Fully deserves it. Hoi Chris, ah said, Is it Iqbal yir talkin aboot is it Iqbal thir wantin tae gie a medal tae.

Ah didnae find oot though. He didnae get finished his story cause right at that minute Chris Ross come marchin in singin School's Out at the top ae his voice;

School's out fur sum-mer
School's out fur-ev-er

CHRISSY, he shoutet, That's me ah've done it man that's me officially left this dump that's me emptied oot ma locker an ah'm gaun tae work wi ma da. Aye, said Chris Russell, Well good fur you man ah'm pleased fur yi. He didnae look too pleased though. The two ae them've been joint at the hip since first year; ah wonder who Russell's gaunnae hing aboot wi noo.

Lorna had took her cook book oot her bag tae show me a recipe. She'd rit a whole loada notes in the margin cause she wantet tae adapt it. You remind me a Harpreet sometimes, ah tolt her. She said, Is that a good or a bad thing. She dis remind me a Harpreet though, the way she used tae be in first year: between her obsessive compulsive studyin disorder an her mission tae try an perfect her ain signature samosas. Kirsty, said Lorna, D'yi think if Harpreet's family hadnae moved tae England that yous'd still be best pals. Ah dunno, ah said, Ah mean folk change an it's wan thing tae keep in touch on the internet, but fur aw ah know she coulda turnt intae a major bitch.

Chris Russell's face wis trippin him an ah heard him sayin, So widdid Geggy say then when yi telt him yi wur leavin. Nuttin, said Chris Ross, loosenin his tie an then pullin it up roon his heid kiddin on he wis Rambo. So did he no try an stop yi then did he no try an talk yi oot it did he no say yi'd be better stayin on at school or anythin or did he jist say aye right yi are cheerio. Probly glad tae see the back ae yi, said Spoon, Probly got the flags oot. Bunsen an Spoon startet sniggern. Up yours, said Chris Ross, an he picked up a haunfa a cards an startet chibbin them at folk

Nae mair pen-cils
Nae mair boo-ooks

He jamp up on wan ae the desks an shoutet

NAE MAIR GEG-GY NAE MAIR –

The door wis flung open an Geggy wis staunin behun it an he looked lik he wis gaunnae huv a hernia or somethin. Awright Mister Heggy. Mister Ross, said Geggy, You've got one minute to –

This is big brother speak-ing, said Chris Ross, in a stupit accent, Could Christopher please leave the common room.

It wis hard no tae laugh, watchin Geggy tryin tae get Chris tae come doon aff the desk. Every time Geggy said somethin tae him lik, Ah'm warnin yi, or Yiv got one minute tae remove yirself, Chris wid take the piss oot him even mair. This is your final warnin, said Geggy. This is your final warnin, said Chris. Then Geggy grabbed him. He grabbed him by the neck ae his jumper an hault him right oot the door. Ah think evrubdy wis too shocked tae say anythin cause thir wis total silence fur aboot a minute. Then aw yi heard fae ootside in the corridor wis Chris shoutin,

CHRISTOPHER HAS BEEN EVICTED
CHRISTOPHER HAS BEEN EVICTED…

•

Ah arranged tae meet Harpreet in Starbucks. She said she'd get me at wan a'clock jist ootside, but ah knew if she wis anythin lik she used tae be she'd probly be there aboot half an oor early. Ah got intae Glasgow at twenty past twelve. Walked up Sauchiehall Street dead slow. The whole way intae Glasgow ah'd been tryin tae think up excuses so's ah could get away early if she turnt oot tae be a weirdo.

•

Harpreet wis there before me. She said, Yir lookin well Kirsty. Ah said, Thanks. She bought hersel a latte an wan fur me an she widnae take the money. She said, You've not changed a bit. An ah said, Neither've you, cause she hadnae. She looked exactly the same only aulder.

We sat doon beside the windae, an we startet talkin aboot school an wur families an whit we'd been up tae recently: ah tolt her aw aboot Chris Ross an Tommy Campbell an Kelly Marie, an then she tolt me that her sister had jist announced that she's got a girlfriend who she's been seein in secret fur the past two years. Nav thought our parents would go ballistic, said Harpreet, But thiv been fine – in fact thiv jist bingewatched two seasons of *The L-Word* an ma mum's on a mission tae find this Indian lesbian film called *Fire* that's from the 1990s. Oh my god your parents are so cute, ah said. Ah know, said Harpreet, An ah'm really proud a both them *and* Navdeep.

After that, Harpreet tolt me aboot the book she's jist startet that's called *The God ae Small Things*, an ah tolt her aboot how ah wis readin *Bridget's Diary*; an then we talked non-stop fur the full afternoon, an it felt jist lik auld times. We'd so much tae say tae each other that we endet up huvin lunch then gaun oot tae this vegetarian place ower by the Trongate fur wur dinner an ah tried the vegan korma which wis really good.

Jist as ah wis aboot tae leave Harpreet said, Ah've got somethin for yi. It wis a tub a samosas. Spiced onion an macaroni wi a wee bit tomato chutney, she said, Ah made them specially.

Chapter Fifty-Eight
A SNOG

My god Kirsty, said Charlene, pure screechin doon the phone, Ah cannae believe you actually went an got aff wi Christopher Russell eh naw man. Ah cannae believe it masel (it wis pure spur ae the moment): wan minute ah wis staunin talkin tae him an then the next thing we wur playin tonsil hockey.

Chris Russell isnae half as annoyin as he used tae be noo that he's no hingin aboot wi Chris Ross aw the time. He's actually quite funny at times an semi-intelligent an he can be really sweet when he wants tae be; he's also kinda cute an he's a no bad kisser.

Ah probly widnae a got aff wi him though if it wisnae fur Laura Kyle: it's cause she wis gettin aff wi Spoon. The four ae us went tae the swimmin baths last night an Laura an Spoon disappeart intae wan ae the cubicals leavin me an Chris wur two sels.

Ah don't know if ah'll get aff wi him again but. He's nice, but ah don't really think he's boyfriend material. He's huvin a party themorra (at his da's house) an he's asked me tae go an ah've said aye cause half a fifth an sixth year's gaun plus some folk that've left school; ah wis tryin tae get Charlene tae go anaw cause ah've no seen her fur ages an she's no had a night oot or snogged anybody since she had the wean, but she says she'd cannae jist abandon him tae go oot an party.

•

Quite a lot a people that used tae be in oor year wur at the party: Clicky, Linsey Jackson, Chris Ross, Wully McCoy... ah saw Wully as soon as ah walked in, but ah didnae go ower an talk tae him right away cause he wis sittin wi a lassie an ah didnae know if it wis his girlfriend. He said hi tae me an ah went pure bright red; he wis even mair sexy than the last time ah saw him. Ah heard aboot you Kirsty Campbell, he said, You an wee Chris Russell.

•

Kirsty, said Bunsen, Can ah ask yi somethin. Yi just did, ah tolt him. Ha ha, he said, Naw but seriously, he said, If ah ask yi somethin dae yi promise no tae tell anybody. Ah knew right away whit it wis he wis gaunnae ask me: he wis gaunnae ask me if ah knew if Laura an Spoon wur shaggin. So is it serious then, he said. Is whit serious, ah said, Ah've no got any diseases yi know. He looked awkward an ah wis aboot tae say ah didnae think it wid last between them when –

LAURA YA SKANKY BITCH,

shoutet Chris Ross,

WHIT'S GAUN ON IN THEY TOILETS.

That's when Bunsen decidet he wis gaunnae get wrecked an snog evrubdy.

Ah felt pure sorry fur Bunsen, cause evrubdy knows he still loves Laura. Even though thiv been split up fur well ower a year an it wis him that dumped her, ah still think she should get back wi him though cause the way she talks aboot him she obviously still has feelins fur the guy; anyway it wis his ma that made him split up wi her cause she thought they wur gettin too serious. Ah think Bunsen's way better lookin than Spoon (an he's a dead nice guy) an ah think him an Laura are the perfect couple, Laura keeps sayin it's over though.

Laura looked pure aw dishevelled when she come oot the toilets. Whit've you been up tae, ah said tae her, then ah said, Fix yir top it's on back tae front. Later when we left, an ah wis stayin at Laura's, ah asked her if she went aw the way wi Spoon; Did ah fuck, she snortet. That's whit am tryin tae ascertain, ah replied. She wis too pished tae understaun the joke, but accordin tae her she wisnae pished enough tae dae anythin other than snog, plus she let him touch her tits.

•

Ah also fun oot that after we left the party, Bunsen wis caught in Chris' da's bed daein it wi Linsey Jackson. Ah could well tell Laura looked upset but she denied it. Ah said tae her, Are yi awright, ah said, D'yi want tae talk aboot it. Ah'm fine Kirsty, she said, Bunsen can dae whitever he wants wi whoever he wants.

•

Ah got aff wi Chris again on Friday night: ah didnae really want tae but Laura wis gettin aff wi Spoon an she talked me intae it. At least it's a snog, she said. She knows ah hate huvin naebdy tae get aff wi. Ah wid jist keep nippin Chris, she said, Till sumdy better comes alang. Suppose so, ah said, S'no lik ah've had any better offers.

Sometimes ah think ah'm gaunnae end up bein wan ae these folk that're single till thir aboot forty; the last snog ah had the guy wis a Catholic an he decidet he wantet tae become a priest; the wan before that turnt ootae be gay an cheatet on me wi his sister's boyfriend. This guy that talks tae ma da aw the time, he went an said the other day that he thought ah wis nice lookin, an he asked ma da if he could get a date wi me. He's aboot eighteen or nineteen an his name's Charles an ma da caws him Fingernail

Charlie cause he acts pure camp. Ah wis mortified an ah got ma da tae tell him ah wis awready engaged.

•

Ah nearly faintet when ah met Wully McCoy at the iceskatin last night cause ah wis there wi Laura but nane ae us can actually skate. The only reason we go is tae see if thir's any nice lookin guys; aw we ever dae is sit at the side ae the rink, eatin chips an drinkin hot chocolate an watchin the talent gaun past. So yees comin roon wi me, said Wully. Aye on yi go, said Laura, she wis still munchin her chips. Ah suddenly had these visions ae me fawin on ma arse an no been able tae get back up, or worse, gettin ma fingers cut aff by some random speed skater. Ah'll haud ontae yi, said Wullie, pure readin ma mind, Here gimme yir haun –

Ah never got tae haud Wully McCoy's haun though cause right at that minute Bunsen an Linsey Jackson appeart, an Bunsen shoutet,

DON'T SAY HULLO THEN.

•

It wis a pure awkward situation. Ah wantet tae stay an talk tae Wully, mibby even get tae snog him, but ma loyalties wur wi Laura, an ah could tell Laura jist wantet tae go home. Bunsen wis pure showin aff actin lik a total arse: he kept makin aw these wee snide comments, an he kept pure pawin at Linsey pure tryin tae get aff wi her aw the time. Ah thought it wis totally uncalled fur: ah wantet tae say somethin tae him but ah didnae want tae embarrass Laura an ah didnae want tae embarrass masel. Wully endet up leavin us tae go skatin wi his other pals an me an Laura went up the road early cause we couldnae be arsed listenin tae Bunsen's pish; ah wis pure ragin an so wis Laura cause neither ae us got a snog an ah totally forgot tae ask Wully fur his phone nummer.

•

Laura's pure depressed aboot Bunsen. She's tolt Spoon she disnae want tae get aff wi him anymair an she's no been intae school aw week. Bunsen's as bad, his face is permanently trippin him, an he went pure mental at Linsey the day cause she turnt up at the school gate tae meet him.

Ah've been tryin tae get in touch wi Wully. Ah tried tae get his hoose nummer aff direct enquiries but he's ex-directory. Charlene thinks ah should jist turn up at his door unannounced but that's embarrassin. How is it, she said, Yi don't need tae tell him yi fancy him yi can jist make oot yi wur in the neighbourhood. Aye right, ah said. Fur aw you know, she said, He might be wantin tae snog the face aff you tae.

Chris Russell phoned me this mornin an asked me if ah'd be his girlfriend.

Chapter Fifty-Nine
THE WEAN

How's the wee man gettin on. That's the first thing Chris Rice said tae Charlene when me an him went tae meet her fur lunch. We went tae the Wallace Bar in the High Street cause it's cheap an cheerful – cause Charlene said she didnae huv much money tae spend – an we dogged Guidance fourth period so's we could huv a longer break.

It wis meant tae be a big reunion type thing an Clicky an Lisa an Laura Kyle wur meant tae aw be comin anaw. Clicky wis at college though, an Lisa got a castin call at the last minute, an Laura said she couldnae be bothert cause, Aw Charlene talks aboot these days, she said, Is shitty nappies an child benefits. Ah half expectet Charlene tae bring wee Logan wi her, but it turnt oot her ma had miraculously agreed tae babysit him fur the afternoon.

Ah cannae believe how big he's gettin, ah said tae her, It jist disnae seem natural that you've got a year na bit auld wean. Charlene jist shrugged an then she startet showin us photies ae him wearin his wee Rangers strip an playin wi his toys that she got him fur his first birthday. He's his faither's dead spit int he, she said, Poor boy – an ah think he's gaunnae be tall lik Duffy when he's aulder cause that's him wearin eighteen tae twenty-four month baby claes awready.

•

Charlene said she'd been thinkin aboot gaun tae college. She said she misses school an wishes she'd stuck in. She said she phoned up an spoke tae a Careers Officer an she got advised tae dae either childcare or social care or hairdressin. Ah'll need tae wait tae he's up a bit though, she said, Cause ah cannae afford tae pay a babysitter an ma ma says she's no watchin him aw the time.

Dae yi really want tae dae any ae they courses but, ah said tae her. Cause ah couldnae imagine Charlene bein sumdy's support worker or thir homehelp, an even though she likes weans she'd never really expressed any interest in lookin after them as a job; hairdressin on the other haun might be a good shout cause she's always been creative, but ah wisnae convinced. Dunno, said Charlene, Gets me oot the hoose dint it – an ah had a look at the NC in childcare in the prospectus an it looks lik it wid be a pure pish easy dawdle.

Mind yi wantet tae be a lifeguard, ah said. Aye, said Chris, Wid yi no want tae dae somethin lik that noo. Nah, said Charlene, That dream's deid in the water as they say. She laughed at her ain joke but neither ae us did. How come, ah said. She shrugged her shoulders, Ah looked intae it a while back, she said, An it's two hunner an fifty pound tae train tae get yir NPLQ – an they don't dae it at Renfrew so ah'd need tae traipse away oot tae East Kilbride – an plus yi pure need be able tae swim at least fifty metres in under a minute an ah'm jist no as physically fit as ah once wis. Yi wid soon build up yir fitness again though, ah said, An yi can get a UB40 discount doon at the Vicky. Aye, said Chris, Yi should never ever gie up on yir dream. Well, she said, Ah'm also sumdy's maw noo an ah've got a hoose tae look efter an bills tae pay an ah'm daein it aw on ma tod – an ah jist don't huv the time or the fuckin energy tae go swimmin.

So ah take it bugger lugs is still at school then, said Charlene. Aye, ah said, He got made heid boy. Typical. Aye ah know, said Chris, An apparently he's got another bun in the oven. Ah felt lik kickin him under the table cause we wur only jist recoverin fae that last distastrous conversation, an here he wis pittin his big size thirteens in it again.

Aye well Duffy always did like tae spread his seed, she said, Whose it this time that wee burd fae Trinity. Naw, said Chris, It's Linsey Jackson. There wis a bit ae an awkward pause. Then Charlene goes, Well thanks fur tellin me – no that it's any ae ma business. It might no be his, ah said, tryin tae smooth things ower. Aye thir's that many possibilities wi her, said Chris, But the rumour is it's either his or Bunsen's.

After we left, ah had a go at Chris fur openin his big mooth. Ah didnae mean tae say it, he said, She wis the wan that mentioned him – an plus she said she didnae care. She obviously dis care though, ah said, Yi need tae learn tae huv a bit mair sensitivity you. Ah wis aboot tae ask him whit he thought we could dae that might cheer her up when ah seen Chris Duffy talkin tae two fifth year lassies who wur fawnin aw ower him.

Widyi look at that prick, ah said, Dis it no make yi feel sick jist watchin him.

•

Charlene come up tae visit us in the common room the day an she brought the wee man wi her in his buggy. At first ah thought ah wisnae even gaunnae hardly get tae talk tae her cause aw the lassies in oor year startet crowdin roon, pure pawin at him. Ah jist assumed she'd want tae lap up aw the attention. She surprised me though; she made a point a sayin, Ah'm hear tae see ma pal Kirsty; then she said, An ah'm here tae introduce Logan tae his da. Duffy's face wis a picture, an he stamped oot the common room in a huff.

•

Chris said tae me durin Higher English, Can yi magine whit it wid be like huvin a wean at oor age. Ah said ah couldnae. He said, D'yi want kids. Ah said, Aye mibby when ah'm aboot thirty. Ah definitely wid like tae huv a wee mini-me, he said, Widnae matter if it wis a boy or a lassie. Listen tae you gettin aw maternal, ah said, Who's gaunnae be the daddy.

Ma ma had me when she wis nineteen an she said it wis a struggle. Huvin tae change nappies, she said, An breast feed an gettin up at aw oors when yi gret — at least ah'd yir da there tae gies a brek an keep me sane — it'll be ten times mair difficult fur Charlene. She keeps him nice though, ah said. Ah bet she does, said ma ma. An she says she's been savin every penny she gets, ah said, So she can take him away on trips an dae aw the things her ma never did wi her. Aye yiv got tae admire her, said ma ma, She's had a hard life that wee lassie — an she's got a few mair harder years still ahead ae her.

•

Ah nearly faintet when Charlene phoned the night tae say that Duffy's ma had jist been roon at her hoose. Widdid she want, ah said. Tae see the wean. Yir jokin. Naw, she said: apparently Duffy's ma's pal works in the school an she seen Charlene comin in wi the buggy, an she's meant tae've phoned an said tae her that thir wis nae doubt aboot it — that the wean wis definitely his — especially wi that red hair.

She apologised an everythin, said Charlene. That wis big ae her. She wants tae come roon an see him again, she said. Yir huvin a laugh, ah said, Yir no gaunnae allow it are yi. Well it's still his granny, she said. Ah thought the auld bag had a cheek, tae be honest, after the way she treatet Charlene when she fun oot she wis pregnant; pure cawin her a cow an a liar an aw the rest ae it an sayin it wisnae even her granwean; it wisnae ma place tae say though, so ah shut ma mooth.

•

Duffy's ma, Elizabeth (she tolt Charlene she's tae start cawin her by her first name cause thir family), she gied Charlene a hunner poun in a card. She said she wantet tae make up fur aw the shit that's happent in the past: she's apparently tolt Duffy he's tae get a job, an she's gaunnae make sure that he starts payin somethin taewards his son's keep. Ah'll believe that when ah see it, ah said, That's aboot as likely tae happen as me winnin the lottery. Charlene's determint tae gie her a chance though cause she says she disnae want tae deprive wee Logan fae seein his granny or his father; she said, Ah know whit it's like growin up an no huvin a da an that's the last thing that ah want fur him.

•

Charlene's got a job moppin the flairs in the Vicky Baths. It's only eight oors a week, an she's still gettin aw her Single Parent Benefits, an she says she's gaunnae start usin the pool fur half an oor every day before she does her shift.

Duffy's ma's agreed tae baby sit fur her whilst she's daein that. Ah went wi her tae his hoose last night, tae drap the wean aff; Duffy wis there an it wis him that answert the door. Ah honestly thought he'd've spoke tae her but aw he did wis jerk his heid tae signal fur us tae go through the livin room. How's ma boy, said Duffy's ma, as soon as she seen wee Logan; we'd hardly been in two minutes when she pointet at Duffy an said, D'yi know who that is eh, she said, That's your daddy. Duffy didnae look pleased ataw; PISS OFF, he said, an then he marched away oot, slammin the door behind him, despite his ma shoutin fur him tae come back.

Ah don't think ah've ever met such a big wean in aw ma life.

Chapter Sixty

ROMANTIC

Chris Russell's turnin intae a total stalker. He phones ma mobile aboot ten times a day an whenever ah turn it aff he phones ma hoose: he phones me tae see if ah'm up fur school in the mornin then he phones again tae see if ah've left; he phones durin breakfast, dinner, you name it; if ah'm no in the common room durin ma free periods he phones tae see where ah'm are.

Chris lives wi his gran cause his ma's deid, an his da's got mental health problems. She's a dead nice wee wummin his granny, she pits up wi a lot aff him though; an she disnae keep well cause she's had leukaemia fur the last four years. Ma ma met her in the supermarket the other day an she had a word wi her aboot Chris an aw the mad phone calls, an it turns oot he'd tolt his gran we wur, HUVIN A RELATIONSHIP. This wis after ah'd tolt him umpteen times that ah wisnae wantin a boyfriend the noo.

Ah meet aw the loonies. Ah think ah must huv some kinna loony radar that they aw tune intae whenever ah walk by. Last night, ah wis on the bus an this drunk guy sat next tae me an he wis singin, an he kept tryin tae get me tae join in wi aw these Celtic songs despite the fact ah wis wearin a Rangers top. Al-tae-gether now, he said, O IT'S A GRAND AULD TEAM TAE PLAY FOR –

Ah wis jist dyin tae get home cause he kept askin me where ah stayed an did ah huv a boyfriend an ah endet up gettin aff two stops early an walkin it.

•

This mornin we had double Higher English first an second period an we wur readin chapters four an five ae *The Great Gatsby*; normally ah sit next tae Laura Kyle, Chris Rice an Lorna Horn, but it wis only Chris an me that wur in so we got moved desks tae dae a group discussion wi Chris Russell an Bunsen. Ah wis pure cringein when Miss Crookshanks suggested it, but ah couldnae exactly say naw cause she wisnae tae know aboot aw the mad stuff that wis gaun on. (Anyway, Chris Russell's quite brainy at English – the only reason he's in oor class is cause he's resittin the higher cause he got a B last year an he wanted an A – so hopefully the answers he gied us wur right.)

The Great Gatsby is wan ae they books that ah jist cannae get intae no matter how hard ah try. It's aboot this guy cawd Nick who hings aboot wi a mysterious guy cawd Gatsby who's his next door neighbour. Aw Gatsby ever talks aboot is how he fancies Nick's cousin, Daisy, an he flings big parties aw the time an buys a hoose across the water fae her jist so he can perv on her.

Chapter five is the pivotal chapter in the novel, said Miss Crookshanks, Because Daisy an Gatsby's reunion is the hinge on which *The Great Gatsby* swings. Ah whispert tae Chris Rice that ah thought Russell wis becomin unhinged cause he'd sent me three blank text messages this mornin.

After Gatsby's past relationship with Daisy is revealed, said Miss Crookshanks, A meetin between them is inevitable. Ah wrote a note tae Chris Rice that said, After Russell's granny revealed he wis tellin porkies aboot me, it wis inevitable he wid need tae stop or ah wis gaunnae cut aff his baws.

Chris sniggert an Miss Crookshanks asked him if he'd some kinna problem. He said he didnae. Well Christopher, she said,

Maybe you'd like tae tell us a bit about the romance between Gatsby an Daisy.

Emm, said Chris, he's a bit ae a bunny boiler is he no. Ah few folk startet laughin an even Miss Crookshanks cracked a smile. Then Chris Russell buttet in an said, Ah think the way Gatsby dedicates his life tae winnin ower Daisy is really romantic.

•

We had Higher English again the day an Lorna an Laura are still aff so me an Chris had tae sit next tae Bunsen an the bunny boiler again. Bunsen wis flingin bits a rubber at Nicola Buchanan, an me an Chris wur writin notes tae each other in a secret code, an Chris Russell wis pure starin at us an pure watchin wur every move pure tryin tae figure oot whit we wur sayin.

Chris wrote,

Ah seen Wully McCoy doon in Renfra yesterday. He's workin in the chippy next door tae the Vicky baths.

Ah wrote back,

Whit wis he sayin.

Chris wrote,

Nothin. Ah didnae actually talk tae him.

Ah wrote,

Ah wish ah knew whit his phone nummer wis.

Chris wrote,

Easy. Jist go intae the chippy an ask him fur it.

Ah wrote,

That's embarrassin. Ah'd be pure mortified. Ah widnae even know whit tae say tae him fur a start.

Chris wrote,

Ah'll ask him. Me an Wully are lik that.

Ah looked up at Chris an he hud crossed two fingers an Chris Russell wis still pure watchin us tryin tae work oot whit we wur daein. Ah wis aboot tae burst oot laughin right in his face when Miss Crookshanks come up an asked if we'd finished daein the questions on chapter seven.

Chris Russell's face an the tips ae his ears wur pure bright red an he looked lik he wis aboot tae start greetin when Miss Crookshanks asked him tae read oot oor group's answers. Chapter seven brings the conflict between Tom an Gatsby oot intae the open, he says, withoot even liftin his heid, An when Tom confronts Gatsby aboot his extra-marital affair wi Daisy it brings tae a heid underlyin flaws in baith thir characters.

Ah didnae huv a Scooby whit Russell wis talkin aboot. Ah don't think Chris Rice did either cause he kept writin wee notes tae me that said,

That Daisy's a bit of a slapper d'yi not think

an,

Ah think she's jist leadin that Gatsby dude on

Christopher, said Miss Crookshanks. Aye, said Chris Rice. Is that a love letter yir writin tae Kirsty. Quite a few people startet tae snigger an ah could feel masel pure takin a beamer. Let's have a look, she said.

Ah wis pure mortified cause she come right ower tae oor desk an picked up the sheet a paper that we'd been writin on. It widnae've been so bad if she'd took the wan that jist had aw the wee lines an squiggles on it cause naebdy except me an Chris Rice knew whit it meant, but she never. She went an picked up the bit where ah'd been tellin Chris how much ah fancied Wully McCoy. On the back it had aw these wee kisses. An a big massive love heart. Wi Wully's name in the middle.

Put it away out of ma sight Kirsty an don't let me catch yi writin notes in ma class again. Thanks miss, ah said, an ah foldet it in half as soon as she gied it back tae me, tryin tae make sure naebdy else saw, an then ah pit it in ma bag. An that goes fur anybody else, said Miss Crookshanks, Romantic as it may seem the art of writin love letters tae yir fellow students is not part of the English curriculum. Thir wur a few mair sniggers.

Jist cause she's no gettin any, said Bunsen. What did you just say there Winston. Nothin miss, he said, Ah wis jist askin Kirsty fur a len ae a rubber. Miss Crookshanks startet talkin again aboot parallels an metaphors fur love. Bitch, said Chris Russell, behind his haun, then he looked at me an his eyes wur aw pure glazed ower an it wis pure freaky, an he said, Ah'm sick ae this shit.

Ah hink he's flipped it, Chris Rice said tae me, pointin tae Russell as we wur gaun oot the class, Did yi see the way he wis starin at you. Ah jist shrugged cause ah didnae want tae make a big issue ootae it; then Bunsen come up an goes lik that tae me, Heh Kirsty d'you fancy Wully. Thir wis nae point denyin it cause he'd obviously seen whit wis written on the back ae the bit a paper. Dae yi, he said, pure big grin plastert on his coupon. Aye but gaunnae no say anythin, ah said. How, said Bunsen, He's been tryin tae fire intae you ever since we startet first year. Awww is that no dead romantic, said Chris Rice, Awwww one two three awwww.

Ah wished Chris wid jist shut up. He dis ma heid in sometimes cause he always pure draws attention tae himsel. Chris Russell wis pure starin ower at us an ah wis tryin tae talk quiet so he didnae get wind ae wur conversation.

Bunsen said, D'yi want me tae ask him fur yi then. Ah said naw. He said, D'yi want me tae gie yi his mobile nummer. Ah said aye. He said, D'yi want me tae tell wee Chris Russell yir no gaun wi him anymair. Ah said, He awready knows that, ah said, An ah wisnae gaun wi him tae start wi.

•

Last night, a phoned Wully an ah asked him if he wantet tae go oot fur a drink wi me at the weekend. Ah wis dead nervous in case he said naw or he pure laughed at me doon the phone or somethin. The first time he answert a hung up but then ah felt dead stupit so a phoned back an made oot ah had a dodgy reception. Ah wis talkin tae him fur ages an he said he'd love tae go oot wi me.

Chris Russell asked me if ah wantet tae go oot wi him fur a

drink anaw. Ah said ah couldnae, an ah jist said ah wis busy daein stuff wi ma family cause ah didnae want tae hurt his feelins by tellin him ah wis gaun oot wi another guy.

He wis awright aboot it: he tried tae get me tae agree tae gaun oot another night, but ah jist said ah couldnae commit tae anythin till nearer the time.

Chris Russell wis staunin right ootside the pub when ah went tae meet Wully, an ah thought his jaw wis gaunnae hit the kerb. He wis aboot tae say somethin tae me when he seen me wavin at Wully across the road (an he didnae look too pleased) an then he aboot turnt an stamped off in the opposite direction.

Chapter Sixty-Wan
A BIT DIFFERENT

Oor Karen's a bit different. Those wur the zact words ma ma used when she sat me doon an tolt me that the school thought Karen wis autistic. Wuv been roon aw the hooses tryin tae work oot whit's up wi her. First they thought she'd A.D.D., then it wis dyspraxia; then they decidet she wis jist badly behaved an it is wis her hormones that wur tae blame. She's still waitin on the test she wis meant tae br gettin aff the Educational Psychologist – she'd wan apppointment wi him (a year ago) before he fucked off on his hollybags never tae be seen again. Ma parents are aboot dementet, specially since this new Learnin Support wummin says if Karen *IS* on the autistic spectrum then she'll need tae go on yet another waitin list an restart the palaver tae pursue a whole new diagnosis.

Ah definitely feel sorry fur Karen. It's no her fault she's clumsy an she forgets things, or that she's got concentration problems. But at the same time, she makes life harder on hersel when she chooses tae dae things lik dressin lik she's in a Tim Burton movie, an hingin aboot wi aw the misfits.

Yesterday she cut her hair short an dyed it electric blue. Evrubdy in school's laughin at her, specially since she missed a big streak at the back; ah tolt ma ma she'd better make her re-dye it, but aw ma ma said wis, She's fine she's jist gaun through a phase.

Karen's always gaun through a phase. She's been through a ned phase, then it wis a posh phase, an noo it's jist a bliddy weirdo phase. She's wants tae go tae some punk concert fur her birthday, her an Spoon's wee brother – Tea Spoon – that's who she's hingin aboot wi noo. He's an oddball anaw – ah tolt Karen that. Karen said, How is he. Ah said, He jist is. Whit cause he wears eyeliner an he's got a couple a piercins. He's lik a human pincushion, ah said. You're jist jealous, she said, Jist cause me an ma pals urnae wee sheep lik you an aw the dafties you hing aboot wi aw wearin the same claes an the zact same hairdos an not wan ae yees darin tae be an individual.

She's got a point, said Wully when ah tolt him whit'd been said. Ah mean it's *her* hair. Aye but look at the state ae it. Well ah'll tell yi wan hing Kirsty, he said, If ah ever want tae dye *ma* hair blue or green or pink polka dots that's whit ah'll be daein an neither you nor any cunt else will be able tae stop me. Really, ah said giein him a raised eyebrow look, Pink polka dots. Aye, said Wully, Mibby ah'll start a trend.

•

Karen come in fae school the day wi a burst lip. She widnae say who did it but a fun oot aff Tea Spoon that it wis Carrie Anne Walker. Carrie Anne's been tormentin oor Karen on an aff fur years – ever since she fun oot Karen wis gettin Learnin Support – but noo it's even worse cause she's teamt up wi that wee arsehole Scott fae up above us, so she's never away fae oor close. Ah honestly don't know whit tae dae cause Karen says if ah tell ma ma she'll go up tae the school an that'll jist make things worse.

•

Ah know whit ah'd dae if that wis ma wee sister, said Wully, Ah wid severely ragdoll the pair ae them. Well she's no your sister, ah said, An ah need yi tae promise me yi'll stay right ootae this. He said he wid. Ah wis quite surprised he gied up withoot tryin tae convince me tae at least let him go roon an shout at them. But then he said, Ah totally gerrit Kirsty. He said, Karen's *your* blood an ah unnerstaun yi need tae haunle this yirsel.

Ah knew he didnae get it ataw, an the reason fur that wis because ah'd never tolt him how much ah'd always regrettet askin him tae pull up Carrie Anne an they other wee lassies that wur hasslin Karen back when she first startet high school. Ah'm a hunner percent sure that if it hadnae been fur us two interferin oor Karen widda been much better aff.

Oor Karen has never haltet gettin herself intae trouble since then – if it's no somethin tae dae wi Carrie Anne Walker an her cronies, it's the teachers she's fightin wi. Karen says the teachers aw pick on her an make a fool ae her in front ae other wans in her class whenever she's no done the homework right; an of course her up at Guidance is nae use cause she's never available half the time when ma ma or Karen try tae speak tae her, an when she is she always sticks up fur her staff an says if Karen had a different attitude she'd get on a lot better. Karen isnae the maist easiest person tae get alang wi ah'll gie yi that, but ah don't think the teachers should be talkin tae her the way they dae. Then again, a fully believe that if we hadnae pit the wind up Carrie Anne then Karen wid never a got in cahoots wi her, an the two ae them widnae a caused loadsa bother fur the best part ae first year, an probly the teachers wid be a bit mair nicer tae her.

It wis a similar problem when ma ma went roon tae talk Trish Walker: she refused tae let Carrie Anne take the blame fur bullyin Karen cause she said the two ae them wur AS BAD AS EACH OTHER. She wis aw, TEENAGERS THIR AW THE SAME, an her solution wis they should jist no pal aboot thegether.

•

Wully wis roon oor hoose fur dinner the other night fur the first time. It wis super awkward cause ma da wis pure giein him the Spanish Inquisition (cause he isnae happy aboot us bein a couple), whilst ma ma kept plyin him wi mair mashed totty (cause she's decidet she really likes him). Karen, made it obvious she didnae wantae be there cause she kept makin snidey wee MEE-MAW MEE-MAW noises; an ah wis particularly mortified when she decidet tae start tellin paramedic jokes. Widyi call a boy that finally stauns up tae bullies, wis wan ae her efforts. An Ambulance, she said, Ha ha dae yi gerrit.

Wully took it aw in his stride though, an right as he wis leavin he tolt Karen he liked her hair an that if she wantet he could get his Auntie Linda who's trainin tae be a hairdresser tae try an fix the bit at the back.

•

Karen's got flamingo pink extensions anaw noo thanks tae Linda McCoy. Yir welcome, said Wully, pure dead sarky. She thinks it's brilliant, ah said, An she's tryin tae convince me tae let Linda pit a rinse through mine. Yi should, said Wully, She'd dae it fur free. Thanks, ah said, But ah like ma hair the way it is.

•

Karen shocked us aw by askin if me an Wully wantet tae go tae the Shattered Egos concert wi her an Tea Spoon. Ah tolt her it wisnae really ma cuppa tea because it's no, but also ah've been tryin tae save ma money. Wully thinks we should go. It wid be good, he says, Fur you an her tae spend some quality time thegether. He seems tae forget that ah'm no like him an aw the wans that get a bursary jist fur stayin on at higher education, cause ah got penalized when ma da got the full-time job in HMV. Aw ah get is thirty poun a week fur sloggin ma guts oot stackin shelves in Iqbal's every Sunday, an ah cannae afford tae waste two thirds ae that hard earnt cash on a band ah wisnae even intae.

Ah think Wully wis a bit taken aback when ah tolt him that, but ah'm no gaunnae lie aboot it nor am ah gaunnae go someplace ah don't want tae go. Ah wis tryin tae explain tae him that ah'm savin up tae mibby go a holiday next year after wur exams are over when he offert tae pay fur ma concert ticket. Ah tolt him no tae be daft. Ah said, Ah don't want you tae be oota pocket. He said he didnae mind. Ah mindet though cause ah'm no wan ae these lassies that makes the guy pay fur everythin an ah wisnae huvin him think ah wis. It's yir sister's birthday though an ah've no bought her anythin yet, he said, So this can be ma present tae her.

•

Karen endet up in hospital the day because a Carrie Anne Walker. She went an pushed her doon a flight a stairs in school. Ma ma an da wur gaun pure mental an so wis Wully, he wantet tae send his cousin Linda roon tae her hoose tae leather her. An eye fur an eye, he said. Then he went on a pure mad rant aboot how if sumdy did somethin lik that tae a member ae his family he'd go after that person. An whit good's yir revenge gaunnae dae, ah tolt him, If yi end up in a bliddy jail cell. It's aboot respect, said Wully, Plus it wid make me feel better. Well, ah tolt him, Ah'll no be up tae visit yi if *that* happens.

•

Karen's gaunnae be awright. She got let oot the hospital this mornin an she's got a stookie on her airm but the rest is jist cuts an bruises. Ma ma wis seriously considerin takin her oota Renfra Grammar awthegether, but then she got a phone call aff them tae say they'd got the polis involved an Carrie Anne's been expelt; the Learnin Support teacher also wants her tae go in so they can talk aboot whether or no they're gaunnae pursue this the autism assessment, so she's giein the school wan final chance.

Ma ma paid fur aw four tickets fur Karen's concert. Ah've downloadet some a Shattered Egos' stuff aff the net, an thir actually no terrible. At least, said Wully, It'll be somethin a wee bit different.

Chapter Sixty-Two

TIGER EYE

Wully says ah'm gorgeous. He says, Yir sexy an yiv goat a body tae die fur an when yi smile yir hale face even yir eyes light up. He says ma eyes are lik mood stones. Sometimes they look green an sometimes they look broon an sometimes, he said, If yi look dead close yi can see wee hints a gold an copper through them. Ah hate ma eyes so ah dae: thir bliddy weird. Ah didnae say that though cause ah didnae want him thinkin ah wis fishin fur compliments.

Yesterday we wur lyin in bed wrapped up in each other cuddlin up an stuff. He wisnae really sayin much jist lookin at me, jist lookin right deep intae ma eyes as if they wur windaes. Whit yi thinkin, ah asked him. You're gorgeous, he said. Whit you after. Your eyes are amazin, he said. Shut up, ah tolt him. Naw honestly Kirsty they are. Ah went aw quiet after that, an he hugged intae me an asked whit he'd did wrang, an then finally ah said, Evrubdy at school used tae say ah'd traffic light eyes.

•

It's called partial heterochromia, ah said. Seven percent ae the population huv eyes that are different colours an it's considered tae be a genetic mutation. Yir eyes look normal tae me, said Wully.

Well accordin tae ma optician they *are* totally normal, ah tolt him, But ah've always felt pure para cause it's usually wan ae the first things folk notice aboot me. Wully noddet. No that ah ever got bullied fur it or anythin, ah said, Cause maistly folk tell me that they think ah look cool. See wan hing ah really love aboot your eyes, he said, It's the dark grey bit that goes roon yir irises. That's cawd a limbal ring, ah said. Well ah hink it's sexy as fuck. Oh do yi now, ah said. Aye, he said, an he startet circlin ma belly button wi his finger. Well ah suppose it's wan ae ma mair acceptable eye features, ah tolt him. Ma sister's got it anaw an so's ma ma – who'd a thought ah'd huv two mutations!

Wully sighed an squeezed ma haun. D'yi know that Elizabeth Taylor had violet eyes, he said, An that she also had two sets a eyelashes. You're such a geek sometimes, ah said tae him an ah stuck ma tongue oot, How d'yi even know that shit. Jist dae, he said. David Bowie's also got that hing you've got, he addet, Cause wan ae his eyes are blue an the other's broon. That's actually a common misconception, ah said. Widyi mean. Bowie had an eye injury when he wis a teenager an it jist looks lik his eyes are different colours. Izzat so, said Wully. Aye, ah said, Google it if yi don't believe me.

·

Wully asked me if ah ever wore contact lenses. Ah said ah didnae. He says nearly evrubdy else he's ever went oot wi has had tae wear them so he wis quite amused when ah said ah never. Ah tolt him ah'd tae get glasses last year fur readin, but ah never wear them. He said, D'yi know yi can get tintet contacts that make yir eyes look aw the wan colour. Ah said, Whit yi tryin tae say like. Nothin, he said, Ah wis jist tellin yi.

Ah tolt him ah wantet tae change the subject after that. He says thir's nothin up wi ma eyes (but clearly thir is cause he keeps mentionin it). Ah used tae always fancy havin contacts but: green wans or mibby a light shade a blue, or mibby ah'd go wild an get

pumpkins fur Halloween or magic eight balls. Ah wid never wear
them permanently though, jist the odd time fur somethin different,
jist tae confuse the hell ootae people cause ah think it must be lik
gettin yir hair dyed, they must change yir whole appearance. Ah
wis pit aff but, cause Chris Russell said his cousin lost her eyesight
cause she wore them too often – he didnae go intae heavy detail but
it wis somethin tae dae wi her corneas no gettin enough oxygen.
Anyway, the other thing ah don't fancy aboot them is actually
puttin them in: the idea ae huvin anythin sittin on yir eyeball gies
me the boak; knowin ma luck ah'd probly dae it backwards an end
up walkin aboot lik Mister Magoo.

•

Gaunnae stop sayin ah'm gorgeous, ah tolt him. Sorry. An don't
look at me lik that. Lik whit. Yi know whit, ah said. Ah cannae
help lookin at yi, he said, Yir lovely.

Wully's the only guy ah've ever slept wi. Ah always thought
ah'd be gaun wi a guy fur like pure years or months at least
before we did it. But see wi him ah didnae want tae wait. Ah
knew as soon as we got thegether that he wis the wan ah wantet
tae lose it tae.

First time we done it wis the October week when his parents
wur away; we'd talked aboot it beforehaun aboot takin precautions
an how it wis a pretty big deal fur me, an then when things startet
tae get steamy it wis him that got aw pure anxious sayin wis ah sure
ah really wantet tae, an that he wis totally fine wi takin things slow,
an how he didnae want me tae feel pressured. Ah wis like, Dae *you*
feel pressured – dae *you* want tae stop. An he wis lik, Yi fuckin jokin.
An ah said, Well shut up an get back in the bed then ya big dork.

Sometimes ah wonder whit he sees in me though. He's been
wi other lassies – he lost his virginity when he wis thirteen – an ah
dae worry sometimes that he's comparin me tae them, an then
ah end up gettin pure para aboot the way ma body looks. Ah've
had guys in the past sayin ah'm nice lookin; ah've even had other

lassies sayin they wished they wur as pretty as me, an folk are never done askin if ah'm a natural blond. Ah don't think ah'm anythin special: ah'm no pure drop dead gorgeous but ah'm no exactly a gargoyle either; ah'm jist me an ah'm jist the way am are an ah cannae change that no unless ah go an get plastic surgery.

Wully says he loves me. He says he's always loved me since he wis a wee boy. Ah think ah love him anaw – ah'm ninety-nine-point-nine percent sure ae it – but ah've no said it yet cause ah know once ah dae thir'll be nae take backs, an it'll be oot there thrashin in the wind lik ma ma's washin.

•

Me an Wully wur in the Natural World in Buchanan Galleries the day. It's a wee mad shop that ma pal Lisa works in that's got aw the different semi-precious gemstones. Ah sometimes go in fur a nosey cause thiv got a lot a nice jewellery an stuff in there.

Ah wis lookin at the rose quartz an the pink cat's eye bracelets while we were in, an then Wully liftet this bit ae stone that looked sorta black at first, but once yi picked it up it changed colour. Look, he says, Int this gorgeous Kirsty – He pit it in ma haun – See how it goes fae black tae broon an then it looks lik it's got copper an gold stripes through it. He wis right, it wis gorgeous. The two ae us stood starin at it fur ages, pure totally mesmerized.

•

Apparently Wully's stone was meant tae be used fur focusin the mind; it's meant tae help yi wi yir perception an seein things mair clearly whenever yiv got a problem. It came wi a wee leaflet that said the shimmery yella bits in it wur connectet tae the sun's rays an it's meant tae be a link between the Earth an the sky, an it's sposed tae gie yi a balance ae physical an spiritual strength. Another thing, it's meant tae be a good stone fur folk that are Tauruses – no that ah believe in star signs or any ae that crystal healin, but it turns oot Wully dis an ah think that's super cute.

•

Well that's whit ah'm gaunnae caw you fae noo on, Wully said, when he gied me the stone aw wrapped up in tissue paper inside a wee black velvet pouch. What, ah said. An he pointet tae the label on it that said,

TIGER EYE.

Chapter Sixty-Three

HEADLINE NEWS

TEEN ARRESTET OVER FATAL STABBIN

A fourteen yir-old boy wis arrested yesterday in connection with the murder of another youth who wis stabbed as he tried tae intervene tae stop his girlfriend's sister bein pelted wi food.

William McCoy, of Moorpark, Renfrew, wis stabbed repeatetly as he returned to his girlfriend's house followin a concert in Glasgow's Barralands.

The seventeen-year-old wis taken to the the nearby Southern General Hospital where he died two hours later.

The teenager – who cannot be named fur legal reasons – wis arrested an taken to Paisley Mill Street police station where he remained in custody last night.

Police said the Reid Kerr College student 'didn't stand a chance' when he wis stabbed six times in the head an body, with an eight inch serratet knife, in the totally unprovoked attack which took place on the twenty-ninth of November.

Jist weeks earlier, William – who intended tae take his girlfriend on a surprise trip around Europe after they'd both finished their higher exams – had spoken at length tae careers officers at the college, about his future plans tae train tae be a paramedic.

William was walkin along Laggan Terrace, in Renfrew, with his girlfriend an her younger sister when they were approached by a teenage boy an girl; the girl then began verbally abusin his girlfriend's sister an throwin chipshop chips at her.

Both wur under the influence of alcohol an drugs.

The victim's girlfriend, who has not been named, tried in vain to stop the frenzied attack but wis unsuccessful, and she received cuts to her hand an wrist in her brave attempts to disarm the knifeman.

William collapsed at the foot of his girlfriend's stairs due tae his severe injuries.

After the assault, the killer fled tae his father's house in Ferguslie Park.

William's mother, Morag, thirty-seven, who is currently at home being comforted by relatives, said William didn't deserve tae die the way he did.

She said, Wully wis no angel but he didn't carry blades an he didn't like tae see anybody gettin picked on. And all he wantet since he wis a wee boy wis tae become a paramedic so he could save lives. It's a sin that he's been taken from us in this way.

She also added, They should bring back the death penalty, if yi take a life yi should lose yir life.

Police later said the fourteen-year-old suspect had been arrested at an address in Paisley after intelligence was received.

A fourteen-year-old girl has also been arrested in connection wi this incident an charged with a breach of the peace.

Chapter Sixty-Four
BLOOD

Wully's gone. Scott Davis up the stairs fae us stabbed him tae death wi a kitchen knife. It wis aw that wee Carrie Anne Walker's fault. Me, Karen an Wully wur gaun up the hoose an her an Scott wur ootside; she startet flingin her chippy chips at Karen an sayin, C'mere tae a batter fuck oot yi, an then Wully jumped in tae stop her.

It wis in *The Paisley Express* the day. Thir no allowed tae identify them though cause thir underage, an ah think that's shit. Scott's pleadin culpable homicide on the grounds ae diminished responsibility cause his ma says it's no his fault, an she's blamin it on his A.D.D. Ah cannae believe she's staunin by him after whit he's done. That's jist Aileen fur yi though, ma ma said, In her eyes Scott can dae nae wrong. She's had tae move tae a hoose a safety cause aw her windaes've been panned in; ma da says the McCoy's'll no let it rest at that though, he says, They'll be after blood.

Ah'm seriously considern no gaun back tae school. Ma ma says ah've got tae.

Ah've no been oot the hoose since it happent cause ah cannae face seein folk an huvin tae pit up wi them aw pure askin questions – whit's it gaunnae be like wi aw the ghouls at Renfra Grammar – ah jist want tae forget aboot it. Ah cannae forget though. Every time ah open ma eyes ah see the scars on ma hauns fae when ah tried tae get the knife aff Scott; every time ah close ma eyes ah see blood.

•

Me an Wully had only been gaun oot fur a month. Ah had nae idea that he wis gaunnae ask me tae go backpackin roon Europe wi him. His cousin, John, he come roon tae oor hoose an gied me the leaflets an the train tickets: Wully had obviously been daein his research an had circult aw these places lik Paris an Amersterdam an Greece; apparently ma ma knew aw aboot it tae, an she'd tricked me intae signin the forms fur ma passport by sayin ah'd need it fur ID once ah turnt eighteen.

Ah wish ah'd known beforehaun aboot the trip. Ah wish it hadnae been kept it a secret. An ah wish tae God ah'd tolt Wully ah loved him. Noo ah'm too late. An that's naebdy's fault but mine. An it's stupit cause the only reason ah never tolt him wis cause ah wis scared that if ah did then he'd expect me tae settle doon an get a hoose wi him in Renfra once ah'd left school – ah wis worried we'd huv tae spend aw wur money on borin things lik electricity bills an rent an mibby even weans – cause that's whit evrubdy expects yi tae dae – an ah wid never get tae go oot an see the world.

Ah keep tryin tae imagine whit Wully wid look like on a Greecian beach in his swimmin trunks wi his chest an back aw burnt stupit cause he'd forgot tae pit on sun cream, but aw ah can picture noo is his face pure chalk white an his white top stained red.

John says ah should still go on the trip. Yi can take a pal, he said, Wully widnae want yi tae miss oot. How can ah go withoot him though?

Aw yi can see oot oor windae is a big row a red white an blue t-shirts blawin in the wind. It wis John that startet that: he tied his Rangers Away top tae doonstairs' garden fence an then evrubdy else follied suit. Thir wur flooers left as well, bit the majority ae them are deid noo an the cooncil've swept them aw away.

•

Ah wis roon at Wully's ma's hoose the day. Aw his family wur in an they wur talkin aboot funeral arrangements. Ah felt dead uncomfy sittin there wi aw his cousins an his aunts an uncles an that pure no known whit tae say; ah jist wantet tae burst oot greetin everytime sumdy mentioned his name but ah couldnae, cause it wis as if ah wis half-chokin on this big massive stone that wis stuck in the back ae ma throat. His ma gied me a cuddle when ah arrived an so did his da; his cousin Linda though, ah don't think she likes me, ah felt as though she wis lookin me up an doon as if tae say, Aw this is your fault hen.

Linda McCoy's face wis twistet intae a permanent growl the whole time that ah wis in the hoose. She'd her hair scraped back intae a pony tail an it wis that tight that the bones ae her cheeks stuck oot lik she wis takin a draw ae an everlastin fag; ma da used tae always say she'd a face lik a pit bull, but ah disagree – ah think she'd be a gorgeous lookin lassie if she let her hair doon an jist smiled.

Her an John an Wully's da wur aw pure gaun on aboot how they wantet tae kill Scott Davis, how it wid be worth daein a life sentence if they could get him done in; the hairs on the back ae ma neck wur aw staunin up as ah sat listenin tae it, cause the whole McCoy clan seemd tae agree on this, apart fae the granny – who ah'd never met her before – she wis tryin tae calm them aw doon by sayin they should wait tae after the trial an then dae it.

Wully wis oor blood, said Linda, He widda wantet us tae get the guy fur him. His BLOOD. His FAMILY. Wully used tae always talk aboot his blood an whit he'd dae if sumdy hurt wan ae them. An eye fur an eye, said John McCoy. Ah got a right cauld shiver doon ma back when he said that.

•

Ah went intae school at lunchtime. Ah few folk said sorry tae hear aboot Wully. Maist ae them avoidet me though; ah sat masel in the dinner hall cause ah didnae want tae go intae the common room where ah knew Chris an Lorna an aw ma pals wid be.

Frieda Kirk took it upon hersel tae park her arse doon next tae me withoot even askin, an then she'd the cheek tae try an start this pure intense conversation wi me aboot death. Ah'm no been nasty, ah said, But ah don't really want tae talk tae you aboot any this. Frieda stared right through me lik she wis tryin tae mind read or somethin an then finally she goes, Kirsty ah totally understand yir grief. That really pissed me off when she said that. She said, Ah understand how it must feel –

You huvnae a clue whit it feels like, ah tolt her, So why don't yi go haunt sumdy else. Nicola Buchanan an Linsey Mooney-Marney an quite ah few other nosey folk fae oor year that wur staunin in the dinner queue had startet earywiggin at this point, so ah jist said, Aye an that goes fur the rest ae yees ya bunch a vultures; ah don't think any ae them knew where tae look.

•

We did this Philip Larkin poem the day in Higher English. It wis called Ambulances an it wis aw aboot death an nearly everywan in the class (apart fae Frieda) kept moanin aboot how it wis wan ae the maist depressin things they'd ever read. Miss Crookshanks asked if anywan had any other thoughts on the poem an Frieda (surprise surprise) had plenty tae say cause she's a pure morbid cow. This is a classic Larkin poem, she said, Cause it takes an every day occurance an explores what it means on a totally subconscious level. Ah thought it wis aboot a wee van wi flashin lights that made noises, whispert Chris Rice. Ah wis quite takin aback when he said that, especially when he startet tae snigger, cause he knows how cut up ah am aboot Wully an he's meant tae be ma mate. Ah think, said Frieda, That the ambulance in this poem is lik the modern day grim reaper. Nicola Buchanan jumped in after that an made comments aboot how she thought it wis aboot, Randomness, an, The inevitability that we are all goin to die one day.

If Wully wis there he'd probly a stood up an said, This poem is jist wan big pile a shite. Ah could hear him inside ma heid, laughin at us aw an slaggin aff Philip Larkin's work in general. That Larkin dude, he widda said, Wis wan miserable auld bastart. Ah had tae pit ma haun up tae ma mooth tae stop masel fae gigglin. Miss Crookshanks asked if ah wis awright an ah said ah wis. Aw he did, goes Wully, Wis sat back an wrote aboot hings that are obvious but we as a society never actually notice. Ah sighed. An then he said, Aw this dude did wis make up a poem aboot ambulances floatin aboot. Miss Crookshanks had moved on tae talkin aboot pessimism an the fear ae the unknown. But, said Wully, Instead a hopin that the person in the ambulance wis awright whit Larkin did wis he wrote

O SHIT IT BETTER NO COME TAE MA DOOR.

Death comes tae us aw, ah said oot loud. An as soon as ah realised folk had heard me, ah took a pure massive beamer. The room went pure silent. Kirsty, said Miss Crookshanks, ah think you jist summed it up perfectly.

·

When ah got in fae school ma sister wis talkin aboot Carrie Anne Walker. Yi shoulda seen her, said Karen, Pure swannin aboot Tesco as if nothin's happent. Widyi mean, ah said, Ah thought she wis meant tae be on Witness Protection. Disnae look like it then, said ma da. That's shite, ah said, How can she be allowed tae walk aboot Renfra after whit she did. Wisnae her that kilt him, said ma da. As good as, said Karen. Aye, ah said, It wis Carrie Anne that startet it an it wis Carrie Anne that egged him on tae dae it an seef ah see that wee cow –

The tears an snotters wur trippin me an ah couldnae get the words oot tae say exactly whit ah wis gaunnae dae if ah seen her. Don't worry hen, said ma ma, She'll get her comeuppance cause wan day she'll mooth aff tae the wrang person an she'll end up wi

a blade in her back. An that wee Scott, said ma
he's lastet this long. Sumdy'll get him on the insi
Aye an ah'll be cheerin them on, said Karen. Ah wan
tae be lik Karen an ma ma an da right at that minute: ta
tae jist shrug aff everythin that had happent in the last cou
weeks; tae be able tae smile again; tae be able tae act normal; ta
be able tae walk ootside ma front door wi oot thinkin aboot Wully,
an how his guts had been splattered aw ower oor stairs.

•

Scott Davis wis fun deid on Friday night. He went an hung hissel
wi a pair a shoe laces inside the Young Offenders place that he
wis in. Ma sister said, Ya fuckin beauty, an she come up an startet
huggin me, an she even kissed me on the heid. It disnae make me
feel any better though. It did fur aboot two minutes when ah first
got tolt an then ah realised nothin had changed: him dyin wisnae
gaunnae bring Wully back; we wur never gaunnae go wur holiday
thegether; ah wis never gaunnae see him again.

Ah seen Scott Davis' ma the day when ah wis in the chemist.
Ah wantet tae get angry wi her an tae shout an kick an scream an
tell her that aw this wis doon tae her cause she wis a bad mother;
ah felt lik that's whit ah shoulda been daein but ma heart jist wisnae
in it. Aye she let Scott run amok, an aye it wis a total fuckin cop
out blamin whit he did on his disability. But she never pit the knife
in his haun – she wisnae even there that night – an at the end ae
the day she wis still his maw, an he wis still her wean that'd she'd
gied birth tae. Ah don't think she even knew who ah wis anyway
cause she seemed pure spaced oot an she looked right through me.

*

It wis Wully's funeral this mornin an thir wis some amount a folk
that turnt up fur it. Aw his family wur there, an folk fae his college
course, an maist ae the young team turnt up an some ae them wur
still wearin thir fitba gear; they buried him in aw his Rangers colours.

Govan-born solo singer Brave Hart AKA Murray Hart has sold thirteen million records worldwide, leavin his career as an ex-boyband member firmly bitin the dust. Followin the release of his second album, Normal Behaviour, Brave Hart has returned to Scotland to spend more time with his girlfriend an new arrival, Murray Junior.

Q. So how dis it feel to be a father?

A. Who's the daddy [he laughs an punches the air]. Brilliant. Best feelin in the world. Ah'm twenty-four years old an ah've been with Maggie for seven years an she's ma angel, an we both jist thought it wis the right time to start a family. A lot of people have asked me what ah'm goin to do now that ah'm home because they jist assume ah'm givin up music; that's crap though because ah can be a good dad and a good solo artist.

Q. Are you workin on any new material at the moment?

A. Oh all the time. Ah've jist finished workin on a song which is about ma son. Ah think he likes it because ah played it to him last night. It's great jist been able to sit down in my own environment an toy around on the guitar because when you're tourin you've got all the hassle of gettin on an off aeroplanes an livin out of different hotels an it makes it dead difficult to write lyrics.

Q. Thir's a song about fatherhood on your last album, why did you write that?

A. Ah'd been wantin to write somethin on the first album about how ah felt growin up not really havin much contact with ma own dad, but then he'd died only two years before ah made the album an it wis all still a bit raw. Ah jist felt ready to face it this time. Ah didn't really get to know ma dad that well because he wis in an out of jail constantly when ah wis a kid an ma mum tried to keep us away from him – ah suppose she thought she wis doin what wis right for me an ma brother but ah worshipped that guy an not been able to see him left a huge gap in ma life. Ah suppose ah wrote the song because ah wanted to reach out to other people who've been through the same experience.

Q. Dis Murray Junior look more lik his mum or his dad?

A.He definitely looks lik his mother. Same gorgeous smile. But he's got ma hands: really long fingers; he could be a piano player.

Q. Not many people know this but you played piano from the age of six until you wur twelve, didn't you?

A. Yeah, an ah hated every minute of it. Ma mum made me go to this music teacher's hoose after school an ah got picked on because of it. Where ah lived, it wasn't cool for a guy to play piano, an when ah got tae high school ah started doggin the lessons. Eventually ah stopped goin altogether. Ah wish ah stuck at it now, though.

Q. You've said this album is grittier than the last one, what did you mean by that?

A. Well, ah wanted a different kinda vibe. When ah was in Stramash all we did was sing cheesy pop songs about been young, Scottish an in love; ah got sick of that, an then when ah left the band, all the songs ah wrote wur about maself an they wur geared taewards breakin out of that image. With the second album, ah wanted to write about real harsh issues that wur affectin people round about me; ah wanted to create somethin that had a totally different type of energy.

Q. Ah heard Stramash are goin to have a reunion next year, is this true?

A. Ah still keep in contact with Tiger Jackson an Davy McManus – in fact ah went to see Tiger play at King Tut's the other night with his new band – no-one's mentioned anythin to me about a reunion an ah'm really jist tryin to concentrate on ma career as a solo artist at the moment, but ah certainly wouldn't rule it out in the future.

Brave Heart's album, NORMAL BEHAVIOUR, is currently at number five in the charts. For more news an updates on Brave Hart check his official webpage at W W W dot Brave Hart tunes dot co dot U K.

Chapter Sixty-Six
MEANINLESS

Ah wis sleepwalkin again las night. Ah musta went intae the kitchen an made hot chocolate (although ah cannae remember daein it), an then ah musta fur some weird reason spiked it wi Angostura Bitters an then drank it, an that musta been how ah wis sick. This has been happenin since Wully died. Ah got up wan mornin an ma ma had been makin caramel shortcake an ah wis lyin on the livin room flair covert in crumbs; the weird thing wis ah hadnae actually et any the cake: whit ah'd done wis ah'd carved,

THIS IS ALL FUR KIRSTY,

across the whole tray, wi wan ae ma ma's breid knives.

Wan day, ah took aw the remote controls tae school wi me an ma ma couldnae watch the telly; then another day, ah opent ma school bag an ah fun aw ma ma's cutlery in it: breid knife, meat cleaver, the lot; if ah'd been stopped by a polis ah'd've been liftet.

Ah decidet tae go tae the library durin first period the day. Ah'd a ragin heidache an ah couldnae be bothert wi aw the nonsense in the common room. Frieda Kirk wis there an she wis readin this big massive dictionary aboot dreams, an the reason ah knew that's whit she wis readin wis cause that wis the book ah wis after an, typical, it wis the second time this week she'd went an snaffult it. D'yi mind if ah've a wee look at that after you, ah said tae her pure casual. What d'yi wantae look up. Nothin in particular, ah said. Ah had a dream about ma teeth fallin out, said Frieda. Brilliant, ah said. Ah wis sorry ah opent ma mooth noo cause ah didnae really want tae get intae wan ae her oddball conversations wi her. A reoccurrin dream, she said, tryin tae make her voice sound aw mysterious. An it worked. Whit dis that mean then, ah said.

•

Ah wis in the common room, sittin tryin tae dae a Higher English past paper an Frieda an Laura Kyle wur there; Frieda wis readin Laura's tarot cards an apparently it wisnae good news. Death card, said Laura, Dis that mean ah'm gaunnae die soon dis it. Ah didnae get tae find oot whether Frieda thought Laura wis or wisnae gaunnae kick the bucket, cause right at that minute wan ae the light fittins fell aff the ceilin an missed Laura's heid by aboot an inch.

•

Why'd we need tae dae poetry in English, said Laura Kyle, It's a pure pointless waste a time. Aye ah know, said Chris Rice, Ah don't understaun whit any it means. That's cause it's meaninless, said Laura, An naebdy these days even reads it anymair. Ah read it, ah said. Awright, said Laura, Naebdy APART FAE KIRSTY reads it.

Laura thinks everythin tae dae wi school these days is pure pointless. She says it aw the time: Higher English is pointless, she says, an, Daein past papers is pointless, an, Studyin fur exams is pointless (cause accordin tae her logic, If yi don't know it by noo yir no gaunnae know it come the exams). Another thing she keeps sayin is she's gaunnae jist chuck school an get a job cause she really only stayed on cause she wis gettin a bursary. An her bursary might be gettin stopped. That's her own fault though cause she's always aff, an her attendance has went below eighty percent.

Ah don't think Laura has any intention of ever gettin a job or gaun tae college or actually daein anythin worthwhile wi hersel though. Ah think if her an Bunsen had still been thegether she'd a been quite happy tae've left school at sixteen an had a squad a weans wi him. She'd a been content livin in the same street, watchin the same shite telly programs wi nothin mair complicatet tae dae than wash an iron an make the dinner fur Bunsen an his million offspring – noo, personly, ah think *that* is pointless.

•

Ah don't know why everywan hates poetry so much. Ah think it's dead thought provokin. Ah like Liz Lochhead an Tom Leonard, an that vegan rastafarian guy whose work Lorna introduced me tae. Ah'm no sa keen on Philip Larkin though cause everythin he talks aboot is depressin.

Frieda Kirk's intae aw that slit-yir-wrists stuff: she's always hingin aboot in the library hersel, readin books on Sylvia Plath; she keeps tryin tae talk tae me aw the time noo cause ah've startet gaun up there at lunchtimes tae read an tae jist try an get some heid space. Sylvia Plath committed suicide when she wis only thirty yi know, said Frieda, Gassed hersel wi her cooker. Lik ah really wantet tae know that, ah felt lik sayin. Do yi ever think about it, she said. What, ah said. Suicide. She wis really creepin me oot when she startet sayin aw that; ah tolt her ah'd never in a million years even considert it; It's a pure senseless meaninless waste ae a life, ah said, An it's wan ae the maist selfish things a person can ever dae. She looked slightly disappointet when ah said that.

It wisnae true though: ah had considert it. Right after Wully died, ah used tae lie at night thinkin ae aw the different ways ah could dae it: nothin that involved the sight a blood though, an no sleepin tablets (cause known ma luck ah'd jist end up wi permanent brain damage); ah didnae fancy drownin or stranglin masel an if ah used gas sumdy in oor close wid probly light a fag an the whole buildin wid go up an that widnae be fair tae evrubdy else. In the end ah never went through wi it (obviously enough) but some days when ah'm feelin lik shit ah wish that sumdy'd come alang an jist dae me in.

Thir wis wan poem that ah read by Sylvia Plath that ah quite liked, an that wis Mirror: it wis aboot truth an reality; we had tae dae an interpretation ae it fur Higher Drama an the teacher said mines wis the best in the class.

I am silver and exact. I huv no preconceptions.

Ah think that's a brilliant first line.

The whole poem reminds me ae *Alice Through the Lookin Glass*. Sometimes that's who ah feel lik when ah've been sleep walkin: ah get up in the mornin an everythin's pure backwards; sometimes ah'll be dreamin aboot stuff an ah'll wake up an ah'll no know whether it's really happent.

•

Aw the boys in oor year wur takin the piss oot Frieda fur daein her tarot cards the day –

HERE COMES SEPTIC PEG,

they wur shoutin, an,

HEH WANT TAE GIES THE LOTTERY NUMMERS –

Ah don't know how she pits up wi them.

Kirsty, she said, Let me do yours. No thanks. Aw please. Look ah'm really no interestet. But why. Because ah'm jist no. Leave her alane, said Chris Rice, An stop tryin tae kid on yir psychic. Frieda widnae budge. Come on Kirsty, she said, Yi know yir dyin tae cause ah've seen yi watchin me doin it. Ah took a pure beamer when she said that an then ah said, Aye awright, an she got the cards set up. She dealt me twelve cards: the Fool, the Hermit, the Lovers (that wan wis upside doon); ah cannae remember any the other wans or mucha whit wis said cause aw the words wur swimmin aboot in ma heid; it wis weird though jist sittin lookin at them cause every wan ae they cards names tolt me somethin aboot me.

The bell rang after that. That's the fastest ah've ever reachd P.E. Ah huvnae spoke tae Frieda since then an she's no attemptet tae talk tae me; tae ma knowledge she's no even been back in the library.

•

Laura's left school. She got a Christmas temp job workin in Woolies in Braeheid an she never even tolt anybody aboot it fur three days an then ah fun oot aff her wee sister. Chris Rice is talkin aboot droppin Higher English an ah've been tryin tae persaude him tae stay. It widnae be the same, ah tolt him, Naebdy else can find hidden meanins in poems lik you.

Ah wis sleepwalkin again last night: ah stripped aw ma bed at wan a'clock in the mornin an pit the sheets in the wash; ma ma wis up an she seen me an she seemed tae think it wis funny, an she said, Kirsty that wis awfa thoughtful ae yi.

Chapter Sixty-Seven

NAE ANGEL

Wully's ghost's wan cheeky bastart. Last night ah said ah felt lik jumpin aff the Erskine Bridge, an he said ah should go fur it. He said it wis a five-mile walk, an he'd like tae see how far ah got in the pishin rain before ah fully abandont hope an went back up the road. Some guardian angel he is – he's apparently been sent doon tae help me, but aw he dis is slag us. Wully looks exactly like he did when he wis alive – same spikey hair an wicked grin – but somehow, he's come back mair sarky.

We stopped fur wur Christmas holidays on Friday an awready ah cannae cope. Ah'd been daein better these past few weeks – ah wisnae feelin sa weepy aw the time an ah wis sleepin a wee bit better – but the idea ae huvin tae pick presents fur folk an act aw jolly wis jist too much. Clicky come ower tae visit, then so did Lisa, an ah know they wur only tryin tae be nice cause ah said ah wisnae feelin up tae gaun oot, but listenin tae them talk aboot thir normal everyday lives – him at college makin his short films an wishin he could meet the right lassie, an her gaun tae aw her castin auditions an celebratin bein single – wis totally exhaustin; ma ma an da wur jist as bad gaun on aboot Christmas pish an askin stupit questions lik wid ah prefer Tofurky or nut roast fur ma dinner, an did ah fancy black forest gateau. Ah felt lik stickin ma fingers in ma ears an shoutin fa la la la fuckin la at the top ae ma voice tae get them tae stop talkin.

Ah said tae Wully, Sometimes ah wish ah could go tae sleep an no wake up. Heaven isnae aw it's cracked up tae be, he said, The TV's gash an ah'm snookert fur a bevvy cause the monks fae Buckfast Abbey huv aw been barred. It's no that ah want tae be deid, ah tolt him, But ah'm startin tae wish ah'd never been born.

•

Ah wis sleepwalkin again last night. Ah woke up in the vegetable patch in oor back gairden in jist ma jammies; ah'd nae slippers on, an ma feet wur frozen an covert in mud. Ah rattult oor letterbox but naebdy answert, an ah endet up huvin tae pull on the pair ae oor Karen's Ugg boots that wur sittin oot on the landin an a damp fleece aff the washin line. Ah went across tae Charlene's after that, but when she opent the door she treatet me lik a total stranger. Can ah help yi there, wis her exact words.

•

Ah said tae Wully, Widyi mean yiv grantet ma wish. Yi wished yi'd never been born, he said, So noo yi huvnae. Haha. It's true, he said, That's why Charlene didnae know yi. Aye right, ah said, If ah'd never been born then ah widnae be sittin here freezin ma arse aff at the foot ae ma ma's close talkin tae you. Wully jist smiled an shook his heid. Moan Kirsty, he said, Ah need tae show yi somehin.

Ah wis aboot tae say that ah really didnae want tae go jauntin aboot the scheme half naket, when everythin went aw wavy lines. It wis as if the hooses an the lamppost an the road in front ae me wur a paintin an aw the colours wur blendin thegether; Doogie doonstairs' new blue motor evaporatet, an then ah blinked an thir wis an orange moped in its place.

Wully said he wantet tae show me whit things wid be like if ah'd never existet; accordin tae him, we wur in a parallel dimension an he'd took me back tae October nineteen ninety-two on the day that

Karen got brought home fae the hospital. It wis weird watchin ma sister growin up pure high-speed-dubbin-style in front ae ma eyes, an even weirder lookin at aw the family photies on the mantlepiece that ah shoulda been in but wisnae.

Karen had aw wur room tae hersel, an she'd plastert the walls wi a-million-an-wan posters ae Disney Princesses; she'd wan ae they fancy cabin beds wi a combined bookcase an desk, an baith sides ae wur wardrop – an if yi ask me, she wis better aff. Aye but watch this, said Wully, an he paused it when we got tae Christmas 2000 which wis the year before ah startet high school. Karen wis sittin at her fancy desk wi aw her fancy stationery arranged in their fancy wee stationery dookits writin oot her list tae Santa; on it she'd pit,

I WID LIKE A BABY SISTER.

•

After that, he took me tae September 2001, tae the day ah had ma first ever swimmin lesson at the Vicky Baths. Ah wisnae in the pool obviously an neither wis twelve-yir-auld Wully cause he'd a verucca an wis made tae sit up in the spectators' bit. Harpreet an Colin Kellerman wur doon at the shalla end, but they wurnae daein much cause the teacher had jist left them tae thir ain devices wi a pair a airm bands each an two polystyrene floats.

Harpreet never learns tae swim, says Wully, An neither dis yir da.

•

Ah know whit yir tryin tae dae, ah said tae him, Yir tryin tae show me how me bein born has made a difference tae folks' lifes. Well yi certainly made a difference tae mine, said Wully. Aye, ah said, Ah got yi kilt.

Wully sighed. This is the hunner-an-twentieth version ae this world ah've visited so far, he said, An ah've died before ma eighteenth birthday in a hunner-an-nineteen ae them. Ah rest ma case, ah said. He rolt his eyes at me. Yir still no gettin it Kirsty are yi.

Whit, ah said. Ah made a choice tae intervene the night Scott pult that knife, he said, Jist like a made a choice tae run in front ae that motor tae push that wee boy oot the way – an ah widda done they hings whether you were there or no cause that's jist who am are. Ah didnae reply – cause ah knew he wis right – cause that's Wully aw ower the back: he wis a chancer, a daredevil, a bliddy idiot at times; an OK he wis nae angel when he wis alive, but he *wis* a hero, even if he didnae want tae be labelt wan.

Anyway, he said, Because ae you Harpreet overcame her fear ae the water an yir da overcame his lifelong fear that cunts wid look it his feet an think he wis a freak. Aw big whoopee-do, ah said, Yir gaunnae huv tae dae better than that. Fine, he said, an he snapped his fingers.

•

Wully fast-forwarded us tae the party at his hoose where Chris Rice had the epileptic fit. He stole a bottle a Bucky oot his ain fridge but naebdy noticed cause they wur aw pished an we wur invisible. Ah saw Charlene an Chris an the two Lauras sittin squashed up on the couch next tae Eunice Garvey an Nicola Gibson – although ah'm positive Eunice an Nicola hadnae been at that party – an ah watched John McCoy's girlfriend Lesley Ann drappin two ecstasies wan after the other an washin them doon wi a bottle a Hooch; ah also overheard John say tae Lesley Ann, Go easy on they smarties, but she jist laughed at him an tolt him no tae be such a square.

So who did Charlene lock Chris in the closet wi, ah said. Naebdy. Widyi mean naebdy, ah said, She musta locked him in wi sumdy – who wis it big Eunice or wee Nic – ah know it wis wan ae they two. Ah tolt yi, said Wully, Thir's naebdy else goes in there wi him. Well that disnae make any sense, ah said, Because the whole point ae Charlene lockin him in wis cause she wantet me an him tae be forced intae a corner so's we'd get aff wi each other. She wantet *you* an Chris tae get aff wi each other, said Wully, But *you* wurnae there. Whit difference dis that make, ah said, Cause surely she'd jist pick sumdy else. Wully shook his heid. No in this timeline, he said. Charlene locks him in the cupboard cause she says he's bein borin cause he's the only wan that disnae want tae drink or play spin the bottle. Then whit happens, ah said. Ah'd jist seen Charlene marchin intae the hall followed by Chris. It happens mair or less the same, said Wully, Except you're no there so thir's naebdy tae stop him knockin his heid aff the waw or tae shout fur help. Shit, ah said.

Charlene shut the door an turnt the lock; thir wis loadsa gigglin comin fae the livin room an then Chris shoutet,

LET ME OOT YA BUNCHA BASTARTS.

Everubdy jist leaves him there, said Wully, An they forget aboot him until it's too late. Widyi mean too late, ah said. Ah didnae wait fur an answer though; ah flew intae the hall – an even though Wully'd awready said we couldnae interact wi folk or change things, ah still tried ma damnest tae haul open that bliddy door.

Chris stopped shoutin, an thir wis a thud – an ah had this sickenin feelin gaun fae ma belly up tae ma throat cause ah wis sure that it wis Chris' body hittin the flair. Wully pit his haun on ma shoulder. It's time tae go Kirsty, he said. Please tell me he disnae die, ah said. He squeezed ma airm. Chris disnae die – but he's no the same boy after this.

•

Ah decidet then no tae take anythin else that Wully said serious. Cause ah knew nane ae it wis real – *he* wisnae real – Chris Rice wis absolutely fine, an aw this wis jist a dream or a figment ae ma imagination brought on by grief, an thir wis nae point gettin masel worked up. So when Wully asked if ah wantet him tae show me anymair ah said, Knock yirsel oot, an ah sat back as he took me on a whistle-stop tour through the next six years ae ma non-life.

It wis lik watchin auld movies trailers; ah got tae see aw the highlights: Kelly Marie batterin Laura McNish, Charlene announcin she wis pregnant, Wully rescuin Linsey Jackson's chopped aff finger. Thir wur a couple things that definitely never happent before: Clicky went oot wi ma cousin Kelly a second time, Smellerman's ma got six nummers in the lottery, Frieda Kirk an Linsey wur gay thegether.

At wan point, ah startet tae enjoy masel an ah asked Wully tae show me somethin wi ma Youth Theatre pals, cause ah hadnae been tae P.Y.T. since before he died an ah missed them aw. So, Wully took me back tae when me, Lisa, Bobby, Frieda an Declan aw went tae McDonalds tae celebrate gettin parts in that movie. Ah mind that, ah said, That wis a good day – that wis the start ae me an Lisa becomin really good pals.

Ah soon realized it wis aw wrang though: Ellen Saint-Vincent wis sittin where ah'd sat, an next tae her wis Lyndon bliddy Manderson. Why's that wanker there, ah said. Thir aw pals, said Wully. Whit. Well thir no pals yet, he said, But they will be soon cause Ellen got picked tae dae the movie in your place – an because she gets tae know Lisa an them, they aw become part ae the popular crowd. You're jokin, ah said. Naw, he said, In fact Bobby an Lisa probly become the maist popular folk in P.Y.T.

Well that's fucked up, ah tolt him, Thanks fur showin me how much better aff ma pals wur because they *never* met me. Yiv got the wrang endy the stick, he said. Huv ah though. Aye. Tell me wan thing well, ah said, How long before Declan cheats on Lisa – an how long before she finds oot whit a two-timin ratbag he is. Ah think wur gettin a wee bit aff mission, said Wully. Ah don't care aboot your bliddy mission, ah said, Ah jist want tae know when she gies him a milkshake shower. She disnae, he said, Lisa an Declan are thegether aw the way through Youth Theatre an they end up gettin merrit when thir in thir twenties an they huv two weans. Well that's depressin. It's a shame, he said, Cause Lisa's a lovely lassie an thir *is* sumdy better oot there fur her – but she sticks wi that pillock fur thirty-five years cause you're no there tae introduce her tae the person she's meant tae be wi.

Ah wis aboot tae ask who he thought Lisa wis meant tae be wi, but then he pult oot a mobile phone wi whit looked like a tiny halo-shaped antenna on the top an he answert it. Ah know, he said tae whoever he wis talkin tae, Ah'm really sorry – it willnae happen again. Ah dunno whit thir reply wis, but it obviously wisnae good.

Ah need tae go the noo, said Wully after he'd hung up. Fine, ah said. Don't go anywhere – ah'll be back in five minutes. Dae whit yi like, ah said. Ah jist need tae see ma line manager, he said. Ah'm probly gonna get a bollockin cause ah wisnae meant tae tell yi that stuff aboot Lisa. Ah wish yi hadnae tolt me, ah said. In fact ah wish yi'd take me back tae 2006 then fuck right off.

As you wish, he said.

•

Wully left me sittin on the cauld step at the bottom ae oor close. Ah wis sat there nearly half an oor, an the next person ah seen wis oor Karen hobblin up the front path on a set a crutches. Ah thought she'd recognized me at first, but then she pointet towards me an shoutet,

HOI – THEY'RE MA UGG BOOTS,

an,

THAT'S MA MA'S FLEECE.

She didnae gie me a chance tae explain before tellin me ah wis a,

FILTHY THIEVIN WASHIN-SNATCHER

then she walloped me on the side ae the heid wi wan ae the crutches. She didnae hit me hard – but it wis hard enough – an ah wisnae gaunnae hing aboot fur another dose ae the same, so ah took tae ma heels an flew.

•

Ah wandert aboot the scheme no knowin whit tae dae after that. It wis horrible – ah'd naewhere tae go an naebdy tae turn tae cause not a soul knew who ah wis. Ah seen Charlene again oot pushin wee Logan in the pram, but ah didnae go up tae her cause ah didnae want a repeat performance ae whit happent earlier.

The funny thing wis, the scheme looked exactly the same as it always did: Laggan Terrace still looked lik a nice street, so did Vennacher wi it's hedges aw trimmed back, an the Community Centre looked lik it had recently had it's intermittent paint job tae attempt tae cover up the mentions that some clown kept spray paintin; Ard Road's wheelie bins wur still a riot; the post office wis where it always wis in Dunvegan Quadrant next tae where the junkies lived, an so wis Iqbal's an the fruit shop.

It wis the people that wurnae right though. Ah wis walkin alang Kirklandneuk Road when ah seen Wully wi his airm roon some random lassie wi purple hair that wis wearin a Shattered Egos jacket – ah knew it wisnae ma Wully though cause this Wully had his nose pierced, an his hair wis green. After that, ah seen ma da oot walkin towards the playin fields wi a big Alsatian. Then ah seen Scott Davis an Carrie Anne Walker comin oot a close in Rannoch Drive an ah nearly faintet.

Ah wis pure aw shakin after seein Scott an Carrie Anne. Ah still had ma purse wi me – cause ah had it in ma haun when Wully wheeched me through time an space – so ah went intae Iqbal's an bought a hot chocolate tae help calm masel doon.

It wis Iqbal's son that served us; an as ah wis watchin him pit the hot chocolate in the microwave, ah thought aboot how weird it wis that he wis wearin a grey school uniform when it wis the xmas holidays – an even weirder cause in reality that wee boy goes tae a private school an the uniform's green – when Frieda Kirk came creepin up behind us an said ma name.

Ah nearly shat masel. Then ah said, Aye – that's me ah'm Kirsty Campbell. Ah waitet fur her tae tell me that she'd had some kinna sign or psychic intervention, but she never. Ah think yiv dropped somethin, she said. Turnt oot it wis ma purse; it had ma name an address in it, an ah went aff in a wee dwam thinkin aboot how weird that widda been if she'd haundet it intae ma ma an da's hoose, when she asked if ah wis awright. Ah'm fine, ah said. Frieda said, Well it's jist cause yiv a massive lump on yir head an yi look a bit dazed an ah thought mibby yi had a concussion an needet help.

Ah got aw flustert. Then Iqbal's son said, That's one pound twenty please. Ah had tae faff aboot in ma purse fur the money, an Frieda musta got bored cause she tuttet an said, OK well bye, an walked oot the shop. Ah didnae know whit else tae dae so ah ditched the hot chocolate an ran after her.

•

Frieda didnae seem the least bit fazed when ah tolt her ah wis fae a parallel universe an that ah'd been brought here by a recently deceased teenager that used tae go tae school wi us, an who wis still alive in her world. She took me tae her hoose in Inchinnan Road an she made me another hot chocolate an a plate a macaroni cheese; she also let me huv a shower an gied me a len ae a pair a boots an some clothes tae change intae.

Ah need tae find Wully, ah tolt her, Ma Wully – the wan that's deid – he needs tae take me back tae ma ain timeline. Ah've got an idea, said Frieda. Yi ever used a Ouija board.

•

The Ouija board didnae work. Frieda seemed shocked, but then she decidet we should wait tae midnight an try again, Cause that's the witchin hour, she said. Ah had naewhere else tae be so ah endet up stayin at her hoose binge-watchin auld episodes ae Buffy The Vampire Slayer.

Truth be tolt, ah'd quite a good time wi Frieda. She didnae

keep askin me how ah wis every two seconds, an ah startet tae think mibby ah should jist stay in her world where thir wis nae pressure tae dae anythin or talk aboot things ah didnae want tae talk aboot. It wis only when ah seen the date on the newspaper lyin on her desk that ah realized mibby it wisnae Christmas Eve like ah thought. Yeah wuv still got two months tae go, said Frieda. That cannae be right, ah said. It is, she said, an she tolt me the date.

It wis the same date as the Shattered Egos concert.

The same date Wully died.

Ah thought ma brain wis gaunnae explode.

Suddenly aw the weird things ah'd seen earlier startet fittin thegether lik bits a jigsaw. Suddenly ah knew the reason Scott Davis wis still floatin aboot – it wis the same reason Wully hadnae been murdert in this timeline.

Yet.

Ah don't think ah've ever ran sa fast in ma life. Frieda asked where ah wis gaun, but ah couldnae explain cause ah needet tae get back tae Laggan Terrace – back tae oor close – back tae where Wully wis stabbed the first time, cause thir wis nae way ah wis gaunnae staun by an let it aw happen again.

Ma heart wis gaun lik the clappers an ma lungs wur burnin an ah'd a stitch in ma side; ah thought ah heard Wully shoutin ma name but ah wisnae stopping fur naebdy.

An ah wis still too late.

An ah also got it wrang.

Because Wully wi the green hair didnae jump in tae stop Scott an Carrie Anne tormentin ma sister. Ma da did.

•

Wully the angel caught me as ma legs buckult beneath me. Where the hell've yi been, he said. Ma da's deid, ah screamed at him, That fuckin Scott stabbed ma da. The funny thing wis thir wis naebdy else in the street – nae Scott, nae Carrie Anne – ma sister wisnae even there an ma da's body had disappeart.

Wully said, It'll be awright Kirsty. Ah wis absolutely fumin at that. Widyi mean it'll be awright, ah roart, It'll no be aw-fuck-in-right – it'll never be awright again. Yir da's fine, he said, Jist say the word an ah'll take yi back hame tae him.

•

Ah woke up on the flair in mine an Karen's bedroom. Ah wis hunner percent sure ah wis in the right place this time cause her side ae the room had posters ae Shattered Egos an Tegan an Sarah an Tori Amos. Her Ugg boots wur gone, an so wis the stuff that Frieda lent me, but ma feet wur still aw caked in mud.

Ah'm so glad you're here, ah said tae Karen. Where else wid ah be. Ah mean ah'm glad yir here on this Earth, ah said, an ah flung masel at her an gied her a massive hug. Ah did the same tae ma ma an da when ah went ben the livin room, an ah tolt them ah wis sorry fur bein such a misery guts.

It's awright hen, ma ma said, We unnerstaun it's a hard time fur yi.

An whit've yi been daein, said ma da, pointin doon at ma feet. Dunno, ah said, cause whit could ah say. She musta been sleep-walkin again, said ma ma. Sleepwalkin, said ma da, She looks lik she's been ploughin the fields.

Whilst ah wis gettin washed ah heard Karen sayin, D'yi hink Kirsty's awright. Ma ma ma said, Ah dunno hen – ah hope so. Grief can make yi dae funny things, said ma da. Aye, said ma ma, We jist need tae keep bein there tae support her. Ah'm tryin, said Karen, But ah don't know how. Ma da said, Aw yi can dae is try.

Ah flushed the toilet tae let them know ah wis oot the shower cause ah didnae want it tae become pure awkward. Then ah shoutet through the bathroom door, Heh Karen ah hope yiv no been in at they selection boxes awready. Karen shoutet back, Wid ah dae thing lik that. Aye, ah said, An yi'd better huv left me somethin.

•

After we aw opened wur presents, ah text Clicky an asked if he fancied gaun fur a hot chocolate on Boxin Day. Then ah text Lisa an said the same tae her, cause ah felt it wis aboot time the two ae them wur introduced. Then ah went on Bebo an rit, MERRY CRIMBO EVRUBDY, on ma profile, cause ah wantet folk tae know that ah hadnae forgot them; ah didnae hing aboot though tae see if anybody rit anythin back; ah also sent a Friend Request tae Frieda.

Overall, Christmas wisnae too bad: ah walked up tae Arkleston Cemetry in the afternoon – an Charlene came wi me – an we took a bottle a Buckfast.

Aw that is absolutely bowfin, ah said, after jist wan mouthfa. Ah coulda tolt yi that, said Charlene, It's lik drinkin cough syrup. D'yi think he's up there watchin aw this, ah said, Pure pishin hissel at us right noo. Nae doubt aboot it, said Charlene.

Ah took wan mair swig a Bucky, then pourt the rest ower Wully's grave.

Chapter Sixty-Eight

SOMETHIN
TAE SAY

If yiv got somethin tae say jist say it. That's whit a tolt Charlene last night cause she kept hummin an hawin doon the phone. Charlene's been actin weird lately (well weirder than usual) an it's as if she wants tae tell me somethin, except she keeps bottlin oot. She cannae be pregnant again surely, cause ah'd know aboot it if she wis seein sumdy an she never goes anywhere tae meet anybody anyway. The furthest she ever goes is when she comes in tae visit us in the common room or roon tae Duffy's ma's tae drap the wean aff.

She better no tell me she's gettin back wi Chris Duffy. That's the only thing ah can think ae that Charlene wid be too scared tae tell me is if her an him got back thegether. Ah wid huv somethin tae say aboot it if she did. After everythin he's pit her through an aw the times ah've sat an listened tae her greetin... damn right ah'd huv somethin tae say. Ah'd go roon there an boot his baws fur him; then ah'd tell Charlene tae get tae fuck. Cause even if he is the wean's da, he's still a lyin usin waste a space, an ah don't want anythin tae dae wi anybody that has anythin tae dae wi him.

•

Charlene wis up at the school wi wee Logan again the day. Ah didnae even know she wis there until ah seen her in the common room sittin makin they wee scoubidou string things wi Chris Russell an Lorna Horn. Chris Duffy wis there anaw, sittin huvin a fag oot the windae, an ah made a point a pointin oot that Logan needet his nappy changed. Ah could dae it fur yi if yi want, said Russell, as he tied the final knot in the tiny friendship bracelet he'd been makin an slipped it roon the wee man's wrist. Is that no the da's job, ah said, loud enough so that Duffy wid hear.

•

So whit's the sketch, ah said tae Charlene, Whit is it yir feart tae tell me. Ah'm no feart tae tell yi anythin, she said, Ah wis jist tryin tae wait fur the right moment. Ah wantet tae say tae her that she'd never waitet fur the right moment her whole life, so why start noo, but ah never cause ah knew that that wid jist make her drag it oot mair. Me an Chris are an item, she said, finally, Wuv been seein each other properly fur a couple a weeks an he's brilliant wi the wean an the reason ah never tolt yi wis because –

Charlene jist save it eh hen, ah said, Know somethin ah'm no even interestet so don't come greetin tae me when it aw goes tits up.

Ah walked away fae her anaw, an ah've never walked away fae Charlene. Ah've always stood by her no matter whit, even when ah didnae agree wi things she wis daein, aw through primary an high school: when she bammed folk up an got intae fights; when she got caught shopliftin; when she dumped me fur other pals an then come back when they fell oot wi her, ah still stood by her. Then when she fell pregnant tae Christopher Duffy an kept it a secret fae me fur four an a half months (even though ah wis meant tae be her best mate), ah wis still the only wan ootae aw her pals that wis really there fur her.

Charlene wis nearly greetin. Ah thought we wur meant tae be pals Kirsty, she said, Ah thought you of all people widda been happy fur me.

It wisnae till ah got back home fae school that the penny finally drapped.

•

Charlene isnae back wi Chris Duffy: it's actually Chris Russell
that she's been seein. Ah felt dead bad fur jumpin the gun cause
ah shoulda waitet an listent tae whit Charlene had tae say. It aw
made sense after that: Charlene comin intae the common room
tae see us aw the time, Russell offern tae change the wean's nappy.
Ah felt lik a pure tool an ah knew ah had tae apologise big time.

•

Charlene said tae me on Friday night, Ah know ah shoulda tolt yi
aboot Chris right away but ah wis too embarrast. Why embarrast.
Cause me an him never really got on when we wur in school an
ah used tae pure slag him, she said, An plus yous've got a history.
Hardly, ah said, We jist got aff wi each other a couple a times. So
yir honestly not bothert aboot it, she said. Honestly. Yi'd tell me
if yi wur. Charlene, ah said, Jist shut the fuck up.

Charlene never stops talkin aboot Chris Russell these days; she
keeps gaun on aboot how good he is wi the wean an how she gets
on dead well wi his family. He's dead thoughtful an romantic, she
said, He pure writes poems an everythin fur me an sends me cards
through the post fur nae reason.

Yesterday when Charlene got in fae work thir wis a big bou-
quet a flooers sittin on her doorstep. Ah think this is the first time
Charlene's ever actually been oot wi a guy that's treatet her decent,
cause in the past she's usually went fur aw the nut jobs. It's good
tae see her smilin, she deserves it; Chris Russell's awright an think
he's been good fur her.

•

Ah felt lik gaun up an rattlin Chris Russell's jaw fur him the day
when ah seen him up the toon pure aw linked airms wi some ran-
dom lassie. They wur crossin at the traffic lights in Argyll Street
when ah spottet them but ah don't think he saw me: she wis a right
glaikit-lookin thing anaw wi big thick specs an nae dress sense an
she wis clingin ontae him lik dog shite on sandshoes. Ah wis pure

ragin, ah didnae know whit tae dae fur the best: wis ah meant tae go up an say somethin or – ah ver near got knocked doon by a nummer twenty-six bus in the process a tryin tae decide; this auld wummin pult me aff the road an then she gied me a shirrikin fur no watchin where ah wis gaun.

•

Chris Russell (typical male) is tryin tae say that he's no gettin aff wi anybody else behind Charlene's back, an whoever says he is is a total liar. Charlene went right through him after ah tolt her whit ah saw: she didnae tell him it wis me though that tolt her, she jist said she fun oot fae a very reliable source that he wis two timin her. She dumped him on the spot: ah wis sittin in the bedroom when he come up tae her hoose so ah heard the whole conversation.

He wis pure greetin an everythin an sayin that he widnae dae that cause he knows whit it's like tae be cheatet on an messed aboot an blah blah blah; he shoulda won an Academy Award fur his performance, an ah think if ah hadnae seen him two-timin wi ma own eyes ah wid probly've fell fur it.

•

Kirsty ah'm beggin yi, said Russell, as he accostet me jist after the home time bell, Please please please will yi get Charlene tae return ma calls. Ah don't want tae get involved, ah said, even though ah wis up tae ma neck in it. But yir her best pal an she'll listen tae you, he whined, Plus ah never did they things she's talkin aboot an ah don't why yees won't believe me. The thing wis, fur some strange reason ah DID believe him, an ah knew exactly whit ah had tae dae.

•

Charlene an Chris Russell are back bethegether. He wisnae cheatin on her ataw an ah felt lik a right tube when ah fun oot the truth cause the lassie he wis in Glasgow wi wis his cousin; an no only that, she's visually impaired. It's aw sortet oot noo though, an Charlene's still talkin tae me, which is miracle cause she's no usually that forgivin.

Her an Russell keep makin jokes aboot me nearly gettin knocked doon by a bus: Heh Kirsty yi want tae get a len ae a white stick, they keep sayin, an, Next time yir oot spyin on folk we'll get yi a pair a dark glasses.

Ah know ah deserve it, an ah'll be keepin ma mouth shut in future.

Chapter Sixty-Nine
LOVED UP

Aw ma pals are pure loved up. Clicky an Lisa, Charlene an Russell, an even Chris Rice has got himsel a boyfriend. Laura an Bunsen got back thegether last week anaw. Apparently, he confessed his undyin love tae her in the middle ae the food court in the Braeheid shoppin centre. He works in McDonald's there at the weekend, an Laura wis jist finished her shift at Woolies when she stopped tae get a burger. She says she didnae even know Bunsen had a job in McDonald's but ah think she's haverin: ah think she went tae the food court deliberately jist so she could see him.

It's oor sixth year school prom this Thursday night. Ah'm no gaun though cause it's jist gaunnae be aw pure couples pure staunin in dark corners aw night gettin aff wi each other. Ma ma thinks ah should go, Yi'll regret it if yi don't, she said. Ah've nothin tae wear anyway, ah tolt her. She said, Aye yi huv; an she went away an then she come back wi this pure gorgeous bronze dress that she designed hersel on her sewin machine. Here's wan ah made earlier, she said. It fittet me perfect. Who d'yi think you are, ah said tae her, The fairy godmother.

•

Ah heard fae Harpreet the day. She sent me photies ae three different guys that her parents suggestet might be a good match fur her. The first guy had jist qualified as a brain scientist; the second yin had his ain I.T. support business; the third wan still lived wi his ma an da an wis a quarter ae the way through daein a Ph.D. in Scottish literature.

Ma mum an dad huv always said they wid never force me intae an arranged marriage, said Harpreet, But they want me tae at least consider havin one because it worked out really well fur them. As long as yi don't feel pressured, ah told her. Not at all, she said, Ah'm jist tryin tae keep an open mind – an yi never know ah could meet someone really nice. This is true, ah said. C'mon then, she said, What one dae yi think ah should choose. It's no up tae me, ah told her. Well, she said, Ah think the third one has really sexy eyebrows.

•

Ah said tae Chris, Ah don't even want tae go tae the prom by the way. How no, he said. Cause ah don't want tae be a third wheel. Yi'll no be, he said; then he goes, Ah can set yi up wi sumdy if yi want. Aye right yi are, ah said, Then evrubdy'll think ah'm desperate.

Ah've no been oot wi anybody on a date since Wully died cause it jist hasnae felt right. Ah'd feel lik ah wis betrayin him if ah startet seein other guys (even though ah know he widnae a wantet me tae live lik a nun); a couple a times ah've been oot in the pub wi Laura an Charlene an thiv introduced me tae sumdy an ah've thought, he's nice, but then ah've felt pure guilty an ah've endet up makin ma excuses an leavin.

Maist ae the time ah end up gaun tae gay bars wi Chris. That way ah don't get guys comin ontae me aw the time, pure hasslin me fur ma phone nummer. Charlene an Laura are tae blame fur that though cause they're the wans that keep gien it oot tae folk; it's as if evrubdy these days is pure obsessed wi huvin a boyfriend or girlfriend an if yir no part ae a couple then they think thir must be somethin up wi yi.

Ah tried tae tell Chris how ah wis feelin, but ah don't think he got whit ah wis tryin tae say; cause his attitude wis tae tell me tae that ah jist hadnae met the right person yet, an when ah did ah'd know aw aboot it. Bein loved up, he said, Is wan ae the best feelins in the world.

•

Lorna Horn says she isnae gaun tae the prom either: she's single anaw an she disnae really like dancin, or gettin aw tartet up wi make up. An plus, she said, Ah don't huv time tae sew a whole new dress from scratch. Yees could at least make an effort an come fur the meal, said Chris. Whit's the point, said Lorna, Ah'll probly no get anythin decent tae eat. Lorna's fully vegan noo, an apart fae when she goes tae specifically vegetarian an vegan cafes she takes her ain food wherever she goes . That's crap, said Chris, Evrubdy else in the whole a sixth year's gaunnae be there except fur you two outcasts. He said, Well ah hope yees huv a lovely time sittin in the hoose feelin sorry fur yirsels.

Ah wis feelin quite sorry fur masel tae be honest. Ah wantet a boyfriend an yet ah didnae want a boyfriend; an ah did want tae go tae the prom but ah didnae want tae admit it.

Ah wantet ma prom tae be lik aw they American films yi see: the guy comin tae pick the lassie up in a white limo, the flooers, the stunnin ball gown lik somethin ootae Cinderella. It wis meant tae be dead special, a night ah'd remember fur the rest ae ma life – an if Wully wis here ah defo widda been up fur it. But ah jist couldnae see the point in gaun when ah'd be arrivin by masel in a taxi.

•

Kirsty wid yi like tae go tae the prom wi me. Who me, ah said. Ah nearly fell aff ma chair wi shock when David Donald fae ma Higher Modern Studies class cornert me durin lunchtime the day, cause he'd hardly spoken two words tae me throughout the whole six years a high school.

Aye she'd love tae go wi yi mate wouldn't yi Kirsty. Chris wis pure kickin me under the table tryin tae get me tae say Aye but aw ah could dae wis sit an stare. Yi don't need tae make yir mind up right away, said David, But if yi could tell me by the enda today –

Naw honestly mate she'll be there, said Chris. Ah don't want yi tae feel lik ah'm pittin yi on the spot, said David, It's jist that the dance is on Thursday – Sorry ah cant make it.

Ah don't think either David or Chris wur surprised when ah said ah wisnae gaunnae go. Ah'd been sayin it aw day. But yi'll huv a brilliant time, Chris kept sayin; then he wis pure gaun roon tryin tae get other folk tae convince me tae go. Ah wis a bit embarrast aboot sayin tae Lorna aboot the whole prom thing, cause ah knew she used tae huv a thing fur David Donald. Jist as ah wis aboot tae break it tae her, she said, Kirsty there's something ah need tae tell yi, she said, The thing is ah've decided ah'm jist gaunnae go after all –

Ah coulda kilt Lorna fur that. She kept lookin at me as if tae say, Ah'm sorry but ah need tae. Ah jist sat there fur the rest ae the afternoon thinkin aboot whether ah should jist go an tell David ah'd changed ma mind. It wis sumdy tae go wi, although he wisnae exactly ma ideal date: he's shy an he's got a bit ae a lisp an his dress sense is kinda questionable. He used tae be a wee geeky guy that naebdy ever looked twice at but over the past year he's grew aboot two feet taller and morphed intae sumdy drop dead gorgeous.

It wid serve Lorna right if she still fancied him, ah thought, an besides it's no as if it wid be an actual proper date cause ah widnae be gettin aff wi him or anythin.

•

David's gaun tae the dance wi Lorna. *She* asked *him*. Ah wis gobsmacked when he tolt me cause ah went up tae him lik a right tube an said ah could make it after all. Ah wis in the dinner hall at the time when ah said tae him an sumdy musta overheard cause when ah went back intae the common room evrubdy knew aboot it. Then Lorna pure come up an apologised tae me an she said she widnae go tae the prom if ah didnae want her tae; ah noticed she wis wearin make up the day; yi could well tell that she really really wantet to go wi him though, an that she wis jist sayin aw that fur ma benefit, so thir wis nae way ah wis gaunnae pit a spanner in the works.

•

Lorna an David are an item noo. She went tae the prom wi him, an Laura went wi Bunsen, an Charlene went wi Chris Russell. Chris Rice's boyfriend dumped him the night before which wis really quite shite cause he's literally jist came oot tae the whole a sixth year; me an him endet up sharin the limo that he'd booked, an we got a carry oot an we drank it in the back seat on the way there an the two ae us turnt up pissed.

We aw had a great night. Although ah couldnae get oota bed the next day, an it wisnae jist the hang over. Ma ma said it wis normal, an that ah'd probly still huv days lik this fur a long time. She sat wi me as ah sat in bed bawlin ma eyes oot tellin her how shite it wis that ah wis here an Wully wisnae, an how he shoulda been at that prom wi me wi his hair aw gelt flat an wearin a tux.

Later, when ah finally moved fae ma bed tae the couch, she wrapped me up in a big fluffy blanket an made me macaroni cheese; she says ah didnae huv tae go intae Higher English that afternoon if ah wisnae feelin up tae it, so ah didnae.

MOVIN ON

Ah've been thinkin again aboot gaun away travellin. Noo that ah've finished school ah feel it's time ah went oot an met new folk an explored the rest ae this planet.

Maist ae ma pals are movin on anyway: Clicky an Lisa huv fucked off tae London cause he's got a job as a film runner; an Chris Rice is leavin next week tae become a redcoat at Butlins in Skegness; even Harpreet's striking oot on her ain – she tolt her parents she wisnae intae any ae they guys they wur tryin tae set her up wi, an that she wants tae go tae India fur a gap year. Probly the biggest shocker of aw though wis Laura an Bunsen – they simultaneously packed in thir jobs cause thiv decidet thir gaun tae work on some organic vegetable farm in Kirkcudbright; they got the idea aff Lorna Horn who's daein the same thing but doon in Cornwall. Charlene's still here – still livin in Ard Road an workin at the Vicky – but things could change quite soon fur her, cause Chris Russell's asked her tae move in wi him.

Ah've still got the train tickets Wully bought: ah can set aff whenever ah like as long as ah use them by September. His original plan wis tae go fur the month ae July so's ah could come back in time fur ma exam results; ah'm no that fussed though – cause it's no as if ah cannae get ma ma or da tae jist open the envelope an read them tae me doon the phone.

Ah tolt ma ma that ah wis thinkin aboot gaun away fur a while. She said ah should dae it. Whit jist lik that, ah said, So yir no gaunnae try an talk me oot ae it. Dae yi want me tae, said ma ma. No really, ah said, But ah thought yi might say yi didnae want me tae go cause yi'd miss me too much. Ma ma let oot a massive sigh. Of course ah'd miss yi ya daft get – But ah didnae bring you or yir sister intae this world jist so's ah could haud yees back.

•

Interrailin's far mair complicatet than ah ever imagined. Ah didnae realise whit a faff it'd be tae organize travel insurance, or that ah'd huv tae pre-book ma seat fur gaun fae Glasgow tae Paris on the Eurostar; ah thought ah could jist rock up whenever ah wantet, flash ma ticket an they'd let us on. Ah'd this mad idea that because ah had an unlimited-journey ticket that ah'd be bouncin on an aff trains willy nilly, nippin intae whitever European cities ah fancied whenever the notion took me; it certainly never occurred tae us that ah might need tae plan oot where ah wis gaun so's ah could sort ma accommodation; if it wisnae fur ma ma gettin that Idiot's Guide tae Travellin Through Europe, ah'd probly be sleepin on park benches.

•

Charlene said, Ah cannae believe you're leavin Renfra. Ah'm no *leavin*-leavin, ah said, Ah'm only gaun fur a coupla months. Aye that's whit they aw say Kirsty, she said. Ah'm serious, ah tolt her, Ah'm are comin back – ah need tae come back if ah'm gaunnae go tae uni this year.

Ah dunno why ah even mentioned the uni, cause as soon as ah said it ah felt lik a liar. Ah've got an unconditional offer tae go an study English an Politics at Strathclyde, but ah'm no even sure ah still want tae dae it. Truth be tolt, the only reason ah filt in the

U.C.A.S. form wis cause ma Modern Studies teacher convinced me, an because ah didnae know whit else tae apply fur.

Ah know ah'm supposed tae huv aw this worked oot long ago. Ah even tried Googlin,

I HUV NO IDEA WHAT JOB I WANT TAE DO.

That wis bliddy useless though, aw it did wis send me doon a rabbit hole a personality quizzes that had nae nuance whitsoever, an a haunfa a inspirational articles tellin me tae,

TURN YOUR PASSION INTAE PROFIT,

an,

DO WHAT SETS YIR HEART ON FIRE.

The main problem is ah don't know who ah'm are anymair, an the only thing ah'm passionate aboot is gettin tae fuck oota Renfra.

Ah always knew yi'd leave, said Charlene, Ah jist didnae think it wid be sa soon. She said she'd miss me. Aye, ah said, Lik a hole in the heid. The baith ae us sniggert. It's no that ah hate this toon or ah don't care aboot you or ma family, ah tolt her, Ah've got loadsa great memories here – but fur the last coupla year ah've felt lik a massive fish in a wee toaty pond.

•

Ah bumped intae Yvonne when ah wis doon at the library. Ah wis in lookin at the maps an the phrasebooks, an she wis there haunin in her C.V. fur a summer job. She asked how ma ma an da an Karen wur, an ah said, Fine, an then she said did ah fancy gaun fur a drink. Ah wisnae up fur it at first cause ah'd loads tae dae, an ah'd planned tae go tae that ootdoor shop at Braeheid tae get a big backpack. Then Yvonne said, Ah'm drivin now – ah can give yi a lift home afterwards if yi want.

Yvonne took us oot tae Nandos at the Xscape, an we talked aboot me gaun travellin, an how she felt she'd done in her exams; the conversation went a bit awkward after that, probly because we hadnae hung aboot wi each other ootside school fur the best part ae a year. Then she broke the ice by sayin, Yi'll never believe whit that mad cow Nicola's done this time. An she tolt me aboot how Big Nic had sent a letter tae Oxford University tellin them she wis withdrawin her application because thir institution wisnae up tae scratch. She didnae know the full story because she'd heard it aff Linsey Mooney-Marney who'd heard it aff Heather Fisher, but she reckoned Oxford Uni might huv actually sent Nicola a rejection letter first.

Ah endet up huvin a really good time. Wi the exception ae the night at the prom, ah hadnae laughed that much in months. Yvonne asked if ah'd send her a postcard whilst ah wis away, an ah said aye; then she tolt me tae wish Charlene an Chris Russell good luck movin in thegether.

•

Charlene said naw tae Russell. How come, ah said, Yi wur pure aw up fur it the other day. Yi widnae unnerstaun Kirsty. Ah said, Try me. She said, Ah wis talkin tae ma ma an Iain aboot it an they think ah'm aff ma nut giein up a guid cooncil hoose. Since when d'yi listen tae they two bampots, ah said. She shrugged an said, Thiv got a point.

Charlene's been daein really well these past few months: she's packed in smokin awthegether, an she's been gaun tae aw the arts an craft groups doon at the Kirklandneuk community centre as well as the Mother an Toddlers; she even joint an adult literacy class at the Y.M.C.A. which is how she finally discovert she's dyslexic. Noo ah'm no sayin that's aw doon tae Chris Russell, but he wis the wan the encouraged her tae dae aw they things.

So how dis Chris feel aboot yi no movin in, ah said. Awright, said Charlene, Well disappointet obviously – but he says he unnerstauns an he's no gaunnae try tae change ma mind. That's good, ah said; ah wis relieved tae hear that cause ah know how persistent Russell can be. It wis his granny's idea anyway, said Charlene, She wis the wan that suggestet it cause she said she wisnae gaunnae be aroon forever an that when she went the hoose an everythin wid be left tae him. Oh right, ah said. Aye, said Charlene, Yi ought tae see the hoose – it's up near the Dean Park Hotel an it's fancy as fuck – thir's nae mortgage tae pay on it an she's set aside money tae pit Chris through college so's he disnae need tae take oot any loans – an if ah did move in then Logan wid huv a bigger room an a massive gairden wi a trampoline an a treehouse tae play in. That aw sounds brilliant, ah said, So whit's the problem. Charlene shrugged. Och you know me, she said, As usual ah'd find some way tae make it aw go tits up.

•

Ma ma an da gied me an envelope wi five hunner euros in it. Ah said, Ah cannae take aw that. Ma da said, Aye yi can. Ah said, But yi awready gied me a hunner an eighty pound fur ma birthday – an plus this is way too much. Karen said if ah didnae take the money she wid happily spend it fur me. Ah said thanks aboot a million times then ah tucked the envelope inside ma travel belt.

•

Bunsen's huvin an eighteenth-birthday-slash-games-night themorra: it's only me, Charlene, Russell, Chris Rice an Laura Kyle, an the boy an lassie next door tae him that are invitet; ah'm bringin six bottles a Bacardi Breezer plus Twister, cause it's pure hilarious watchin folk try tae play that when thir drunk.

Ah used tae love party games when ah wis younger. See gaun tae folk's birthdays when yi wur a wean, it wis great cause evrubdy wis right intae pass the parcel an aw that. The best bit wis the goody bag at the end though: yi used tae swap yir pals the sweets yi didnae like, an it wis the pure endy the world if yi got a bit a cake that didnae huv enough icin on it.

Sometimes ah wish ah wis that age again cause ah widnae need tae bother aboot uni or gettin a job or any ae that other shite; cause when yir younger, the biggest worry yiv got is tryin tae avoid gettin a puni aff yir teacher so yir ma disnae ground yi fur it.

•

The party wis a good laugh. We endet up spendin half the night lookin at auld photies ae us in high school. It wis funny lookin back: we wur aw so cute an innocent-lookin then, especially in that official class photo fae first year – aw staunin up straight wi wur big smiles an wur new Renfra Grammar ties. Chris Rice wis the weeist in the class; Laura Kyle wis a heid an shoulders bigger than evrubdy else; Bunsen an Chris Russell wur next tae each other wearin identical dodgy hairdos, an Charlene wisnae in it cause she dogged school that afternoon.

Right before we went home, Chris Rice talked Charlene an Laura intae playin strip poker but he soon wished he hadnae: Chris wis right doon tae his boxers an Charlene had only took wan sock aff when she won the game wi a straight flush.

COME OAN CHRISSY SHOW US YIR –

An ah think we mighta got a gander at his crown jewels that night, if it hadnae been fur Bunsen's neighbor rattlin the door tae tell us tae keep the noise doon.

•

We wur staunin under the big clock in Glasgow Central lookin at the departure boards when Charlene tolt me it wis aw back on wi her movin in wi Chris Russell. She said, Ah'm only daein it fur a month's trial period first though tae see how ah like it. Sounds sensible, ah said. Well, she said as ah watched the words

GLASGOW TO LONDON EUSTON

roll up on the screen, Yi know whit like they are ower in that Dean Park. Aye, ah said, Yir gaun up in the world noo – yi better get padlocks fur yir washin.

•

The train leaves in five minutes. Ah'm on the platform wi ma ma an da an Karen an Charlene, an wee Logan who's jist startet greetin cause he's been tolt he's no allowed tae go wi me. Wuv had wur group hug, an wuv said wur goodbyes, an ma ma's asked me a million questions aboot whether ah've remembert ma passport an ma toothbrush an did ah lift that portable clothesline she bought.

An ah'm so so excitet; ah've never been this excitet in ma whole life; it's as if ah'm wan ae they helium balloons that some wean's pullin alang in the wind.

Then right as ah'm aboot tae board, who dae ah see but Wully gettin on the next carriage – only it's no Wully it's jist a boy wi his same haircut – an suddenly ah feel the full weight ae ma rucksack, an the straps bitin intae ma shoulders, an ma bladder really badly needs emptied.

Ah don't think ah can dae this, ah said. Yi whit, said Charlene. Aw roon aboot aboot thir's folk wi big trolley-cases an backpacks an thir tryin tae get past an ma heid's pure spinnin. An ma ma's gaun, Whit's the problem. An Charlene's gaun, She says she cannae go.

An then ma ma comes marchin towards me. The tears are blinnin me noo, an ah think she's gaunnae gie me a hug. But naw.

Noo you listen tae me right noo Kirsty Campbell, ma ma said, Yir gettin on that bliddy train an yir gaunnae go tae aw these places that yiv been harpin the face aff us tae go tae fur years – D'yi hear me. Ah said ah did. An take loadsa photies, piped up Karen. Ah said ah wid. An don't leave any yir valuables lyin aboot in they youth hostels, said ma da. Ah said ah widnae.

Then the train driver stuck his heid oot the windae an he shoutet, C'moan hen – wuv no got aw day – are yi on are aff.

The adrenalin wis pumpin through me, an the sweat wis lashin doon ma back; ah wiped ma face on ma sleeve an ah took a deep breath. Here goes nothin, ah said,

an ah stepped through the slidin doors.

ACKNOWLEDGEMENTS

I am incredibly grateful to everyone who read, listened to and gave feedback for *Duck Feet* in all its various guises over the past sixteen years; in particular, Dave Manderson for encouraging me to perform my work every month at the Reading Allowed nights in Shawlands Tchai Ovna, Carol Sallows for letting me loose on her teenage college students, and Laura Manderson for being my favourite and most memorable interviewee.

I would also like to thank my fiancée Becca who painstakingly proofread the manuscript when I couldn't look at another word, Fiona MacKellar whose biting witticisms have always kept me grounded, and Antonia Layzell who never stopped believing in me even when I wanted to throw myself in the bin (on a daily basis).

My heart-felt appreciation goes to the Scottish Book Trust for awarding my publishers the Scots Language Publication Grant in 2020 – without this money the novel may never have made it into print – and to Renfrew District Council and the Carnegie Trust for giving me the money for my university fees in 2002 so that I could do the creative writing degree that led me to write this novel.

Lauren and Ellen, I haven't forgotten yous, I will always be forever in your debt for seeing what no other publisher saw in this book and making it happen. Thank you times a million.

PREVIOUS PUBLICATIONS

Over the last sixteen years, many publishing houses and magazines have published extracts from *Duck Feet* as short stories and are an important part of this book's journey. They include:

Mslexia
The Eildon Tree
Lallans Journal
Litro
The Glasgow Seeker
The Scotsman
From Glasgow To Saturn
The Edinburgh Review
Brittle Star
Pushing Out The Boot
Causeway
Scottish Pen
Product
2 Impress Editions
LGBT History's website
Bunbury

The Manchester Review
Open Mic Podcast
Monstrous Regiment Magazine's
Crimson Issue
Chelsea Station
The Interpreter's House
The Selkie
The Common Breath
Ampersand Magazine
3 Moon
Ropes
The Ogham Stone
1010 Press

Is an imprint of
Monstrous Regiment
Publishing Ltd

www.monstrous-regiment.com